浏阳历史文化丛书

浏阳诗文

赖明汉
汤锐
李光前
编著

岳麓书社·长沙

浏阳历史文化丛书

序

黎春秋

在全面建成小康社会、实现第一个百年奋斗目标，迎接中国共产党成立 100 周年的前夕，中共浏阳市委决策、市政协主持编撰的“浏阳历史文化丛书”即将付梓，这是具有深远历史意义、重要现实意义的大事、好事。

浏阳地处湘东，位于吴头楚尾的湘赣边界。周边与铜鼓、万载、宜春、上栗、长沙、株洲、醴陵、平江等市县为邻。境内山丘绵亘，西、南稍平衍，东、北半山谷，浏阳河横贯其中，萦回百折，西流注入湘江。以城区为中心，浏阳自古被分为了东南西北四乡。东乡、西乡分别为浏阳河流域的上游和下游地区，捞刀河流域为北乡，南川河流域为南乡。全市面积 5007 平方公里，现有人口 150 万。

“江海狂澜尽东倒，却输浏水尚能西。”这里气候温和、雨量充沛、山川秀美，自古以来钟灵毓秀、物华天宝、人杰地灵。在远古时代，境内已有人类活动，他们留下了原始社会的踪迹。考古出土文物证明，距今约15万年前，浏阳土著居民已繁衍生息在这块土地上。《三国志》记载，东汉建安十四年（209），孙权拜周瑜为偏将军领南郡太守，以浏阳为其四俸邑之一。浏阳之名始见于此，千年古县从此启航。

建县以来，人文蔚起，人才辈出，薪火相传，弦歌不绝。晋代易雄，忠义千古；宋代汤璹，清风峻节；元代欧阳玄，文章道德卓然名世；明代张武，南征北战屡建奇功。清代自欧阳中鹄、刘人熙、涂启先三先生，尤其是从谭嗣同开始，浏阳人民参与了中国历史上追求解放和真理的每一个进步活动浪潮，涌现了一代又一代的杰出人物。从戊戌变法到自立军起义，从萍浏醴起义到辛亥革命，从土地革命到抗日战争，从社会主义革命到改革开放，浏阳人民始终站在时代发展的前列。谭嗣同、唐才常为探索救国救民的道路，不惜流血牺牲，肝胆相照，气壮昆仑；焦达峰、陈作新接过谭、唐的接力棒，“首应”武昌起义，“浏水堕泪”“十日千秋”；毛泽东同志三次踏上浏阳的土地，把革命的火种播撒在浏阳河两岸，无数浏阳儿女追随毛泽东同志走上了革命道路。在艰苦卓绝的革命战争年代，浏阳人口减少20万人，被追认为革命烈士的有2万人，一部分幸存者成长为党和国家的栋梁之材，如胡耀邦、王震、宋任穷、王首道、杨勇等。正如浏阳著名的特产烟花爆竹一样，浏阳以自己的牺牲和奉献，写进了中国近现代历史的长卷中，形成了“自强不息、敢为人先”的浏阳精神。

浏阳还是礼乐诗歌之邦，保存至今的浏阳祭礼雅乐被誉为“中国古代音乐的活化石”，举行祭祀的文庙至今享有盛名。一首《浏阳河》脍炙人口，唱遍全中国，传唱全世界。诸如浏阳文庙、文家市秋收起义旧址和大围山、浏阳河等名胜山川，以及众多的文物保护单位，都是浏阳享誉全国、走向世界的宝贵资源。

中华人民共和国成立以来，浏阳经济、社会、文化等各个领域蓬勃发展，成就骄人。在改革开放的伟大征程中，浏阳从实现“进百强、冠三湘”到“挺进三十强、再创新辉煌”，再到“建设两个中心、进军全国十强”，每走一步都创造了历史性的成功经验，走出了一条县域经济发展的特色之路。特别是近年来，我们坚持以习近平新时代中国特色社会主义思想为指导，认真贯彻中央、省、市决策部署，深入实施创新引领开放崛起战略，牢牢把握“在区域谋发展、在全国争地位、在全球引资源”战略定位，推动县域发展迈出新步伐。2020年，全市实现地区生产总值1493亿元，增长4.7%；地方一般公共预算收入93.4亿元，增长 5.33%。在全国百强县排名中，浏阳县域综合发展、县域经济基本竞争力、工业百强县、营商环境百强县分别跻身第 9 位、第 11 位、第 11 位、第 19 位。

抚今追昔，我们倍感先辈们留下的历史文化遗产无比厚重，中华人民共和国成立以来社会主义建设的成就无比辉煌。值此中国共产党成立一百周年之际，编辑出版一套全面、系统反映浏阳历史文化的丛书，既是全市开启建设现代化城市大局的需要，也是全市人民的期盼。浏阳文史工作者在浩如烟海的古籍文献中爬罗剔抉，在写满故事的浏阳大地掇菁撷华，耗时三年，终于编撰成一部“浏阳历史文化丛书”。丛书一共 10 册，约 300 万字，近千幅图片，内容包括简史、名人、名胜、非遗、文物、诗文和民俗七大类，从多方面揭示了浏阳悠久历史的渊源和深厚、独特的文化底蕴，让人从中感触到浏阳历尽沧桑而始终保持着青春活力的千年律动和文化之魂。全书以史为据，选材真实、准确，文字生动，可读性强，可说是一部知我浏阳、爱我浏阳的百科全书，更像一座谱写浏阳人民艰苦奋斗历史壮丽华章的里程碑。全市人民定能从中汲取力量，推动浏阳经济文化大发展大繁荣，在实现社会主义现代化的历史征程中阔步前进，走向新的辉煌。

是为序。

2021 年 6 月

作者系怀化市委副书记、市长，长沙市委原常委、浏阳市委原书记

序

朱东铁

“五十里水路到湘江”，《浏阳河》这句朴实却又意境深远的歌词，一下就抓住人心，给我们展示了浏阳河袅袅婷婷、不舍奔流的秀美和沉稳，以及源于历史、开拓未来的深度和力度。

它更大的惊喜在于，当我们去关注、了解这片古老土地时，一座华美的文化殿堂赫然山立，悠远深邃，步步皆景，让人流连忘返：吴楚交会，是为通达之地；三山纵横，写尽雄浑之姿；樟树遗址，见证文明滥觞；浏阳八景，凝聚厚重人文；变法志士，开启近代呼喊；红色记忆，留存历史风云……

在生生不息、守望传承中，我们的祖先历尽艰辛，寻找、开垦、建设这块乐土；历史恢宏的阵仗里，杰出的人物光彩熠熠，灿若星河。三国周瑜少年英雄，羽扇纶巾，谈笑破敌；东晋易雄力抗叛军，杀身成仁，忠义流传；明代邓巍忠于谏议，弹劾严嵩，直面廷杖；清代谭嗣同力主维新，以身殉国，警醒世人。这，是浏阳之刚烈。

“元四学士”，文章道德，卓然名世；邱之稑精研音律，大胆质疑，修正古乐；“浏阳三先生”严谨治学，各有大成，世人推崇。这，是浏阳之风雅。

工农大纛淬炼于秋收烽火，革命精神激扬于历史风云。因为小石头可以砸破大水缸的信念，无数浏阳人选择了跟党走，跟红旗走，在艰苦卓绝的革命斗争中，这片红色的土地涌现了党和国家领导人胡耀邦、王震，以及30位开国将军；江山多娇养育铮铮风骨，文史流芳结出累累硕果。在风起云涌的大背景下，浏阳人既能睁眼看世界，也能俯身做学问，欧阳予倩、王人美等一大批教科文卫名人在各自领域的成就令世人瞩目。这，是浏阳之风骨。

风云长啸，江山留痕。到铁岩关下，石霜寺前，找一个时空割不断古今的理由；入浏阳文庙，金江书院，倾听文化发轫的律动；在伟人故居，革命遗存，接受前赴后继革故鼎新的精神洗礼。因为眷恋，我们记录；因为热爱，我们歌颂。于是，礼乐诗歌成为了这片土地另一张亮丽的名片，成为了湖湘文化举足轻重的一极。

所以人们说，“一方水土养一方人”。沧海月明，蓝田日暖。在浏阳的山山水水之间，从久远走来，向深远迈进的一切，或沉吟于丘壑，或闪耀于典籍，或传播于街巷，或激荡于人心。凡此种种，都是历史对浏阳的眷顾，在这座山城的煌煌千年之旅中，烙下了深深的印痕。而古往今来的文化交汇，兼收并蓄的包容心境，胸怀天下的广阔视野，博采众长的学习能力，勇立潮头的担当精神，敢为人先的磅礴气度，成就了浏阳人文不可复制的个性和特质。

联合国教科文组织提出：“发展最终应以文化概念来定义，文化的繁荣是发展的最高目标。”浏阳的文化，扎根于围山之下、浏水之滨，从刀耕火种一路走来，裹满了历史的伤痕和荣光。而它不可遏抑的前行，又记录和推动了社会经济长足的进步。从国家级贫困县迈入全国百强县前列，从偏处湘东一隅到崛起为湘赣边重镇，是传承千年的浏阳文化，给我们筑好了瑰丽的精神家园，赋予了独特的思维方式，呵护了历次果敢的出征，激发了强大的创造能力。

《周易》有言：“观乎天文，以察时变；观乎人文，以化成天下。”我们由衷感谢“浏阳历史文化丛书”的编撰——长揖历史，仰望人文，朝圣的路上有了向导；抚今追昔，振奋精神，幸福的大业有了底气。组织编撰这套丛书，内容涵盖了山水风物，历史人文，民俗风情，文学艺术等方方面面；组织编撰这套丛书，深入挖掘了浏阳的历史文化资源，全面展现了浏阳绚烂的历史文化风貌。这是文化自觉和责任担当的体现，是梳理历史和整合文化资源的结晶。

2021 年是中国共产党成立 100 周年，是“十四五”规划的开局之年，浏阳发展将翻开崭新的篇章。积极融入省（长沙）市发展大局，践行“三高四新”战略，在新发展阶段和新发展格局下，充分发挥“自强不息，敢为人先”的精神，主动作为，创造作为，有力作为，这是浏阳的历史使命。“浏阳历史文化丛书”的出版，正当其时，它记录下浏阳色彩斑斓的千年征程，凝聚起千万人开拓进取的宏伟力量，必将为浏阳的城市建设和经济社会发展提供强有力的文化支撑。

是为序。

2021 年 6 月

作者系长沙市委常委、浏阳市委书记

前 言

中华诗文源远流长，她见证了中国历史的沧桑巨变，谱写了华夏文明的辉煌篇章。

浏阳在东汉建安十四年（209）置县，距今已有1800多年的历史。《三国志》中有“权拜瑜为偏将军，领南郡太守。以下隽、汉昌、浏阳、州陵为奉邑，屯据江陵”的记载。浏阳河在北魏郦道元的《水经注》中已有记载：“浏水出临湘县东南浏阳县，西北过其县，东北与涝水合。浏水出县东江州豫章县首禅山，导源西北流，径其县南，县凭溪以即名也。”浏阳自古山川秀丽，人文厚重，民风淳朴，在唐代诗文创作的鼎盛时期，就有著名诗人杜甫、刘长卿、齐已等来浏阳游山玩水，留下了不少千古绝唱。宋代“程门立雪”典故的主人公杨时在浏阳任县令时，曾修归鸿阁、飞鹦亭等名胜，并撰文赋诗以记之；大文豪朱熹、杨万里、张栻等与浏阳文人交往甚密，常以诗文传信；大将军刘锜憩霜华山寺也有题咏；本县史官李揆纵情山水，诗文并茂。历史发展到元代，浏阳先贤欧阳玄勃然兴起，成进士，官翰林承旨，修《经世大典》、三朝正史，道德文章卓然名世，使浏阳在中国历史上的知名度陡然上升。加之元贞元年（1295），浏阳由县升州，知州官居五品，与浏阳人交往的朝廷命官张之翰、张伯淳等都留下了与浏阳有关的题序游记文章，文笔流畅，词句高雅，令人百读不厌。明清时期，天下文人与浏阳的联系更为密切，或纵情浏阳山水，或相约浏阳文人，或出任浏阳官吏等，写下了许多不朽的诗文，无不见证着浏阳社会与经济的发展与进步。

浏水哺育，钟灵毓秀。至清代更加人才辈出，灿若星辰。文坛如名儒朱文炑、欧阳中鹄、涂启先、刘人熙等先生，博学多才，妙笔生辉。诗家则有瞿家鏊、刘善涵、刘善泽等，才气横溢，各臻其妙。特别是近代杰出的政治家、思想家谭嗣同，其诗文均富于爱国精神，风格雄健，给浏阳留下了宝贵遗产，为浏阳享誉全国、走向世界谱写了气壮河山的惊人之笔。

但浏阳历经战火创伤，要找到古代浏阳诗文的片言只语实属不易。在编纂过程中，我们主要根据历代《浏阳县志》所载艺文、民间家谱、书院及寺院史志等辑录有价值的诗文，少量石刻、碑刻等等也在辑录范围之中。特别要提到的是，青年史学专家汤锐想方设法找到了不少珍贵资料，如收藏于“台北故宫博物院”中的清代邹焌杰《请乘时筹办贼匪折》。还有一些是通过查找史籍、翻阅档案、发动诗文爱好者帮忙寻找的，有近100篇诗文属首次公开出版。通过辑录整理《浏阳诗文》一书，旨在为浏阳历史、人物传记、名胜史话等提供有力佐证，更为浏阳记忆找到一些翔实的资料。

《浏阳诗文》一书的参考资料浩如烟海，在短时间内编纂此书难免存在遗漏和差错，只能留作永远的话题，待今后继续追溯、寻找和挖掘。不管怎样，现将《浏阳诗文》呈现给亲爱的读者，愿我们能从中寻找一些浏阳的历史过往，走向更加辉煌灿烂的明天！

赖明汉　于2020年5月8日

目录

上卷·文章 / 1

宋 / 2

归鸿阁记 …… 杨时 / 3
浏阳归鸿阁龟山杨谏议画像记 …… 张栻 / 4
李氏重修遗经阁记 …… 杨万里 / 4
定轩记 …… 欧阳守道 / 5
经训堂记 …… 欧阳守道 / 7
浏阳县平粜仓记 …… 高斯得 / 8

元 / 10

鲁叔宁《古村易说》序 …… 张之翰 / 11
送云伯让赴浏阳教授诗序 …… 张伯淳 / 11
《沁园春》跋 玄旦日，先君冀郡公作此示勉，敬跋于后 …… 欧阳玄 / 12
浏阳州州官题名记 …… 欧阳玄 / 14
兴让堂铭 …… 黄溍 / 14
芸窗记 …… 许有壬 / 15
题刘光远文稿后 …… 苏天爵 / 16
陈氏尚德堂记 …… 危素 / 17

明 / 18

浏阳县儒学记 …… 汤荧 / 19
欧阳文公文集序 …… 宋濂 / 20
升冲观铭 并序 …… 陈文 / 21
儒学记 …… 陈方 / 22
龟山祠记 …… 毛鹓 / 23
飞鹦亭记 …… 王献芝 / 25
儒学记 …… 徐熿 / 26
《浏阳县志》序 …… 萧敷 / 27
八难七苦详 …… 冯祖望 / 28

清 / 32

《浏阳县志》序 …… 史大成 / 33
道吾山记 …… 韩爆 / 34
石霜寺记 …… 韩爆 / 35
《浏阳县志》序 …… 龙升 / 36
风鹤记 …… 廖之俅 / 37
《浏阳县志》序 …… 曹鼎新 / 39
仍绵书屋记 …… 王英 / 40
重修浏阳县儒学记 …… 蒋擢 / 41
二贤祠碑记 …… 王培生 / 42
《浏阳县志》序 …… 王斑 / 43

劝谕栽植示 …… 王珽 / 44
新建永安市名说 …… 王珽 / 45
岐源寺碑记 …… 徐旭旦 / 46
欧阳文公祠碑记 …… 黎致远 / 47
戒赌文 …… 陶良瑜 / 48
新任条约 …… 王钦命 / 49
《浏阳县志》序 …… 陈梦文 / 52
孔氏家庙记 …… 陈梦文 / 52
修建各仓碑记 …… 陈梦文 / 53
恳恩题豁堕粮浮荒详 …… 刘士玺等 / 54
重建南台书院序 …… 王用锷 / 56
游大围山记 …… 李荣陛 / 57
大溪源记 …… 李荣陛 / 59
小溪源记 …… 李荣陛 / 60
仲文公暨德配李孺人合传 …… 彭之年 / 61
蒿山记 …… 许宗谟 / 62
棣楼记 …… 许宗谟 / 62
改建文昌祠记 …… 赵嘉程 / 63
体仁会记 …… 陶浔霍 / 64
达浒市社仓碑记 代彭定鳌作…… 陶浔霍 / 65
重修二贤祠忠义孝弟祠节孝祠碑记 …… 范孟琪 / 66
《微雨春草书屋诗草》自序 …… 瞿家鏊 / 67
《凡窥四著》序 …… 朱文炑 / 68
楚文塔记 …… 袁名曜 / 69
《浏阳县志》序 …… 彭浚 / 70
考棚记 …… 谢希闵 / 71
《浏阳县志》序 …… 谢希闵 / 71
道吾山神龙记 …… 方为霖 / 73
周节愍公祠碑记 …… 赵瑜 / 73
东山义学会序 …… 李文耀 / 75
溪江桥记 …… 金沅 / 76
光裕桥碑记 …… 佚名 / 76
晋故别驾累赠忠愍侯雄公墓志铭…… 刘名锋 / 77
老女桥碑记……刘名锋 / 78
《律音汇考》自叙 …… 邱之稑 / 79
浏阳县乐局记 …… 沈道宽 / 80
家塾记 …… 李照莲 / 81
陈孝子传 …… 李照莲 / 81
洞溪书院记 …… 李照莲 / 82
敕封太安人邹年伯母刘太安人
六旬大庆 …… 曾国藩 / 83
朱慎甫遗书序 …… 曾国藩 / 85
重修学宫记 …… 赵光裕 / 86
修建狮山书院记 …… 赵光裕 / 87
文华书院落成碑记 …… 赵光裕 / 88
游镜山记 …… 徐子珍 / 89
请乘时筹办贼匪折 …… 邹焌杰 / 89
遁嘉山庄记 …… 邹焌杰 / 90
浏阳增学额记 …… 车顺轨 / 92
杨孝子祠碑记 …… 贺祥麟 / 94

重游九溪龙洞记 …… 宋远醇 / 94
天岩山记 …… 贝世登 / 95
续修《浏阳县志》序 …… 罗庆芗 / 96
石山书院记 …… 李元度 / 97
浏阳会馆记 …… 刘人熙 / 98
《大围山房文集》叙 …… 刘人熙 / 99
笔山府君黎太安人合传 …… 欧阳中鹄 / 100
报邹岳生书 …… 谭嗣襄 / 101
故诰赠光禄大夫同知衔选用知县谭公
海峤府君墓志铭并序 …… 谭继洵 / 102
先妣徐夫人逸事状 …… 谭嗣同 / 104
石菊影庐笔识（选录二则） …… 谭嗣同 / 106
黎少谷《浏阳土产表》叙 …… 谭嗣同 / 107
浏阳兴算记 …… 唐才常 / 109
围山书院记 …… 涂启先 / 111
李氏三修家谱序 …… 李兴锐 / 112
苍葭方地名记 …… 胡祖昆 / 113
守郧书庄记 …… 李盛白 / 114
《浏阳乡土志》例言 …… 黄祖勋 / 116
重修一枝安记 …… 刘善涵 / 121

民国 / 122

菊花石记 …… 李素筠 / 123

中卷·诗词 / 125

唐 / 126

双枫浦 …… 杜甫 / 127
游洞阳山即九溪洞赋五律以纪 …… 刘长卿 / 127
观山寺僧穿井 重礼石霜长者 …… 曹松 / 127
送德光 一作辉 禅师 重礼石霜长者
…… 曹松 / 128
送僧入石霜 …… 贯休 / 128
寄云盖山先禅师 …… 齐己 / 129
听李尊师弹琴 …… 齐己 / 129

宋 / 130

第八僧问石霜颂 …… 释义青 / 131
杨时诗选 …… 杨时 / 131
题浏阳柳仲明致政云居山书院 …… 杨万里 / 133
憩霜华山寺 …… 刘锜 / 134
送彦集之官浏阳 …… 朱熹 / 134
寄题浏阳李氏遗经阁 …… 朱熹 / 134
石霜寺 …… 毕田 / 135
岩畔春将老四首 …… 释守卓 / 135

寻石霜寺吴诚上人 …… 惠洪 / 135
偈颂一百六十首 其一一六 …… 释宗杲 / 136
元夕值雨 …… 李揆 / 136
行 乡 …… 李揆 / 136
礼道吾雷塔在石霜 …… 释智愚 / 137
采桑子・老人生日 …… 郭应祥 / 137
虞美人・二年浏水司征榷 …… 郭应祥 / 138
虞美人・送周监税 …… 郭应祥 / 138
送刘悦心教授任浏阳 …… 连文凤 / 139
浏河远派 …… 佚名 / 139

元 / 140

欧阳玄诗选 …… 欧阳玄 / 141
送欧阳元功谒告还浏阳…… 虞集 / 143
送余善之归浏阳 …… 陈樵 / 144
欧阳原功由艺文少监谒告归浏阳 …… 宋褧 / 144
寄题道吾山闻禅师竹院 …… 丁复 / 145

明 / 146

游寺诗 …… 薛瑄 / 147
洞阳山怀古 …… 王瑄 / 147
赠石霜南翁和尚 …… 王瑄 / 147
道吾山 …… 夏瑄 / 148
浏阳八景诗 …… 夏瑄 / 148
顾璘诗选 …… 顾璘 / 150
张天赋诗选 …… 张天赋 / 152
道吾山 …… 萧敷 / 154
蕉溪岭 …… 钱一清 / 154
宿潦浒市 …… 徐爌 / 154
过道吾山见衡阳守孔君削发为僧
　　作务甚勤诗以别之 …… 周埙 / 155
姚公观 …… 苏志皋 / 155
蕉溪岭 …… 苏志皋 / 155
望夫山 …… 苏志皋 / 156
蕉溪岭 …… 王钦 / 156
兜率寺 …… 郑序 / 156
升冲观 时祷雨观中 …… 郑序 / 157
春日游兜率寺 …… 路云衢 / 157
夏日避暑兜率寺 …… 路云衢 / 157
宿蕉溪岭 …… 蒋识 / 158
踏旱灾宿枫浆馆 …… 蒋识 / 158
过蕉溪岭 …… 王伟 / 158
辛酉仲秋祀易别驾 …… 马岳 / 159
道吾山 …… 马岳 / 159
冬日登道吾山 …… 黎渊崖 / 159
送周藩宪幹致仕归浏 …… 曾棨 / 160

送周藩宪幹致仕归浏 …… 熊彦初 / 160
浏阳县斋除夕 …… 郑汝清 / 160
张明府醇令浏阳，大有年，赋此赠之
…… 刘恺 / 161
过道吾山 …… 黄济川 / 161
哀流民 …… 黄济川 / 162
大溪夜泊有怀石渚 …… 宋远醇 / 162
宝山桥 …… 李英 / 163
南溪八景诗 …… 施淳 / 163

清 / 166

悯浏民六章 …… 韩煤 / 167
道吾山 …… 韩煤 / 167
史大成诗选 …… 史大成 / 168
登道吾山 …… 赵晟 / 169
咏怀五十韵 …… 侯朴 / 169
续春陵行 …… 周鸿韬 / 170
哀浏民 …… 周鸿韬 / 171
题迎佛寺古钟 …… 罗士龙 / 172
宿道吾山，月下窥龙井 …… 罗士龙 / 172
中洲风月 …… 罗士龙 / 172
舟过浏阳观音潭 …… 鲁武茂 / 173
康滩早发 …… 张真 / 173
吴翌凤诗词选 …… 吴翌凤 / 173
节愍祠落成恭纪 …… 李春辉 / 180
出自北城郭 …… 王泽澧 / 180
寻乐诗选 …… 寻乐 / 181
谒周节愍公祠 …… 释乾修 / 183
读《纯斋集》书后 …… 邱之芬 / 184
读书龙虎庵 …… 贺寿嵩 / 184
竹枝词 …… 邱壑 / 184
游洞阳山九溪洞 …… 邱壑 / 185
徐旭旦诗词选 …… 徐旭旦 / 185
登祖师岩 …… 张帜 / 189
登大围山 …… 张帜 / 189
仲夏喜雨 …… 王钦命 / 190
赵嘉程诗选 …… 赵嘉程 / 190
寿刘春圃明府 …… 陈士雅 / 194
过芦洞岭 …… 谭继雍 / 194
登磊石山龙王庙 …… 严翼 / 195
九日登天崖山 …… 罗成邑 / 195
孙琪诗选 …… 孙琪 / 195
宿白面石护国祠 在大围山 …… 罗本昭 / 198
过仙台岭 …… 徐恒月 / 199
度蕉溪岭 …… 徐恒月 / 199
寄怀伯兄康伯之浏阳学博 …… 舒峻极 / 199
读书岳麓院中 …… 刘大抚 / 200
登道吾山和史大成原韵 …… 王相 / 201

九日同王仲仙孝廉游木平寺 …… 邱民寿 / 201
九日寓浏阳署时刘筠亭宰是邑 …… 冷纮玉 / 201
留别浏阳诸生 …… 黄显伟 / 202
吾山雪霁 …… 罗源潜 / 202
周忠信诗词选 …… 周忠信 / 202
约游道吾山不果寄题五十六字 …… 龚琴 / 205
大水行 己巳作 …… 龚琴 / 205
和李云帆一鉴亭原韵 …… 周轼 / 206
九日重登道吾山寄寺僧了凡金山寺即景 …… 李益 / 206
读书金山寺 …… 李益 / 206
听泉石 并序 …… 李益 / 207
石霜寺虎跑泉 …… 何名润 / 207
九日重登道吾山，寄寺僧了凡 …… 欧阳德序 / 207
过蕉溪岭登最上庵 …… 欧阳德正 / 208
游道吾山 …… 欧阳德正 / 208
云鹤山居秋兴 …… 欧阳大中 / 209
再寓彬雅山读书 …… 欧阳大中 / 209
康熙丙辰，县诸生李公廷埙殉夏贼之乱，祀忠义。嘉庆元年，荫其后恩骑尉。恭纪长句 …… 欧阳大中 / 210
赠彭松斋总戎致仕归里 …… 惠龄 / 210
赠彭松斋总戎致仕归里 …… 王奉曾 / 211
节愍祠落成恭纪 …… 胡世勋 / 211
舟次泰髦港 …… 李文耀 / 212
游魁山潭寺 …… 李文耀 / 212
飞鸿阁 …… 周倬 / 212
双枫浦 …… 周倬 / 213
登道吾山 …… 周倬 / 213
登天马山谒昭烈庙 …… 汤绶之 / 213
蕉溪道中 …… 唐瑞 / 214
登炼药台怀古 …… 唐瑞 / 214
鸿阁斜阳 …… 杨安澜 / 214
枫浦渔樵 …… 杨安澜 / 215
节愍祠落成恭纪 …… 杨安澜 / 215
登飞鸿阁 …… 黎定弼 / 215
登西湖山 …… 史锡节 / 216
谒易别驾祠 …… 周臣 / 216
游涌翠寺 …… 王珽 / 216
访枫浦山家 …… 王珽 / 217
包孝肃祠 …… 孔克学 / 217
憩石霜寺遗笏堂 …… 裴正时 / 217
龙王岭 …… 喻廷中 / 218
节愍祠落成恭纪 …… 储恩溥 / 218
赠襄阳总戎彭松斋归田 …… 王光辅 / 218
过蕉溪岭 …… 吴定遴 / 219
偕友游后岩寺 …… 袁恢隆 / 219
瞿家鏊诗选 …… 瞿家鏊 / 220
溪江八景 …… 钟 菁 / 223
双枫浦 …… 孙怀燕 / 225
过蕉溪岭 …… 孙怀燕 / 226
游道吾山 …… 黎宗炼 / 226

大围山 …… 彭开勋 / 226
念奴娇·蕉溪岭纪胜 …… 周家树 / 227
过蕉溪岭 …… 李寿蓉 / 227
度蕉溪岭 …… 王闿运 / 227
咏仙人洞 …… 释智灯 / 228
吴敏树官浏阳诗十首 …… 吴敏树 / 229
狮山春斋漫兴 …… 李传敏 / 231
狮山别赋 …… 李传敏 / 232
偕友人游仙人崖 …… 李传敏 / 232
续建欧阳楚国文公祠 …… 王应选 / 233
磊石山 …… 马观成 / 233
桃花坞感旧 …… 李芸 / 234
濂溪祠感怀 …… 李芸 / 234
杨柳洲两首 …… 柳先赓 / 234
游仙人崖两首 …… 李元善 / 235
咏归亭 …… 马昌煜 / 235
古港八景 …… 袁桝森 / 235
西湖八景 …… 郝先泮 / 238
溪江桥 …… 金沅 / 240
黄琬璚诗选 …… 黄琬璚 / 240
白莲花诗 …… 李郭姣 / 241
悼故园柳树 …… 李郭姣 / 242
即景诗 …… 邹兆兰 / 242
送 行 …… 邹兆兰 / 242
咏雪诗 …… 贺袖云 / 243
送外赴乡试 …… 贺袖云 / 243
石山书院八景诗 …… 熊其光 / 243
澄潭八景 …… 张毓鸿 / 246
锦春八景 …… 许烟阁 / 248
感怀四首 …… 李昌丽 / 251
孝子庙 …… 张璿 / 252
刘人熙诗选 …… 刘人熙 / 253
谭嗣同诗选 …… 谭嗣同 / 255
悼 亡 …… 李闰 / 264
唐才常诗选 …… 唐才常 / 264
刘善涵诗词选 …… 刘善涵 / 268
刘善泽诗选 …… 刘善泽 / 273
九月于役盐山即事有作 …… 贺祥麟 / 278
重过泾阳驿题壁 …… 贺祥麟 / 279
黄征诗词选 …… 黄征 / 279
黎心距诗选 …… 黎心距 / 280
人地两平权 …… 焦达峰 / 282
缅怀先父辛亥革命烈士 …… 焦传统 / 282
书 愤 …… 陈作为 / 283
悼同学某君 …… 陈作为 / 283
满江红·西望长沙 …… 潘心源 / 284
悼念心源诗二首 …… 周坤元 / 284
陈昌诗选 …… 陈昌 / 285
如梦令·寄汉文、昌甫诸人 … 田波扬 / 286
对江娥 …… 黄接舆 / 286

对黄仁烈士赞语 …… 刘建中 / 287
题 扇 …… 聂永晖 / 287
从军留别汉皋诸友 二首 …… 张鉴秋 / 287
寄内人 …… 张鉴秋 / 288
张侃诗选 …… 张侃 / 288
感 时 …… 李玖铭 / 289
题 壁 …… 吴厚观 / 289
就义诗 …… 彭澜征 / 290
马日事变感言两则 …… 贝德伸 / 290
孔昭绶诗选 …… 孔昭绶 / 290
赠剧宣九队 …… 欧阳予倩 / 293
为韵伏女士题画 …… 欧阳予倩 / 293
过浏阳 …… 田汉 / 294
赠徐庆誉兄 …… 田汉 / 294
家国恨 …… 欧阳立徵 / 294
中秋感赋 …… 涂启先 / 295
题蝉栖牡丹 …… 涂启先 / 295
挽李隆秀才 …… 涂启先 / 295

民国 / 296

游九龙寺 …… 刘文卿 / 297
过杨花湾关口 …… 刘文卿 / 297
春 怨 …… 罗绍裘 / 297
山馆秋吟 …… 罗绍裘 / 298

下卷 · 楹联 / 299

挽儿谭嗣同联 …… 谭继洵 / 300
题甘肃贡院联 …… 谭继洵 / 300
谭嗣同楹联选 …… 谭嗣同 / 300
题涧山毛氏宗祠联 …… 毛树勋 / 303
清末浏阳县衙联 …… 王闿运 / 304
王祝堂楹联选 …… 王祝堂 / 304
洞溪书院门联 …… 陈柳生 / 305
洞溪小学门联 …… 王首道 / 305
挽焦达峰都督联 …… 孔佛竺 / 306
题仁寿山抗日胜利后建醮联 …… 邓艺莪 / 306
贺远族某宦归暨其子完婚 …… 邓艺莪 / 306
挽屈珊臣烈士联 …… 邓忆岂 / 307
道岩寺关公殿联 …… 许烟阁 / 307
仁寿山戏台联 …… 朱南吾 / 307
达浒丁山村窑湾岭陈大仙庙戏台联 …… 卢昌阜 / 307
石柱联 …… 卢昌阜 / 308
挽黄兴联 …… 刘人熙 / 308
挽蔡锷联 …… 刘人熙 / 308
题刘姓某宗祠联 …… 刘还浦 / 309

自题门联 …… 刘善泽 / 309
家悬楹 …… 刘鹏墀 / 309
题三元宫戏台联 …… 刘鹏墀 / 310
金刚镇桃树湾刘家大屋厅联 …… 刘运庄 / 310
文华书院门联 …… 刘世道 / 310
挽焦达峰都督联 …… 寻泗滨 / 311
社港镇天供祠堂楹联 …… 寻贵堂 / 311
社港镇北源关公庙殿内联 …… 寻贵堂 / 311
社港镇寻氏日栋祠联 …… 寻增福 / 312
题浏城孔庙礼乐局联 …… 汤　鲲 / 312
题长沙天心阁联 …… 汤涧芙 / 313
题岳阳楼联 …… 汤涧芙 / 313
代哑巴母死作灵联 …… 汤涧芙 / 314
就义联 …… 汤祥瑞 / 314
挽黄兴、蔡锷二公联 …… 张炉钧 / 314
挽抗日阵亡将士联 …… 张政渥 / 315
张坊象弯张氏宗祠门联 …… 张秀妍 / 315
应对修坝人联 …… 李照莲 / 315
自挽联 …… 李闰 / 316
题上洪碓榨坊联 …… 李敦白 / 316
沙市镇赤马殿联 …… 李华林 / 316
李朴莪楹联选 …… 李朴莪 / 317
生前自挽联 …… 李涤文 / 318
洞阳镇砰山杨泗将军庙殿堂联 …… 李紫轩 / 318
挽辛亥革命烈士张秋培之妻联 …… 李紫轩 / 319
挽徐奇飞夫妇联 …… 陈吕丰 / 319
遗嘱联 …… 陈常牧 / 319
题上船山土地祠联 …… 陈菊龄 / 320
西山颜某子娶周氏女陪对 …… 陈菊龄 / 320
题“福临门”牌楼联 …… 陈阅初 / 320
朝阳山寺大门联 …… 陈阅初 / 321
张坊老字号“仁义生”招牌联 …… 陈阅初 / 321
石溪村陈氏支祠大门联 …… 陈柳生 / 321
浏阳县立师范学校 1942 年大门联 …… 陈柳生 / 321
永安镇东山殿仙母娘娘殿联 …… 邵声鋈 / 322
串中药药名联 …… 吴影秋 / 322
谭嗣同墓华表联 …… 宋渐元 / 322
题石柱峰玉皇殿联 …… 周乃今 / 323
挽焦达峰都督夫人联 …… 周乃今 / 323
挽湖南某生以忧国投东海死 …… 周日旦 / 323
挽焦达峰都督联 …… 周岑梧 / 324
达浒乡农协成立大会联 …… 周成国 / 324
武氏宗祠柱联 …… 武从文 / 324
题寻广益家门柱联 …… 武　陵 / 325
代作唐莘农烈士灵联 …… 罗咏梧 / 325
赤马殿戏台联 …… 罗运坤 / 325
题化字炉联 …… 屈陶溪 / 326
帐冲真人庙戏台联 …… 易翰鼎 / 326
南普寺抗日战争时期戏台联 … 沈宪武 / 326
状元洲钟氏宗祠联 …… 钟瑞昌 / 327

郭宗文楹联选 …… 郭宗文 / 327
格言联 …… 唐才常 / 329
挽谭嗣同联 …… 唐才常 / 329
就义联 …… 唐才常 / 330
与邱文阶、邱菊圃共挽谭嗣同联 …… 唐寿田 / 330
上东团总堂联 …… 涂启先 / 330
刘步蟾中举厅堂陪对 …… 涂启先 / 331
围山书院石柱联 …… 涂启先 / 331
题大洛徐氏祠联 …… 徐兰芷 / 331
题甘书斋联 …… 黄积开 / 332
代达浒区工会挽张炳南烈士 …… 黄建中 / 332
挽留法同学朱子文 …… 黄建中 / 332
自题堂联 …… 黄星恒 / 333
题张坊黄氏接谱庆典联 …… 黄豪英 / 333
石溪村安福堂曾家老屋联 …… 曾兴谷 / 333
石溪村安福堂曾家老屋联 …… 曾春华 / 334
谭烈士专祠联 …… 康有为 / 334
题乱石山望江亭 …… 彭兰蔚 / 334
挽业师刘腴深联 …… 彭星墀 / 335
题蕉溪乡水源包公庙 …… 彭霞仁 / 335
家训联 …… 彭霞仁 / 335
永安镇戏台联 …… 彭耀荣 / 336
挽侄联 …… 蒋佐钦 / 336
咏古风洞联 …… 智灯法师 / 336
挽鲁立刚联 …… 喻仲仙 / 337
龙伏镇焦桥村焦氏宗祠前廊柱联 …… 焦琴喈 / 337
自题书室联 …… 焦达峰 / 337
焦祠追悼达峰都督 …… 焦瑞轩 / 338
题泮春周氏河边祠联 …… 戴恕僧 / 338
大围山镇廖氏宗祠柱联 …… 佚名 / 338
张坊镇双溪村吴氏祠堂楹柱联 …… 佚名 / 339
张坊镇七星村唐氏家祠祖牌位联 …… 佚名 / 339
官渡镇观音塘村谢氏宗祠堂柱联 …… 佚名 / 339
胡耀邦故居联 …… 佚名 / 340
文家市盘古庙联 …… 佚名 / 340
文家市岩前村余氏宗祠联 …… 佚名 / 341
石霜寺钟楼联 …… 佚名 / 341
石霜寺祖师殿联 …… 佚名 / 342
杨花乡山斗村张氏家庙联 …… 佚名 / 342
杨花刘家老屋门联 …… 佚名 / 342
金江书院训育处门联 …… 佚名 / 343
社港登龙寺联 …… 佚名 / 343
社港镇周洛村陈氏家庙大门联 …… 佚名 / 343
龙伏镇培文塔古联 …… 佚名 / 344
龙伏镇泮春社区周氏家庙联 …… 佚名 / 344
龙伏镇江边滩周家大屋厅柱联 …… 佚名 / 344
石山书院门联 …… 佚名 / 345
石柱峰三清殿门古联 …… 佚名 / 345

参考文献 / 346

后 记 / 347

上卷·文章

宋

归鸿阁记

杨 时

杨 时（1053—1135）

字中立，号龟山，学者称龟山先生。南剑州将乐（今属福建）人。宋代程门四大弟子之一，著名理学家。北宋熙宁九年（1076）进士。绍圣元年（1094），知浏阳县事。在任四年，有惠政。于县治建飞鷃亭、归鸿阁。县民历年赋税积欠甚多，不忍催征，为漕运使胡师文所劾免职。罢官后，仍寓居浏阳，写信给州官，乞米赈济浏阳饥荒。元符元年（1098），始离浏归里。后官至谏议大夫、国子监祭酒、龙图阁直学士。卒谥文靖。著有《龟山集》。

县宇西北墉之隅有废址焉，久茀不治，畜豕之所游，鼯狌狸鼠之所家，荒堙芜没，蔚为秽墟。予一日曳杖蹑屦，徜徉乎其下，周览左右，洒然异之。披榛薙蔓，而嘉木茂卉，连山穷谷，挺芳含媚，隐然四出。乃取县庑之弃材，为阁于其上。既成，肃宾而落之，相与扬眉拭目而望，微云洞开，一目千里。于是以“归鸿”名之，盖取昔人所谓目送归鸿之义也。

客有曰：“异乎哉！子之名阁也。始子以飞鷃名其亭，殆将有志乎蓬蒿之间也。今又以归鸿名其阁，尔之中无乃觳觫而受变于物欤？”

予傲然不答，隐几而卧。俄而曰：“噫嘻！居，吾语汝。今人履步仞之丘，居环堵之室，虽有离朱之明，视不过寻常，逾阈之外，则不能瞩及。夫登泰山之崖，游昆仑之墟，下临虞渊，观日之出入，则六合为小矣。夫阁非有加损也，而所寓不同，见亦随异焉。其所以见者，虽晋朦不亡也，物亦恶能变哉？且鸿之冥冥，乘飞云，御泠风，上窥青天，子其以是为高乎？鷃之腾跃而上，不过数仞而下，子其以是为卑乎？是未知各适其适也。物各适其适，则天地之滨犹蓬蒿也，恶睹其异哉？盖天地之间，一气而万形，一息而成古今，达观之士会物于一己，通昼夜而知，则虽死生之变无怛矣，又况其凡乎？惟世之人舞智自私，而其明不足以窥天人之蕴，故物我异观，而肝胆之间楚越矣，又恶足与语天理哉？子方疑我之觳觫而受变，予亦陋子之自梏于见闻也。”

客于是规规然自失，忘其所以异，唯唯而退。予顾谓二三子，志之，镵诸石。

浏阳归鸿阁龟山杨谏议画像记

张栻

宋兴百有余年，四方无虞，风俗敦厚，民不识干戈。有儒生出于江南，高谈诗书，自拟伊、傅，而实窃佛、老之似，济非、鞅之术，举世风动，虽巨德故老，有莫能烛其奸者。其时私说一行，而始纷纷多事，反理之评，诡道之论，日以益炽。邪慝相乘，卒兆裔夷之侮。考其所致，有自来矣。

靖康初，龟山杨公任谏议大夫、国子祭酒，始推本论奏其学术之谬，请追夺王爵，罢去配飨。虽当时余党犹夥，公之说未得尽施，然大统中兴，论议一正，到如今学者知荆舒祸本，而有不屑。然则公之息邪说、距诐行、放淫辞以承孟氏者，其功顾不大哉！是宜列之学宫，使韦布之士知所尊仰。而况公旧所临，流风善政之及，祀事其可缺乎？

浏阳实潭之属邑。绍圣初，公尝辱为之宰，岁饥，发廪以赈民，而部使者以催科不给罪公，公之德于邑民也深矣。后六十有六年，建安章才邵来为政，慨然念风烈，咨故老，葺公旧所谓飞鸿阁，绘像于其上，以示后学，以慰邑人之思，去而不忘也。又六年，贻书俾某记之。

某生晚识陋，何足以窥公之蕴？惟公师事河南二程先生，得《中庸》"鸢飞鱼跃"之传于言意之表，践履纯固，卓然为一世儒宗，故见于行事深切著明如此，敢表而出之，庶几慕用之万一云尔。

张 栻（1133—1180）

字敬夫，后避讳改字钦夫，又字乐斋，号南轩，学者称南轩先生，谥曰宣，后世又称张宣公。南宋汉州绵竹（今四川绵竹市）人，丞相张浚之子。官至右文殿修撰。南宋初期学者、教育家。南宋孝宗乾道元年（1165），主管岳麓书院教事，从学者达数千人，初步奠定了湖湘学派规模，成为一代学宗。其学自成一派，与朱熹、吕祖谦齐名，时称"东南三贤"。著有《南轩集》。

李氏重修遗经阁记

杨万里

遗经阁者，潭之浏阳李氏庋书之地也。重修者，李君之传也。

阁之址，故在县之南，之传所居之西偏。成于隆兴甲申者，之传乃祖致仕君彦从暨乃父德广也。初取邹鲁之谚以名之，复为文以记之者，蜀人施君渊然少才也。既扁之以三大字，复与侍讲南轩先生张公

杨万里（1127—1206）

字廷秀，号诚斋，学者称诚斋先生。吉州吉水（今江西吉水县）人。南宋诗人，与陆游、尤袤、范成大并称为"中兴四大家"。初学江西诗派，后转以王安石及晚唐诗为宗，终则脱却江西、晚唐窠臼，以构思新巧，语言通俗明畅而自成一家，称为杨诚斋体。亦能文。著有《诚斋集》等。

遗经阁：南宋浏阳人李作乂所建。原在县治南，后毁。作乂孙之传迁建于太湖山旁，绍熙四年（1193）落成。后圮。

数十人赋诗以华其纪者，今待制、侍讲晦庵先生朱公也。历年一终，再厄郁攸。致政君喟曰：“灾之攸兴，不以其近市故耶？”淳熙丁未，一日追暇，携宾亲若子孙，步自县南而北，至半里所，得其地于太湖山之旁，幽邃演迤。改筑有日矣，而父子相继以逝。

之传既长，刻意嗜学，慨祖、父之赍志未摅，则又喟曰：“是阁不建，之传不名为人子、为人孙矣。”则恶衣绝甘，圭积黍累，匪阁弗思，匪阁弗为。绍熙癸丑，始克落之。厥址正方，厥庐高凉。自地视阁，岿在天半。自阁视地，浚在谷底。湖鼎三峰，吾山相台，挑霄争高，摩肩并驰，后先低昂，互为崛奇。一邑之胜，无能出其右者。牙签万轴，漆书万卷，是物[是]储。则又喟曰：“旧记及诸诗，皆命代无价手作也。新记微江西诚斋杨先生莫可。”

于是不远千里，走书介予门人安福刘俨，以谒于予。予谓俨曰：“为我寄声李氏子孙，竹万个，木千章，橘千头，田万顷，粟帛金玉，固不禁也。世之遗子，不以是遗而以奚遗？今李君致政父子之遗尔子孙，不于其货于其书，不既左且异乎？虽然，不有以左乎彼，不有以右乎此；不有以异乎今，不有以同乎古矣：子其为我贺李氏子孙之遭也！不宁惟李氏子孙之遭也，亦为我贺致政君父子之遭也；不宁惟致政君父子之遭也，亦为我贺兹阁之遭也。”

致政君名作乂，淳熙甲辰遇东朝庆寿，恩授迪功郎致其仕。德广名日南。之传字梦符。盖三世以学行有称于州里云。

绍熙甲寅闰月五日，诚斋野客庐陵杨万里记。

欧阳守道（1208—1272）

字公权，一字迂父，初名巽，晚号巽斋，学者称巽斋先生。吉州庐陵（今江西吉安市）人。南宋教育家。淳祐元年（1241）进士。曾在白鹭洲书院讲学。宝祐元年（1253）为岳麓书院副山长。官至著作郎。于学无所不讲，尤注重前代治乱兴废。文天祥、邓光荐、刘辰翁等皆出其门下。著有《易故》《巽斋文集》。

定轩记

欧阳守道

予友浏阳胡君景富，匾其读书之所曰“定轩”，书来求文为记。或曰：“果哉？景富遽以定自居乎？”予曰：“定也者，游心于外方自此已，专心于内方自此始也。此景富识所见也。”犹曰：“居之太遽，则终身依依。”何之乎？大学曰：“知止而后有定，定而后能静，静而后能安，安而后能虑，虑而后能得。”由定望得，非一及也；然定则可以专矣。且不见夫卜居者乎？方其未得卜也，将之左，意其宜于右也；将之前，意其宜于后也，相攸未决，乃心方惑，虽欲营之，如之何？营之厥既得卜，心不二向，纵有二议，莫之能摇，于此择匠，于此选材，于此画规模，于此成栋宇，而于此安吾身，于此长子孙。其决在一得卜时也。择匠、选材、画规模、成栋宇，得卜之后，正尔有事则定也者，岂谓自居之适而遂无所用心也哉？人非生而知之者，其始学未有遽见其的也。颜子天资，亚圣犹曰：“仰之弥高，钻之弥坚。瞻之在前，忽焉在后。”当此之时，几无所措力。程、张、朱子，由今观之，可谓上接孔、孟矣，而泛滥于诸家，出入于老释，（昔）[贤]者莫能免，况他人乎？颜子得夫子博以文、约以礼，然后实见所立卓尔之地；程子求道之志茫然者十年，然后反求之六经而得之；张子见二程，然后自信曰“吾道自足”；朱子见李延平，然后就平实而悟前日之说皆非：此先师诸老知止有定时也。景富试观先师诸老既定之后，所有事者何如，则循此以至于得，乃可言矣。世有资禀绝人，独于道则无见，一彼一此，莫之有定，遂陷于迷误者，亦有早遇师友，粗有见闻，定则定矣，而不尽心于所有事，均之为无所得者。故曰定非终事，惟知终事之不出乎此，而汲汲焉求以终之，可也。

予与景富相知于文字间者十有余年，去年予来岳麓，始有交游之契，盖孙而敏者也。每以书来，予畏君之进，如川之方至，以莫不增，则夫以“定”名轩也，予知其端居于此，若将终身一毫外骛之相不存，而益致其力于知止并进之域。其得也，孰御夫？未定，患乎于外者之广莫；既定，患乎于内者之狭隘。予前不云卜居者乎，相攸决矣，于此筚门蓬户，于此筑室百堵，夫各一居也，景富择之。庐陵欧阳某记。

经训堂记

欧阳守道

庐陵欧阳氏闻天下，谓之欧乡，族蕃甚，旁出江以西数郡。然唐肃、代以前，皆出长沙。长沙族今少庐陵，而视他郡尚蕃，昔之未徙者也。又有自庐陵复长沙者，盖江湖地大牙入，庐陵士溢出，挟书常馆数郡外，视长沙江乡然，至率见宾礼，或遂寓居。今二郡欧阳族不可尽辨。予，庐陵族也。宝祐癸丑夏四月，始来长沙，读书岳麓书院。有讲书君讳新字仲齐者，以高年笃学见推流辈，见予来，甚喜，数出讲书业示余，余心敬之。问其先世次，曰："亦庐陵族也，徙宜春，又徙浏阳，今又徙于此，数世惟书一卷，故其徙也轻。然吾有请于子，自吾先祖以'经训'名堂，其后家屡徙，而先志不敢失。今老矣，又日以诏予子孙，庶几其克绍也。子为我记之。"予茫然以思。夫世次不可知，而同姓则皆曰宗，宗人世守经训，美事也，予于斯堂其可无辞，盖敬诺君之请，而未及作也。会岁晏归，君遣子必泰送予醴陵门外，予别谓之曰："还告尊公，明年春三月至，偿诺责矣。"至则后前期半月，首访君，君即世矣。予哭尽一哀，问，曰："适前半月也。"呜呼！予感昔人挂剑之义，忍忘君乎？经训堂，君受之于父祖，而贻之于子孙也，请予言以遗子孙，如之何。以君没，且已秋，予又将归，乃记之。

昔者，太史公谈且死，语其子迁曰："先周室之太史也，自唐虞以来，世掌天官，绝于予乎？予死，尔复为太史，以卒予志。"迁泣而志之，其后毕力讨论，之死无二，起自黄帝，迄于麟止，终能成一家言。夫自重黎至于谈、迁，绵百世矣，夫父子相语，犹称唐虞以来所掌，古人惧坠先业如此也。后世俗衰，远论姓氏者，或召讪侮，不知数典忘祖，周天王感其陪臣。孔子少时，孟僖子属其子曰："圣人之后也，尔必往学礼。"盖文献之传，上有所因，为其后者，于此思之，则知其身，敬其身，故世其业，岂惟祢祖曾高之近哉？虽百世可也。欧阳世远矣，自汉兴，先圣之书甫出壁藏，即以经师名家，立于学官，讲于禁殿，而父子祖孙，传于儒林。汉氏既衰，斯文中丧，涉唐武德、正观，复起率更令在诸儒间，其文艺亦拔一时而名后世。暨于文忠公，生遇圣代，卓为儒宗，既以粹然经术佐天子致太平，而孙、石之学，曾、苏之文，扶翼主张，一于公是赖，士到于今，受其赐也。盖自周衰至于今，天下凡三治，每一治，欧阳氏必以文学著闻，虽不尽同，而大较可见已。呜呼！天其特以斯文厚欧阳氏也与？何千百年间，先业之幸不坠也。文忠公尝碑世次，上推汉、唐，皆出于一。而予往来江湖，又喜业为士者之多。则夫记斯堂也，而岂徒哉！昌黎韩文公教其子曰："文章岂不贵，经训乃菑畬。"公乃为此言，世疑而非之也，然能言经训，公亦异乎人之言经矣。训也者，亲受圣人之训已，然也父祖有训，师保有训，训甚尊，不可亵也。世世子孙之读经也，无有师保，如临父母，委心听命，惟经之从，则君命我作记之意不泯矣。

浏阳县平粜仓记

高斯得

古者田以井授，民有常产，上农夫食九人，食人月四鬴，为米二斛五斗有奇，合其家计之，凡二十有二斛而赢。虽下农夫五口之家俭，岁月犹有六斛四斗之食。成周盛时，家给人足，至于如此，岂复有谷贵民病之事哉？故《周官》无平粜之法，旅师春颁秋敛，持以贷之新甿，非天下之通制也。春秋战国以后，井牧制坏，贫富不均，谷有所藏，始有甚贵甚贱之患。于是为国者，思有以平之。管仲之于齐，万室之邑，必有万钟之藏；千室之邑，必有千钟之藏，务抑大贾畜家，使不得以乘吾民。李悝之于魏，熟而籴之，饥而发之，使民适足，贾平则止。是二者虽不足以望成周之政，亦救民之良法也。汉氏常平，盖仿此意，然仅行之边郡，且未几而罢之，民无所仰，岁恶民流，甚至相食，又管、李之罪人也欤！

我国家常平之法，未尝不善，岁久而弊，类多羽化，民不蒙其利。士大夫之有志于民者，必他有规置以辅翼之，如朱文公为社仓于建安，闽浙州县往往仿焉。近岁真文忠公守长沙，为惠民仓以粜于国，为社仓以贷于郊，民亦称便。然以予所闻，二公规约，今皆隳废，才朽蝎中，固无足怪，要亦赈籍赒贶之法尽善持久，自昔而难耳。

高斯得（生卒年不详）

字不妄，邛州蒲江县（今属四川）人。绍定二年（1229）进士，曾任湖南转运判官，官至端明殿学士、签书枢密院事兼参知政事。宋亡，隐居以终。著有《诗肤说》《仪礼合抄》《耻堂存稿》等。

浏阳为邑，衍沃少而冈陵多，民每艰食。高安涂君，自簿领摄县时，节缩浮蠹，得钱五百万，为平粜仓，后为令，益之为千万。豫赋钱于邑之富人，俾于贱籴，岁三月则下其直半以粜，讫事赋钱如初，命县主簿总其事，而佐以寓公，钱谷出入，吏毋得与。终更，民爱之不忍释，帅守请于朝，俾改秩而因任焉。君治县久，乃取其粜法，益加润泽，行之累年，屡遭水旱，谷不翔踊，国亡捐瘠，邑人歌舞之。一日，校官诸生造焉，曰："公之惠浏民也渥矣。虽然，虑未远也。"君艴然曰："何哉？"曰："是不难知也。籴贱者，贫人之所愿，富人之所不乐也。今以不乐之人而承公命，始虽勉强，终必沮挠。且积镪于此，值县空无，及吏不肖，能不辟睨？若举其钱市田，赖租以粜，粜已增市，岁愈久则田益多，田既多，则米亦倍而粜益广，不亦善乎？"君是之，以其说来告。予时摄常平使者，亟许焉。君乃择市良田，得三百九十亩，岁收米七百五十有五石，常平司以绝家及籍吏之产二百有七石助焉，合之为千石。盖是仓也，自经始以讫于成且十年。呜呼！其亦难矣。

古之治民者，既择其人，复久其任，盖教化惠养，皆由渐致，非一朝一夕之所能为也。今君治浏，修其善政，磨以岁月，始克大备。然则欲求课吏之法，观诸此而已矣。虽然，基之难，继之尤不易也。夫千石之米，半直予民，岁可得钱百万；百万之钱，善贾市田，岁可得七十斛，虽拙者能之，奚而不易？呜呼！孰知有志者之寡乎？中庸曰："文武之政，布在方册。其人存，则其政举；其人亡，则其政息。"又曰："夫政也者，蒲芦也。"（莆）[蒲]苇于地，最为易生。人存政举，其易如此。然而方策所布，卒无能举之者，奚其易！来者而能慨然仁以自任曰："天下无一物而非吾之所当爱，无一事而非吾之所当为，况兹邑吾所以庇身者乎！"夫如是，则政之息也，非所患矣。不然，而曰簿书期会，吾救过不暇其他；又不然，而曰仓不啻足，岁稔何为？籴缗而入，姑将以应急符、牣垂橐可也，则是民贼而已矣。涂君以余与闻乎此，属记成事，言不厉，则警不深，乃举二端以告，使来者择焉。

涂君名幼醇，家学其懿，故其为政知所先后云。

元

鲁叔宁《古村易说》序

张之翰

张之翰（1243—1296）

字周卿，晚号西岩老人，邯郸（今河北邯郸）人。至元十三年（1276）除真定路知事，历行台御史、户部郎中。至元末自翰林侍讲学士知松江府事，有古循吏风。著有《西岩集》。

鲁叔宁

浏阳人，精于《周易》，为元世祖忽必烈所重用。至元二十九年（1292）自大都返浏。

国家数路取人，阴阳卜筮无不与，至则馆集贤而廪给之。比年虽云合雨集，求其术可以依稀仿佛者盖少，或依稀矣、仿佛矣，而不挟之钓功名、干利禄者又加少。惟有道君子，厌奔竞，事恬退，则异于是。浏阳鲁叔宁专学《易》，尤精于数，赴召阙庭，有问辄验，尝赐车以便出入，诏以复徭役。及欲与之官，每谢不敢。至元壬辰，以老疾辞，上意殊眷眷，继陈所以去之实，乃许。将登舟，请余作《古村易说序》。

嘻！世之取号于峰、于溪、于涧、于松竹、于梅菊，不为不多，斯属闲适之趣，果遂其所欲，几何人焉？今叔宁发挥家学，遭遇主知，凡三寒暑，无一豪物欲累，如孤云野鹤，翛然而往，回视以术取功名利禄之徒，相去奚啻九万里，不几于有道君子而遂所欲者乎？自号古村，畴曰不宜？且村，野也，墅也，墟落也，复加之以古，是世间纷华事举不足动吾意，必欲耕宽闲、适茫荡、邻寂寞、致萧爽，慕庞德公、郑子真之为人，想焚香默坐，手执《周易》一卷时，客有自京师而南访于青枫之下，饭饱茶余，谈某之拜免、某之成败、某之吉凶，固皆在君术中，亦未必不对客笑且叹也。余因其归，为之歌曰：

泽之邑有曰浏阳，鲁之居居邑之傍。维今浏阳兮，乃古临湘。风物潇洒兮，民俗富穰。田有米兮玉粒长，瓮有酒兮浮蛆香。人生所贵兮寿康，古村之乐兮乐未央。片帆归兮渺相望，盍一语兮决余之行藏，何时杖屦兮如君徜徉。

送云伯让赴浏阳教授诗序

张伯淳

张伯淳（1242—1302）

字师道，号养蒙，嘉兴崇德（今浙江桐乡）人。南宋咸淳七年（1271）进士。入元后，于至元二十三年（1286）荐授杭州路儒学教授。官至翰林侍讲学士。卒后谥文穆。著有《养蒙文集》。

云伯让

洛阳人。元贞二年（1296）任浏阳州教授。教授为学官，掌管学校课试等事。

洛阳云君伯让赴浏阳州教授，能言之士咸为诗以送，属余序之。余谓《荆潭唱和诗序》在前，虽其事异，而措辞倍难，然不可以已。

夫时有今昨，地有朔南，吾道一而已矣。尝疑伊洛前修，前后相望，以道德文章淑其身、淑其徒，而辙迹不及江以南，间一至焉，则民事也，岂因鄙夷其士哉？皇元混一以来，仕者参错南北，往往而是，独不闻北方学者为南州文学掾，未必惮远，亦直卑冷官耳。伯让为亲赋禄，繇河南仕湖南，不远数千里，而取人所弃，卓识也。凡事习于旧闻者必玩，得于创见者常新。今浏阳肇州，学校因之而升，非直新其匾而已。伯让用力充平日所学，以淑弟子员，将士习日就斯美，上不负圣朝更新之意。勉乎哉！暇日企南轩高风，访龟山遗迹，以究伊洛渊源之盛，其为益当不止如今日所观。勉乎哉！

元贞二年。

《沁园春》跋　玄旦日，先君冀郡公作此示勉，敬跋于后

欧阳玄

玄子来前，还忆汝，今朝初度时。是吾家几世，书香阀阅；我翁畴昔，心地坦夷。宅相伊何？泛红老子，汝母慈仁有儿。如今恨，倚门人去，和胆为谁？

丈夫七十何为？算三十功名已是迟。要经天纬地，拓开实用；嘲风弄月，省可虚词。我亦平生，卮言徒费，犹酌檐花向九疑。团栾好，待老吾泉石，留汝钟彝。

大德丁未，玄贱生之日，先公祝之以《沁园春》，玄受而藏之。第年少家贫，性亦疏散，房中惟有一败箧，以绳约之。箧中无所有，又以纸外护之甚严，暇日时复展玩。明年戊申，不幸先公弃捐，自是见辄呜咽，殆不忍观。

皇庆壬子，玄免先公丧又二年矣，先公在时所定谢氏，岁久不克成婚。继妣长沙郡君，谋为玄毕婚姻，而玄方游湘中。继妣老妮启玄箧，取故衣浣濯补纫，以俟新婚。老妮目不知书，箧中文字亦为所持去，此词亦在焉。玄归而求之，竟失其所，遍索十数日无得，深自刻责，

欧阳玄（1283—1357）

字原功，号圭斋，晚年号霜华山人、平心老人。浏阳人。元代著名文学家、史学家。延祐二年（1315）进士。官至翰林学士承旨。“历官四十余年，在朝之日居四之三，三任成均，而两为祭酒，六入翰林，而三拜承旨”，“道德文章，卓然名世”。卒赠大司徒、柱国，追封楚国公，谥曰文。著有《圭斋文集》。今人整理编校有《欧阳玄全集》。

先君冀郡公：指欧阳玄父亲欧阳龙生。大德十一年（1307），欧阳玄生日那天，欧阳龙生作《沁园春》词赠之，即文前所引之词。

以为不能宝藏先人之训，遂为此生抱恨之大端。每至劬劳之日，则泣而识之，如是二十五年。屡尝吁之先公，冀阴相之，庶几复见此词，以无负付嘱之意。

延佑乙卯以来，玄侥幸科第，历官中外。至元元年乙亥，叨恩翰林直学士、国子祭酒，先公赠翰林直学士、亚中大夫、轻车都尉，追封渤海郡侯。寻蒙奎章近臣奏请，有旨申敕词臣制碑以赐。玄感激之余，付书还家，嘱舍弟信翁先白于祢。告祭之日，诸昆弟子侄咸集中堂，侄进老遽前曰："昨日偶治故书，得先祖手泽一纸，蟫食殆半，乃寿八翁《沁园春》也。"兄弟相视大惊，曰："此汝叔平时遍求而不得者，汝何得此？"众取视之，果然，即付书报玄京师。二年丙子夏，谒告南归立碑，甫抵舍，侄即以词见遗。玄奉词涕泣，如隋珠和璧，去而复还。自计生平可喜之事，未有过此。呜呼异哉！

词所谓"宅相伊何？泛红老子"者，谓外大父临贺府判理斋李公也；"倚门人去，和胆为谁"者，是岁免先夫人丧也；"嘲风弄月，省可虚词"者，玄少作颇患多，故先公以实学勖之也；"犹酌檐花向九疑"者，先公分教春陵，时将之官也。虽然，玄之至喜者，以此词之失而骤得，则先公若有阴相之也，他日或可逭伯鲁授简之责也。其至惧者，则以先公期待之意如彼，而玄之疏谫文学所成就若此，其何以逭伯符不克负荷之讥乎？装褫既完，踪迹所至，必携以自随。

三年丁丑，以侍讲学士召入京。戊寅春，以二品恩例申请。夏五月，进赠中奉大夫、湖广等处行中书省参知政事、护军，追封冀郡公。先妣追封冀郡夫人。六月甲申，祭礼毕，因出此卷，再写善本，并致所感云。

男玄泣血书于贤良坊寓舍。

浏阳州州官题名记

欧阳玄

元贞元年乙未，浏阳以县升中州，置建达鲁花赤、知州各一员，正五品；同知二员，从六品；判官二员，从七品。尝镌石题名于州治，而石非坚良，岁久将坏。至正四年甲申，同知买闾实来。其父孛老先居是官，顾瞻父名，惧湮没，岁满将代，请于监郡木八剌沙、郡守孙朵罗得及诸同寮官，以己资得贞珉，改刻之，谒文于玄。

昔玄至顺中，奉诏修《皇朝经世大典》，户部以天下版籍来上，因考南中州户口，惟浏居最。浏之长贰，铨衡常慎其选，五十余年之间，贤能常多，积官至宰执者有之，就任擢风纪者有之。至于父子先后来宰是州，斯则承平之盛观也。

两汉牧守，子孙相继，史臣书之，以著世禄，亦以劝忠孝焉。“夫孝，始于事亲，中于事君，终于立身。”身立名扬，即所以报君亲也。固愿莅斯土者，率以是为心，则是记之作，岂不足以劝方来也欤！

兴让堂铭

黄 溍

何官贞立起进士，官七品，法当封父母及妻，父以让于其祖，妻以让于其祖母，有司如其请以闻。貤恩既行，乃扁所居之堂曰“兴让”，名人巨公乐道其事，纪载而诵咏焉。君出以示予，因系之以铭曰：

让之为义，推己所有。木水本原，则有所受。子承其考，妇继其姑。家之积庆，匪我有余。嗟嗟末俗，借锄取帚。孰视尔民，俾归于厚。施由亲始，千乘可轻。义以起礼，善不近名。皇仁在上，孝子不匮。奕其龙光，恩荣备至。爰建称号，树之风声。一家之让，国人其兴。作为铭诗，荐此乐石。匪私其家，维以劝德。

黄 溍（1277—1357）

字晋卿，一字文潜，婺州义乌（今浙江义乌）人。延祐二年（1315年）进士。官至翰林侍讲学士、知制诰、同修国史、同知经筵事。卒谥文献。著有《日损斋稿》等。

兴让堂：浏阳人何贞立中至治元年（1321）进士，授官江西南康县尹，按例可以给父母及其妻子封官，其父何广心让给其祖，其妻让给其祖母，朝廷允之，于是何贞立名所居之堂为“兴让堂”。

芸窗记

许有壬

许有壬（1286—1364）

字可用，彰德汤阴（今河南汤阴）人。延祐二年（1315）进士。历官中书左丞、翰林学士承旨、集贤大学士等职。卒谥文忠。著有《至正集》。

浏阳山水深秀，实最潭属；文风士气，又轧湘部；齐民工巧，亦他郡莫及。余早获友其杰，询凡游者，遂习于闻。卜君瑞卿，世居七宝峰，擅溪山之胜，请记其室曰“芸窗”者。

士藏修一室已足，固无事观美也，力苟可及，清洁靓深，非过也。然一室蝂幪，不有开明，昼且如夕，窗有取焉。故曰：窗，聪也，于内见外之聪明也。芸，香草也，何居乎？其以香草之名其窗乎？古人有圭窦瓮牖，束于贫也；绫绮连钱，怵于华也。瑞卿华不至侈，贫不至陋，而托义又有比焉。骚则留夷揭车、申椒辟芷之属，昭其臭也，芸兼用焉。汉种兰台石室书府，取其辟蠹也；晋室乾八畦，则独取其臭尔。瑞卿将取其臭乎？抑取其用乎？余因有以쁜君之学矣。

夫一室取明，窗其地也；一身取明，心其窗焉。众绪纷纭而见于前，万事酬酢而出于中，涵养不素，则见有不蔽而出有不窒乎？瑞卿观乎窗，必有以求诸心；观乎芸，则不独美其臭，又将致辟蠹之用焉：君之学于是周已。虽然，蠹书，蠹之小者也。圣人正学，百家蠹之；天民良知，二氏蠹之；生人膏血，贪吏蠹之；天下纪纲，奸邪蠹之，是皆芸窗读书日所讲求者也。士一日出而用世，亦思所以辟此乎！瑞卿出五代司徒天倪后，族至千余家，世多显人，余不获考其谱，而知乃远祖在孔门四科者，其思学之，又将八面其窗，伺万物之蠹而辟之焉。语非其职，以过高难行，予其悖哉？为学者设也。学舍是，非学也。尚勉之哉！

题刘光远文稿后

苏天爵

至顺三年，予忝官六察，奉诏录囚湖北。四月至汉阳，拜谒儒（官）[宫]，校官进说经义，引《月令》“孟夏断薄刑，决小罪，出轻系”之文，反覆盖千余言，敷腴粹正，慈祥哀矜。予恻然为之动，询之其人，浏阳刘光远也。是后历掾洪、鄂两省，佐理问幕凡十二年，持其文稿，（后）[复]见予于鄂省旬宣堂。余读其文，体正而气完，辞洁而义密。

夫湖湘之南，山水峻清，而人之生，得其秀丽精英之气者居多，故奇材异人，往往间出。若今翰林欧阳公，颖然拔萃者也。光远与翰林同里，又相继应乡贡进士举，独淹留沈滞于小官簿领之中二十余年，无少芥蒂。呜呼！士有抱负异材，终老山林，弗能振耀于世者多矣，独光远乎？方今朝廷撰述前代遗史，征车四驰，收召文学才识之士，惟恐有遗，若光远者，文华之富，叙述之工，绝出伦辈，惜余远在外藩，弗克荐达也。然而至宝潜乎山川之幽，其光气辉然特见于外者，孰得而掩之哉？

至正三年冬十月庚子，赵郡苏天爵题。

苏天爵（1294—1352）

字伯修，学者称滋溪先生，真定（今河北省正定）人。延祐四年（1317）参加国子学生公试，名列第一，授大都路蓟州判官。官至江浙行省参知政事。著有《国朝名臣事略》《滋溪文稿》等。

刘 嗛

字光远，浏阳人，曾两次参加湖广乡试并中选（其中一次为延祐四年湖广乡试第四名，另一科年份不详），后官湖广、江西行省掾。

陈氏尚德堂记

危 素

危 素（1295—1372）

字太朴，号云林，抚州金溪（今属江西）人。至正元年（1341），因荐授经筵检讨，后累官至礼部尚书、翰林学士承旨。入明为翰林侍讲学士。著有《说学斋稿》《云林集》等。

陈颐孙

浏阳人，至正十一年（1351）进士，授邵阳县丞。

浏阳陈君某以“尚德”名其所居之堂，而自著家规十有六条，刻诸堂中，俾世守之。其子颐孙举进士，授邵阳丞，将归荣其亲，则过余求记其堂。按其家规曰：读书必由小学入，循序而进。讲明修身齐家之道，当见诸行事，无徒事文辞，以钓声利。祭祀用朱文公《家礼》，参之以司马文正公《书仪》，著为成书，无遽增损。凡祭，宗子主之。叔父虽尊，不当主祭。不奉神鬼浮屠，不用巫觋。构堂四楹，每食，男子居外，女妇居内，童子别席。有酒肉则共食，不足，则奉亲慈幼而已。子妇定省毋阙废，临事绌己奉公。或教之不从，则妇出子逐，勿为姑息以紊家法。取妇毋苟利其赀产，家事三年以次掌之。事无大小，必告家长，毋得专行。男子各为生计，公库给本钱，居者月归子钱，行者杀其四之三。子妇绩麻十有三斤，取纺纻十斤，女子未嫁者，取其半。子妇治丝织绫绢者，六十有一匹予一匹，女子三十有一匹予一匹。能增置产业及桑茶竹木，必纪于籍，毋私蓄、私假、私与。饮食衣服，冠婚酬酢，私亲馈遗，一取之公库，定为品节，毋过于奢。仕而有余禄者，亦归诸公库。仆婢授之以事，而责其成。此其大凡也。

然其堂曰尚德者，著其保家之本，其在于斯乎！嗟乎！甚矣其德之不可以勿尚也。彼有德之不尚，而唯力之是骋，未有不倾覆败裂者。心嬴秦之强，虎视六合，而威震诸侯，曾不旋踵而亡其国。有天下者且然，况一家乎！是以知力之不足恃盖如此。夫且所谓德者，本诸吾之固有，而非外至，亦何为而不尚哉？今君之处其家规，肃肃乎区画之严密，可谓谋之深而虑之远。为其子若孙者，夙兴夜寐，无丧厥德，则其兴也，将绵绵而未艾。九江之宗家，不独专美于前矣。是为《尚德堂记》。

明

浏阳县儒学记

汤 荧

汤 荧（1315—1375）

谱名廷辉，字映亭，号箕山，元末明初浏阳人。元至正元年（1341）湖广乡试第二名，次年中进士，任鄮县尹。善篆书。著有《壶园集》。

儒学：古代在各府、州、县设立的供生员修业的学校。宋、元时浏阳儒学在县治东南，元末毁于兵。明洪武元年（1368），史希贤任浏阳知州，于旧址重建。次年浏阳由州改县。

洪武元年春王正月，潭州郡守滕思勉入觐回，祗顺德意，励翼学校，务欲启迪治机。时史公仲良为吾浏守，躬服圣轨，以倡余民，日夕颛志学宫。先是，王公伯昭爰始爰谋，功专草创。刘公伯奇继之，为治日浅。而吾史公克承厥勋，不以为艰。州判陈均佑、吏目王大章寅谋赞功，通底成绩。于是堂殿门庑，式侈以完；文章黼黻，式像以昭。宫墙内外，工力所及，举以法故，光复旧观。然而经营有序，计划有方，不棘不回，吏不弃功，民不告劳。释奠之日，济济洋洋，观礼垣门，大小咸说。惟升平时学宫修废举坠，咄嗟可办，而犹有因循失职者。今也，构材用于灰烬之余，资工力于荼毒之后，使人见之，巍然灿然备于规模器数之间者，圣人之灵欤！

古者，学校之设，自王都以至侯国，教一而已；天叙、天秩，自天子至于庶人，理一而已。时有古今，而此理之出于天命者无古今；学有兴废，而此理之存诸人心者无兴废。故其所以为教者，岂强其所无于性命之外哉？明善以复其初而已。善者，百行之原；学者，首善之地也。《书》云："天佑下民，作之君，作之师。"君道尽，民生以遂；师道尽，人伦以明。史公于开创之初，而能以文教为急，上不失国家之心，下不失士民之心，且能使士民咸知琢磨令范，敦行而不怠，贤矣哉！

浏为龟山先生过化之邦，素称多士。呜呼！沿河洛，溯洙泗，先生一人而已。城南，文靖故迹在焉。史公营治学校，先泮池，次书院，盖欲俾吏于是者知有所法，事于儒者知有所宗云。

欧阳文公文集序

宋 濂

文辞与政化相为流通，上而朝廷，下而臣庶，皆资之以达务。是故祭飨郊庙则有祠祝，播告寰宇则有诏令，胙土分茅则有册命，陈师鞠旅则有誓戒，谏诤陈情则有章疏，纪功耀德则有铭颂，吟咏鼓舞则有诗骚。所以着其典章之懿，叙其声名之实，制其事为之变，发其性情之正，阖辟化原，推拓政本，盖有不疾而速，不行而至者矣。然必生于光岳气完之时，通乎天人精微之蕴，穷乎历代盛衰之故，洞乎万物荣悴之情，核乎鬼神幽明之赜，贯乎华夷离合之由。举其大也，则极乎天地；语其小也，则入夫芒秒。而后聚其精魄，形诸篇翰，沨沨乎，泱泱乎，诚不可尚已。世有与于斯者，其惟大司徒楚国欧阳文公乎！

公讳玄，字原功，潭之浏阳人。其先家庐陵，与文忠公修同出于安福令万之后。公幼岐嶷，十岁能属文。逮弱冠，下帷数年，人莫见其面。经史百家靡不研究，伊洛诸儒源委尤为淹贯，遂擢延佑乙卯进士第。历官四十余年，在朝之日殆四之三。三任成均而两为祭酒，六入翰林而三拜承旨。盖当四海混一之时，文物方盛，纂修实录、《大典》、三史，皆大制作。两知贡举及读卷官，凡宗庙朝廷雄文大册，颁示万方制诏，多出公手。金缯上尊之赐，几无虚岁。海内名山大川，释老之宫，王公墓隧之碑，得公文辞以为荣。片言只字，流传人间，咸知宝爱。文学德行，卓然名世。羽仪斯文，黼黻治具，公之功为最多。

君子评公之文，意雄而辞赡，如黑云四兴，雷电恍惚，而雨雹飒然交下，可怖可愕；及其云散雨止，长空万里，一碧如洗，可谓奇伟不凡者矣。非见道笃而择理精，其能致然乎？呜呼！自宋迨元三四百年之间，文忠公以斯道倡之于其先，天下学士翕然而宗之；今我文公复倡之于其后，天下学士复翕然而宗之。双璧相望，照耀两间，何欧阳氏一宗之多贤也！不亦盛哉！

初，虞文靖公集助教成均，其父井斋先生汲方教授于潭，见公文大惊，手封一帙寄文靖，谓公他日必与之并驾齐驱。由是文靖荐公升朝，声誉赫赫然相埒，卒符于井斋之言。文靖之文已盛行，公薨二十四年，其孙佑持持公集二十四卷来谓濂曰：“先文公之文，自擢第以来多至

宋 濂（1310—1381）

字景濂，号潜溪，浦江（今浙江浦江）人。元末明初著名文学家、史学家。元末辞朝廷征命，著书立说。入明后任《元史》总裁，累官至翰林学士。明武宗时追谥文宪。著有《宋学士全集》。

欧阳玄卒后谥文，后人称之为欧阳文公。

一百余册，藏于浏阳里第，皆毁于兵。此则在燕所录，自辛卯至丁酉七年之间作尔，间有见于金石者，随附入之。子幸为文叙之以传。”濂也不敏，自丱角时即知诵公之文，屡欲裹粮相从而不可得。公尝见濂所著《潜溪后集》，不赐鄙夷，辄冠以雄文，所以期待者甚至。第以志念荒落，学识迂疏，不足副公之望，况敢冒昧而序其文哉？虽然，公文之在霄壤中，上则为德星，为庆云，下则为朱草，为醴泉，光景常新，而精神无亏，亘万古犹一日也。序之与否，尚何暇论哉？佑持字公辅，问学精该，论议英发，无愧于家学者也。

金华宋濂撰。

升冲观铭 并序

陈 文

陈 文（1405—1468）

字安简，号䌹斋，庐陵（今江西吉安）人。正统元年（1436）周旋榜进士第二人。官至礼部尚书，加太子少保，兼文渊阁大学士。卒谥庄靖。著有《聚斋集》等。

升冲观：在浏阳孙隐山下，始建年代不详，相传唐代名医孙思邈在此修炼升仙。

升冲观，在湖广浏阳县之东孙隐山下，不知创于何时，或传唐孙思邈真人隐处于此修炼。观以“升冲”名者，其徒学孙之道，即其地而屋之，以其当时升仙而神之也。观宇倾坏，久无住持。今国朝道会王震经始修葺之，为祠其间，而观之名以著。

宣德庚戌，邑人喻道纯弃俗学道于观。后七年，正统丙辰，来游于京师，礼今悟玄养素凝神冲默阐微振法通妙邵真人为师。邵之道，即孙之道也。道纯受其传，而能心领神会，得其要旨。邵因荐为玄议，累升至右正一，住持洪恩临际宫。每月朔、望，一命行祭礼于宫神，其恩荣之厚，莫能逾也。升冲观实道纯发身之地，相违二十有五年于兹，适新之以宠其旧规者，未尝一日不在念也。于是罄其累年所节缩衣食之物，付诸道会彭思伟、住持刘允福等，市材鸠工而重修之。其正殿三间，廊庑、斋堂、寝室，与夫道会之司、庖湢之所，莫不以次完美，乃告成焉。

道纯曰：“吾所以修之者，非徒以是振吾宗师之传而已，良由阴阳之和，风雨之时，万物之阜，四民之各安其职业，而吾徒得以行其所传之道者，皆上之赐也。宜岁时朝暮鸣钟，合其众焚香，诵经正殿，祝圣寿永膺天命，以康天下而宁百神之福也。不可以无碑记示悠久。”诣予请焉。

考孙隐山在升冲观之后，其岭有飞升坛，坛旁有洗药泉，派出老树穴中，四时不竭，前有洗药桥，信乎神仙灵境。去南岳衡山不甚相远。昔韩文公言南方之山，巍然高而大者以百数，独衡为宗，而清淑之气，蜿蜒扶舆，磅礴而郁积，金、水、土之所生，神气之所感，必有魁奇之士生其间。由此观之，则孙隐山当在百数之内，而又山取近于衡，是宜昔有思邈之宗，而道纯得以承之于今。此升冲观所由以重修也。用纪其事而铭之。铭曰：

巍巍名山，钟灵储精。迩于南岳，灵人笃生。其生伊何？演有道术。克神其逝，乃有其迹。乃创其观，揭名“升冲”。用昭灵异，特立厥宗。轮奂随心，峨峨紫府。不勒丰碑，何以千古？勒之碑之，曰惟喻师。市工输材，括囊罄资。既完既美，功归道始。不曰先宗，曰奉天子。天子万年，四方宁谧。惟元惟一，同乎无极。

儒学记

陈 方

国朝内建国子监，外设府、州、县学，所以教人育才，必底于成以待用者也。然内之教，惟收外所教之成功；而外之教，实为内所教之基本。则凡知一郡、一州、一邑者所宜急务，可一日少逭哉？

湖广潭之浏阳，旧为州。国朝洪武戊申，史希贤知州事，学仍其故。明年己酉，改为县，知县陈宗铭始修之而未备。暨府别驾斯侯干继修之，始用完固。迨今有年，雨淋日炙，虫啮蜂嘬，完者阙，固者朽，偃仆日寖以甚，庙焉曷以妥神？堂焉曷以示教？斋焉曷以讲习？

成化丙戌，余同寅夏公至，见而病之，欲经营修葺而弗果。适蜀之荣昌袁相以是岁六月筮仕，至庙谒竟，深加慨叹曰：“学校之责，不在兹乎？”遂与训导羊城曾瑜协谋，节省冗费，市材木，陶砖甓，命工葺理之。自文庙两庑、戟门内外，一用盖饰，朽者易之，仆者起

陈 方

字正观，庐陵（今江西吉安）人。正统十年（1445）进士。官至按察佥事、湖广提学。著有《直庵集》。

之，缺漏者补镂之。经始于是年十二月，落成于明年二月，焕丽坚致，不异新创。余以督学至，瑜具以是告，并以记请。

吁！学校之政，举之固难，而学校之修，功亦未易。夫自青衿之有歌，弦诵之无声，古尚刺之，况后世乎！盖降衷秉彝，民所固有，拘于殊禀，狃于殊俗，于是始有贤、不肖之异。古先哲王有忧乎此，而教所由兴焉。三代之隆莫尚矣，虽煨烬于秦，黄、老于汉，而天理民彝之不可泯者，万世终在也。何者？人之性也。在于心，则曰仁、义、礼、智而已；见于人伦，则曰君臣、父子、夫妇、长幼、朋友而已。师之所以教者，此耳；弟子之所以学者，此耳。学之至，则可以希贤希圣；不至，亦不失于令名。时焉而行，掇高科，跻朊仕，兼善天下在是也；时焉而止，尚吾志，乐吾乐，独行其道在是也。若夫沾沾焉，汲汲焉，徒事乎章句之末，记诵之余，以媒利禄者，亦不知今日之所知，何以为大学之基本；他日之所行，何以收小学之成功也。

相发身科目，由邑学而升大学，凡若予言，盖饱闻饫听久矣。既饬学以为教之地，复振德以培教之功，吾知浏阳之士，其将大有成也。可立以俟。是为记。

龟山祠记

毛 鹓

岁辛未，鹓叨上命，领部符，将视篆于长沙之浏阳县，辄常惴惴。浏阳，宋龟山杨先生治所也。先生举熙宁九年进士，始于此令，终于龙图阁直学士。其命脉存于道体，忠烈著于朝廷，德泽流于党族，而无弊者。鹓何似也，而可践其职耶？比至，乃见吾浏之淳朴未消，浮伪不长，而先生之风化尚殷。鹓不与其力而飨其功，先生岂欺我者哉！是以忘其忧且愧，而反怡以乐也。

盖自先生之后，岂无崇报者哉？相去六十余年，建安张君才邵来任于此，治先生所建之飞鹦亭，改曰飞鸿阁，像先生而祀之，丐诸南轩张先生之文以为记，是推前人之美而志浏阳之思也。弘治乙丑，治

毛 鹓（1468—1537）

广西贺县人。弘治十一年（1498）举人。正德六年（1511）任浏阳知县。正德十二年升广东高州府通判。历官至雷州府同知。

龟山：宋代浏阳县令杨时之号。参见本书首篇《归鸿阁记》作者简介。

浏者徙学宫于县之西，先生之祠亦附焉，惜乎隘而不弘，简而未备。鹓不忍于不顾也，议以龟山书院鼎而建之，请于巡抚都御史无锡秦公金、巡按御史张公翰、提学副使四明张公邦奇、分巡佥事延平谢公廷柱、长沙府知府余姚陆公相，皆是之。惟时同知丰城李公伟以事至浏阳，则规画之。县丞萧恕、主簿黄稷、朱芳、典史前监察御史雷宗、儒学教谕陈时用、训导万爽、廖贵则综理之，耆老胡潮纶、黎元绍则监领之。是以财不赋而羡，工不费而众拓，其湫隘者为亢爽之地，筑宫于其上，设像于其中，斋祭之室，讲诵之堂，休息之庐，肄业之舍，出入之门，莫不以序而为焉。经始于正德十年十二月十二日，落成于十一年十月初二日。崇祀先生，有其所矣。

吁嘻！先生之道，在在皆是，岂独浏哉！自其浮沉州县，盖四十七年，而擢居谏垣仅九十余日。宗程派之正，黜王学之非，而纯于文；阻燕云之师，震高丽之主，而练于武。启湖湘之利而主于仁，排靖康之议而断于义。其有功于世道者，类如此。是以崇祀于孔庭，追悼于钦宗，获传于豫章，而天下后世，崇之无斁，浏若不足道者。特以浏人之怀惠，吾党之承式者，自不容于已矣。后世以来，苟能讲先生之遗文以致其知，体先生之遗事以践于行，使修于家也为良士，施于国、达于天下也为良吏，则今日书院之建，岂小补哉！

鹓自入觐南归，滥获高州府判之迁。迩欲告先生以东之，而浏人来请曰："愿为之记。"顾鹓之陋，焉敢与南轩相先后哉？姑述所闻见以记之。

飞鹦亭记

王献芝

王献芝

字德仁，歙县人。嘉靖十一年（1532）进士。官至南京工部虞衡司郎中。

飞鹦亭，宋代浏阳县令杨时所建，在县署二堂右，用以自比知足小鸟。明代浏阳知县苏志皋重新修葺，后废。本文作于嘉靖十三年（1534）。

夫饬法经籍、变风崇化、平贾规制、敦礼兴农，令之任亦琐矣。龟山之治浏阳也，赈荒缓征，不避上谴，时尤诎也。而飞鹦亭义何取乎？或曰：“鹦，小鸟也，飞不数尺，言乎其栖之易也。”或曰：“鹦之飞也，而跃如在前，言乎斯道之昭也。”或曰：“亭，寄怡也，而飞鸟鸣焉，言乎其止之暂也。”义亦悉矣。岁久而治迁，亭亦莫之知也。

嘉靖甲午春二月，予以使事经浏阳，同年固安苏寒村志皋实令是邑。入其境，则耕叟相望，野无榛芜，知重农矣；入其郊，则少长有序，吏胥效恭，知有礼矣；观于庠，则庑楹维新，菁莪济济，知重化矣；察其俗，则人道渐经，鬼道渐微，知移风矣；稽其赋，则倒甲有册，积弊顿清，知明籍矣。乃喟然叹曰：“浏阳有龟山之遗乎！”因访其亭，则寒村毁淫祠而新之者也。址于治右，广三楹，围以垣墙，植以竹木，时或延宾退思，且示景贤也，命予记之。

夫施于堂而思于室，非有警心之助乎？则怠偏生，而政或几乎息矣。亭曰飞鹦，有不因名而思人，则往而劝来乎？将有为也，皆不可以不思，思不可以无所，企仰前修，超然神会，飞鹦可以缺亭乎？是为记。

儒学记

徐 爌

七十子丧，大义乖，趋究愈远，而所赖以维良心于不忘者，学校是也。其维学校于不忘者，孔子之庙是也。皇祖痛胜国之乱，汩人心于污浊，廓而清之，维新之风薄海内外，王猷恢张，圣绪炳耀，而遐陬逖区，咸指之趋肆。郡县有学，学有孔子之庙。夫然后，过庙而趋者，咸曰孔子。夫良心既汩之后，知孔子或寡矣与？有知者，宁不惕然而思乎？孟子曰："若夫豪杰之士，虽无文王犹兴。"盖伤之也。故自大贤以下，鲜有不待闻见而兴焉者。夫良心在我，始若不待闻见而兴，而兴者或出于闻见，则闻见之内居多焉。人已汩其良心，而不复求之闻见之间，其终也已。嗟夫！人心未尝无孔子也。孔子既没，吾心之孔子远矣。而使闻见复无孔子，则吾心之孔子不益远乎！故祀孔子之有庙，将使遇孔子于耳目，而求孔子于心者也，闻见之实物也。庙存而孔子与存，庙亡而孔子与亡，孔子之存亡卜于庙，而人心之存亡卜于孔子。然则庙也者，良心之大端所寄寓者也，岂直为竭虔妥灵、辉映威丽已哉？

浏分邑古长沙，居衡岳之阴，昔龟山先生所尹也。宋、元朝咸设有宫墙祀孔子之所。洪武初，知州史希贤饬之，兵毁之余，制稍稍云备。然在县治之东也。弘治末始迁之西，历四十余年而构裂甃敝，因之。嘉靖壬子，郑子来令兹邑，谒孔子，孔子之庙则已寖失其初矣。乃喟然曰："我高皇祖观厥人文，以化成天下也，惟孔子；以维人心之良而德业维新也，亦惟孔子。孔子之祀于浏也，若兹哉！振坠饬蛊，有司莫先焉。吾安知有升斗之禄？"于时，浏之民引礼官周文郁者，闻令言，输资而共职，奉厥绳画，爰諏日而鸠工程能，撤腐剔蠹，木者聚材，圬者实土，匠者斫，陶者埴，金者锻，石者砺，绘者彰施于五采，凡几越月而告新焉。敷文街之北为棂星门，门之北为两庑，庑之北为孔子之庙，咸革而鼎之，煌如矣。郑子乃竭虔释菜于孔子，始妥厥灵。而浏士民见孔子之庙如故者，自郑子始。明年，爌奉命筮仕长沙，以公入浏，知郑子者也与。诸生告之爌，乃进诸生告曰：

知郑子之所以新庙者乎？庙之圮也，风雨鸟鼠为之也。吾人之有

徐 爌

字文华，太仓（今江苏太仓县）人。嘉靖三十二年（1553）进士，授长沙府推官。官至山西道行太仆寺卿。著有《四书初问》等。

弘治十八年（1505），浏阳知县李淳将县儒学迁建于县城西门内。后历经修葺。本文作于嘉靖三十二年（1553）。

良心，亦犹是也。方其初也，廓而有容，制之宏也；明而能通，牖之启也；任则克胜，材之良也；震撼不倾，址之固也；炳焕有文，饰之华也：兹皆吾心之故物也，所谓孔子也。逮气交而蔽，情薄而决，则宏者隘，启者塞，良者蔽，固者解矣，华者驳而无章矣，其为吾心之风雨鸟鼠也，不既多乎！而昔之孔子安在哉？罔罔焉莫知所以新之，非郑子新庙之初意也。故郑子之新庙也，新吾耳目之孔子者。当求新于吾心之孔子，博而学之，材之聚也；纳而履之，土之实也；修而治之，匠之斫也；纠而结之，陶之埴也；员以镕之，金之锻也；方以齐之，石之砺也；礼以将之，乐以和之，绘人之彰施也。而吾心之孔子，厥惟新矣。由此以孝于家，由此以忠于国，由此以垂于不朽，是谓孔子之道，是谓新心之学。不然，匪心之是新，而徒逐逐于功利富贵之间，犹庙之圮也，而病于孔子者大矣，兹郑子之戚也。

郑子名汝清，乡进士，试令，闽人。

《浏阳县志》序

萧 敷

萧 敷

字汝教，庐陵（今江西吉安）人。嘉靖十九年（1540）举人。嘉靖三十九年（1560）任浏阳知县，次年主修《县志》，四十二年（1563）离任。

本文为明嘉靖四十年（1561）版《浏阳县志》序，原题作《旧序》。

郡邑之有志，犹列国之有史，所以彰往昭来，阐幽扬休，厚风俗而寓劝惩也。故传之《禹贡》，列之《职方》，分之《周官》，著之图籍，而凡载在方舆者，先王重焉。迨西京刘向著郡国之事，东汉南阳撰《风俗》之篇，而后郡国分合，有志于今，犁然举矣。然典礼纲常，自古相因，制度文为，随时损益，非参稽互察、原始要终而推寻之，虽智者不能为臆说矣。

浏阳固《禹贡》荆州之域，而江汉之名区也。故虽有志，或刻而未备，或录而未刻，有志于经邦考古者，无所于稽也。嘉靖庚申夏，予知浏阳县事，同年竹溪刘君亦同时来司教。明年春，爰相与谋修志焉。刘君乃检之图帙，询之耆旧，考古酌今，提纲汇目，务协舆论，越数月而志成焉。其志地理也，而知守土焉；其志建置也，而知慎役焉；其志学校也，而知讲道焉；其志职官也，而知树德焉；其志祭祀也，而知理幽焉；其志名胜也，而知仰贤焉；其志食货也，而知重本焉；其志人物也，而知表俗焉；其志方外也，而知崇正焉；其志艺文也，而古今之文献备焉：要皆有关于世教者也。

昔江文通以修史之难，无出于志；陈寿称善叙述，李延寿称悉旧事，而志独略焉。盖繁则冗，简则疏，不辨不核，不断不法，溢美则虚，徇情则私也。斯志凡二卷，足以备遗忘而资治教，而兴废举旷，亦略可见矣。梓而行之，后之有志于经邦稽古者，其亦足征乎！

八难七苦详

冯祖望

浏阳深居万山，界连江省。陈友谅之乱，往来鄱阳、洞庭间，一时遭兵者，争避于此，山巅崖畔，无地不耕。及时平世易，民兴乐土之思，渐返外境，则浏阳之逋亡，盖非一日。又以山势险峻，四境之中，曾无百亩之原、十家之聚，逶迤山隙之间，迢递而耕。故一家绝则一境荒，一户逃则数山废。近因加派数多，民不聊生，挈家携族，逃亡过半。每年逋欠，必以一万六千为率。卑职近勘荒公出，穷乡僻壤，无地不到，颓垣败壁，所在皆然，白苇黄茅，一望即是。当此不为浏民请旦夕之命，讵不上负国恩而下负所学？故受命以来，夙夜饮冰，拮据半载，始有头绪。今按通邑荒芜绝户、实难垦辟者，共计粮五千九百八十七石，恭具文册申详，伏惟宪台俯采末议，概赐题请，即予蠲恤。万不获请，或于本省通融酌量，略从宽宥，庶几国课得以稍完，民生不至尽窜。谨将合县情形，胪为十五条，名曰“八难七苦”。伏冀公余之下，俯赐电烛。不然，循此以往，不加抚恤，则逃者愈逃，荒者愈荒，欠者愈欠，日增月甚。卑职一身之去就不足惜，而困极变生，当有不忍言者矣。

一曰田无科则之难。查全楚赋役，长沙较他郡独重。而长沙诸邑，亦复均为三等，上者七升，中者五升，下者不过四升，惟浏之粮，概以九升二合七勺起派。故虽山巅崖畔，极瘠之地，输课亦同于沃壤。

冯祖望

南直隶武进（今属江苏）人。崇祯四年（1631）进士，次年任浏阳知县，在任六年，有惠政。升户部主事。后官至闽广屯田道、布政司参议。

加派重而岁入不足偿赋，斯逃亡接踵。合无得援各邑之例，稍为酌量，以苏民困。

二曰丁无增减之难。粮之厚薄视其田，丁之多寡视其粮，斯征输均易为力。浏邑廒经所载，有粮百石而止数丁者，有粮无升合而多至十余丁者。每轮大差，则计丁而课之，南、兑二役，每丁约费银三两有奇，丁多之家，无不望风远遁。甚至人既逃亡，丁犹在籍，则有房绝归户、户绝归甲之说，里递因之而并困，故一丁逃则通户累，一户绝则通甲累。合无照令典事例，五年一审，二十上丁，五十退丁，丁皆占实，庶役犹可支。

三曰绝户追溯之难。凡粮存而人亡者，谓之绝户，如张其义、李广师之类是也。绝户之粮，动以百计，或十甲之内绝一二甲甚至六七甲者，或一甲之中绝三四户甚至六七户者，按籍则有，征粮则无。合无将前项钱粮，姑从缓征，召募开垦，俟渐次成熟后起科输纳，庶几绝者可冀复续。

四曰浮粮稽核之难。人存而田无者，谓之浮粮，如龚吉、胡求之类是也。此由先年奉丈，宽窄未均，且田居山顶，层级而下，如鱼鳞、瓠子，丘小形奇，未能悉合丈法。而楚俗之田，又不论亩而论石，或一石多二三斗，或一石少二三斗。民间交易田产，只以谷种计，照种收粮，堕遗为累，甚者贫民窘迫，将产典卖，豪强者因之择肥弃瘠，丢粮匿税。所以无粮之租饱乎豪橐，而无征之粮悬于公家，弊成积渐，匪朝伊夕。合无通邑丈量，以清夙害。

五曰逃丁招抚之难。人所以恋恋故土者，以有有生之乐也。浏荒粮既多，丁差累重，故每当大差，逃亡相继，又终无变计，户以及户，甲以及甲，甚至本不欲逃，及预计某人之累必至，遂携妻子弃田里而去，无从踪迹者，比比皆是。合无将役法稍变，以招流亡。

六曰荒芜开垦之难。浏邑举目荒芜，然除绝户久荒之田，不过四千余石。若不论土著、客民，有能具牛种者，即给帖，许令永远得业。三年之外，必有可观。合无晓谕远近，不必心怀疑畏，并于开垦未熟之候，仍缓追呼，庶石田丰草，不难渐辟。

七曰异省勾摄之难。浏邑毗连江右，流窜之民，朝发而夕出境。凡有逋欠，即携家挈族，潜往萍乡、万载、宜春、袁州、宁州等处。迨至关拘，动淹岁月，而南、兑各项不能缓待，因差逼亲族垫补，虽稍有身家者，亦累不能支。

八曰追呼不应之难。浏民僻处万山，里长星散，每至比较，延匿不前。前任各官不得已而比及花户，追花户又逐名取保，而浏民始无复有都里约束。故一丝一勺，必人人而问之，官之琐屑既甚，民之供应愈难。

一苦于州县之代编。浏之正供，因荒芜逃窜，每年逋欠几及二万两。查《全书》开载有代编监利县、沔阳州银一千八百二十二两九钱六分，近又代编湘潭惠、桂二王膳租银五十两二钱六分八厘。夫监利、沔阳当日必有万不得已，而后为此通融之策，但分疆画界，各有额征，可暂为代，而不可常为额也。况湘潭较浏，湘肥浏瘠，浏代湘编，毋乃倒置？且今日之浏，方望代于他州县之不遑，讵堪为他州县代耶？合无将代编一项，各还正额，庶得以无名之输，先完正供之赋。

二苦于重差之叠至。浏田既瘠，布种之外，全不加粪，每田一石，丰收不过得谷十石有奇。近自加派，溢额之半，粮银每石六钱八分零，南、兑两仓又加海米，每石共粮四斗有零。有田之家，卖谷十二石始得银一两，仅仅完粮，尚恐不足。及至十年，计田起差，富者尽营轻仓，官与为市，贫者悉得漕兑，每石费银二两，势不得不负省债而归，徐图剜肉。奈漕米甫完，南粮复届征收，解运仍止。漕兑之人纵使略有身家，十年无不彻骨。

三苦于舟楫之不通。浏水发源大围，仅止一线，而四十八滩湍急陡峻。南兑又在秋冬水涸之际，河狭石怒，计程五日，方抵大江。一船所运，不过十余石。其穷谷深崖，离水次稍远者，攀援而至，一人之力负米五斗，三日始达城市，比输米入仓，往返食用盘费，此五斗者已十耗其半。是浏邑之粮，无论自县到省，自省到岳，官有各项垫赔，即由乡达县，民已为费不赀。

四苦于秋成之半入。农家一岁之计，惟仰藉于秋成。浏田依山垦种，高下不一，其在山巅者希雨泽，其处洼下者冀晴霁。故五六月间，十日不雨则高者荒，十日连雨则低者汩，即岁歌大有，通计止有半获。夫以半入而完全粮，此亦不可几之数矣。

五苦于商贩之勒卡。浏邑舍谷米而外，一无所出。当开征之始，谷未登场，皆预向客借，谓之揭谷。谷二十石，始得银一两，期满不偿，则又控累不休。而浏民之弃产业、鬻妻子者，殆无虚日。

六苦于催科之无术。浏邑荒绝几半，万难追比。然国课不能虚悬，须有法以调剂之，令民晓然明白，踊跃输纳。而近来县无正官，且叠经罢黜，官浏者视此席为畏途，其猛鸷者任鞭挞，宽缓者耽诗酒。浏民无天日之望，含怨积忿，轻去其乡，非一日矣。

七苦于频年之堕累。查照浏邑南粮自天启六年起至崇祯四年止，全未征解；北绢自崇祯二年起至五年止，全未征解。南粮既六年并征，而北绢又缘前官苟且，致经驳换二千零八匹，署印梁训变价，每匹缺少五钱，共缺银一千零四两，又绢脚等费一百八十六两。浏民之脂膏已竭，万难重派。此外尚有折布江、济、楚郡王禄银、将军禄银等项一万八千有奇，自神庙以来，并未分毫起解。点金煮石既乏奇方，亦惟心枯髯秃而已。

清

《浏阳县志》序

史大成

史大成（1621—1682）

字及超，号立庵，浙江鄞县（今属宁波）人。顺治十二年（1655）汉榜状元，授翰林院修撰。康熙初年曾寓居浏阳，知县韩爆优礼之。后官至礼部左侍郎兼翰林学士。著有《八行堂集》。

本文为康熙四年（1665）版《浏阳县志》序，原题作《旧序》。

《浏阳县志》自故明嘉靖辛酉，迄今康熙乙巳，凡百有五年，而韩令超韩爆始修之。夫百有五年远矣，文献无征，传闻寖渺，嘉靖以后之事不可得详，又旧刻屡经兵火，藏板散失，印本亦罕有存者，遍询耆宿，仅获一编，残阙不次，韩令是举甚难哉！然而不可少缓矣。

余惟郡邑有志，在上则为政教，在下则为风俗。前人所行谓之法，后人所则谓之权。权者，因时而制其宜，随事而通其变。故君子一膺民社之寄，下车而知其地之宜因宜革、宜损宜益者，以有志也。

予观《浏志》所载，有宜革而未革、宜益而未益、宜损而未损者：

宜革者习俗。浏阳斗米不过三十钱，尺布不过六七钱，鸡彘之畜，盈于篱野，衣食不忧不足，而好斗讼，为守令者往往有积牍焉。《志》曰："劲悍而决烈，岂风气使然，久则难变欤？"吾闻移风易俗者，君子之任也。使民无讼，当必有道，此其责在守令。

宜益者科第。浏固山邑也，大围绕其东，巨湖耸其西，天马亘其南，石柱壮其北，其间巨川细流，分合盘曲，折而趋湘，揽胜者有地灵人杰之意焉。及观《志》之所书，故明几三百年，进士四人，登乡荐者四十四人耳。今朝廷自酉、戌开科以来，求贤若渴，而浏士无与盛典者，何也？日者谓猿啼儒学，文峰卑而不振，宜立浮图以高之。不可云无此理，而非其本也。敦本之道，在严学校之教，而兴礼让之风，此其责在广文，亦在守令。

宜损者田赋。按浏赋每亩一斗七合，古也。明太祖即位，有诉浏民助陈友谅饷者，故倍之。一时之怒，原不足为百世不易之经。况昭代鼎新，浏民效顺，自在圣心嘉悦之中。有能上达此情，必蒙恩减。此其责在令请之守，守请之藩司，藩司请之督抚，而督抚请之朝廷。

然则韩令之修此《志》也，岂以备稽考已哉！曰："吾将于三者加意焉。嘉靖以后之事，咨诹所及，确则书之，不详可也。旧刻残阙，正其讹，间亦补其略也。"托诸空言，不如见诸实事，其斯之谓欤！

道吾山记

韩 𪸩

环浏皆山也。峻特奇耸，望而知为灵岫绝峤者，则惟道吾。

世传唐时，宗智禅师至浏，入山未及巅，巨石当关，遂趺坐石穴。有白衣老人自称山中娑伽龙，作礼曰：“师为开山祖，待师久矣。”师曰：“吾志惟此，道成吾矣。”俄而鞭霆掣电，石裂道开，因诛茅卓锡，以“道吾”名其山。会唐帝疾，榜召医。白衣老人入奏曰：“臣潭州道吾山娑伽龙也。帝疾翌日必瘳。”语讫，腾云而去。已而果然。乃敕建护国兴华大禅寺，封白衣龙王，立祠潭侧。事虽不经，而祖师岩、老龙潭数方外灵迹者，数百年未歇也。

岁甲辰，四明史殿撰过浏，要予游。遥而望之，飞泉喷沫，匹练横空，霜烟助洁，日星乱采，奇胜殆难名状。入其山，阳辟阴阖，偃蹇道傍者，雷劈石也。屹屹峰左，下锐如锥，跻其上而心若悬旌者，定心石也。撑撑天半，振衣而星斗可摘者，五老峰也。石级齿齿，蜿蜒而上，视先登而顶踵相摩者，七星坡也。登绝顶，则棋盘石在焉。手谈已歇，方罫犹存，感河山之一枰，悟兴亡于弹指。于斯时也，则有凭吊欷嘘、怆怀千古者矣。凡此皆道吾之胜概，而游人之所取资者。

至若层峦叠嶂，拥护城郭，龙湫觱沸，灌溉民田；岁旱祷祠，辄奇验，触石而出，肤寸而合，不崇朝而雨，是又有功德于民，非徒一丘一壑，供逸士之盘桓已也。元、明以来，历遭兵燹。近僧无尽，云栖斯土，大畅宗风，四方缁流骈集，飞炉铁甃，峨然改观。信乎！兹山之灵，有以永之也。予与诸君既赋诗纪胜，又以法嗣之请，因次为记云。

韩 𪸩

江南江都县（今属江苏扬州）人，顺治十五年（1658）进士，顺治十八年至康熙六年（1661—1667）任浏阳知县。康熙四年主修《县志》。

道吾山：在浏阳县城北郊，列峰七十一，为城北屏障，风景奇崛秀美。唐代僧人宗智开山讲法，曰“道在吾矣”，遂以名其山。宗智在此建兴华寺，一名道吾寺，与石霜寺、宝盖寺、大光寺并称为佛教四大祖庭。

石霜寺记

韩 熼

石霜寺：在浏阳南乡霜华山（又名石霜山。今属金刚镇）。唐代僧人庆诸建，僖宗赐名“崇胜禅林”。与兴华寺、宝盖寺、大光寺并称为浏阳佛教四大祖庭。

浏之南有石霜山，南接醴陵，北瞰洞阳，巨观也。其名石霜者，以山峻水激，触石喷霜故也。又名霜华，崇唐敕也。

唐僖宗时，庆诸禅师开法兹山，声动帝畿。天子遣中使赐紫衣，不受，乃为建禅林，敕额“崇胜寺”。殿高九十尺，佛七十尺，监造者裴相休也。僖宗太子祝发于兹，即《传灯》所称普闻禅师。是今山涧有太子桥，其遗迹也。法席之盛，食指万计。中有高人八百，常坐不卧，屹如枯杌，故有枯木堂。其东偏有遗笏堂者，裴相参禅而遗笏以镇山也。

传开山时，僧苦远汲，忽夜闻虎吼。诘旦，视崖间石壁，上有虎爪痕，泉五道喷出如沸，名“虎爬泉”。盖道力宏远，猛兽亦为效灵也。寺前柏一株，有拔之者，庆诸遽止之，柏既左欹，卒不仆，枝叶繁茂如故，曰左甃柏。他如定光岩、盐醋井，灵迹类班班可考。雷迁塔，道吾宗智塔也。宗智为达摩法嗣，其徒庆诸岁往道吾扫塔。一日，向塔叩曰：“弟子耄矣，不能复来。”是夕，雷雨大作，迁其塔于石霜寺侧。灵骨显化，石亦能飞，其神异莫测如此。尔时，僖宗敕赐香火田三千亩，以供蒲塞桑门之馔，猗欤盛哉！庆诸谥号普惠，塔曰无相。递及宋仁宗时，慈明为汾阳嫡嗣，大兴佛法。继继承承，如琳、如永、如珂，俱载《灯录》。

去寺五里许，有伽蓝庙。庙内古钟，击之则作殃祟，异甚。山中胜迹如锡杖峰、象王峰、狮子岭，惟九龙庵湮没不存。

余鞅掌簿书，未暇讨求，聊综《石霜志》，略以纪其遗迹遗事云。

《浏阳县志》序

龙 升

昔唐宣宗令韦澳撰次州县境土风物及诸利害为一书，号曰《处分语》。然则草莽臣各志述其梓里之事，亦正以备今天子处分之助也。

我浏户口甲长郡，有志应尔，乃宋元以往，靡得而详。有明永乐十六年，诏纂天下郡县志，景泰六年，又诏修《寰宇通志》，载之史册，传为盛典。维时《浏志》正不知成自何手？湮没弗传，可胜浩叹！嘉靖庚申，楚抚按暨督学公修全楚志，因征及浏。时庐陵须山萧侯敷令兹邑，遂聘学博安成刘君以身载笔为书，今犹得从民间购求写本。盖其书绝笔于嘉靖之辛酉，迄今百有五年，阙然不续，岂曰无人？盖慎之也。

恭遇我韩侯夫子神明内抱，秉正翼时，昭文章，宏吏治，下车之初，即感邑乘之久远，叹荒落之莫振，几欲讨论故老，修饰遗文，而事缘时忤，基始维艰。适督抚暨诸上台羽檄棼驰，征各邑里志，汇收校订，冀缥缃成全楚帙。韩夫子遂进不肖升，诠次浏事。升自惟才疏应世，道拙匡时，困顿膳庠垂三十年，肱屡折而弗良，玉九献以频刖，日月云迈，鄙陋无闻，今兹之役，将无言以人废，尊信何堪，敢僭膺知罪之任乎？因逡巡谢不敏。韩侯曰："否否。子读圣贤书，夫非为是，嘉谋嘉猷，入告尔后乎？科名虽暂厄子，而公忠一念，缘分可尽。子为浏人，浏风俗之盛衰，政治之得失，人物之臧否，民生之利病，知焉不言，非忠也。且清浏诸先达辈，非汝父祖行中乎？若辈嘉言奇行，代不乏传。使先哲泯没，忠义销沉，非孝也。况承兵火之后，汝桑梓故实，概付秦灰，及今不图，来者何述？子生其间，得谓非子责乎？何多让焉？"升于是敛容再拜曰："至哉言乎！教我正矣。敢不敬应？虽然，犹愿窃有请也。凡事独为则滞，独思则困，愿夫子假二三良友，共事编辑，可乎？"韩侯曰："否否。任事者，合则专，分则杂，专则责成有归，杂则退诿有藉。子欲分任于人也，是任若职而反怠若事也。"

升用是惧重违夫子意，乃掩关发箧，操翰吮毫，克期修举，稽传牒，捃子史，旁参老，更逸求遐事，禀夫子之宏指，去胸臆之固辞，矢公

龙 升

字日升，浏阳城关人。康熙初年岁贡生，授本县教谕，升彝陵州学正。康熙四年（1665）、十九年（1680），两次修辑《浏阳县志》。又编有《道吾志略》二卷、《石霜志略》二卷。

本文为康熙四年（1665）版《浏阳县志》序，原题作《旧序》。

矢慎，凡三易稿而就编。初焉不怯风寒，继焉不顾炎夏，终焉并不避霜威，雨窗月夜，漏尽鸡鸣，一灯荧荧，唯蛙鼓蚊钟相响答尔。凡前志所阙而不收、或收而失实、或讹而相冒、或析而无当者，概从厘正；涉诬近谬者，悉以义裁之。非升敢谓后人之智胜乎前人也，亦非敢谓创始者为其难，继轨者为其易也。盖江潭之士乍历峭渑，瓯越之人骤谈邛笮，其于谣俗风土，虽专精极意，穷悟冥思，什不得一，不习故也。不习则略，习则详。升固生斯长斯者，安敢因循疏略耶？至旧志嘉靖辛酉以后，车书同劫，文物灺烬，稽考尤勤，搜罗更艰，穷极膏晷，征尽文献，丹铅屡易，手不停觚，凡十阅月而书始竣。

抑升之用心于此者，盖矻矻矣。或信一心，不必逢曹众；或质千古，不必惬目前。或录长而短自该，或征实而名自附。奉以天道，秉以虚衷；参之舆情，酌以独见。盖升思如是，乃可以报命于韩夫子。夫子亦谆谆训升，以必如是，乃可授枣，以报命于各台宪。各台宪苟览兹风谣，慨然轸念浏民凋残之苦、浏赋冲瘁之形、浏吏鞅掌之状，委曲上闻，使圣天子恻焉动容，轻徭省敛，厚下安宅，浏其大有造乎！是则所谓处分之大者，升又安敢不北面稽首百拜而陈斯编也！

风鹤记

廖之俫

廖之俫（1626—1704）

浏阳东乡白沙人，明末清初儒生。

文中说：“计自甲寅至今己未，兵戈凡六年。”指的是康熙十三年至十八年（1674—1679）发生的吴三桂之乱。

甲寅春将半，有人自邑中来，过予舍，出吴王檄一纸，予阅竟，遂惶惶然忧干戈也。适夏秋间，江右相邻诸邑告变，俘虏异常，残氓襁负而至，纷纷藉藉，见辄泣诉苦难，或父子男女相识，或肌肤面目摧伤，为恻然。因骇然谓乡人曰：“安知阅岁以后，我辈不为此状乎？”由是而忧干戈渐深矣。

乙卯，分宁铜营又变，境内为之震动。每见杀羊屠狗之夫，皆扬旌挟刃，黄黑白巾杂裹，往来络绎。外有一二名为相知之友者，亦莫不佩貂乘黄，忽然身贵异常，或以手牍见遗，或过辄相夸示曰：“君奈何甘穷愁若此乎？”余不胜应答之烦，遂大书二联于庭曰：“思三十年前故事，若梦醒蕉鹿，我则何心还射虎；念五十二年余生，看种老松鳞，谁仍有志更闻鸡。”其二曰：“遍地干戈，任沧海桑田，此日川岩仍自固；满局棋奕，虽功名富贵，见前流水更攸宁。”而忧干戈之念愈深而愈难已矣。

丙辰夏，有持节自吴王所来者，过境上，以开复为名，招募甚众，两阅月，军令肃如。须臾令弛，征银米布匹之属，虽卖菜佣、织履翁，稍剩分文，索待尽，余姑以贫免。至是忧干戈而干戈之祸欲及，因相与谋去，皆犹豫未断，余感而为秋思诗八首。再阅月，戎火四集，黄白皂旗纷驰境上，不及刈获，遂于九月二日黎明，携家避平江。是日，男女在道十余里不绝迹，遥望之如长蛇阵。至望三乡，即平、浏分界处，家人告惫，余亦披草坐，见树在岭底，云生树杪，因而得五言律一首，有“乌将迷树杪，云反出云端。戎火虽然迫，须臾且立看”之句。既复行十里许，至平江深山中，结短茅托止焉。暇由坐石倚孤梅，手残编，领略山中意象，觉寒气袭入衣裙。又三阅月，而黄白皂旗纷驰者亦复入此，逼处吾境，借栖诸人俱罹难。余觅小径，缘岩披莽，蹑峻岭，越危谷，露宿者三日夜，抵平江上乡，携子侄大小七十余人，惟两弱女行独苦。其乡风俗悍骜，难与言，抢攘成风，所往辄穷，相聚而泣于途，遇一稍知名者，主焉。夜将半，有人呼门，起视之，汹汹然持竿相向，劫所携行李服物。家人惊愕，主者亦徬徨失措。逗留十日，值两兵交刃方退，乘间返原山中，夜行三十里，始至旦，逾三山，暮方抵原深山结茅处。时将除岁，大雪三日，裹粮易尽，家人忧焉。岁二日，雪霁，谋归故里，返望三乡，一步一纵，随雪俱深，家人寒栗甚，日夕抵旧庄所，燔烧无遗，各依大树下一宿，明辰至首禅山栖焉。

过故居，迹毁无一木存者，诸村居或拆毁，或烬余，满目凄然，令人泪下，居民无一二焉。米尽，食野蔬数日。值正月二十二日，先君庆辰，米数合和野菜为羹，拜而荐之，感为五言律，有“鉴此曾无恫，知儿素守贫”二语。越三日，四兄夜被盗，不能安，复去二十里许，抵上山深处。二月五日，四男磺举一子，亦以五言律，有“离乱方残局，饥寒未了因”之句。果乏米，三日不火，复谋出山，抵荒庄。居月余，将近清明，米又乏，食新薇五日，几至委顿。两男移至分宁上武。越六日，余亦往焉。离干戈稍远而忧仍在，两弱女即于上武草草婚嫁，婿叔宁庠佳士，忽投诗酒于饥疲中，遂忘此身在流离困苦间。居六月，携家口归里，儿女仍徒步越岭渡溪，亦如避兵状。旧庐烬，不能复结，从山庄缉小茅屋，左右寡邻，蒿藜枳棘，塞门充路。两儿从百里外运米，日益不给。未几，岁云除矣，设先祖两大人位，供茗荐蔬，与诸儿孙良夕团圆。山间易得薪，炉甚红，不敢复嗟凉薄也。

无何，朔三日，次孙承光殇，老人忽失孙，不胜哀。次日，三男奥往平江，病于途，长男挟之归，寝疾，九日卒。余益痛，殡葬毕，家人欲徙他处，竟徙焉。时方东作，牛种乏，亩荒如故，幸当事多仁，不责之输，唯日食是忧也。

计自甲寅至今己未，兵戈凡六年，闻见遭历，浮沉出没，维忧用老，然孤衷自恃，毫发不遗，无复敢向天问事，唯从朝夕省念而已。至于变乱后风物景事、人情世态，余从静观中颇悉，不具论。

《浏阳县志》序

曹鼎新

曹鼎新

汉军镶蓝旗笔帖式出身，康熙十八年至二十五年（1679—1686）任浏阳知县。康熙十九年主修《县志》。

本文为康熙十九年（1680）版《浏阳县志》序，原题作《旧序》。

郡县之有志，非徒备稽考也，盖有慨然世道人心之忧焉。使编次者徒因仍已事，亦步亦趋，碌碌无所短长表见于斯世，则亦载诸空言已耳，奚贵博采旧闻，搜罗故典，编帙缥缃，为一代观美哉！则今日浏之为志，正宜实心以讲求也。

然一为簪笔，不禁潸然，忧从中来，若戛戛乎难之者。说者谓：《浏志》修自嘉靖辛酉年，去今百有余岁矣，断简残编，荒烟蔓草，鱼鲁莫辨，亥豕遗讹，谁复有顾而问焉者？此固余之忧也，而不仅此也。且沧桑亦经几更矣，风景依稀，顿殊今昔，宜笔宜削，难据稗官，欲问其遗事，而父老未能为余言者。此固余之忧也，而不仅此也。

夫汉祖入关，首收图籍，太史历览，敬陈民风，国之所以为国，恃有此民耳。浏之丁口，明洪、永间七万一千九百五十有奇，后稍稍休息，日云盛矣。自兵燹蹂躏以来，驱于锋镝者什之三，俘为臧获者什之五，而且水旱灾之，疾疠夭之，半菽不充身、无倚依者散之。君子曰："浏无民矣。"浏而无民，是无浏也，将焉用志？迩者虽一二招徕，哀鸿稍集，然入其境，为问贸迁有无者几何？家鸠工庀材者几何？氏比户而可封者有乎？主伯亚旅，十千维耦，百室盈而妇子宁者，何代之遗也？盖已杳然不可复睹矣。则今日为浏计者，生聚宜先。

然而浏之风俗，如江河之日下矣，有心者更有隐忧焉。《志》曰："劲悍而决烈，岂赋禀使然与？抑习俗移人，贤者不免，故至此其间，有相习成风而不察，坦然由之而无疑，未易一二更仆数。大约人情物理，动与世遗。"余甚惑焉。彼愚者不足责矣，鼓钟泮璧，岂曰无人？何得亦囿之也？倘行乎人心之所安，出乎事理之所有，则风俗其庶几焉。而且邑有庠，党有塾，三物六行，家谕而户晓焉，民何自而不即于醇也？则今日为浏计者，教训宜亟。

余也承乏兹土，愧不能恩勤而抚绥，复不能正己而师帅，徒于续貂前人，聊寓恺恻已耳。使后之有志者，每为披卷，慨焉兴思，伤民生之不再，感风俗之日非，宁为保障，无为茧丝，既思厚生，复思正德。十年生聚，十年教训，二十年之外，浏其有赖乎！至若封疆城郭之有志，山川土田之有志，以及风土人物、礼乐文章莫不有志，虽编简或缺，可考而知也。余故曰：郡县之有志，非徒备稽考也，盖有慨然世道人心之忧焉。

是为序。

仍绵书屋记

王　英

予斋居，非敢云清、云雅、云淡而古拙，盖贫也。非贫，何不可丽都而巧也哉？贫固足以困人，而贫足以远欲，足以傲物，且足以适志而怡情，贫非士之资也耶！夫天下士不尽贫，倘必贫而远欲，而傲物，而适志以怡情，将不贫者尽声色货利，谐俗屈节，而蹙蹙靡所骋，有是理耶？士无论贫不贫，视其志若何耳。志有所在而值乎贫，且贫而不窘于贫，此贫之有资于我也。

予构书舍，放古缩版制周公歌曰《绵》，予颜以"仍绵"。盖公

王英

浏阳人，康熙年间在世。廪生。康熙十九年（1680）知县曹鼎新组织修纂《县志》，王英参与校正。著有《空行草》二卷。

去朴未远，今仍之，亦以留醇风于勿替耳。予处其中，时而春也，修竹茂松，珠桃玉李，翠柏苍梧，条杨茁笋，鸟歌百啭，花弄千翻，春不贫也；时而夏也，黄梅浓雨，绿柳旋风，雉催更晓，鹧怅“行哥”，水沖陇畔，火熠渔滨，夏不贫也；时乎秋也，蝉鸣雁阵，萤灼鞠华，融神避席，凉飙来帘，丰尝衎祖，肆燕宜宾，秋曷贫也？时乎冬也，枫红橘实，荔出芸生，檐凌管玉，牖雪台银，爆烈送寒，符封迎燠，冬曷贫也？若夫清明四顾，阳焰闪摇，对景翻经，日光接目，其佐吾饮者，晴其一；或晚映绿窗，蟾空皎洁，花影筛苔，钟声透耳，其佐吾饮者，月其一；又或荫重避暑，盘礴临风，座安石笋，肴列树株，风之佐饮尤不少也；其或雨霈疏棂，乘时慰望，众欢杂沓，予赏清新，取醪啜之，不知何极者，惟时雨乎！而未若乎冬之日，梅开雪霰，卷掩炉丹，顷尔河山片玉，花蕊缀珠，歌“绿蚁”“红泥”之句，觉白傅风流，至今未歇，此又诸景之最胜，不多觏也。况诸戚友同游者，闲吟咏则时术不休，闲请益则扣撞从容，历寒暑晦明而不辍，应求不孤，寤呻皆句，潦倒斋中者，贫乎？不贫也。其有资于清雅而淡而古拙不少也。然岂资是而始适志耶？值斯则行吾素焉耳。遂约志其概云。

重修浏阳县儒学记

蒋 擢

蒋 擢

直隶顺天府大兴县（今属北京）人，教习官监生，康熙二十八年至三十一年（1689—1692）任浏阳知县。

天下文教之隆，盖底于今日而无以复加矣。我皇上懋建中和，文德所敷，无远弗届。凡属遐荒僻壤之士，莫不延企奋发，思一效于郅隆之朝。维时，楚之督抚两台檄学使邱公较订《祭祀礼乐志》，剞劂装潢，而分授之郡邑之学宫，无非欲学者晓然于文物象数之间，有以约束其筋骸而豫导乎耳目手足，俾德器养成，名教彰著，一道德以同风俗，烝烝然胥登于唐虞三代之盛而后已。

浏邑数十年来屡遭兵燹，学校未遑修饰，而人文科第，亦遂寥寥。余不佞，承乏兹土，簿书之余，辄进诸生而课其制艺，勖以果行育德之说。越庚午大比，而明经刘君大抚获隽，士稍稍知所向往。余又于学右购地一区，创建义学，萃邑之髫秀，延吴生鸣皋为之师，一时弦诵之声，彻诸里闬。然以朔、望诣学，读法行礼，睹其倾圮之状，惄焉弗安，谋所以新之。乃倡捐二百余金，兼嘱教谕王君、分训鲁君劝诸生襄助，庀材鸠工，诹吉经始。若启圣祠、大成殿、两庑、左右坊、戟门、棂星、外屏围墙、月台、甬道诸工，缺者完之，朽者易之，漶漫者丹雘之。其名宦、乡贤二祠，旧在龟山祠侧，久矣鞠为茂草，重建于戟门左右。文昌阁久废，改建为祠，而龟山祠即附于右焉。祠后隙地，建训导署三楹。而县佐游君、县尉王君、诸生耆民之督工者，咸乐于趋事，经营修筑，五旬而落成，非人心竞奋之一征欤？

予考古者以乡三物教万民，三年则考其德行道艺，而兴贤者能者，是不徒文焉而已也。今浏邑之学，一旦轮焉奂焉，有以肃祀典而业藏修。尔多士朝于斯，夕于斯，肄习于《诗》《书》礼乐，以研求圣道之精意，而发为昌明博大之文，则人心以是正，习俗以是醇，郁塞浇竞之风亦可冀其一变矣。然则人文之兴，天或于兹将有以启之乎！爰濡笔而为之记。

二贤祠碑记

王培生

宋龟山杨先生为浏令，有惠政，邑人至今思之，犹南国之思召公也。元翰林学士欧阳公，浏人也，奉敕修《实录》《大典》、三史，皆大制作，所著有《圭斋文集》若干卷，今其后嗣虽已无闻，而故里尚在，父老有能言之者。每岁春、秋有事于泽宫，名宦、乡贤既各列主以祀，而龟山又有专祠，欧阳公亦复别祭。盖二先生德业文章所以嘉惠元元、启佑后人者，食报宜如此其远矣。乃考龟山祠即在教谕之衙舍前，湫隘卑狭，非神所栖。欧阳公则就南郊之荒坪，扫地而祭，传系所居故址。余自莅浏以来，心窃不安，而簿书填委，日无宁晷，岁月蹉跎，忽复三年，盖寤寐间未尝不辗转反侧也。今年春，择地于城之西偏，议建一祠，合祀两先生。爰鸠工庀材，为堂三楹，缭以周垣，旦暮督率其间。

王培生

字公载，河南宝丰县（今属平顶山市）人，康熙二十四年（1685）进士。康熙三十二年至三十五年（1693—1696）任浏阳知县，有政绩。后升任户部主事。

二贤祠：祀宋县令杨时、元翰林学士承旨欧阳玄。康熙三十四年（1695），浏阳知县王培生建于县城西关内。嘉庆年间，迁建东关外。道光二十二年（1842），新建之。一名奎文阁。

经始于孟春，落成于季夏，乃得奉二先生之主以祀焉。于是三年来余日所缱绻于怀者，今兹始慰矣。

呜呼！古所谓死而不朽者，立德与立功、立言三者而已。龟山先生以二程高弟，传孔孟之绝学，其平生立朝建大议、决大事，惜不得见之施行，而仁心惠政，独加于一邑。欧阳公岐嶷天纵，学问渊博，其著作所传，自《实录》《大典》、三史而外，凡片辞只字，流播人间，无不爱惜而保护之。此其德业文章，非皆可以法后世而垂无穷者哉！

今浏自兵燹后，人文寥落，后生小子至有问二先生之姓字而茫然不能对者。盖自教学废而人材坏，士大夫之所以董其子弟，不过习为帖括之文，咿唔终身，窃取功名而已。古学榛芜，经史瓦弃，二先生之遗文遗事久已尽付诸荒烟蔓草之中，又安望数百年后尚有闻风而兴起者乎？

予小子不敏，承乏兹土，德教不加于百姓，自惟簿书俗吏，面目可憎，无以对二先生于几筵之下。今虽庙貌重光，黍稷维馨，神其吐之矣。然使邑之人有能登斯堂，而追溯二先生之风流，知夫古所谓豪杰之士，其立德与立功、立言死而不朽如此也，则人文寥落于今兹者，未必不振兴于将来也。是则余今日所以重建斯祠之意也夫！

《浏阳县志》序

王 琏

昔夏为《禹贡》，周有《职方》，上自山川，下逮男女，以迄厥贡厥篚、其浸其利之属，纤悉具备。自后马、班作史，创为八书十志，杂记天官、五行、地理、河渠、平准、食货，洎于艺文，皆原本《禹贡》《职方》而起者也。以是措之事业则为政教，发之词翰则为文章。士学古入官，苟以实学为实政，岂不体用兼该矣哉！

浏阳介万山之中，路通吴楚两省，界联邻封九属，诚一岩疆也。前宰是邑者，有杨龟山诸先生，流风逸韵，至今犹存。余不敏，来守是邦，饮冰茹蘗，朝夕乾惕，抚绥拊循，务与民休息，宁静纯一，不敢有丝

王 琏

字搢斋，广西临桂（今桂林）举人，康熙三十六年至四十三年（1697—1704）任浏阳知县。康熙四十三年（1704）主修《县志》。

本文为康熙四十三年（1704）版《浏阳县志》序，原题作《旧序》。

毫肆志焉。盖浏阳当兵燹大创之后，宜培养元气为先。即余下车之初，城内并无瓦舍，郊外绝无人烟，四乡田多荒芜，六街亦鲜市廛，始罹堕粮之厄，继苦丈量之累，浏之为浏，亦可见矣。

今也，余噢咻于兹七载有奇，遭逢帝德广运，各上台廉明，蒸蒸向化：向之茅茨不剪者，今皆渠渠夏屋矣；向之巷无居人者，今则守望相助矣；向之田卒污莱者，今则土地尽辟矣；向之商贾裹足者，今则百货陈肆矣。虽堕粮之厄未除，而丈量之累少苏，每亩向系征税若干，而今则完课稍充矣。浏之为浏，又当何如哉？

余闻邑志乃政事文章之要，实关治道者也。浏虽有旧本，乱后粗辑，未称大备。况三十年来，不无残失，兼之三十年为一世，可志者不知凡几，皆失于纪载，若不图更修，恐后之日益湮没也。余莅官守土，率簿书期会、刑名钱谷之是务，不能旁及，远延宇内耆旧，又乏重聘，绅衿里老，俱以此为缺典。适同寅徐子西泠，以钱塘名宿三中副车，一应鸿博，两台会荐，九卿保举，佐兹浏邑。军务甫旋，即以邑志为请，徐子毅然任之。

恭逢圣驾南巡，各宪檄催如雨，俾需新志，汇呈御览，则今日之志，尤不可缓也。于是捐资开馆，选工急梓。余与徐子考献征文，发凡起例，虽不敢谓窃取《禹贡》《周礼》之义，而师其大略，于邑乘不无小补焉，可以续前人未竟之绪矣。藉手以献天子，告史氏，于以当子夏所求百二十国之宝书，备一统志万分之一，或亦庶乎其可哉！

劝谕栽植示

王 珽

浏邑山深土满，遍地沃壤，如山原平冈、处所民居、墙垣内外，在在皆可种植。若松、杉、楠、竹，可收久远之利。至若梅、若桃、若茶、若桑、若槐、若桐、若椿、若棕、若李、若梨、若橘、若枣等类，以及乌桕之可以取油，冬青之可以取蜡，栽植数年，不用灌溉工夫，岁获四时大利，且花香鸟语，可以娱心志、悦耳目，果实成熟，可以货银钱、资日用，何故而不为此？古云："大富由天，小富由勤。"尔民止能勤于田禾，此外并无别货可以资生，故遇凶岁则饥馑荐臻，苦无米谷，值丰年则谷贱钱荒，无计完粮，凶丰交困，总由闲时不务本于久远，勤心于栽种，以致如此。

本县叨莅兹土，为尔父母，不忍见尔民之贫乏无措，急为唤醒。目今早禾既登，宜将已刈之田即种荞麦，初冬收获，庶可少济菽水之供。频年勤作，亦或有耕九余三之积。更宜有土即种姜、薯，有沟即植莲、芡，以至诸色豆麦、穇粟、高粱、油菜、芝麻暨苎麻、棉花，件件可种。况际秋收之后，时日空闲，必使境无游民，野无旷土。凡有山有土之家，各当量地制宜，多种竹木，不过一时举手之劳，实为子孙世守之业。况各乡河流汇郡，运售易而致商无难。行之五年十年，将见民饶余利，家臻素封，根本既立，又何患水旱灾荒之乏食乎？本县立一种树赏罚之法，与尔民相约：自今西成后，限尔民勤力劳心，开垦山地，家家户户，广栽竹木杂粮，每于一家牌上烟民册内，各填某处种树若干。本县留心访察，各保甲长逐一稽查，其不种树者重惩，种多者记赏。倘遇户婚田土、口角微嫌之讼，审实应责者，免其责罚，近为尔民全一体面，远为尔民成此产业。尔民各遵行毋忽。

新建永安市名说

王 珽

永安市：即今永安镇。

浏西北七十里有潦浒市，为入郡要道，人烟颇繁，实邑之巨镇也。粤稽其名，《县志》未详所自，口音则与"老虎"无异，岂厥初偶因彼著称，而后人借同音之字饰观耶？夫虎雄长百兽，号曰山君，本宜深岩邃谷，以处以游，讵可令其入市横行，扰我郊堡，震慑我人民？习俗相沿历久，而名未易，岂偶未之思欤？抑苛政未除，而邑之父老子弟藉是以寄其不平之微意也？昔宋均务德化，虎皆渡江。兹遇郡宪王公奉旨丈田，襜帷按浏，首于此市驻宿，一丝不扰，鸡犬皆恬。在良懦之氓，既已蹈德咏仁；彼哮猛之类，敢不望风辟易？余藉此良会，拟改嘉名，俯仰思维，莫若“永安”二字之为善。盖欲其去眈眈逐逐，俾居民长享宁谧之福，且以志郡宪清惠之德也。故特表而出之。

岐源寺碑记

徐旭旦

清浏为楚南剧邑，崒嵂者山，潺湲者水，其中更有青峰插天，灵湫盘注，必仙、释所居之所，若道吾、宝盖、大光、石霜之类是也。南乡上佛岭，山势雄拔，挺立云表，水泉清冽，环绕潆洄。昔有我昙上人，系了然禅师之徒，杖锡访道，自江浙入闽，转由吴楚返于杨岐印证。我昙一日行至上岭之麓，观其岳峙渊渟，其间必有幽境，攀藤越石，循水道而进，一坪灵泉，随结茅而栖焉。眼前好景，万汇俱集，乃起而叹曰：“缘就矣，道在此矣。”因其高下辟为田，治为地，刀耕火耨，不出三纪创建，梵刹佛像、云堂钟鼓、方丈客寮无一不备，兼之苍松翠柏、修竹古梅森森玉立，诚胜果也。

不意康熙甲寅，遭吴逆之变，荡于兵火。今住持禅僧正方竭力经营，依然重兴，置就近水田百亩有奇，供佛饭僧，绍续了然、我昙之法席，不亦伟欤！且有水埠耸其东，六龙集其西，勒马亘其南，卧虎踞其北，而水合龙江，溯潇湘而潴洞庭，汇彭蠡以入海，又大观也。即寺中，其景有八：一曰钵盂山，一曰锡杖峰，次曰青狮岩、白象嘴，次曰虎皮岭、石牛潭，又其次曰岩前洞、沙溪尖，皆有名贤题咏，真灵鹫化国，震旦之名区也。余乐得而为之记。

徐旭旦（1659—1720）

字浴咸，号西泠，别署圣湖渔父，钱塘（今杭州）人。贡生。康熙四十二年至四十五（1703—1706）任浏阳县丞。康熙四十三年编纂《县志》。官至广东连平知州。著有《世经堂集》。

岐源寺：在浏阳南乡上佛岭，建于明代，已毁。

欧阳文公祠碑记

黎致远

黎致远（1676—1731）

字宁先，福建长汀县人。康熙三十五年（1696）举人，四十八年（1709）进士，授翰林院检讨。康熙五十九年（1720）任湖广学政，次年到任。后官至奉天府尹兼盛京刑部侍郎。

欧阳文公祠即圭斋祠，在浏阳城南天马山麓，临浏阳河，祀欧阳玄（号圭斋）。本为欧阳玄读书之地，明代弘治初，湖广提学佥事欧阳旦命浏阳县在此建南山书院，院中设祠祀之，故又称圭斋祠。康熙五十九年（1720），欧阳玄后裔欧阳胜谦重葺，购学舍，置祀田五十亩。后废。

从来建一代之皇极，必有一代之扶持，君与相是也；生一代之才人，必有一代之经济，文与行是也。尝读史至元，如耶律楚材、夔夔、脱脱、安童、木华黎诸先达，君相同心，文行一致，鲜不谓王气钟于西北。孰知大和翔洽，世济雍熙，如虞集、许衡、揭傒斯辈所产，又皆东南之士。而殊尤卓荦，则欧阳楚国文公为最。粤稽延祐元年公以《天马赋》应制登贤书，及至正丁酉卒于官，中间为县尹、为博士、为翰林、为祭酒、为承旨、为知制诰、为备顾问，叠叠煌煌，龙章宠锡，凡定大事、决大疑，恐得君未有若是之专也。

康熙辛丑，余以庸劣视学三楚，下车武昌，访贺江夏、熊持纲碣焉，登岘山，拜羊叔子、孟襄阳碑焉；过洞庭以南，仰道州之师范、茶陵之相业、汨江之奇功，非不心焉识之。然询其子孙世系，均能奉血食以永其春秋。惟楚国公故里僻在星沙之浏邑，问其地，皆崇山峻岭，岍岘崎峭，难持马，拿舟以溯其源，需三日夜。又闻公之读书处有南山书院，几经烬蚀，破庙颓垣，店楝棂榍，如瘗鹤亭，词字阙略，倔强不可读。余固适适然惊矣。嗟夫！公以一代名臣，有元之制诰册命、纂修方略尽出其手，而故里庙碑，竟不得一过其地，余之恨也。幸耳孙胜谦克缵先绪，独力经营，于庚子岁仍其制而更新焉。有浏生尹际商等来请于余，乃忻然任之曰：“是余之责也夫。”

公讳玄，字原功，号圭斋，世为名卿大夫。生于浏邑之马渡，志其始也；而卒于顺天之宛平，志其终也。浏有祀田百亩，治其烝尝，子孙世有袭荫，以奉其祀。墓在宛平香山石井村，孙继宗改归葬院后。逢大庆，褒锡勋庸，特加恩祭，春秋祀典，备载史册。学士危素又能张大其事，撰其文。余备位馆垣，辱在史臣，摛辞以志公，约去四百年也。略详其续碑始末如此，故不复赘云。

戒赌文

陶良瑜

陶良瑜（1676—1733）

谱名有瑜，字仲熊，号石夫，浏阳人。康熙五十六年（1717）举人，雍正二年（1724）进士，为清代浏阳第一位进士，授四川金堂县知县，历署中江、仁寿等县知县。著有《就正集》等。

赌者，亡身丧家、奸盗贼害之所由起也。以赌为友者，皆非所友而友者也。各挟一争利之心以相图，各伏一狙诈之心以相胜。伤风败俗，何所不至？

贪心既炽，希冀求获，神为之役，而志为之昏，饥不知餐，倦不假寐，忽忽成疾，至死而不悔，是以命为赌也。祖父铢积寸累，几经勤力以成家，妻子数米称薪，不免枵腹以待哺，而痴心浪子，一掷千金，遂至俯仰无资，一家失所，是以父母妻孥为赌也。赌者暧昧避匿，以隐秘为计，三五淫朋，流连私寝，因而窥伺闺房，始则钩为密友，久且贻羞中冓，是以奸为赌也。以彼长夜构聚，使深闺委巷，扃钥皆弛，室内主人，薄暮出，而梁上君子，乘暗而登。我掠人财，人倾我橐，是以盗为赌也。方其斗合为朋，则甘言密语，杯酒为欢。一至当场采战，则机心勃发，各怀利刃。得者扬扬，失者愤愤。索负稍迟，攘臂相向。构怨兴戎，顷刻胡越。是以雠为赌也。

不别尊卑，或叔侄同侪而彝伦乖，或兄弟结伴而同气失。不论贵贱，或主仆相酬而家法废，或异类相聚而奸宄萌。风俗之坏，莫此为甚！况四民各有其业，一迷赌场，则士不读而农不耕，工不佣而商不肆。能使素封大家一朝壁立，能使绮纨公子转眼寒酸，能使聪明俊秀坠落迷途，能使谨厚愿人习成机械，能使有为志士浸入颓波，能使强壮丁年蹉跎岁月。荒亡败类，曷此其极？

凡施与之际，受者感恩，与者（得）[德]色，兹则受者不以为恩，与者不以为德，胡为竭有用之金钱，塞无益之欲壑哉！一点贪心，两成画饼。负者视为刻期之债，弃膏腴而投之如瓦砾；胜者又视为幸得之物，供挥洒而用之若泥沙。通盘打算，总归乌有。甚至父因子赌，而督责伤慈；子因父赌，而怨怼失孝；妻因夫赌，以苦口触其凶怒，往往遭夫毒手而投缳致命。一家骨肉，尽属仇雠。

赌之为祸，有不可胜言者。呜呼！一入斯途，没溺者多，回头者寡，惜哉！

清雍正丁未五年冬月，浏阳二十一世孙良瑜谨撰。

新任条约

王钦命

王钦命

字敬天，山西临汾县人。廪生，保举孝廉方正。雍正六年（1728）任浏阳知县。

一、士习之宜端也。学校为朝廷培养人材之地，多士岂容跃冶？况新例，生、监恃符健讼，把持衙门，重则黜革治罪，轻则以劣行咨部。至抗粮包揽，详革究治，本年钱粮三限不完，即许传集教官，当堂扑责。国宪煌煌，鼎铛有耳。浏邑人文渊薮，礼乐名区，本县能不折节下贤？或亲谒见于黉宫，或领珠玑于艺苑，缁衣式好，分固应也。凡吾诸生，皆宜自爱，早输正供，慎勿健讼。即有切己之事，亦必赴学登号，令抱告代投，无得公堂之上，屈膝相见，殊伤大体。倘有单寒之士，实能闭户读书，自当刮目相待，以鼓上进。其未进诸童，苦志芸窗，定行多方培植。总之，本县为多士劝学，必先为多士励品，无非爱惜斯文，以仰副天子崇儒重道、各宪作养人材至意尔。多士勉旃！

一、民风之宜厚也。浏邑界居江楚要冲，驯者固多，黠者亦复不少。本县职司民牧，惟以化导为先。访得楚南几种恶习，深可痛恨。夫妇为人伦之始，媒妁传言，六礼成婚，此一定之理也。乃或孩提口许，遽称百载童婚，或因家贫难度，辄将生妻嫁卖，或召夫养夫，居然夫随妻嫁，寡廉鲜耻，莫此为甚。及至事后，遂以光棍活拆，富割贫枕告矣。祖宗坟墓，自有定所，四时祭扫，孝子之常。乃因山上有无主树木，附近地邻互相垂涎，遂将一陌纸钱烧化，便尔认作祖山，彼此争斗，控为富豪毁墓、势恶掘棺矣。至于命盗事件，尤多虚诬。争田赎地，负债欠租，自应同中见人等情求理论，乃有明知自己不是，故意放泼，或扬言服毒，或假意投缳，本欲藉此挟制，甚多弄假成真。穿窬小贼、鼠窃偷儿挖孔入室，失去物件，理应据实开报，以凭勒限踩缉，追赃究拟，乃竟空粘失单，每致盗获赃虚。总之，架瞒天之说，无非欲耸官长之听闻。殊不知婚姻自凭媒妁、年庚；坟茔须勘墓碑、棺椁；自尽人命，不准抵偿；虚报失赃，有干三尺。嗣后如有此等刁词，定行痛究，以儆颓风。

一、邪教之宜严也。邪说诬民，左道乱正，其害非轻，不可不为查拿。凡有假降邪神、书符咒水、扶鸾祷圣，妄称弥勒佛、白莲社、白云岩、清茶教等类，种种邪术，烧香集众，或以获福愚人，或以符水惑世，殊不知神佛无私，岂因一炷香、一对烛即尔佑乎？至于符水之说，尤不足凭。从来邪不胜正，朝廷立法，原以惩奸除暴，邪术安能避国法？此不过外来游棍，藉此煽惑人心，无知愚民误入迷途，受其笼络，遂至身家齑粉。独不思迎神赛会，尚有明禁，左道惑众，尤干严例，煌煌功令，何苦以身试法？本县不时查访，嗣后务须洗肠涤虑，革面洗心。士要穷经考道，奋志芸窗；农则耕田凿井，三时不失。工循操作之常，勿淫巧荡心；商习经营之旧，无逸游成性。凡我食毛践土，各安出作入息之恒；既处尧天舜日之下，当为安分守己之民。一罹法网，三尺具在，邻佑保甲，一并重处，亟宜猛省。

一、钱粮宜急公也。身既临民，备悉催科之苦；士既学古，应知惟正之供。即耕作村农，经商曲艺，皆当依限完纳，使目不见胥役，身不履公庭，岂不甚善！谚有云："若要宽，先上官。"非虚语也。至若包揽一节，新例尤严，凡贡、监、生员包揽催收，入己拖欠者，不论分数，俱行黜革，发黑龙江当差；至八十两者，以枉法赃例拟绞；其里户听人揽纳者，照不应重律杖八十，乃追包揽之数入官。嗣后，尔士民务须自封投柜，上紧输将，不得包揽拖欠，致干严例。

一、讼师之宜惩也。民间好讼，不惟有妨生业，有破身家，抑且下结人怨，上干天怒，酿成灾沴，理势必然，非虚语也。浏邑山陬僻壤，性多刁顽，更有一等不法之徒，游手好闲，武断乡曲，略识之无，便为讼棍，专以教唆为活计，刀笔作生涯，乡党偶有微嫌，无不扛帮。或有愚民堕其术中，轻则废时失业，甚则荡产倾家。及至察访审诘之后，罪坐本告，唆讼者每多漏网，以致狡狯伎俩，肆行无忌。本县业经申饬，并曾责惩代书，见在仍行廉访，一有确实，定即密拿详究。嗣后如有告不以实者，除本人按律坐诬外，定拘讼师究处，庶几雀角不闻，熙皞成风矣。

一、赌博之宜严也。民力几何，岂可以有限之银钱，供无益之浪费？本县于莅任时，遍谕各乡，四路巡查，谅尔民亦共睹而共闻。况新例，凡民间有犯赌博，枷号两个月，责四十板，其开场及存留赌博者杖一百、徒三年。若设计诱人入局，将自己银钱放头、抽头取利者，俱杖一百、流三千里。造卖纸牌、骰子，为首之人发边卫永远充军，为从之人杖一百、流三千里，其贩卖为首者杖一百、流三千里，为从者杖一百、徒三年。如此森严，何苦甘蹈而不知避！兹恐奉行日久，渐次遗忘，故尔特为录示。凡吾士民，咸宜父诫其子，兄诫其弟，勿因一时之嬉戏，遂为莫大之祸患也。慎之！

一、打降之宜惩也。身体发肤，受之父母，全而生之，必全而归之，何苦以一朝之忿，致伤父母之遗体乎？乃楚中恶习，往往一言不合，一事不公，辄肆拳殴，偶然失手，遂成人命。枉死者之父母妻子，自然哀号百出，即生者之父母妻子，目击其受囹圄之苦，三尺之惨，受尽桁杨，终归偿抵，其痛楚更不知何如矣。一念及此，自然事事可以容忍。即或殴不致死，律载，凡因斗互相殴伤者，各验其伤之轻重定罪，后下手者减二等。原以斗殴一节，彼此均非善类，故各重其罪也。本县下车之初，亦曾悬牌严禁，谅尔民亦知畏惧。嗣后如有不遵示约，互相凶殴，控告到县，定照前谕先行重责，然后根究起衅情由，按律处治，以儆强梁。

一、保甲之宜行也。为政者在安良，安良莫先弭盗。近奉上谕，严行保甲，十户立一牌头，十牌立一甲长，十甲立一保正，每家悬挂门牌，开列男女名口、生业，每晚牌头照牌挨户查点。如十家之中，有人出外佣工、贸易、探亲等类，本人即向牌头说明，因何事往何处去，何日回来，届期不爽，牌头细问根由。十家之中，倘有外来亲友到家，亦即向牌头说明，某人系某项亲友，住在某处，因何事而来，何日即去，届期不去，牌头亦照前跟询。其中倘有形迹可疑、语言舛错，牌头即协同保甲盘诘，果有情弊，立即赴县禀报，以凭传讯。再若此村居民迁至彼处，原住处所牌头、甲长、保正赴县呈报，本县某人于某月某日迁至某处去讫，其新迁处所牌头、保甲亦赴县呈明，某月某日有某村某人迁至某甲内住居。本人将旧门牌缴销，另领新门牌，以凭查点。保甲烟户存房册内，亦即查照开除、新增，不得少有舛错。牌头仍督率居民，轮流守更，彻夜巡查，以防奸宄。如此，地方宁谧，盗贼不兴。倘有不为查点，以致滋事者，定将本保甲。

《浏阳县志》序

陈梦文

康对山先生志武功，至今传其书。夫对山未尝以科名自诩，世岂以科名重《武功志》耶？惟其体裁得焉耳。近代郡邑之乘，既有成书，授人而读之，曾未终卷，厌倦思卧，庋置之，不一寓目，与覆瓿无以异。良由辗转沿袭而不知耻，否则欲夸己长而妄多附益，以愚人耳目。究之其书不足信世，罕传播，乌足以为志？

浏阳地广赋繁，频经兵燹，文献无征，志虽屡葺，疑窦孔多，抚军赵大中丞惜焉。时浙进士方君芑亭观政来楚，与修《通志》。甫竣，中丞属以《浏志》。余延之寓于飞鹦亭之西偏，浃月而书成，考兴废，订讹谬，去芜杂，俾观者展卷而知为为浏阳乎志也。

夫浏阳在楚省，弹丸黑子耳。譬庖丁解牛，于奏刀砉然后而烹小鲜，讵不易易？是未足为方君奇。然所谓体裁者，不具此乎！其书之足媲美《武功志》而可传也，余不敢知，在读书有眼者自辨之。维余藉是以报中丞公命，或者其少有当乎？

陈梦文

江南江都县(今属江苏扬州)人，举人，雍正七年至十一年(1729—1733)任浏阳知县。雍正十一年主修《县志》。

本文为雍正十一年(1733)版《浏阳县志》序，原题作《旧序》。

孔氏家庙记

陈梦文

邑治之东，溯流水而上可八十里，曰滩头，有孔子庙，肖先圣像祀焉。庙之规制，与邑文庙等。圣裔环而居者，不下数百户。余尝一至其地，孔氏之列黉序者随余入谒，跪叩如礼，导余肃瞻圣像，循廊而出。戟门外，双桥虹峙，流泉觱沸，响声清越可听。四望皆山，嶙岏拱列若屏障。然其中田亩庐舍，尽孔氏有，罕别姓杂处也。询其曲阜分派之自始，云已近千载。先是，唐时有为潭州刺史者，值五季之乱，兵阻未归，因家于楚。是以平江、通城、武昌，楚省南北均有圣裔。明洪武六年，孔子五十五代孙靖安自平江来居浏。万历十四年，衍圣

孔氏家庙：即孔圣庙，在浏阳东乡滩头(今属达浒镇)。明洪武六年(1373)建。

公札付由府县赍送家庙，给孔再容冠带、孔之鉴衣巾，免孔景道等差赋徭役。此庙所由立，像所由祀与？

考自汉永和初画先圣及七十二弟子像，开元中服用衮冕，宋、元相仍未改。迄明嘉靖间，始从张璁言，尽易木主，而惟曲阜庙貌不易。登阙里之堂，犹获睹衣冠章服之制，而兴仰止之思。今浏水去洙、泗数千余里，邑人士未亲陟杏坛，而得以睹圣人之冠服，益知读圣人之书，崇圣人之教，荆楚之地，俨然小邹鲁焉。其系于浏者，不綦重哉！是未可不详核其本末而记之也。

修建各仓碑记

陈梦文

国家仓廪之储，所以虞旱潦、防饥馑，邦本民天之计甚重也。又以亲民者令也，俾时其出纳而严其考成，爰有以储之多为忧而少为幸者矣。夫令所痛痒相关者，民也。仓储者，民食也。设民当需食之际，赖此以活须臾，则增斗益升，所济弥众，储之贵多而不贵少也明甚。虽然，功令严而交替数，身家念切，其不以赔累为虞者，有几人哉？

浏邑常平仓谷不满万数，非甚多。顾仓峙三境，在城者环市廛，在西、在北者均去城八九十里。己酉秋，甫受事，已凛然于怀，屡欲经营而力有未逮。迄今五稔，幸悉值丰年，民间家有盖藏，平粜之令屡届未举。然今夏蛟水骤腾，北仓适当其冲，其不致剪为波臣者，天也。因益滋惧。且城仓左逼黄冠之室，檐牙相接，炊烟矗矗。夫曲突徙薪，一家之计尚不容缓，矧国家之重寄乎？爰筑墙数十丈以卫之，可五百围，前辟隙地，创庙一区，祀司仓之神，非淫祀也。于北仓地亦建新仓二栋，凡十楹。厅事将颓，葺治之。厅事东构屋三楹，栖守仓者。于西仓地亦吏建厅事三楹，筑高垣与民界划，防侵轶也。先是，城外有东丰仓屋八楹在升冲观，又有南盈仓在南台岭，屋十楹，久未葺，俱颓矣。九年冬，撤东仓屋，盖于常平仓后隙地，仍八楹，如其旧也。十年夏，重葺南仓，朽废尽易，焕然一新，春、夏可作盘量伏晒之地，而秋可贮漕。夫然后，通邑仓储之事，凛凛数载者，可拊膺而自慰。

有老吏前曰："旧例，仓有建造，里长任之，值出于民。北仓柱端刻记犹存。今工竣而民若罔闻，匠作尽官所雇，虑后此之难为继，而修葺之无期也。"予验柱，良然，不禁喟然曰："嗟乎！储食以卫民，幸旱潦饥馑之未逢，民弗此是赖，而乃以工役之兴，捐其赀而劳其力，虐矣。况事势何常，人每不知退自计。设令夏蛟孽大肆其毒，则北仓所储，不难举而空之，数千石之补偿将不于令任之乎？今所费虽甚不赀，而诸处之规模悉整，垣庙聿新，无红朽之虞，有水火之备。若夫前人相沿之陋，不因事涤除而尤而效之，又何所底乎？"吏为肃然，请志岁月。爰泚笔略记其梗概焉。

恳恩题豁堕粮浮荒详

刘士玺等

为恳恩题豁堕粮浮荒，一视同仁，以广皇仁，以苏民困事。

雍正十三年十月十六日，奉旨依议速行庄亲王等议覆大学士朱条奏内开："各省督抚将丈粮一事，永行停止，抑勒首报者，严行饬禁。其现在报垦之田，逐一详确查明，如果系虚捏不实者，即行题请开除，通行在案。"窃抑勒首报、虚捏不实者，即今浏阳是也。浏旧志载官民田、地、塘三千九百七十四顷六十二亩四分，每亩征米一斗零七合，止纳秋米四万一千石零，宋、元以来，未之有易。只因明祖与陈友谅争战江湖，伪参政易华踞洞庭，掠浏米四万接济。明祖不察，仇恨浏邑，查所纳之米，改为粮数，倍加征科，此八万病根所由起也。但其时官之考成不责催科，民之输纳不在银两，夏税丝，秋税米以及山鸡、野鹿、药、茶、油、蜡之类，民已不堪命矣。

万历年间，张居正当国，创为一条鞭之法，每粮一石征银三钱六分。至天启元年，加京边王粮、剿、练等饷，每石征银六钱。以故崇祯年间，浏之逋赋至十数万，幸巡按御史余公奏豁蠲免。是明朝虽有倍加之恶名，而浏民究未完八万足额之实饷。

刘士玺

浏阳人，雍正、乾隆年间在世。

此文撰于乾隆元年（1736）六月。同治《浏阳县志》卷六记载："乾隆元年六月，浏民刘士玺等以请豁堕粮浮荒，白诸巡抚高其倬。"小注云："时士玺及胡其澧、李渭、朱彩章、朱彩辉、余文汉、欧秀章等呈巡抚高曰：'为恳恩题豁堕粮浮荒……颂宪德于无涯矣。'"乾隆三年（1738），浏阳钱粮得以豁减。后来刘士玺辑有《豁减堕粮全书》。

我朝定鼎，大沛仁恩，蠲荒征熟。顺治十年，偏抚金公廷献特题《湖南受害日深等事》一疏入告，浏阳仅征五万石零，卖男鬻女，不可申诉。顺治十八年，钦奉世祖章皇帝上谕："查明朝有与一方仇恨，钱粮征收甚重者，我朝岂忍踵行？着部臣行令督抚具题豁减。"当蒙全楚巡抚杨公茂勋查浏阳、湘乡《县志》，粮因仇恨倍加，适符上谕，具文报部。奈三江道阻，奏疏迟延，适逢国恤，部文寝息。康熙二年，巡抚刘兆麒《为咨催事》一疏，奉部驳云："志书止传陈友谅征收等语，并无洪武仇恨加增字样，况系嘉、万年间之书，何足凭信乎？"终格之。夫同时有江西袁州、瑞州之堕粮，赖巡抚蔡毓荣具题豁减，独浏阳之堕粮，后虽有督抚张公长庚、周公召南先后题明，未获蠲除。至康熙十一年，巡抚卢公震以《通察垦荒捏报之积弊并逃亡荒粮之包赔》一疏，幸邀准减浏阳粮一万一千石零。十二、三年起至三十年止，未尝有三万石之征输。康熙三十年，奉文丈量，前令蒋擢符同倍数，压包田塍圳堋，俱丈作熟田、地、塘六千九百四十一顷零，科粮六万一千六百六十余石，外捏荒一千九百四十一顷，以敷原倍加之数。此八万之浮额，始一定而不可易矣。

迨康熙四十五年，抚宪赵公申乔误听藩宪董昭祚辟土裕赋之请，限民报垦。至五十三年，奉旨查荒，前县赵世禄恐钦差临县，竟报全垦，陷民水火之中。尔时只得颁丈。五十七、八两年，令佐贰沿乡压丈，石坡棘林，悉丈入册，又不能足额，纸上捏作丘亩，每亩作地则四升起科。又只得纷纷具控。雍正五年，县令江日容转丈，比禄更加，不怜浏民堕粮困苦，又行纸上摊加。故至今有粮七万七千三百七十五石一斗二升七合零四撮一圭九粒，饷银四万六千三百七十两零九钱一分五厘六毫，南米一万二千三百六十一石一斗七升七合二勺，漕米一万四千四百二十石零一斗五升七合九勺，较之宋、元、明之赋，不啻三倍矣。所以民难输将，向以此情报明前督宪杨公宗仁、抚宪魏公廷珍、王公朝恩，俱批仰藩司确查妥议，前令赵晟亦两次通详在案。

伏考《一统志》载："浏田不在高岸，即入泥垆，三日雨则低者没，三日不雨则高者又槁，每年通计止可半收。"是浏之田土最下于他邑也。况湖南各属，犹有上、中、下三则科粮，他属之田十亩，合算科粮不上五斗，独浏无上、中、下三则，无论山乡、水乡，概以每田十亩科粮九斗二升七合，每塘十亩科粮五斗三升，每地十亩科粮四斗，是浏之科又独重于他邑也。夫以最下之田，又纳倍加之饷，民力几何，民财有限，欲冀其不死且亡也，庸可得乎？窃查我浏之堕粮，亦犹当日同仇恨浙江之嘉兴、湖州，江南之苏州、松江，江西之袁州、瑞州、南昌各府，与同郡之湘乡县，均受堕害者，异地同辙。然嘉、湖、苏、松四府堕粮，一减于明洪武十三年，再减于建文二年，三减于英宗正统元年。逮国朝，苏、松二府且于雍正二年征减饷银四十五万两。其袁、瑞二府堕粮，有巡抚蔡毓荣请全豁于康熙二年。其南昌府堕粮，有巡抚裴倅度亦于雍正二年请每年减征饷银七万五千五百四十九两。其湘乡县堕粮，先有邑人贺宗奏减四千石于明宣德年间，及康熙五十九年，再有前抚宪王公之枢题请每年减征饷银八千余两。此皆昔与浏同增者，今浏独不得与之同减。浏地薄田瘠，丰年之收，每亩不上一石七八斗，纳租不过五六斗，不比他省沃壤上田，每亩五六石，下田亦有三四石。小民既经堕粮，又经倍赋重科，穷苦难堪，赋税无措，欣逢盛世，尚且卖男鬻女，生等不禁目击心伤。恭奉圣谕，山东、河南现已减免。浏阳同此王土王民，岂独不沐薄赋之泽？况堕粮之事，已蒙世祖章皇帝亲问于前，蒙各督抚题达有据。今沐皇仁有例，敢引领陈情，哀恳大人上体皇仁，下恤百姓，核准题豁，出浏民于汤火，复宋、元之旧额，是则广皇仁于不朽，颂宪德于无涯矣。

重建南台书院序

王用锷

讲学旧称岳麓，岂山川之美、风月之富云尔哉？盖有由也。岳麓之为山，几千百年矣。当南宋时，朱子与南轩张公先后帅潭州，宾从门人，皆极一时之秀，晦明风雨，过从嬉游，一觞一咏之间，莫非所以阐性命天人之旨、修齐诚正之微。后人因之，故岳麓书院为南省最。浏，古潭州属，县南有天马山，亦不知几千百年矣。有元欧阳圭斋先生挺生斯邑，道德文章，卓然名世，曾读书山下，游其地者，往往感慨而兴起。南台岭实与相望焉，故南台书院为浏阳最。余公暇闲步，

王用锷

陕西华州（今华县）人。贡生。乾隆四十年（1775）署浏阳知县。后以宝庆府同知署理长沙府知府。

南台书院：在浏阳南城内南台岭，原为义学，在县治横街，元代梁子贞建，后废。康熙三十一年（1692），知县蒋擢新建义学于西城内。乾隆十年（1745），知县顾维钫改名近圣书院。二十四年（1759），知县张宏燧迁建于南台岭，改名清浏书院，后又改名南台书院。四十一年（1776），知县王用锷倡捐修葺。

见书院斋舍讲堂渐就颓圮，集都人士而谋新之。不数月，反宇峨峨，层檐翼翼，缺者补，漶者新，庖湢斋厨，俱完而固，是固可以粗塞有司之责，而为士子藏修之所矣。

抑余更有说焉。自秦汉以来，圣道湮塞，宋祖受命，五星聚奎，濂洛关闽诸儒出，而孔孟之道灿然复明，厥功伟矣。朱子尝谓永康事功、江西顿悟，必辟二者，然后可入道，又独称长沙士子夙知向学。意者衡岳之高，洞庭之深，地气固效灵欤？抑父兄之教，师友之化，渐渍而然欤？县至长沙百里而遥，道德文章如欧阳公者，代有其人，多士弦诵其中，仰乡先生之流风，争自树立，岂仅取青紫、登科第，为亲戚交游光宠已乎？安见今日之南台，不能及昔日之岳麓也？余一官蓬转，昔自衡来，今又辰往，回忆鹦亭、鸿阁，如在目前，故乐纪兹事之成，与诸生共勉之也。

游大围山记

李荣陛

南幹劈脉内转而势最雄者，首万羊，而武功、大围、黄龙以次北趋，迄匡庐乃尽，皆穹窿秀绝，干云雨而挈巫、衡，称江以南巨镇焉。匡庐尚矣，大围次洞天之十三。唐杜光庭传《白玉经》云：“周回三百里，为好生玄上之天，在潭州醴陵县。”潭州，今长沙。而山在浏阳东界，非醴陵也。《水经注》：“浏水出浏阳县东，江州豫章县首禅山导源西北流。”今宁州乃豫章分地，山正在其西界。宋欧阳忞《舆地记》云：“首禅山顶有白沙湖，广五十余里，流分四派，一为浏水，其三入岳之平江、豫章之分宁、袁之万载。冈峦盘踞四县。”《明一统志》用其说。《湖南通志》云：“大围一名首禅，在浏阳县东北一百五十里，东接新昌。”《西江志》云：“大沩在宁州西南一百五十里，东通新昌，南通兴国。”

今按：大沩山在益阳，唐释流取以配袁州仰山，曰沩仰，与大围音同迹异，而兴国亦在山北，《西江志》所云皆非也。大围西则浏阳，东则宁州。诸书并举来去各山，故有分流袁、岳之别。南来天井栏水

李荣陛（1727—1800）

字莫基，号厚冈，江西万载县人。乾隆二十八年（1763）进士。历任湖南永兴，云南呈贡、嶍峨等县知县。以名儒为循吏，卓有政声，同时也是清代著名的地理学家。著有《易考》《尚书考》《厚冈文集》《诗集》《云缅山水志》等。

大围山：一名首禅山，在浏阳东乡，位于湘、赣界，是连云山脉的腹地，“冈峦围绕，盘踞四县，因名大围”，被称为道教三十六洞天中的第十三洞天。主峰七星峰是湘东第一高峰。

东入蜀江北去，连云山水西入平江。而天井东去者为大阳，东接新昌，连云北引过黄龙，北通兴国，则益推广言之耳。大围既耸镇江湖，其支络远延，皆献秀状，第就本山计之，一脊横陈五六十里，绕麓三百里，并四拱之山，周回不啻千里，足以名岳矣。道书于大洞天多荒诞，如王屋山虚言周回万里，惟大围为得实欤！高村在山东南百余里，《记》所称水入万载者，惟此地足以当之。路穿穹岭，旷日无人，故游愿久不果。

归自湖南之明岁，丁酉秋，山民毛氏来告曰："某比得租地于邓岭，因是以逾黄洞，三日可达西峰之巅，盍往游乎？"予喜从之，以九月初七日发高村，十六日回，在山巅仅二日，游事极草草，然于山川方体，粗得其说，是不可无记。盖此山绝胜约有数端：他名山多驱使岩石，神镂鬼琢，离合以成奇，而大围际天皆土，望如阵云，自然严整，一也；他山过于险阻，末锐或不可措足，大围四周拔起三四十里，至其巅转迤平，村坞通达，经行累日不厌，二也；他山攀陟未半，已忧枯渴，而大围愈高愈润，空水相涵，反动人江湖之兴，三也；他山聚奇山内，而夹辅难匀，大围各面所临，兄弟儿孙依之，连体数百里为一，叶大围之名，四也。此其荦荦尤大者，至于峰岩潭瀑，一方一曲之奇，世据其中者莫能悉。其涵孕若斯，宜其参错海内名山，为十二洞天之次矣。山北有月影，十年前古木阴冥，白日中犹如夜行；山南有星影，绝嶝陷窦通光；西峰有雪影，秋时芦花掩映，湖山间类铺雪，遇风起花飏，尤飘瞥乱真焉。半岭以上，气倍寒，冬夏云雪分据之。物产无稻而多药，药味大抵苦寒。莱菔特肥，颗以数斤计。他花实与下方亦异。予游近霜降，红绿高下缤纷。然茅深虎迹多，不如仲春燎后，可舒步也。宿西峰时，问东道，无知者。其踔远荒凉，山氓老死绝不往来，不知古之高流及志家，何由标而纪之博识哉？

然亦有违实者：白沙，北麓村名也，山顶玉泉诸湖注此为大溪以趋浏。而诸湖惟天心形，圆底平，周约千步，积水澄澄，余率为采药者所决，仅存沮洳。而《记》称白沙湖广五十里，水流分四县。计山岭南北相去十余里，何地以容之？此皆山经好奇，如所云长白山潭广八十里之类也。然予尝游匡庐，蹑汉阳以探瀑源，其凹迤平，滴沥数丈外，即聚为流泉，求分此山黄粱、夜珠半亩之水不可得，其他山顶类然。是知诸湖之美，亦仅大围擅有之，古人所以奖借于斯欤？

嗟乎！以此山之雄也，然其四暨无有名都会，道路往来无托足之所，仙佛之徒中衰，是名虽震于往牒，而寻探者少，反不能比于武功、黄龙，则其深沉杳绝之趣，未知几时乃悉标著于人间尔。爰次数日目足所得，以为之记。

大溪源记

李荣陛

大溪：浏水（浏阳河）之源有二，名大溪河和小溪河，分别出自大围山北麓和南坡。二溪在浏阳城东10公里处双江口汇合，始称浏水。

大溪源出大围山中，东峰三湾坳上庄高泉迸洒，北经牵牛垠、千丘段，山半之村也。下抵黄泥坳而西，右合坳水为大溪，西流，月影水注之。水上承大黄坑诸湖水，穿月影北下，注于溪。溪水又西，白湖水注之。水上承山顶玉泉。村有寺，踞泉上游，中有人形石、石盘、八棱石、蟠龙石。自麓抵寺四十里，连房幽阒，斸为温凉洞，煽妇人佞佛者奸之。后事发，僧以罪骈诛，寺遂废。前有芜池，其水出石关，左合玉泉泉，大如轮。侧有店址，寺所置以待朝山者，今亦废。泉下趋白湖，湖亦决，有稻数本，穗高于人，不能成谷。其水北下注于溪，名白沙水。溪水又西，龙须漕水注之。水上承船艄窝水，有圆石三叠，在窝顶。其水西合天心湖湖水，澄澹多金莲草，又名香草湖。山民多采药湖泥中，故又名烂泥湖，一曰百箩丘。合流经船底村北下，乱峡间过西林庵，为龙须漕，穿泥坞，下注于溪。溪水又西，中塘水注之。水上承三台、石岭、五子石、白面石，皆大围西峰也。西北穿乱石坪，经中塘、瓦鳞坪，下注于溪。溪水又西，经东门、踏浒、官渡，左右纳诸小水，水益大，可胜舟。又西至永和市，人烟盛。又西行百余里至双江口，左合小溪，为浏水。其下流过县以西，入于湘，汇于洞庭，长可八九百里也。

小溪源记

李荣陛

浏水小溪东坑水，源出大围山中峰湖岭之南天泉，分贮为长湖、打泉湖，水深叵测。遇旱，乡人从巫，备仪以嬲龙，龙则怒，波腾雨沛。又有云罩泉。诸水合为东坑，西南流。左合铁坳西水以西，过杨梅坪，东源水自右注之。水上承山顶大黄障、扁担坳诸水，经星影石而南，合于东坑水。又西至上洪，西源水自右注之。水出猴子额高峰南，合石鼓山村水，下注金钟漕，广渊丛泻，噌吰若钟，或传长沙某寺钟飞伏此潭，时有见者，亦分宜钟峡之比云。又下叠为悬泉、石山对抱，以南入于东坑水。坑水又西，黄洞水自左注之。水出南山铜淋尖百丈漕，其端有洞下垂如鼻，泉悬人中间，色如漆。其水下合众谷水，西北流经黄石洞。夏潦，泱漭成川，秋冬伏流地底，枯沙弥望十数里。峡尽，水复现，西北至上洪，合东坑水，是为小溪。溪水又西，西坑水自右注之。水上承山峡夜珠湖。湖当昏晦，远望若有光。以山豕常浴于此，故一名野猪。又有黄粱湖，中涌数小山，芳林秀美，人迹所绝。近湖有丫髻石、女冠石，山半二十里下即望见之。丛石岧峣可爱，一石骈举而中剜，名鼓架，一石高峙谷中，名将军，余不可悉数。其水南下，经桃坪庵址、枫树坪、黄泥界，注于溪。溪水又西，童泉坑水自右注之。上承石祖岭泉，沸发乱石间，大围之西峰也。下经童泉坑注于溪。溪水西南，经石陂至陈家坊，乌湖水自左注之。北源出东山铜淋尖三角塘，南源出东南蒙山阔口坳，会于古塘，西经兰江漕、包家冲、乌湖，注于小溪。溪水又西，至红沙，市岸平阔，板桥低横，挟潦可浮轻舟。又西百余里，右合于大溪。

小溪：见上篇注释。

仲文公暨德配李孺人合传

彭之年

彭之年（1724—1804）

字鹤龄，号松斋，浏阳南乡山田段人。乾隆十五年（1750）武举人，挑补兵部差官，授固原八营守备，后官至襄阳镇总兵。

仲文公：即何国栋，清代浏阳南乡人，约乾隆年间在世。

余自驰驱仕路，背弃井里几四十年矣。当余在库车、阿克素、叶尔羌时，极目异地，风霜野帐，凄凉欲绝，惊沙毒瘴，薰蒸倾扑，如马伏波之在浪泊、西里间，倍切井里之念。后以劳勚洊历襄阳总镇。嘉庆元年，特荷殊恩，获以年老放归，询诸故旧亲邻，凋零殆尽，悲夫！

同乡诸生何子耀韩上舍石斋昆季，与余材、佐两儿同门交好。岁辛酉秋，谒余里第，接其器宇轩昂，语言清妙，且举止端详，早识诒谋之有自也。嗣以尊祖仲文先生暨德配李孺人行状示，丐合传。

谨按，先生讳国栋，同怀兄二晰居，俱以勤劳见称，而先生夫妇尤为乡党所爱敬。盖缘先生夫妇贤劳握持，摒挡家务，隆隆日上，而性恺切慈祥，不硁硁为守钱虏故也。平居不吝周恤，人无亲疏，期如愿偿，以故乡党宗族，具有"慈恺公公""慈恺婆婆"之名焉。於虖！以势力而撼泰山易，求其悠悠之千口一吻而颂扬于不衰者难矣。即此一称，先生夫妇之厚德懿行，不于此可见哉！诒谋之远，食报正未有艾。

嗟余奔老名途，扬历中外，及壮以后，未获一日安居井里，日与故旧亲邻晋接款洽，消受山林清福。回忆平生所历之境，艰难险阻，迄今犹惊魂而动魄焉。孰如先生夫妇鸿案眉举，鹿车肩随，人往风微，芳声宛在，令我企慕之不置也哉！

嘉庆六年岁次辛酉重阳后之四日，乾隆庚（子）[午]科武举，历任固（山）[原]八营守备、安边堡都司、甘陕督标游击、兰州参将、神木协副将、襄阳总镇，诰授武显大夫乡谊晚彭之年拜撰。

蒿山记

许宗谟

蒿山奠浏北之中，大且高，巨障也。巍然特出，环山数十里，皆小山也，棋布星罗，四隅拱向。但山形隆肿，无峭峰层峦可登览，无幽壑深岩可玩娱，世传以为土星，理或然也。然临绝顶以观，当夫天朗气清，雅畅盈视，西望岳麓，潭州属目；东瞰双奶，平江隐然；北据神岭，界牌为帐；南仰石洞，蕉溪列屏。山之中，竹木蕃荫；山之外，翠耸千重。景物亦宜人矣。特念虽有古刹，殊非名胜。

予尝兴感焉。柳子云："美不自美，因人而彰。"永州居湖南之边境，僻届夷徼，千年寂寞，得柳公以文章洗其陋，得周子以道德发其华，而山辉川媚，万世震耀，虽川陕河洛、齐鲁吴越之名胜山川，等视齐观焉。是山也，假令李、杜、韩、柳有遗咏，周、程、张、朱所经游，安在华山、岘山、岳麓、白鹿可专美于前也？独是前有千古，后有万年，天地之钟毓，山川之显秀，不限期会也。安见今日之所无，不为后日之所有耶？今予生于斯，长于斯，深遗林间之愧，谨记之，以俟后之君子。

许宗谟（1746-1820）

字以三，号先还，又号敬轩，浏阳北乡人，县学生。一应乡试不第，遂绝意进取，研究程朱理学。与弟宗训互相砥砺，凡所诵习，必见躬行，时称"二许"。

蒿山：在浏阳北乡（今属沙市镇）。

棣楼记

许宗谟

予少时读《常棣》诗，深叹兄弟者，自然之朋友也，不出户庭，而丽泽之益有甚于他山焉。然志同道合，兄不能强诸弟，弟不能强其兄，古之圣贤犹多抱憾，实有命焉，不可幸而致也。予与弟训，齿不甚远，自少就傅，学连业，游共方。顾质本凡庸，二十年前只知为文章取科第，二十以后始攻儒者之学。然宦情根于肺腑，道义发自渺微，一岁之中，半营科举，半理儒业，其浮慕也甚矣。庚寅冬，自念文章才短，道学味长，岁月易驰而穷达有命，捐去夙习，不复争仕进焉。因切究小学、

棣楼：许宗谟、许宗训兄弟于乾隆四十六年（1781）冬所建读书楼。

《近思录》、四子六经及《或问》《语类》诸书，茫茫学海，未见指南。一日，味晦庵先生“泛滥诸书，不若专精于一”之旨。弟曰：“吾与兄当各专一书，用数年刻苦之功，然后更一书。吾且用功于《大学或问》。”予曰：“吾见在于《近思录》致力。”始皆专精斯道焉。

己亥冬，侨居里西之袁家庄，偶游山水，登高望远，慨然感怀。予顾弟曰：“吾与汝当构一楼，名之以‘棣’，以志吾二人志也。庶几春秋咸和，冬夏炎凉，皆可于此乐业焉。自是，凡有关吾二人者，皆以‘棣楼’书之。”故楼虽未成，而名已先署。辛丑冬，始构楼于室之东北隅，以完夙志，榜“棣楼”之名于其上，读书谈道于其中，鄂铧铧，乐融融，信哉天壤间一快境也。

但念栋宇毗连，竹木绵密，所谓旷然远览，情未惬耳。虽然，楼之建也，原为学耳。今吾二人之登斯楼也，既具既翕，尚友古人，仰瞻洙泗于东，遥望榛苓于西，北观伊洛之渊源，南窥紫阳之统会，睥睨千古，俯仰六合，抑谁禁予之凭眺也哉？而雨雪之朝，风月之夕，吹埙以倡，吹篪以和，夙兴夜寐，无忝所生，当于斯楼期之，可以乐今，可以传后，虽元龙百尺，何足羡乎？因即其事而为之记。

改建文昌祠记

赵嘉程

邑东郭外里许，有孝仙祠，其先为麻衣庙。每岁七月上旬，四方会集，颇称盛观。辛丑秋八月，余奉天子命调任莅兹土。次年，始届会期，有告余谒庙拈香者，因未悉其神之原委，姑唯唯应之，而终未果往。比年来，余既疲于簿书奔驰之下，无暇详考一切沿革，且又闻其会寖衰，亦姑置之。

丙午春，余自临湘代篆毕回任，邑中诸仍其旧。惟闻孝仙特显灵异，或降神于乡愚，责盟追愿，能祸福人，更流于县北，附神妇人称干女，能通神，是以邑东之庙焕然一新，北乡亦崇祠森立矣。余恶其怪诞，或出奸人之假神诬民，其神非聪明正直，概可知也。亟将降神之人械

赵嘉程

字纯斋，汉军正蓝旗举人。乾隆四十六年至五十二年（1781—1787）任浏阳知县，嘉庆二年至六年（1797—1801）复任，共十余年，为政廉平，始终如一。在县署置书斋曰“半亩天”，公余吟咏。著有《纯斋诗集》四卷。道光年间，邑绅请祀名宦祠，未果。

文昌祠：即文昌庙，在浏阳城外东北隅。乾隆五十一年（1786），知县赵嘉程改孝仙祠为文昌祠，奉祀文昌帝君。乾隆五十七年（1792），知县鲁习之率绅士就原地募捐改建。

示庙门，并揭示晓谕，严禁香火。又恐愚民狃于习俗，讹谬寖炽，间诣查勘，夜阑尚灯烛辉煌，若再因循听之，必致滋生妖妄。爰详考邑乘，其孝仙之始也，并无姓字，乡里亦不知祠建何时，当日止据土人一梦，讹传至今，原为邑中弊俗，曾经守土者以淫祀禁之。奈愚民渐染未除，复经前长令不申明往日淫祀之禁，但谓麻衣灭礼，易以素服，颜其庙曰“孝仙”，此尤不经之甚。邑之人遂以孝仙之据，久而愈多附会也，由是像塑其父母，像塑其子孙，并且塑其仆人，俨然一家聚处，更有干女能医、愚夫降鬼之事。乱风俗，坏人心，莫此为最。再不剪除，关系匪浅。乃集诸首事，明切告谕，俾择日撤毁其像，粪除其宫。

但无稽之依附，血食于兹有年矣。察其地居邑之上游，东方出震发生，必藉明神以主之。乃奉文昌帝君神位，敬立于内，易其宇为文昌殿，颜其门为“文昌祠”，因其会为文昌会。会中田产香火如初，首事理之，并立石以纪之。其兴废之由已载于此，邑人士有愿与斯会者，别置一籍，以杜日后争端。是为记。

体仁会记

陶浔霍

体仁会者，邑之四郊护荒坟、禁铲挖、培坏冢、藏露骨、寒食挂扫、中元赈济之会也。嘉庆戊午，吴君震纲等六人募诸城厢，而会始。越丙寅，诸绅士为之增募，邑侯怀公锡之嘉名，置产立碑，而会成。

或以记属予曰：“斯会也，奔走者六人，而非贤士大夫之力，不及此，盍书之以劝后？”予曰：“以贤士大夫劝，盍即以六人者劝乎？六人者，胸无诗书，家无担石，以织、以鞣、以缝、以卜、以锻、以佣而营其生者也。其始之为此也，何所仿而何所藉乎？纸钱麦饭之乞，箕帚耰锄之借，富者助财，贫者效力，曾无有疑忌者焉。积十年而募者无倦容，与者无吝色，遂乃信其乡先生，遂乃信其邑大夫，而事垂不朽。夫一念之恻怛，无所仿而合乎人心之同，何况于既有章程之后！一心之诚信，无所藉而自得人力之助，何况于既有田产之遗！织者、

陶浔霍

字春田，一字勉行，浏阳东乡人，后居西乡大元里。乾隆五十七年（1792）举人。学问渊博，经史子集而外，于天文、地理、数学、医学、佛学等皆有造诣。绝意仕进，授徒山中。曾倡建救婴局，并推广所著《救婴新法》。晚年好王阳明之学，批注并刊行其文。著有《学庸讲义》一卷，《四书随笔》六卷，《致曲堂诗》《古文》《杂著》《制艺》《医案》各一卷，《阳明先生年谱》二卷。

体仁会：一名体仁费，为修理县城四郭义冢的公费。吴震纲等发起于嘉庆三年（1798），成立于嘉庆十一年（1806）。

髹者、缝者、卜者、锻者、佣者且裕为之，何况于贤士大夫！然则何人不可为善，何善不可竟成？独体仁会也欤哉！”

达浒市社仓碑记 代彭定鳌作

陶浔霍

达浒市：在浏阳东乡，今为达浒镇。社仓：即义仓，古代为防荒年而在乡社设置的粮仓。

达浒市有三、四、五都社仓一区，额谷外，苦无羡余，积为社长之累者数十年矣。予初闻而疑之曰：“异哉！天下有行朱子之良法而反为人累者哉？其非仓之累长，抑或长之职有未尽耳。”无何，而家兄某任其事，予时从而襄役焉。细询旧人，乃知向之甘受其累者，非不欲尽厥职而少为变通也。顾一疑于更张之难，二疑于募化之难，三疑于分任之难，积此三疑，是以宁率旧章而不敢少加于前人之制，宁费已财而不敢借助于同社之力，相沿相袭，隐忍赔垫于三年之内，而幸其息肩，此遗累之局所以久不可变也。

予闻而怃然曰：“天下事岂独一社仓哉？凡为教为养，一切良法美意，未有积久而弊不生者。苟无治人治法相与维辅于不衰，一不振而法丛脞矣，再不振而法耗蠹矣。师儒之视学宫为逆旅，守令之视州县为传舍，其中非无俯仰太息之人，而终不能不以有所疑异而掣肘。盖继起任事之难往往如此，而从前社长之焦心劳思、罢力费财于此者，其情亦大可谅矣。然而，窃以为职有未尽者，何也？则以能去今日之累，正以全昔人之美，原不嫌于更张也。时当重熙累洽之久，地为仁渐义摩之深，则募化较昔人当更易也。人之好善，谁不如我？将伯一呼，倡予和汝，又何忧于分任之无人？特无有尝试为之者耳。”予遂不揣力微，于乾隆甲寅之春，邀集同志，分簿募捐。其时三都好义之士，幸有同心，果数月而千金集，置庄田，新廒舍，酌经营，定章程，数十年为累之仓，一旦转而为乐利。

同人曰：“信哉！天下未有行朱子之良法而反为人累者。然非某人之力，不及此。请泐石以纪之。”予曰：“否否。兹役也，倡焉而人无异议，此前人立法之善也；输焉而人无吝容，此社姓好义之善也；

任焉而人无推诿，此同人共济之善也。予何力之有焉？顾其事亦有不可不记者。夫前人行朱子之良法，尚不能保其不遗后日之累，吾侪今日虽以踵前人之法而除其累，亦特能尽一时社长之职耳。即又安知数十年后人异世殊，此事终不丛脞耗蠹而遗后人之累乎哉？安知后日之任斯役者，不视社长为逆旅传舍乎哉？然则，治人治法因时而维辅于不衰，其所望于后之君子正无尽，又安得无一言以志之？是则区区载笔之心也夫。”

重修二贤祠忠义孝弟祠节孝祠碑记

范孟珙

国家忠孝、节义之祠，所以奖励人伦，维千古纲常名教于不坠。而贤哲笃生，有能以世道自任，功德及民者，圣朝亦特隆祀典，俎豆于其所生、所官之地，以崇德而报功。盖“黍稷非馨，明德惟馨”，其典固甚重也。

浏邑故有龟山杨公、欧阳文公祠，又立忠义孝弟祠、节孝祠，俱分建西斋学舍之前。历年久远，栋宇颓坏，门墙倒塌，每春、秋承祭，遇雨倾注，拜奠无地，殆非所以妥神灵、光祀典也。余莅任之初，集邑中绅士谋更新之，诸绅士咸踊跃从事，慷慨捐金，议定规模，卜日营建。昔分为两楹者，今合为一楹。前头门，次二门，后三祠，两贤位中，忠孝、节义左右分布，制度精整，坚致巩固，翼翼严严，焕然维新焉。於虖！入是祠者，扶翼世教、维植纲常之心有油然而生者矣。

人受天地之中以生，各具血气心知之性，即宜具经纶事业、纪纲伦物之能。然每间世而一遇，或合邑不数人。盖两间精英，纯固之气，钟之自天，励之自人，人与天合而后勋业著焉，文章显焉，忠节彰焉，故不数数觏也。二公挺生宋、元之间，昌明圣学，黼黻皇猷，为理学宗，为名臣最，至今数百年，犹食俎豆馨香之报于勿替，盖明德之昭垂远矣。乃至同为人臣、人子、人妇，而秉天地之正气，死忠、死孝、死节，发于天之不容已，动于心之不自知，即极流离困顿、茹荼饮苦

范孟珙

桂阳县（今属湖南郴州市）人，举人。嘉庆十三年至二十年（1808—1815）任浏阳训导，卒于官。

二贤祠：参见本书王培生《二贤祠碑记》笺注。忠义孝弟祠、节孝祠：旧在西关内文庙右，雍正三年（1725）知县赵晟建。后知县陈梦文重建。嘉庆十九年（1814），训导范孟珙率邑绅修。道光二十三年，改建忠义孝弟祠于学宫大成门外东偏名宦祠南、节孝祠于学宫南。忠义孝弟祠祀宋赠成忠郎谢淳、孝子刘琦，元儒学提举周镗、乡贡进士谢一鲁等人。节孝祠祀元胡刘氏、明刘谭氏等人。

之时，百变而不摇其操，卒之名垂竹帛，徽流彤管，有以动九重之知，享崇褒之祭，与大圣大贤并垂不朽。呜呼！此固天理之所以常存，人心所以不死也。而谓三祠重修，其可缓乎！

余景仰二贤之风，企慕忠孝节义之行，且喜祠之告竣，而诸义士之踊跃慷慨，相与以有成也，于是乎书。

《微雨春草书屋诗草》自序

瞿家鏊

瞿家鏊（1773—1841）

字敦夫，号吾山、道吾山人，北乡永安市人。嘉庆十三年（1808）进士，以知县用，改任常德府教授十二年。后历任江南兴化、山东馆陶知县，一以亲民正俗为务，卓有政绩。著有《微雨春草书屋诗草》四卷及《醒心录》《建事录》《春晖堂古今各体文》等书。

嘉庆壬申为嘉庆十七年（1812），长至节即冬至。

仆少贫，无力购书，空呼负负。从乡先生游，专习举子业；间作五、七律，以与试帖近故也。偶春夜雨时，诵韦苏州“微雨夜来过，不知春草生”之句而好之。嗣后履綦所至，每闻夜雨声，辄忆斯境。抑不自知此心何以感微雨之滋生，而举念春晖之在目也。是岂不重可思乎！

庚申秋，赋幸而售，计偕北上，始稍稍学为各体诗。北归，赴黔中学使平泉师幕，虽亲承指示，窃自愧未工，然亦不敢懈。亦越于今，听春雨者又越数十年矣。一灯如豆，顾影依然，不可与言诗，安可与道古？顾自念道途屺岵之望，友朋风雨之思，水陆舟车、羁客劳人之寤叹，前尘梦影，仿佛如诵“微雨春草”句时。日凡几过，真有不堪回首，而又不敢不回首之情郁于中而不能自已也。因颜其所居曰“微雨春草山房”，集名小草，以志吾过，且警将来。

嘉庆壬申岁长至节，道吾山人自序。

《凡窥四著》序

朱文炑

小子炑性至鄙，弗克文华，故于世无能为役，独以性之于道为近也，乃扫除一切，专事于兹，苦心焉而甘之者有日矣。间独念圣贤之言道，非徒迹也，必有其精，而精果何在乎？经传之垂训，非徒文也，必有其意，而意果何存乎？不得精与意，而徒切切焉寻行数墨，得语遗心，将圣道谓，何而昧昧若是？岂吾人之所望乎？即不然，仅获圣贤大用，未极理道一原，抑犹未可谓之有得也。是以鄙质虽暗，不敢效世士之所为，肆心独往，必欲求真儒之所在，津关几转，识见稍真，久之乃恍然若有得焉者。盖积思也苦，则其入之也微；研求也力，则其会之也远。夫乃叹圣贤之精，果有其精也；经传之意，果有其意也；寻行数墨，得语遗心，果不可谓之学也；粗获大用，果不可谓之得也。一理通，而万理悉化；一事得，而万事皆神，而以之流连文字，亦有靡不逢源之乐焉。因不自揣，辄成四编，曰《易图正旨》，曰《三传备说》，曰《五子见心录》，曰《罪述内外篇》，或发挥经传，或敷述己言，自一而推之万，由万而合之一，语句虽多，总之无一语之敢妄下，无一字之或强安。嗟嗟！质之鬼神而无疑，百世以俟圣人而不惑，不敢言矣，然人同此心，心同此理，可以自信，即可共信，或庶几焉。

昔邵子有言：“弄凡余暇，闲往闲来。”凡，言太极也，即精与意之所在也。故程子有“风流人豪”之目。然凡可窥，不可弄，故程子又有“侮玩天理”之讥。今取其义，而曰《凡窥》，总其编而曰“四著”，出之箧中，质之天下，其亦有以识吾之志也夫。

朱文炑（1788—1839）

字慎甫，号正相，浏阳北乡人。于儒书无所不读，尤致力于性命之学，以宋五子为依归。善化贺长龄欲聘掌书记，他以母老辞。后以生计拮据，奉母赴武昌，依好友胡大章以终。所著有《大易粹言》《春秋本义》《中庸笺注》《五子见心录》《圣学罪译》共若干卷。仅存《易图正旨》一卷、《五子见心录》二卷、《从学札记》一卷、《慎甫文集》一卷，后人合为《朱慎甫先生遗集》刊行。入祀浏阳乡贤祠。

楚文塔记

袁名曜

袁名曜（1764—1835）

字焘岚，一字道南，号岘冈，湖南宁乡县人。嘉庆六年（1801）进士，选翰林院庶吉士，散馆授编修，历官翰林院侍读，充日讲官。后以母丧归乡，主讲岳麓书院。著有《吾吾庐草存》。

楚文塔：在县城西南浦梓港山顶，嘉庆十八年（1813），东乡人王良汲（号源瞻）与其侄王才果（号确庵）共建。后毁。今人改建于西湖山山顶。

塔制起于西域，而盛于唐，自韦肇题名慈恩寺中，后遂以为科第故事。而阴阳五行家又谓其高耸秀拔，如文笔状，置之得地，可以助形胜，培文风。

浏邑，文薮也。嘉庆癸酉，邑之王源瞻与其犹子确庵用堪舆家言，于邑治西南隅建塔七级，高十余寻。费缗万贯，皆出自源瞻及确庵，而鸠工庀材，则确庵独力。工将蒇，问名于余，余既额之曰“楚文”。阅二年，始晤确庵，询悉地势，犹未遑记其事也。丁丑春，过浏，登蕉溪岭，望大围山脉循大溪北以逆势结聚邑城，溪南诸山横锁于西南河滨，踞巅造塔，有回澜障川之势，乃追述昔年命名之意而补记之。

或曰：“楚固离明地，浏为南楚，界吴首，邑夙为文薮，以是锡之嘉名，为地灵人杰庆。”是固然也，而意不止此。且夫浏之为文薮也旧矣。自宋以后，贤达蔚生，史册彪炳，爵禄烜赫不足道，其道德经济、学问著述裒然称首者，断断推欧阳原功一人。原功早游营道，亲炙宋世诸遗老，而私淑濂溪，故所造淹博邃远。又得志于元代盛时，以润色鸿业，传诸无极，封号曰“楚”，没谥为“文”。天下后世且推为濂溪以后一人，固吾楚人文之杰出，不仅为浏邑光。今以其封与谥名塔，以志勿谖。虽异地过此，犹将翘首而景仰焉。而况山川犹是，城郭犹是，其钓游故里，代产誉髦，抚风流遗韵，有不顾名而勃然兴起者乎！然则其兴起也，当奈何？曰：高以托其体也，厚以植其基也，层累以进而敻然上达也，若是塔焉已矣。此则区区之意，愿为浏之士及凡为吾楚之士所共为黾勉而鼓舞焉者也，遂书以质诸建是塔者。

《浏阳县志》序

彭浚

洪惟我国家广轮懋豫，函夏乂安，幅员之长，从古罕有。皇上御极十六年，命馆臣补修《一统志》，所以稽版图，明轨物，昭文章也。兹春，大吏有续修《湖南通志》之举，下于郡邑，而浏阳之志以次续纂。

按：浏旧志作于康熙乙巳，为邑诸生龙公名升所撰。康熙甲申，复辑之，多仍其旧。所载详明季兵燹赋役之苦，几于目不忍睹。逮雍正癸丑重修，又病简略。迄今已阅八十余年，是宜修。

浏地于省垣为近，而接壤江西，东界义宁，南界萍乡，东南界宜春、万载，居万山之中，为江西之通衢，实省垣之屏卫。入其境，则人烟辐辏，有素封也；商贾骈田，无滞鬻也；桑麻铺菜，庆四秋也。且叠嶂崇山，所在开垦，亦复人无遗力，货不弃地。则向之所谓"七苦八难"者，今皆安居乐业，户尽敦庞矣。况乎学校之教隆，则文风丕振；宾兴之典重，则士气日新。近且建考棚，创文塔，奎星之阁聿隆，巨工屡举，培风水而翊文运，以故甲科乙榜，照耀湖湘，茂矣烁矣。斯不独为浏阳幸，且为吾楚幸。亦不独为吾楚幸，仰见朝廷厚泽深仁，休养生息，涵濡于百七十余年之久，被润泽而大丰美，如此其广，如此其至也！独吾楚也欤哉！独浏阳也欤哉！

维时宰是邑者为谢介岩明府，素崇风教，振作有声。延余主其事，余以事匆匆，未遑秉笔，秉笔者为本邑孝廉周君名雅、刘君名名锋、邱君名之芬、明经吴君名祖光云。

彭浚（1769—1833）

字映旗，号宝臣，衡山（今湖南衡山县）人。嘉庆十年（1805）状元，授翰林院修撰，后历任太仆寺少卿、奉天府府丞兼学政、顺天府府丞等职。著有《赐砚堂诗集》《赐砚堂文集》。

本文为嘉庆版《浏阳县志》序，原题作《旧序》。嘉庆二十一年（1816），浏阳知县谢希闵请彭浚主纂《浏阳县志》，彭浚以赴京而未能秉笔，于当年冬作此序。

考棚记

谢希闵

谢希闵

字介岩，籍贯浙江会稽（今绍兴），直隶宛平（今属北京）监生，嘉庆十六年至二十五年（1811—1820）任浏阳知县。

考棚：为古代考试之所，在北城永清街。嘉庆二年（1797），知县裘豫率绅捐建，未就。次年，知县赵嘉程令收捐，始置基址。二十一年（1816），知县谢希闵率邑绅建成，长四十五丈，宽三十七丈多。

余莅浏六载，邑治前有奎星阁旧基，葺成之，复创文塔于坤、巽二方，冀以培文教也。而考棚之建未遑，每岁、科两试，诸童携几席就试于官舍，两廊未足容，散坐地厂，值酷暑严寒，日炙风号，盖心念者久之。谋诸邑绅，则云："十余年前曾公购地宅，有基而未举。今愿输公银若干，以为建置。"于是鸠工庀材，栋宇屹立，窗棂玲珑，东西列号坐，横以木几，鳞鳞然相次而不紊，外则缭以周垣，高不可逾。计日而考棚成，余乃进邑人子弟而谓之曰：

凡事之有基勿坏，而乐相与有成也，类如是矣。人之生也，有父兄师友之教以植其基，党塾专其职业，诗书泽其性情。及其成也，德行道艺，发为文章，播诸事业，粹然不失于正。我国家右文崇学，雅化作人，遍忝寰宇。士之以考为进取者，即古乡举里选之意。由县而府而院，试于乡，试于礼部，则县试其始基也。操觚者毋诡邪以趋时，基之以正理；毋浮薄以悦俗，基之以实学；毋艰深，毋雷同，基之以和平惇大。镕经铸史之章，后此发名乘时，应圣天子临轩制策，润色鸿猷，诚孰有大于此乎！则浏之幸也，亦余之望也夫！

《浏阳县志》序

谢希闵

邑志，纪实也。虚则为赝鼎之炫耀，实则为铜狄之摩挲。繁不失之芜，极房裔之骈四俪六，无当也；简不失之晦，如李延寿之订讹补缺，斯善也。志虽囿于邑，其体宜正，其义则要诸实而已。

国家饬制度，昭宪典，四海向风，图史明备。嘉庆丙子岁，值大宪续修《湖南通志》，所隶府厅州县各奉檄纂修，辟馆成轴。而余适承乏浏邑，丐衡山彭宝臣殿撰秉笔，董正厥事。旋以服阕辞赴长安，余亦以运铜之役挂席漓水，又俸满循例北上。时司马王右亭先生与修《通志》，署篆羊公亦星具书请司总纂，遴邑中孝廉周雅、刘名锋、邱之芬，明经吴祖光与弟子员伍宗宝、李维翰、欧阳大中，及布经历王才果诸人，网罗旧志，重加编辑，至邵公星岩与其盛。今年秋，余归自京，濯指披订，乃谋付之剞劂。其大旨以要诸实者，为陈风贡俗之书也。

浏在昔为用武地，吴逆之变，欃枪映天，戈稍横道，老壮妇孺之骈肩接趾者，半存亡于黄沙白草之间。赋役殷繁，苍黎疲敝，读前贤简编所载，抚膺追摹，如诵庾子山《哀江南赋》，为之感喟不辍也。赖当时制府、中丞，沥情入告，遂获邀圣朝汪濊之恩，拯斯民饥溺之苦，逮今百七十余年，境宇乂安，民气和豫，浏自是允为乐土矣。

余莅此有年，惴惴以实心为心，不敢稍自偈偅，其足以维民风而培文教者，敬遵宣父先劳之训，与邑绅之贤而有力者询谋佥同，次第修举。矧斯志为文献之征，自雍正癸丑重修以后，历岁久远，前岂无残缺，后岂无增加乎？昌黎当治具毕张之时，犹矻矻于补苴罅漏，张皇幽眇，义有取尔已。且夫浏，潭州属之胜地也，天马、大围之环拱，清渭、淮川之潰汇，龟山先哲以理学为名宦钜概，忠愍诸公以忠贞列乡贤俎豆，地无饮羊之俗，民鲜怀砖之情，康阜敦庞，至于今日。余更愿为士者进之以实学，毋饰尔虚车也；为农者勤之以实力，毋淫于沃土也；其为妇人女子者实守乎塞渊淑慎之德，毋艳乎珠珰翠钿也。清浏之壤，将历十百千年休养生息，共丽此郅治版图也，讵不盛欤！

程龙湖先生云："后世之人补《书》而《书》乱，续《诗》而《诗》失，作三《传》而《春秋》微。"讥失实也。志成，上之大府，期以无失实者，供一二采掇，庶无浮诞矫诬之咎。至于沿革损益，道在因时，美恶贞淫，权归化俗，将见有烂然经纬者。余才劣，且自惧负疚，何敢漫为词费哉？

编者按：本文为嘉庆版《浏阳县志》序，原题作《旧序》。嘉庆二十一年（1816），谢希闵组织修纂《浏阳县志》，后出差离浏，羊拱辰、张仲埙、邵大纬等人相继署浏阳知县。二十三年（1818）秋，谢希闵回任，准备刊行《县志》，并于该年冬撰序。

道吾山神龙记

方为霖

方为霖

安徽桐城县人，监生。本任鄞县知县，嘉庆二十四年至二十五年（1819—1820）署浏阳县事。

自浏阳北门出，行十余里至山麓，蚁旋而上，怪石林立，松风泠然。又十里，平衍中开，俯视四围，七十一峰环作莲花状者，道吾山也。山中建寺，前后殿皆供佛。由后轩旁通小园，园中有池，清泉一泓，岁无盈涸，水藻鲜碧。有物焉，长三四寸许，鳞甲隐见，蜿蜒于其中者，皆龙也。地旧名老龙潭，瀑布飞溅，经四十四曲，所溉诸田，虽值亢旱，而田无所害，此即龙之所以为神也。

予以嘉庆己卯权兹邑，入境问疾苦，父老已为予言神龙之灵。会仲夏雨泽愆期，予遥致祷而获应。及今年庚辰，以春雨多甚，入夏炎蒸殊厉，弥月不雨，设坛致斋而弗应，民咸以为忧。乃徇众请，以六月九日迎龙临坛，虔诚祈祀。将夕而大雨滂沱，明日乃止。百姓欢腾，三农舞蹈。洵哉！龙之为灵昭昭也。既送龙还池，蠲吉鸠工，围以石栏，更葺池旁旧庙祀龙者。工既毕，伐石纪其事，用告后之君子，知龙利被浏人也如此。仰维国家报功之义，俯察闾阎望泽之殷，浏人食德饮和，无所终极，则神龙长享馨香而不替也固宜。

周节愍公祠碑记

赵　瑜

赵　瑜（？—1827）

字兰坡，云南太和县（今属云南大理市）人。嘉庆五年（1800）举人。道光五年（1825）任浏阳知县，政尚廉平。创建兴贤局，为秀才参加乡试、举人赴京会试提供旅费。道光七年（1827），被保荐卓异，赴京引见，卒于长沙旅邸。浏民祀之于兴贤祠。

周节愍祠：在浏阳西城内，祀明代长沙府通判、代理知府周二南，道光六年（1826）知县赵瑜建。

曩居里，闻蒙化周节愍公祠甚著。及试令来长沙，复拜所谓二忠祠于濯锦坊西。二忠者，即节愍与先公死难之司李蔡忠烈也。粗得公殉国本末，始知战没于浏之官渡口，欲求当日郭公金台所为公传，不可得，激昂悼叹，想见其为人。然公既死于浏，其遗风余烈，或未之泯，当于浏之人独详。去年夏，来宰兹邑，私窃幸之，亟访公事迹，皆愕眙不知所对，邑乘又阙焉未载。公之死，至今才百八十年耳，遂令遗迹湮没，无片席血食地，岂忠节义烈，固人所不乐道？抑亦兴起之无具耶？

瑜忝守土责，惕然滋惧，不敢以此或后。邑人士闻之，佥感跃襄事。适移建杨龟山先生祠，即以其址为公祠请。瑜允之，牒告大府，捐俸钱以为之倡。于是鸠庀工材，筑之琢之，髹之垩之，为门为堂，为庭为廊，钟鼓有序，芹藻有位，粲然秩然，靡不具备，肖公遗像居之。事既蒇，乃撮公事略刻诸石，俾后之人有考焉。

谨按：公讳二南，字汝为，一字石拙，吾滇之蒙化人也。崇祯末，以选贡为长沙通判，尽职业，寻摄攸事。张献忠陷长沙，惠、吉、桂三王皆走，公还，恢复疆土，抚集流亡，仁惠大著。乙酉，擢守岳，士民乞留，改守长沙。当是时，愍帝已殉社稷，流寇南窜，湖南、北烽火被原野，鄂、岳相继陷，长沙独当其冲。督师何公腾蛟与公及三四旧吏，日婴城固守。其年五月二十七日，李自成余党焚劫浏阳，公督黄朝宣、王俊才二营兵来御，激励将士，大有斩获。六月八日，贼突犯官渡河口，与战，败之，公亦被创。有贼将李活虎者，以公屡胜，兵寡且疲，引悍卒潜渡下流，绕阵后击公，二将溃走，公独裹创血战，为流矢所中，死于阵。参谋军事吴愉被执，不屈死。贼遂陷浏阳，盖六月十有一日也。事闻，赠公太仆寺卿。国朝乾隆四十年，谥节愍。

於虖！公以身捍贼，冲冒锋镝，愤激而死，浏邑陷，长沙亦渐不可支，其有功于斯郡甚大，而于浏之民为尤厚也。夫可毋死而死，畏死而卒至于死，皆不足以言勇。惟其始以无畏死之心，而持其克敌致果之志，然后以一死为足重。观公之奋身敌忾，卓卓如此，斯其风节，固可以愧当世而励后世，宜其俎豆尸祝，千秋弗替。乃至不能举其姓字，几漠然与冷烟荒草共此消灭，而况以死勤事于兹土，弗克与滇、湘并隆其祀，将何以妥公之灵，而为顽懦廉立之一助欤？瑜既喜邑之士克勇于义，以共成厥役，而益叹公之风节，实足以兴起百世之人心于无穷也。爰备记之。

东山义学会序

李文耀

李文耀

字星楼，道光元年（1821）解元。任咸安宫教习，期满选用教谕，历任沅陵县教谕、永明县训导、宁远县教谕。敦厉品学，曾重刻彭定求所辑《儒门法语》。道光二十一年（1841）状元龙启瑞是其弟子。在宁远时，太平军将至，官民纷纷逃散，文耀独不去。

本文撰于道光九年（1829）。

人生在世，可常留以示后人者，莫如立德。其次，莫如立功。功在后人，则亲贤乐利，没世不能忘也。宋范文正公父子相继买义田三千余亩以膳族人，迄今千余载无恙，固其子孙能守，实文正公无私之德在天之灵有以默相其子孙能守也。功无大小，随分自尽焉可已。今吾浏南萧氏数世一身而不甚于丰财，至十四世东山先生膺心式穀，始得两房。爰于析箸之日，公存田壹硕二桶，命两房子孙世世守之，增置租息，以为异日延师课子之费。甚盛举也！

夫学之为道，必以养成德性为务，毋汲汲于举业，毋孳孳于名利，庶不至妄费而无成。其始之入小学也，斤斤于应对进退之文，惓惓于恭敬安详之实，非拘也，必如是而气质乃无浮越也。其继之入大学也，约之为格致诚正之旨，扩之即修齐治平之模，非泛也，必如是而经济乃归实用也。今之富者非无延师课子力，而卒至无成者，皆不知小学教人之方，又安知大学明新至善之蕴哉！吾愿萧氏之为父兄者，以圣贤期子弟；为子弟者，亦以颜孟自期待。以此孳孳，自足于己，无待于人，庶天爵修而人爵从，萧氏之盛断自兹义学始矣。

道光己丑，余以宗室教习归自京师，方以未能本身立教，使天家子弟尽入于圣贤之域为叹，而萧氏子弟有从吾叔父葆华夫子游者以义田序请，因书以与之。

道光元年辛巳解元、拣选知县、充宗室右翼官学汉教习、现任辰州府沅陵县教谕同邑李文耀星楼氏谨撰。

溪江桥记

金　沅

环溪皆山也，其西南两峰尤美，有水泻出于两峰之下。是水也，发源玛瑙，逶迤而来，九折而入于江。每烟雨迷离，长桥卧波，浩浩荡荡，横无际垠，望之若苏公十里堤。桥之左右，茅舍参差，有大古风致，往来骚客多憩息焉。其土广而沃，其水秀而曲。明进士保盖明府，其兄子君贤官楚，相其原隰，观其流泉，因家于此，至今鸡犬桑麻达乎四境，其子孙沿溪而居者，不下数百家，春秋弦诵之声不绝。此清浏一大名胜也。

余性耽山水，凡名山大壑皆有履迹。丁卯秋，以访道游其地，与其文人学士倾盖话古，彬彬郁郁，不减王府子弟，竟日盘桓不倦。时将暮，山雨徐来，微风开卷，酒数行，瑶琴三弄，余醉，抚掌大笑，与客狂歌。主人以诗请余，曰：“溪桥夜雨，添我诗料。”因朗吟一律，并述其事以志之。

金　沅

江西南昌人，生平不详。

文中“丁卯秋”，当指嘉庆十二年（1807）或同治六年（1867）秋。

光裕桥碑记

佚　名

从来天下事无难易，亦听有志者自为之，不系乎其力也。倘一计较乎力之足与不足，则其为之也不果，而其事必不成。

我祖贵斌公自江右南昌郡迁是邑之东乡，择今之黄泥坳巨门土星而家焉，盖十七世于兹矣。想当年，列屋而居，经营荒废，非不尽善，但其前面地势较低，风水家佥以簸箕水目之。然天工可补，地势讵不可培？第先人不暇培以待后人之培，待后人培之而后人卒不见有培之者，非无培之之力，实无培之之志也。至若吾侄明兴字耀先，究非吾族之大有力者，乃无其力而有其志，慨然以其事为己任，爰鸠厥工，运厥土，狭者使之宽，下者使之高，缺与陷者通以桥而固以石。是役也，

光裕桥：在浏阳东乡黄泥坳（今属大围山镇浏河源村），“李明兴鬻产成之，费钱千余缗”。现保存完好。此文是李氏族众赠给李明兴的，执笔者佚名。

不独俾侄辈之居于斯者望之而改观，并足以上续祖若宗贻谋之所未逮。呜呼！岂不懿与？且就其地以论，所有之业不及十分之一，而按其地以核，所用之费不下千金有余。如此难为之事，侄以一人为之，而不畏其难，天下又何事而不能为也哉？

余嘉侄之有志，尤嘉侄之有志而竟成也。因亟为文，勒之贞珉。适续修家乘，令备载之，以为族之子孙仍云世世之有志于事者劝。

时道光十年岁次庚寅正月二十八穀旦，三门族众赠。

晋故别驾累赠忠愍侯雄公墓志铭

刘名锋

刘名锋

字砺青，一字宝吾，浏阳南乡清江人。性纯厚，绩学能文。嘉庆十三年(1808)举人。嘉庆二十二年（1817）大挑一等，历署山东齐东、宁阳、费县、招远、博山知县，所至有声，补授阳信县知县。在阳信前后凡三任，循声大著。卒于家，年八十一。曾参与纂修嘉庆《浏阳县志》。

从来正气充周于天地，精光炫耀乎古今，大忠大节，有弥天塞地之气，而后配天地而悠久无疆，有照古腾今之光，而后亘古今而永终不敝。我浏崇祀乡贤累封忠愍侯、宜阳别驾易公讳雄者，晋时人，举孝廉，为州主簿，迁别驾，谢职还家，复为舂陵令。值王敦谋逆，奉刺史谯王丞檄，募众进讨，力屈城陷，为逆将魏义所虏，送武昌遇害。其夫人潘，率家人五十齐赴浏治西关外樟树潭死之。诏其处立庙，岁遣致祭。公柩武昌舁归，与夫人合葬浏西将军洞。元至治二年赠侯爵，谥忠愍，明洪武间追赠为宜阳别驾之神，赐联榜柱。清雍正七年、乾隆三十三年，特诏查古昔陵寝、忠烈祠墓，经有司具详咨部，见有子孙修葺，毋庸估工动帑。呜呼！朝廷于公可谓厚矣，公之子孙可谓贤矣。窃念公官晋室，遇贼死难，死且不朽。夫人闻公被害，一同尽节。公死国事，夫人死公，迄今千百余年，太湖烟雨，中洲风月，皆公夫妇精诚劲气贯注其中，凛凛然此景千古，此人千古也。

名锋少时来城应试，过忠愍祠，瞻慎郡王书，元精炯炯，灿烂照人，谒座礼拜，竦然肃然，起敬起畏，虽为童子时，已知钦其节概，嘉庆戊辰领乡荐，公裔之在湘阴者焕选、文照、文煦、竹林昆玉，皆一时同榜，叨联谱谊。及官山东，名锋令阳信，湘阴焕暄令淄川，省垣会晤，欢叙畅饮，相视莫逆。厥后调署博山，进青郡道经淄邑，必从话移晷。

道光庚寅秋，名锋援例告养，焕暄为出乡官结回籍。是与公裔同榜同僚，实有天假之缘，而非偶然者。且公裔分布各属，试博学鸠词，簪笔芸馆，捷南宫，登乡榜，济济英英，后先辉映，又不独为吾浏光也。因念曩昔与修邑乘，见通志、郡志、邑旧志纪公事最详，其祠墓、封赠、祀典、坊表、诞辰一律备载。迩来公后裔将护墓坡土田山一概收归，以备子孙永远挂扫，洵属盛举。名锋忝举南台讲席，岁壬辰孟冬，适公裔文倬、芳三，以重修将军洞墓功告竣，乞叙并铭，名锋叙之，且为铭曰：

吾山北耸，淮水西流。灵淑会萃，笃生易侯。忠国心丹，捍城血碧。仗义兴师，为枭叛逆。辉增日月，色变风云。力虽暂屈，志有常伸。夫人同心，一门靖节。潭水泱泱，终古惨恻。宋家园外，将军洞前。丰碑杰立，气象万千。乾纲坤维，相助合德。森列两间，芬芳弈叶。累朝旷典，远贲天庭。宠锡泉壤，永慰双魂。贤裔班班，修葺幽府。马鬣高封，千秋万古。

清道光十二年壬辰，知山东阳信县事宝吾刘名锋撰。

老女桥碑记

刘名锋

同里甘姓，望族也，世居小江甘家湾。有老女桥焉，明甘氏女名金贞，以父母无子，矢志不字，纺绩奉养，葬亲后以供养余赀而建之者也。桥砖镌“正德十五年，甘氏金贞立”。女年八十余卒，葬桥左。

老女桥：在浏阳中和旗山枣潭村甘家湾。

嘉庆丙子，锋与修邑乘，因将金姑事及桥与墓备纪之。道光初，桥水圮，甘族拾桥砖置墓侧，有窃其砖者，辄心动，还之。十九年，甘生崇勋以复修事蒇，属锋为之记，且云：“历今三百余年，一旦病涉，欲重建，适祖姑夫刘公蓉屏宰奉新，崇勋客其署，语余曰：‘曾梦老妪，自称金姑，谓桥宜复修，向我谆谆，醒寤弗忘。今以银二十两付子，且募足之。’崇勋归，商之族祖志湘、族叔孔炤、孔晟等，募各房及族媛，共获钱二百余缗，鸠工兴事，以石易砖。今桥已讫功，乞先生记之，以垂不朽。”

锋窃惟古忠臣孝子、义夫烈妇，其立心行事，初非有所为而为之也。即如金姑，激于父母之无养，自伤茕独，誓死不嫁，终其身生养死葬，毫无欠缺，使父母无子如有子，且胜于有子，彼其心安知有他计哉？知有父母而已。真其利断金，恒其德贞，不愧命名之意也。一点精诚血性，数百年来宛然如生，后之人经其墓，过其桥，访其事迹，当为皇然兴，蹶然起，咨嗟欷歔，感动奋发，而不自知，其有功于人心风俗，岂浅鲜哉！抑锋尤喜甘族之女媛有同心也，一女倡修，众女乐捐，顿使前人遗迹，不沉沦于蔓草荒烟。金姑贞心亮节，固与天地无终极，合族之女之表扬盛德，亦复人世所希有。宜乎自金姑后，甘族德义节孝，相望不绝也。《易·文言》曰："贞固足以干事。"其金姑之谓乎！《诗》曰："民之秉彝，好是懿德。"其甘族众女之谓乎！

《律音汇考》自叙

邱之稑

邱之稑（1781—1849）

字穀士，浏阳西乡人。监生，议叙八品。生有异质，敦行孝友。喜读书，尤精音律。道光九年（1829），知县杜金鉴聘其掌管文庙乐舞，为设局，乃案律制器，率众肄习数十年。著《律音汇考》八卷及《丁祭礼乐备考》。嘉庆末年修《浏阳县志》时，与李长春、贺以南、欧阳德序辑《志余备考》。曾参与修考棚，倡议重修文庙，倡修义渡，倡建义仓。

本文撰于道光乙未，即道光十五年（1835）。

念自古乐失传，先儒之论乐者迄无成书，声音之道，盖难言矣。宋蔡西山先生著《律吕新书》二卷，法度精详，言乐者皆得据以为说，然于旁搜远引之意详，审音协律之事略，后更欲均调节族，被之管弦，别为乐书，而不克竟其志，以故六律五音之义，终无由著见。此律音之不容已于考也。

稑十岁受《毛诗》，先君子淮川公教以韵学，凡宫商角徵羽之字母，见溪群疑之标射，开口撮口之分，喉舌唇齿牙之辨，一一指示。稍长，学审笛，又晓之曰："声字之谱，殆即五声二变之源流，如时曲北调出凡一，无异五声之兼二变，安知今乐不犹古乐也？"稑识之不敢忘。已得朱子《仪礼经传通解》读之，见所存诗乐皆注律吕，窃欲按字谱之，恒苦龃龉不合。此固数十年所常耿耿于心者。

嘉庆戊寅，与修邑乘，获读颁定《文庙乐章》，载春丁夹钟主宫，倍应钟起调，秋丁南吕主宫，仲吕起调，二祭皆清音为之还转，而未尝收一浊音，乃恍然于清浊之判若两途，而律吕之不可混杂有如是者。

道光九年，明府杜晓平先生因邑素无乐舞，征桂教习，爰遵奉颁图册，恭制乐器，率俊秀子弟讲明肄习，每当二仲，敬谨陈奏。七载于兹，未敢稍懈，肄习日久，会悟渐深，乃以余力兼谱《风》《雅》，取精既广，有得辄书，积久成帙，分列八卷，颜曰《律音汇考》。首律吕，溯源也；次乐器，审音也；次仪礼，遵经也；次诗乐，存古也。吁嘻！西山先生以明敏之姿，加意考证，其书何敢轻议？惜未遑候气制律，别成乐书，以证千古言乐之误。桂盖不能无感焉。《汇考》成，因纪颠末于简端，知音君子，苟不鄙桂愚昧，相与正其误失而补其缺漏，是则私衷之所深望者欤！

时道光乙未冬十月朔日，浏阳榖士邱之稑叙。

浏阳县乐局记

沈道宽

浏阳县新立乐局者，吾友邱榖士上舍教习学僮之所也。榖士好学，深思多艺，能实事求是，尤精于音律之学。尝病世俗之乐，扰杂郑卫，滥入学（官）[宫]，亟思所以正之。于是截嶰琯，验葭灰，制凤箫，叶群器，覃思储精，积二十年，乃订古来生声之讹谬，具载《律音汇考》一书。维时宰浏邑者，为山阴杜君金鉴，知榖士为今之绝学，延致邑中，集学子之秀良者，教以声容，规隙地于宫墙左侧，商诸高訾之家，醵其更费，构屋若干楹，以庋乐器，即以榖士总都讲，而别延布衣黎君志勋课其节族，文学李君春晖正其步武。二君者，晓于乐舞者也。

夫缀学之士，必肄习之有其地，而群萃州处于其间，乃能砥砺观感，以造其壶奥。盖聚则专，专则体安所习而邃于其业，且乐之即于淫哇也，其所由来者渐。则欲返古复始，非一朝夕之故可知。乐局之设，今（余十）[十余]年，铿锵缀兆，均度疾徐，乃一一咸轨于正，而乐甲于南楚。而又恐其历久而渝也，勒石以告嗣典局事者，述尊无废，庶元音长留于天地间也。榖士名之稑，邑西乡某里人。

沈道宽（1772—1853）

字栗仲，先世浙江鄞县人，迁居宛平，遂籍宛平（今属北京）。嘉庆二十五年（1820）进士。道光间，官湖南酃县、桃源等县知县，因事去官，侨寓长沙。擅诗歌，工书画。著有《话山草堂遗集》八种十三卷。

浏阳县乐局：东乡人王才桢所建，在文庙宫墙左侧，当崇圣殿东，另有礼局在文庙明伦堂南，同治六年（1867）统称为礼乐局，以习礼乐、供祭祀。

家塾记

李照莲

李照莲（1793—1861）

字熙明，号晴川，浏阳东乡人。博学能文，深受浏阳训导苏良枋器重。考秀才不中，改而学医，后成为名医。著有《晴川素论》《史论》《射虎集》《晴川古文》《小有洞天逃夫诗草》《医易贯通》《医学折衷》《晴川心镜》《痘疹壶中天》《重订福幼篇》等书，其医学著作今仍存有刊本或钞本。

予家塾五间，缉茅盖广、寻径丈高不及常，总角时读书处也。继而颓颓而重构。因予出就外傅，嗣又友教于四方，不为书馆者二十年。岁乙酉，予失馆，且以儿子作新、作城未从师故，遂寓于此而教焉。前檐最低，光不能遍照，因剪其茨，且凿后壁以为牖，牖成而天日之光、烟云之色交映于几席。予熟视良久，顾谓二子曰：

"小子识之。自古惟我自有之者为可久，亦惟我自有之者欲有为而立就也。念予教馆于外五六年间，所遇高堂广厦多矣，于以贮琴书、聚讲贯非不甚足，然其进退予夺有主之者，岂惟才不得展哉？亦使予今年南、明年北而靡有定也。近如去年新市之馆，左回廊、右静室，美矣，至于九月而有毁坼之患。继迁钟氏之宅，高甍碍鸟，美有加焉，然主非其人，业许今年聘而不果。孰若斯塾之设，吾幼学于斯，吾继从吾父重构于斯，今又携尔曹教于斯。茨可剪也，剪之而莫吾御；牖可凿也，凿之而莫予辜；天日之光、烟云之色可爱也，收之几席而莫吾禁。小子识之，自古惟我自有之者为可久，亦惟我自有之者欲有为而立就也。夫天下我自有之而可以久、可以欲有为而立就者，岂惟家塾哉！吾愿尔即小以见大也。"

陈孝子传

李照莲

陈孝子：即陈世贤，字荣芳，浏阳北乡沙市镇人。学道，坐化于浏东祖师岩。咸丰八年（1858），敕封昭显真人。

陈仙名世贤，孝子也。人以其留体祖师岩仙之，而未有称其孝者。岩于浏东为最高阜。始死，人未及知，独其甥岁一来省，与居民言，皆不信。有樵者至崖畔，见石龛下人欹而坐，呼之不应，视之若生，察之兀然尸也，惊为神。归告里党，里党人始悟其甥言，则仙之。或病，祷辄验，遂益呼为仙，为之庙祀，而仙名大著，卒莫有称其孝者。

鲁君曰："嗟乎！天下孝子仁人汨没于庸俗耳目多矣。盖陈仙吾乡人，纯孝子也。"或曰："吾少游北乡，闻仙为母茹素，慕之，访诸其甥，止称其得仙，未尝言孝。"鲁君曰："然置伦常而语神怪，其甥之罪也夫，其甥之罪也夫！虽然，行已著于吾乡矣，夫何憾？昔者，吾尝闻之故老曰：仙，贫人也，少丧父，以缝衣给其母。其家居事人，不恒见。其食于主人，则必默准其母供膳，母膳酒肉也，己方酒肉；母蔬也，己亦惟蔬。主人初怪，问之，曰：'今日茹素。'久之，主人得其情，曰：'陈某不食酒肉者，为其母之无酒肉也。'于是近邻或有酒肉，先遗其家，告之曰：'已遗尊母矣。'则感泣拜谢。而'酒肉仙'始以此重于主人，卒以此称于乡党。迟之又久，而闻者皆为之流涕也。后自度其母不能常餍酒肉，而己于人家多有之，又不欲过烦主人，遂终日茹素。母死，既终丧，主人劝令茹荤，曰：'生无以为养，死无丰腆以祀，世贤独生，安忍独食？'则终身茹素。"

罗君宝臣者，亦仙同乡人也，癸未与吾同试长沙。予因感鲁君泰崖言，尝就访仙事母状，罗君曰："仙之孝行甚伟，惜不传，仅传其轶事。盖里人云，仙母畏雷，每震电，仙必抱其母，冀无恐。或疾雷不止，则长跪乞雷霆少息，垂涕洟。及母卒，葬近宅，遇雷雨则奔伏墓前，儿啼曰：'孩儿在，母无恐。'如此者，虽在外必归，虽深宵不懈。后数十年，不知其所终矣。"予应曰："嗟乎信哉！天下孝子仁人汨没于庸俗耳目多矣。夫神仙之事，荒渺无稽，予向尝为《求仙辟》矣。今即君与鲁君观之，则求仙孰如尽孝。而世之人或弃父母以治仙术，恨不举陈仙之事以觉其迷也。"

洞溪书院记

李照莲

扶舆清淑之气渐开，水郭山村人皆兴于学问，斯文之统遂行于荒陬，与圆桥璧水同风。大围为浏邑之镇，其南麓曰洞溪，溪之南有义学焉，曰洞溪书院，奎楼张子与同事诸君之所经理也。先是，张君良

洞溪书院：在浏阳东乡张家坊（今属张坊镇）。道光二十年（1840），张家坊例贡生张良赞建家塾，后其妻陈氏遵其遗嘱将家塾屋并田一百余亩捐作书院，名为洞溪书院。今为洞溪小学。

赞以其地灵秀，可作育人材，尝于戊戌之岁建文昌阁。阁成，即建书院，讲堂斋舍，高楼幽轩，百堵林立。当此之时，尚未暇言释菜也。良赞没，其妻陈氏遵夫遗命，捐田十石为院中膏火之资，族子藉嗣欲攘之，控诉连年始结，乃请援议叙例劝捐。迨壬子春，聘师教授。余以他事至院，诸君请记以文，且曰："是役也，良赞开创于先，邑侯赵玉成于后，奎楼不避艰险，身任始终，诸君子复左提右挈焉。盖其原委于此。"此可见书院之设，顺乎人心，虽艰难不能阻其诚，强御不能遏其势。后之君子，可以慨然兴矣。

今夫日月之经天也，无幽不烛；江河之行地也，无远不周。圣人之道，内焉可以淑身心，外焉可以治家国，犹天之有日月也，地之有江河也。其在真心向道者，破辞章之习，行仁义之途，诗书以瀹其灵，道德以成其性，大本立矣。又讲求经世大法，伊、周之文德，方、召之武功，入则与天子致升平，出则为黎民平祸乱，然后体用兼赅，人不目儒生为迂阔。古人以学校造士，意在斯乎，意在斯乎！方今寇乱频仍，人情震恐，尤当忠孝节义，共成众志之城。若平居不能为圣贤，临事岂能卫社稷？况士为四民之首，一言一行，人胥效焉，能以坊表为心，自不忍躬自菲薄。非然者，有文无实，出处皆非，是为有负立学之意，林壑怀惭，且诵《北山移文》以让之矣。

曾国藩（1811—1872）

初名子城，字伯涵，号涤生，湘乡县荷叶塘（今属湖南娄底双峰县）人。晚清重臣，湘军统帅，洋务派首领。道光十八年（1838）进士，授翰林院检讨。累迁内阁学士、礼部侍郎。咸丰二年（1852）回籍守母丧，奉命帮办团练，后组建湘军，镇压太平军。官至两江总督、直隶总督、武英殿大学士，封一等毅勇侯。死后赠太傅，谥文正。著有《曾文正公全集》。

云阶：邹焌杰字。其母刘晚英（1783—1875），浏阳北乡邹聪谦之妻，敕封太安人，晋封太淑人。

敕封太安人邹年伯母刘太安人六旬大庆

曾国藩

道光二十有一年，岁重光赤奋若，云阶官翰林，乞假归，具衣冠造余曰："明年九月，吾母六十寿辰，将归而称觞于堂，乞子一言以为介。"余交云阶久且深，不敢以不文辞。第即其敦品力学质言之，而我年伯母刘太安人之贤可知矣。

甲午，余与云阶同举于乡。乙未，试礼部不第，同留京邸，乃得数数见。其时，同谱留京者三十余人，惟云阶屏除一切外务，一志于诗书文字，寒暑无间，余窃慕之。间有一二友人以旅况寂寥，邀为散

（闳）[闷]之举，云阶虽不拂其请，往往中途计撤而还，友不怪也，且因是观感，相目为益友云。及观其为文，气势笔力，多得力于金、陈诸大家，又参以熊钟陵之高浑、张百川之清刚、储中子之厚实，故角艺辄胜人。

丙申，春闱报罢，俱南旋，而云阶则已屡鼎荐而遗。丁酉，复计偕北上。戊戌，余倖成进士，入词垣。云阶以破釜沉舟之志，就馆都中，誓不博一第不复渡河而南。余曰："此有心人也！天下固无难事矣"。己亥，国子太学需员，合天下举子试之，取列二十八人以待用，云阶与焉，而志不在此也。庚子，果捷南宫，膺馆选。辛丑，授职编修。是年，皇上六旬万寿，内外官员皆有覃恩封典，云阶得以编修加一级褒其二世，年伯母拜封敕命为太安人。秋八月，云阶请假归省。计与余同处京师六七年于兹，每相见若有所欲言而不能者，至是乃以母寿为请。盖自赠公益斋年伯去世，已十有五年矣。

赠公昆季五人，其上有四兄，皆先后列三庠。赠公仁厚长者，雅重气节，壮年以文武兼优不售，则发愤教督诸子，而自以济世为心，精歧黄术以寿世，良医功侪良相，里人颂之。迨云阶弱冠采芹，不几年而赠公已捐馆舍，诸弟皆幼弱不能理家政，生计日薄。太安人抚四子，以养以教，以至于成人。今得见此荣施，云阶其有畅然满志者乎！抑以有愀然不自释者乎！

凡士自初束发，父母即望其显荣。幸而堂上无恙，有膏泽之润，行乎夷坦之途，一旦富贵适来，应无不畅然者。独云阶念先人之蚤世，母氏之劬劳，缉匮拯艰，备尝辛苦，有戚戚于中者，而罔极之德，何以报之！是以汲汲欲为太安人寿，又思得为古文辞者传述之。至赠公课倦督勤，殷殷毕世，虽没有褒嘉，不获生承宠命，亦人子终天之恨，此所以愀然不自释也。

夫自汉唐以宿儒处直庐，历代咸加优礼。唐开元中，乃定为翰林院，然率由他职试除。明初，始以进士一甲先授职，余拔其文学优等者为庶吉士，谓之馆选，阅科试之方，得除编修、检讨，累至卿相，若改用省曹，遂不得再任其职，故当时有"玉堂天上"语，诚重之也。我国家重熙累洽，文治光昭，词臣之设，因仍旧制，而宠礼优渥，倍万过之。桐城张太保有言曰："仕宦以科目为荣，科目而至词臣，则荣之荣矣。"

顾予考浏阳自科目以来，未有入词馆者。即元欧阳圭斋先生，以第三人登进士，亦授同知，调县尹，历国子监丞，乃迁翰林待制兼国史院编修官，史纪其六入翰林，非由馆选也。云阶砥行绩学，崛起数百年后，开一邑未有之功名，佳话足千古矣。而又得为其尊甫扬眉吐气，及时晋觞于太安人之前，锦衣拜堂下，乡党荣之。人见云阶于此有不胜畅然满志者，不知其求以解其不能自释之怀者如此，而予即以卜太安人之教子有方，所谓无成代终者，其笃祜正未有艾也。自此以往，云阶之仕日显，安人之寿日增，而不能自释之怀当日甚。吾未知能有以解云阶者，姑谓世俗之望其显荣，至荣之荣者而得之，或可慰太安人之志矣。

抑太安人明年六十之寿，今先致词遥祝之，盖古者有祝，皆先事也。《诗》曰："令妻寿母"，"万有千岁，眉寿无有害"，岂非先为祝者乎？由今日以祝太安人六十至于耄耋、期颐，其可也。

是为序。

赐同进士出身、敕授儒林郎、翰林院检讨、加一级年愚侄曾国藩顿首拜撰。

赐进士及第、诰授奉直大夫、翰林院修撰、加一级年愚侄龙启瑞顿首拜书。

道光二十二年岁在壬寅九月榖旦。

朱慎甫遗书序

曾国藩

浏阳朱君文（炑）[炑]所为书，曰《易图正旨》者一卷，曰《五子见心录》者二卷，曰《从学札记》一卷，《文集》一卷。嘉道之际，学者承乾隆季年之流风，袭为一种破碎之学。辨物析名，梳文栉字，刺经典一二字，解说或至数千万言。繁称杂引，游衍而不得所归。张己伐物，专抵古人之隙。或取孔孟书中心性仁义之文，一切变更故训，而别创一义。群流和附，坚不可易。有宋诸儒周、程、张、朱之书，为世大诟。间有涉于其说者，则举世相与笑讥唾辱，以为彼博闻之不能，亦逃之性理空虚之域，以自盖其鄙陋不肖者而已矣。

朱君自弱冠志学，则已弃举子业，而惟有宋五子之求。断绝众源，归命于一。自《六经》之奥，百氏杂家有用之言，无不究索其终，折衷于五子。家贫，负母渡湖，招徒授学，取其入以为养。养则独腆，身有饥色，或劝以稍易其途，从事于时世所谓辨物梳文栉字之学者，足以倾骇耳目，植朋广誉。君笑曰："吾于科目且弃而背之矣，其又屑觊彼耶？"卒以不顾。日抱遗训，以自镌其躬，绳过无小，克敬以裕，暗然至死而不悔。

呜呼！君之于学，其可谓笃志而不牵于众好者矣。惜其多有放佚，如《大易粹言》《春秋本义》《三传备说》诸篇，今都不可见。其仅存者，又或阙残，难令完整。其《易图正旨》推阐九图之义，与德清胡渭、宝应王懋竑氏之论不合。山居僻左，不及尽睹当世通人成说，小有歧异，未为颣也。予既受读终篇，因颇为论定，以诒乡人知观感焉。

重修学宫记

赵光裕

道光壬寅岁，光裕再摄浏篆，时文庙伤于蚁，且倾颓，已议重修矣。适绅邱毅士之桂偕同事来谒，具道日者言庙位乾亥方，凹风射入殿内，故迁建不久，而朽坏若此；欲改大成殿，迁故崇圣祠地，而择庙左广爽隙地建祠。光裕周详审顾，卒然其论。客有持阴阳之说进者曰："浏自学宫迁建后，二十年间，科名日盛，更张位置，殆不可也。"又有谓："五王素安地，孔子虽圣，不得以子孙居之。"光裕答曰："是固然。然使无乾亥凹风，则殿不蚁啮，可无庸迁矣。又使无庙左隙地以祀五王，亦不敢迁。且均之吉地，何不可迁之有？若谓孔子居五王位为不宜，则未免执世俗之见而过拘也。"客默默而退。毅士遂与众绅兴工役，制甚宏敞，计庙中长四十六丈，广十丈，视旧加隆焉。其右乾亥凹风处，起奎文阁以御之，下设杨龟山、欧阳圭斋二贤祠。其左为崇圣祠及学

赵光裕

字笛人，浙江仁和（今属杭州）人。道光九年（1829）进士，次年署浏阳知县，道光十二年（1832）离任。道光二十二年（1842）调补浏阳知县，二十四年（1844）离任。道光二十九年（1849）再补浏阳知县。协助江忠源镇压征义堂起义。咸丰四年（1854）春致仕。在浏先后十余年，为政和易廉平，不滥用刑罚，人呼"赵青天"。

学宫：即儒学、文庙。浏阳学宫旧在西城。嘉庆二十三年（1818），知县羊拱辰率绅士迁建于东城外东北隅。后因白蚁啮殿柱，邑绅邱之桂等倡议改建大成殿近北三丈地，以避坳风，道光二十三年（1843）二月二十三日兴工，二十五年（1845）正月十二日奉先师主入庙，共用银四万一千四百余两。今保存完好，为全国重点文物保护单位。

署。庙成，光裕适有郴州之役，縠士专札绘图，请记其事，且云：“向持说不一者，今且息矣。”光裕既喜造修之壮丽坚实，并嘉邑人士之卒无参差也，为记以归之。

是举也，前令沈公心甫创之，光裕幸与议之，司其事而劳最多者，縠士也。例得备书，以告来者。

修建狮山书院记

赵光裕

狮山书院：原在古港磊石山麓。道光二十一年（1841）创始，二十四年（1844）落成。咸丰二年（1852）毁。咸丰十年（1860），李芬等倡议募资迁建于古港北高塘山中，凡二年而成。今改建为浏阳三中。

书院所以培植人材也，而厚人心、维世道即于是乎在。浏阳纵横数百里，深山大壑，互错其中，称奥区焉。余三任斯土，其士气之纯，民情之朴，礼乐文章之炳蔚，盖素所目击而心喜者。顾地方辽阔，风气各殊。邑东狮山，雄踞古港，地当孔道，良楛杂处，居民采石甚众，宵小混迹其间，当道引以为虑，道光初始得禁止，立文昌阁其上，今乃就阁而拓为书院焉。

夫民俗之浇漓，非诗书无以返纯朴；士风之强悍，非礼义无以致敦庞。兹建书院于此，聚一乡之子弟而教育之，不数十年，而人材之成就，必云蒸而霞起矣。彼蚩蚩之氓，习闻乎弦诵之声，熟睹乎儒雅之度，亦足以柔其强暴之气，而动其好善之天，礼乐藉是以兴，邪慝藉是以泯，其为世道人心计意深远也。李君仙舫、王君菊初倡建于前，而仙舫哲嗣芗洲与王寅窗、汤云轩、王鉴湖诸人竭力成之，经始于道光辛丑，落成于甲辰，构造之宏，修膏之备，经籍之储，凡为书院筹者，至周且悉。前任胡君芝房以是与县南文华书院事并白大府，达诸朝，余乃甄别起馆，且岁一再课其士，彬彬乎武城弦歌之风，而习俗亦为之大变矣。窃幸一时盛举，得自我而定其规也，乃濡笔而乐为之记。

文华书院落成碑记

赵光裕

浏南文华书院，建自道光二十一年。前任山阴胡芝房明府，于己亥春因公诣乡，便勘文市文昌宫，见其地山水幽秀，慨然兴思曰："《国语》称处士于闲燕，所以专其业也。县向有文靖、南山、南台三书院，今止存南台，余皆废圮，不若以文昌宫改为义学，实有裨于作人之化。"时董事刘大馥、陈蕃庶，监修刘大镛、甘崇勋、李南雅等闻之，不胜踊跃。且闻江西郡县添建书院，邀请议叙，即往抄录成案，禀前县胡君。胡君亟嘉赏，为发印册，捐募集费数千缗、田数顷。东乡狮山书院亦同时共举。逾年而工竣，均通详，得议叙如例。然斋舍犹未广，经费犹未敷也。次年壬寅，余又奉檄来代，胡君以此事相托，志之不敢忘。

迨咸丰元年，监生彭万成同前诸君子复多方劝募，增田二顷、钱又二千余缗，购民房隙地，添建斋舍数十楹。院中堂殿楼阁，次第重加修葺，规制始获大备。合计先后捐输二万有奇矣，除营造工程外，岁收租息七百余石，供支师生薪俸膏火、赋税、岁修应用。于院右斋舍外中堂祀奉文昌帝君，榜其前楹大门曰阁。阁迤西之东南隅筑台，建层楼于其上，曰魁星楼。于是院东西斋曰博学、曰笃志，讲堂东西斋曰切问、曰近思。正中大成殿，即当初文昌殿也。殿后院五楹，中厅颜曰成德堂。前有石桥花卉，为山长游息之所。营构不亚于南台。

是役也，余与胡君非敢以倡建书院为美谈，盖我朝右文敷教，嘉惠士林，僻壤荒陬，莫不鼓舞思奋。愿肄业斯院者，经明行修，体立用备，文章功业，蔚为国华，则诚厚幸也。复如前详请题奏，甄叙出力士绅，均蒙恩奖。事竣，例得并各捐生银数、姓名另刊于石。

文华书院：在浏阳南乡文家市。建自道光二十一年（1841），后续有增扩。1908 年改为里仁学校。为秋收起义文家市会师旧址，1961 年国务院公布为第一批全国重点文物保护单位。

游镜山记

徐子珍

大乐坪之对岸，有山壁立十余仞，山有一圆石，形如镜，酷似妆台。每当日晚新霁，烟霞澄鲜，天光发新，万象澄澈，若有光彩射人，亦天地诡怪奇观也。然未得尽穷其状。

岁庚戌正月之望，率诸客游象山，缘回溪，拂榛莽，求石镜而玩之。峭险道狭，止可容足。扪萝拊薜，迤逦而上。至则有邱，颇平广，可容二十余人。其镜甚圆，平如砥，围约二三丈余。其背入土中，不可尽得其状。然四围皆丰圆，如一无少缺。摩挲久之，相与披草而坐，则凡一境之土壤，皆在襟袖，或岈或洼，或凸或凹，皴蹙偃蹇，奇状争出。人家远近，砧杵时闻。烟云竹树，轇轕参差。而山下水声，如鸣佩环复，与龙角钟磬之声相应。皆镜山之助也。吾于是快然自得，不知日之暮。故为文以志之，且喜诸客之能从也。

徐子珍

字聘卿，号待吾，浏阳北乡人。约道光、咸丰年间在世，廪生。著有《格言集益》及《尚书离句集说》三卷等。

镜山：在浏阳北乡大乐坪，山有一圆石如镜，故名。文中“岁庚戌”，当指道光三十年（1850）。

请乘时筹办贼匪折

邹焌杰

翰林院编修臣邹焌杰跪奏，为患切身家，情殷国计，亟宜乘时筹办，以靖闾阎，恭折奏祈圣鉴事。

窃臣籍隶湖南浏阳县，自道光二十年供职词馆，恪守冰衔十余年矣。恭逢圣主在上，屡奉谕旨求言。凡策治安者，莫不以遇灾修省为皇上勖。臣以为，励精图治，在主德之克修；而思患预防，尤在吏治之克振也。今天下之患，莫大于贼匪纷起，近边各省，警报频仍。国家厚泽深仁，涵濡二百余年，食毛践土，具有天良，何至人心思乱若是？其弊实由于太平日久，兵备不修，时即有稂莠杂出，以邪匪相为煽诱，其始起于一二人，其继散于一二邑，遂遍天下蛊惑而不知。而官吏务为苟安，往往化大为小，以有为无，相与弥缝，以饰平治。迨事几糜

邹焌杰（1803—1870）

原名见龙，通籍后改名正杰、振杰，后改焌杰，字有耀，号云阶。道光二十年（1840）进士，选庶吉士，次年授翰林院编修。后历任山东道监察御史、掌广东道监察御史、掌京畿道监察御史等职。咸丰八年（1858）十月，补授广西浔州府知府，未赴任，告养回籍。同治六年(1867)，知县王汝惺聘其主纂《浏阳县志》。同治九年（1870）七月，《县志》未成而卒。著有《听春雨轩奏疏》一卷、《杂稿》一卷。入祀浏阳乡贤祠。

烂，劫狱戕官，无可掩饰，然后上劳圣虑，是以老师糜饷，久无成功。夫火烈则民畏，水懦则民玩，政宽民慢，此萑苻之所以多盗也。

今自粤匪滋扰，桑梓关心，久为寒胆。顷闻省围已解，如释倒悬，而孰知贼匪四出，祸机窃发，不独粤匪为然，若不及时扑灭，将有前门拒虎，后门进狼之势。臣生长是乡，何忍坐视其蹂躏，而不为之所？臣母今年七十，离膝下十余年，不能迎养。臣有弟三人，侍母在家，日谋所以避难之处，而无地可逃。人心惶惶，已可想见。今日之事，臣言之则贼匪挟嫌，臣家恐有意外之虞；臣不言，则隐忍相安，终成养虎贻患，合邑惧无噍类矣。贾谊曰："一二指搐，身虑亡聊。及今不治，必为锢疾。"广西前事可鉴矣。臣忆丙午典试广西时，道出金州，忽有耆老百余人拦舆递呈，臣时以奉使衡文，例不收呈，及驻舆询访，乃知其居民为贼匪抢劫，鸡犬不安，地方官因循含忍，无可告诉，计乃出此。曾不五六年间，而溃败一至今日，良可痛也。

臣数月以来，乡思正切，今所闻情事，有类于广西者，日夜焦思，莫可言状。为家为国，交迫于中，不言则苟安一时，言则除患万世。再四思维，激于忠爱至诚，不敢壅于上闻。伏惟皇上以孝治天下，察臣有不敢言之隐，实以母在南方，不无顾虑，居村虽暂平静，然势甚岌岌，仰恳威命下颁，不使外人知此言出自臣口，则矜全由于天恩，臣不胜犬马怖惧之意。谨沥陈愚衷，伏乞皇上圣鉴。谨奏。

咸丰二年十一月十七日。

按：咸丰二年（1852）太平军围攻长沙时，浏阳征义堂周国虞谋暴动响应，浏阳人写信告诉时在北京任职的邹焌杰，邹焌杰于是年十一月十七日上此密折，另附一片和一件清单，详述征义堂成立始末、活动情况。清廷依据奏折和清单中所提供的情况，谕令湖南巡抚张亮基等进行查办，张密遣江忠源率兵镇压了征义堂起义。

遁嘉山庄记

邹焌杰

邓家冲老庄，是明嘉靖年间所置，历传十数世于兹矣。环庄皆山也。左右邻居，原无邓姓。庄西数百步有童家冲，亦无童姓。再西有丁家冲，亦无丁姓。系冲以姓，不知所自。

按吾家历代传存契据，多售自苏姓，其得自邓姓者仅一二契。然则，谓为邓家冲，何也？或曰："苏万石尝居于此，以巨富闻，其后

遁嘉山庄：邹焌杰所置住宅，修葺于咸丰十年（1860）。原址在今洞阳镇，现已不存。

寖以陵夷，仅存故址。至今山坡下尝掘得古砖瓦，殊非今制。”

此地无湫隘之苦，无嚣尘之习，无车辚马萧之喧。意者土语讹沿邓，与遁同意。自苏万石去，数百年荒墟寂寞，是殆宜隐遁之家所居也。当谓为遁嘉冲，理或然欤？

吾家自支祖廷玑公以次，递传至三伯考龙冈公，于嘉庆壬申年由老屋徙为居宅，遂耕作食息于斯。龙冈公精于风水遁甲奇门之学，曾改名遁甲冲。于是童家冲亦改名腾甲冲，丁家冲亦改名鼎甲冲，效颦学步，是则尔尔。

伯考居有年，经营培植，山木葱茏，竹树林立，池塘水草交萦，渔樵俱便，禽鸟亦得所焉。

予以嘉庆丙子、丁丑肄业此间。及道光壬午、癸未，又读书于其处，得补邑弟子员。厥后登贤书，捷南宫，入词馆，供职京师，魂梦犹依依于是，谓是为云程发轫之所也。

迨伯考弃世，诸堂兄弟德吾辈五分析之，生齿愈繁，取用愈浩，而地产之所出息不足以供度支之需，家非犹昔，山已成童，几不能守其业。咸丰己未，予奉天子命，出守广西浔州府，道过里门，请假归省，见吾母年近八旬，慈容已衰，不忍出山，大有遁志，遂引疾侍养在籍。其时老屋所遗居处，不过数椽耳，而眷口众多，未堪容膝，欲觅一栖止之地，匆皇莫就。同堂各兄弟叔侄辈，皆有弃此他就之意。“汝盍体先人之志承受焉！”予唯唯。遂以百五十万钱，全树购之。德吾兄弟辈亦各觅居止，就业他处。

越明年庚申，乃葺其墙屋，种之树木，以三月十一日迁居入宅。盖距三伯考徙居时已四十有九年矣。室家既立，闲尝升阜景冈相阴阳，以观流泉。虽未必入山之深，入林之密，而幽邃清静，颇于遁之时义有取焉。

顾予读《易》至《遁卦》，初之遁尾也，厉三之系遁也，有疾；四之好遁，则有其心而未即；为山林之计，惟九五之嘉遁，则遁得其正，而安于所寓。郭子和曰：“无执也，无系也，无好也。不事于外，而正其在我之志。”此遁之所以嘉也。因榜其门曰“遁嘉山庄”。冲者，世俗相沿之名，听人呼之。“遁嘉”字义虽异，音亦犹旧。其曰“山庄”，以见祖处尚存有老屋，此特其在山之庄焉耳。由是庄中有田，可名曰遁田；屋旁有园，可名曰遁园；门前有塘，可名曰遁塘。他日或营堂构，构楼亭，无不可以遁名。

昔柳子厚家于灌阳之溪，或以为冉氏常居焉，曰冉溪；或以为水可以染也，曰染溪；居者龂龂然，名莫能定。子厚更其名曰愚溪，其堂亭泉池，皆以愚名，遂作《八愚诗》以序其事，谓：“溪虽莫能利于世，惟愚者喜笑眷慕而不能去，专其名而天下莫之争也。”然则，予置此庄，虽不能必后之人贤不肖若何，而颜曰“遁嘉”，亦惟予得专而名之。爰自易其号曰遁谷。东坡云：“人生五十始称翁。”予年六十有余，又号曰遁翁，或曰遁叟，总之不离乎遁者近是。吕纯阳曰：“圣人知几之用。”粤东学者郑唐赓曰：“隐而无迹曰遁。”豫章黄端伯曰：“《遁》之一卦，乃圣人教人退步法。”来氏瞿唐谓：“九五君位，不可言遁。”嘉遁者，二五相应，大君嘉美乎！二之遁，有固志也。惟以遁属己言，故不曰嘉遁，而曰遁嘉。刘牧曰：“处不逃名，遁而不遁；出不荣禄，不遁而遁。”卜云“贞吉”，嘉之道也。由此而居之安焉，以蕲至于心广体胖，则所谓“肥遁无不利”者，其庶几乎！

余时续修《支谱》，读体斋伯父《老庄志》，因附记于后，以明庄名之取义各有当，抑人与地遇，地与时遭，虽曰人事，岂不有自然之数哉！

遁谷焌杰云阶氏识。

浏阳增学额记

车顺轨

车顺轨（生卒年不详）

字云衢，陕西省郃阳（今陕西合阳县）人。道光年间进士，授翰林院编修，道光二十九年（1849）任湖南学政，提携后进，嘉惠士林。咸丰元年（1851）因病回家，主讲于古莘、泾干、五凤、关中等书院。复起用，官至国子监祭酒。

道光己酉秋，予奉简命典试楚南，知衡岳之雄奇，洞庭之浩渺，其磅礴郁积之气，蜿蟺数千里，必钟灵毓秀于其间。入闱校卷，诸多清真雅正，美不胜收，益信此间为人文渊薮。旋又奉旨授以督学湖南之任，遂于揭晓后接篆视事，所得门下士从容接见，因以察其品行学问，兼访其所居之山川风土。

星沙为南省一大都会，其文风蒸蒸日上，而浏阳据省会上游，气脉萦蟠之所，蔚然深秀，英俊挺生，与长沙、善化相抗衡。是科浏阳登贤书者，邱生庆诰、谭生文荫、谭生继淳，均以次晋见，予喜其文皆清醇，见其貌皆诚朴，并察其人品皆卓然自立，不与流俗浮沉，洵可谓文行兼优之士，予获收之门墙，差幸赏识不谬。以此楷模一邑，其观摩而继起者，当未有艾也。

学额：科举时代每次考试录取的府县学生的名额。

庚戌秋九月，予按临长郡。是岁今上登极，恩广学额大学七名、中学五名，浏阳广五名外，尚多佳卷，以额满弃之，殊深（腕）[惋]惜。试毕，邱生庆诰晋谒，予询其所以额少之故，备述前明堕粮，人民困苦，相率而他徙者，比比皆是。国朝乾隆初年，蒙大宪题奏，奉特旨酌减，民得休息，生齿日繁，而学额以当初人少，定十二名，嗣后屡次请加，为例所限。今自壬辰科起至己酉，十科连中无间，南北乡试共中式二十余名，与应增学额之例符合。予闻邱生言，见其意勤勤恳恳，知其为培植士林起见也。次年辛亥春，邱生、谭生偕来，殷然以增加学额禀请，予曰："学有定额，未便轻议增加。惟《学政全书》有'学以人定额，以时增之'语，今岁皇上元年，纶音叠沛，此事或堪吁邀圣恩，亦未可知。"旋据浏令赵详请增额。时因湖北巡抚龚、学政杜为蕲州题请增额，奉部议："学额例有定制，不得轻议加增。着该巡抚、学政较量通省文风高下、人数多寡，将人少额多、文风较逊之州县酌量裁拨，其所拨仍不得过三名之数。"予遵照咨商督、巡在案。旋以疾请假归里。今解组已数年矣，顷得邱生、谭生书函，告以请加学额三名，咸丰二年奉俞旨准行，乞予记其事，以垂不朽。予嘉邱生、谭生不忘所自之意，爰述颠末以答之。浏邑人士共加勉焉，尚其无负予厚望也。是为记。

杨孝子祠碑记

贺祥麟

浏故有孝子祠，久著灵迹。岳州平江称孝仙，祀如浏。同治辛未年，平江苦旱，祷雨应，大有年，汇浏请于朝。奉敕予秩祀，命地方官春、秋祭，饬知浏，以孝子故浏人也。

案：孝子姓杨，名耀廷，唐天宝时人。家贫，业医养母，性笃孝。会大疫，远近延诊，迄归则母以疫死矣。哭之恸，自憾救人死而致母死，奚生为，沉水殉。邑人哀其死于孝，于东城演武场建祠祀。庙祝张其说，谓神医国手，可起民于死，乡氓荧听，烛雾香云，日焉三渎，巫风滋炽，举邑若狂。邑侯赵纯斋毁其祠，改祀文昌。此则人之累神，于神无与也。嗣移建小水段，距城二里。迁地为良，肸蠁如故，是知真诚蟠结，有感斯通，体物不遗，无所为隔阂也。

抑于此重有感焉。孝道之大，塞乎天地。孝子生世寒微，无所建竖，今而灵承于帝，肇禋有成矣。身前未竟之事，（可）[而]于身后展之，发明德之馨香，翊中兴之景运，隆烁显懿，为国家建大功德，真灵不昧，浏水同长可也。《诗》曰："孝子不匮，永锡尔类。"孝子其有意乎！敢引之以为颂。

贺祥麟（1791—1878）

原名以南，号麓樵，浏阳城关人。道光八年（1828）举人，任正蓝旗教习，期满以知县用，选直隶高阳知县，历署庆云、无极、昌黎等县，调补完县知县。以卓异升云南云龙州知州，未赴任，致仕。著有《有真意斋诗稿》六卷。嘉庆末年修《浏阳县志》时，他与李长春、邱之稑、欧阳德序合编《志余备考》。五十多年后，又参与纂修同治《浏阳县志》。

杨孝子祠：在浏阳城东劳动路，祀孝子杨耀廷。

重游九溪龙洞记

宋远醇

予乙未岁随叔父慈溪公暨黄冕亭先生、明轩、春帆两兄同游九溪龙洞，厥后偶过其地，每流连不忍去。今岁壬戌，星沙王君仲仙馆予家塾，凉秋九月，晴日天高，星槎十六弟为重九登山之约，乃与王君仲仙、黄君石圃、刘子云飞兄弟、星槎及予共六人，命奚僮携酒，重游其地。

是日也，跻巉岩，缘绝壁，擘新栗，啜香泉，斗拇飞觞，披襟歌啸，

宋远醇

浏阳西乡人，著有《红杏山房诗文集》二卷。

九溪洞：在浏阳北乡（今洞阳镇境内）。其山名为寒婆岭，山麓有龙洞，中空，南北约长一里，流泉自南向北穿洞出。文中有"今岁壬戌"句，说明此文当撰于同治元年（1862）。

予六人乐甚。第予与星槎曾经历览，其他皆始来游者，见洞石天作地生，千态万状，不可绘画，仲仙则欲详为之记，以志斯洞，且俾斯游之不虚也。由是循洞之左，得小洞焉，窈而深，秉烛以入。洞之右有曲径焉，险而滑，夹道崭然，皆吾前此未到者。其小洞星槎尚知，曲径则山僧所导，星槎亦不知也。予因求昔年击石响崖之地，邈不可得。询之僧，云："山巅有孔，掷以石，圆转跳跃，然后有声。"即欲抠衣登览，僧辞以日暮酒酣，径险道狭，乃指示洞之上有若楼者、有若堂者、有若房者，必需梯蹑以上，订于明年九月再游。

呜呼！兹洞也，予来数矣，而挹取不穷如此，又何论乎王屋、太行洞天福地之胜哉！抑予窃有思焉。夫士人学道，鞭心策力，竟日穷年，用期跻古人堂奥，次第得之，以尽其量，凡金匮石室之藏，罔不遍观尽识。使略观大意，即艮其趾，是如行百里者半九十，又乌能驰骋仁义之途，翱翔诗书之府，以驯至于贤关圣域耶？予年逾四十，虽壮心未已，而修名不立，学殖就荒。回忆始游时迄今几三十年矣，慈溪公久没，冕亭先生诸人皆不复与，惟石圃为冕亭先生从孙，把酒临风，惓念畴昔，依依若昨日事。忆少陵"明年此会"之句，又不禁感慨系之矣。

天岩山记

贝世登

天岩山，介邑东两溪中，砥柱也。迤逦数十里，高插霄汉。石壁四周，峭立如削，堵如城垣。其石如剑戟，如虎豹，或偃或仆，或大如屋，或高如笋，怪奇万状。悬岩瀑布一条，烟雨溟濛，势拥江河而走。晴霁时，红日射耀，则金紫炫目，光怪陆离，水声夷和，与禽语樵歌相互答。岩之半有田，有鱼池。有磊石绵亘为废垣址，有平地宽厂可屯军，故元至正时瞿文立筑堡遗迹也。岩之腹，孕一棋盘石，其形方广，可安四席。旁列钟鼓洞，以石击之，一则逄逄然，一则铿铿然，好事者谓昔有两仙弈罢，戏以手搏之者。其畔有石人立，山中人呼仙人石。

贝世登

浏阳东乡高坪人。约咸丰、同治年间在世。

天岩山：一名天岩寨，在浏阳东乡（今高坪镇境内）。四壁峭峙，绵亘六七里。古人曾在此结寨避寇。

山分上中下三岩，上岩有萧仙祠，甚灵，岁旱祷雨辄应。有两寺，无僧。中岩之东有随寄庵。下岩之顶有龙王庙。其麓有古风洞，洞中撑石柱，上有窍名天窗，高约四五丈，阔可容百人，洞深不可底。闻有九洞，以束处若咽，复入之则寥阔，至三四洞，必蛇行而入，故无人穷探也。洞前有古风寺。寺南里许，有泉如涌，亢旱不竭，灌田数百亩；泉上石罅中，寿藤古木，蟠拿若鳞爪，名神龙泉。

予邻岩而居有年矣，历此山甚晰。惜此山隐于偏隅，不获与天台、虎邱诸名胜同传。惧山灵之我讥也，于是乎书。

续修《浏阳县志》序

罗庆芗

自《周礼》大司徒"掌邦国之志"，为府州县志所自仿。诚以其为一方文献之征，而当代掌故亦取资于是，志顾不重乎哉！

《浏志》创自前明嘉靖，至国朝嘉庆戊寅，凡五修。同治丙寅，大府修《湖南通志》，下其式于各属，浏志于是乎续修。计自开馆至今，令浏者接次瓜代，董事诸君或以物故，或以事牵，聚散不常，《志》经三易始脱稿。壬申冬，予承乏来浏，适丁《志》之成，邑人士请予一言弁其端，自维谫劣，何敢妄赘？因请之固，不获辞。爰取其成本悉心浏览，见其纲举目张，事增文赡，允足为征信之书矣。

顾予为浏幸者，尤有进。当粤氛肆起，浏当其冲，邻境多被绎骚，浏独无恙；堂匪煽祸，盗兵东隅，燎火方扬，一扑旋灭，故履险如夷，安堵如故。今即其《志》验之，于方域则修以坦，可见地之利焉；于舆情则清以嘉，可见风之庞焉；于人才则炳以蔚，可见气之王焉；于物产则阜以成，可见生之畅焉。至于循良之保障，团练之精严，兴革有宜，凶灾有备，凡于国计民生相维系者，至周且详。仰见生逢郅治，累洽重熙，休养涵濡二百余年之久，海寓晏粲，景运中兴，浏处一隅，亦得食旧德而服先畴，享康乐平安之福焉。浏之幸也，即《志》之幸也。予得附名其间，则亦予之幸也夫！

罗庆芗

直隶大兴（今属北京）人，监生。本任衡阳县知县，同治十一年（1872）署理浏阳县知县。

同治六年（1867），浏阳知县王汝惺组织纂修《浏阳县志》。经过七年时间，同治十二年（1873）秋，《浏阳县志》告成。期间，知县七易其人，皆列名主修，罗庆芗为最后一位。

时同治十有二年岁在昭阳作噩仲秋月穀旦，钦加同知衔、特授衡阳县知县、调署浏阳县事罗庆芗谨撰。

石山书院记

李元度

李元度（1821—1887）

字次青，又字笏庭，自号天岳山樵，晚号超然老人，湖南平江县人。道光二十三年（1843）举人。入曾国藩幕，镇压太平军，因失守徽州被参革职。后被起用，官至贵州布政使。著有《国朝先正事略》《天岳山馆文钞》《天岳山馆诗集》等。

浏与平虽异郡，壤相接也。浏邑文物声名之盛，有远出乎平，并非大湖以南他州县所能企者。即如文庙丁祭之礼乐，彬彬称盛，盖有邹鲁之遗风焉。至书院所以育才，他州县得一已足，浏阳则自县城外，东、南、西三乡皆有书院，规模宏阔，物力殷腆，士之奋于科第者，趾相接也。

今北乡士绅复有肇建石山书院之举。石山距县治百里，浏北之水源出石柱峰，石山当两溪合流处，崚嶒巀嵲，屹然砥柱，书院实建其上。同治甲戌，里绅张君颂卿匄集同志醵金经始，讫光绪甲申而落成，盖一星终矣。前为讲堂三楹，堂后为文昌阁，阁后为文昌先代祠。堂之西为半学斋，以居院长。又为居业斋，居鼓箧诸生，俾得以时习礼。堂东为乡贤、名媛二祠，祀捐赀修建之有功书院者。计费金钱以缗计约三万有奇。又虑其久而无征也，爰辑《石山汇纪》一书，首缋书院图，凡堂室庭荣之制、祀典仪节、礼器祭品暨乐输诸君之名氏，与其修脡餐钱、学田租课之数，巨细必登，可谓勤矣。县大夫萧山汤君斐斋既序其书，邦人士以考室溃成，来征文以纪岁月。

惟先王造士，既立学校于各府厅州县，又择山水最胜之区筑精舍，萃生徒，相与讲明圣人之道，而书院以兴。顾前史所载若唐之丽正书院、崇正书院，皆秘阁藏书所选官领之，非讲肄地也。自唐元和中，衡郡李宽读书石鼓山，宋初赐以书院额，为书院得名之始。厥后朱、张二子讲学岳麓、城南，湖湘正学大明，是为书院之极盛。熙朝文治覃洽，弦诵声遍列城，而浏尤称壮邑。诸君子此举，可谓能知本务者矣。抑又闻，君子之为学也，匪第治帖括弋科名，用以哗世取宠而已，必将内治其身心性命，而外以备天下国家之用。其入道之要，则朱子《石鼓书院记》、张子《岳麓书院记》言之详且尽矣，游斯地者，试取而寻绎之、体验之，计必有闻风而兴起者。繇是为真儒，为廉吏，为名臣，黼黻休明，胥于是乎出，书院庶不为虚设也矣。

覃恩诰授光禄大夫、布政使衔、贵州按察使、加五级、前浙江布政使、赏戴花翎、色尔固楞巴图鲁平江李元度谨记。

敕授承德郎、赐进士出身、翰林院编修、国史馆协修、加二级邑人任贵震敬书。

浏阳会馆记

刘人熙

礼有公馆，有私馆。馆者，宫室之通名，至后世则非公勿名。若京师之会馆，即汉时郡国邸舍之遗制也。浏阳为长沙属县，远在南服，士之应举谒选而来者，渡洞庭，过泰山，乱黄河，历宋卫陈齐鲁之郊，而至于幽燕，聚粮三月而行，更寒暑而后反，亦云劳矣。长沙有新旧二郡馆，每届会试，后至者恒苦人满，无下榻地。同治庚午，今甘肃巩秦阶道谭君继洵为部郎，请之县中父老，集赀购宅，立县馆宣武门外库堆胡同，几榻庖爨之具悉备，宾至如归焉。盖密朋良友，居里巷时，有经年不一面者，至是皆共聚一堂，衔杯话旧，促膝论文，人人有负山因水之思，忘其为旅人也。越壬申，部郎之兄谭君海峤，以修《县志》余财，购田为岁修费，垂久远也。迄光绪庚辰，始高大馆门，榜其上曰“浏阳试馆”，乃部郎昔年求今浙抚谭君书者。岁星一周，乃竣厥事，盖其难也。县人黎兵部宗曦、易刑部炳奎，同官京师，王乡贡扬芳待试春明，议正室祀乡先辈，在晋曰易忠愍侯，在元曰欧阳楚国文公，在国朝曰处士朱脊甫先生，而人熙命其堂曰德馨。数千年间而祀三人，盖亦隘矣。诸君之意，岂不以忠义如忠愍，文学如楚国，暗然自修若处士，皆非乡曲一得之长，为其有可益，勿为其有可损也。入主释菜，兼移昔所题名于此，因备记之，使来者有稽焉。

刘人熙（1844—1919）

字艮生，号蔚庐，浏阳西乡柢冲人。同治六年（1867）乡试第一名，光绪三年（1877）进士，授工部主事。后历任河南许州直隶州知州，署理光州直隶州知州。在清官至道员。辛亥革命湖南光复后，任民政司长，电促广西宣布独立。1914年创办船山学社，任社长。1915年参与反袁驱汤斗争。1916年7月，代理督军兼省长。1919年病逝于上海。著有《蔚庐文稿》《蔚庐文集》《蔚庐诗集》《蔚庐日记》等。

浏阳会馆：在北京宣武门外北半截胡同内库堆胡同路西。同治九年（1870），浏阳兴贤局购谭继洵宅邸而置。本文撰于光绪六年（1880）十月十一日。

《大围山房文集》叙

刘人熙

浏阳文运，至清季而始昌。明政不纲，神州陆沉，县中黎献痛祖国之沦亡，抗异族之髡辫，吴三桂父子既死，清兵剿洗县，竟火北乡八日夜不绝，诸生里正方巾圆领，坐通衢，引领待刃，事载邑乘，生气凛然。然因是户口流亡，田荒赋重，弦诵声殆绝，宋、明文献如汤氏、李氏、欧阳氏、胡氏、刘氏之流风余韵，盖阒寂焉。惟礼俗如故，尊师敬老，祭用朱子家礼，丧用梁冠麻衣，敛以方巾圆领。

嘉庆、道光之际，邱之芬以程、朱遗书引后进；邱之稑以雅乐名家修文庙二丁之乐舞，浏阳之乐遂名海内；朱文炑以孤寒遗逸，契遗经于湘、鄂逆旅之间，为名流所推服。咸丰之后，士乃学为桐城派古文。同治时，乃竞尚阮元考订之学。李汝勤不事科举，浏览古籍，好为古近体诗。陶甄少作颇近吴伟业。自是以来，彬彬多文学矣。欧阳中鹄游京师，好骈俪之文，又仿蔡邕碑版，颇涂泽以经义，而书亦专仿李邕。其门下士谭嗣同孝友肫挚，通都大邑，多交闻人，所遇名山大川，往往助其文思之磅礴，《莽苍苍斋诗文集》纵心孤往，盖不名一师。

同时有涂舜臣明经名启先者，与中鹄同年，称石交。明经为文，根据事理，尤长干济，其公牍文字尤为余丁卯领解乡举房考桂林麻师维绪击节叹赏，延誉甚力。六安涂宗瀛总督两湖，聘为幕宾，未几谢去。终身尽力于团练、防寇、兴学，至今浏阳上东大团，犹为自治之模范。曾同修《县志》，余分辑《艺文》，明经分《田赋》，钩稽详密，行文得马、班体。命不偶时，终老牖下，中鹄为铭其墓。

民国改元，其孤儒骞等集遗文请叙，余诺之，久未下笔。四年秋，儒骞上书言："伏念先君下世，遽十有六载。编次遗文，尚多散失。（者）[昔]颜光禄以家世文章不传于世，衔酷茹恨，彻于心髓。儒骞不才，能无悚惧？诚得大文弁冕简端，至为荣幸。至志幽之石，已有瓣姜先生之作，惟表墓尚缺。既许赐叙，何敢渎请？惟先生权二者之轻重，赐其一焉。感且不朽。"余嘉儒骞之有辞，喜明经之有子，感一邑荣枯之有命，述少壮交游之迹，叙其遗文，而人熙亦年逾七秩矣。一阳复而天下知春，一叶落而天下知秋。览斯文者，旷百世而相感，殆可卜矣。

中华民国四年七月，同县公府咨议刘人熙叙。

笔山府君黎太安人合传

欧阳中鹄

吾家自曾祖王父以好施罄其财，至吾先王父笔山府君、先王母黎太安人，贫乏已甚。顾府君以贫益见重于乡里，太安人以贫益为其所难也。府君承曾祖王父青乌之学，藉以自给，或为人钩稽簿籍，非是则无取焉。道光间，邑中改建先师庙，府君董役作，三历寒暑，梓人、圬者凡数百，有不勤于事者，府君皆能察之。斯役也，在事者多负重谤，或且欲藉端难之，府居毫不为动。已而诸家子孙相继掇科第，先君子亦以府试第一补县学附生，其谤乃息。府君由是董先师庙事者近三十年，当时乐舞诸生，盖咸畏惮府君云。

府君任事沉毅，邑有急难，多资之。咸丰壬子，征义堂匪猝发，知县事仁和赵公光裕祭炮中洲，独府君从，赵公顾而语曰："此真可与共患难者也。"其他所为多类此。

太安人为黎公志生三女。黎氏故望族，一门贵盛，太安人之归我先王父府君也，家已中落，四壁萧然，太安人安之若素，人以为有桓少君之风。曾祖王母宋安人早卒，曾祖王父有侍妾杜氏，太安人事之一如事姑之礼，凡栉沐翦爪之事皆任之。曾祖王父称之曰"难"，戚族亦称之曰"难"。先王父府君故善饮，尤喜召宾客，太安人治具必精，或有馈遗，必留以待不时之需。太安人贫极时，至不能举火，未尝有求于母家。尝患肝气疾四十年，剧时辗转床蓐，稍差则召中鹄侍侧，语旧时琐事，曰："昔有族人某来吾家，欲留之食，顾瓿中无米，仅煮一撮菽自饱。时汝父啼饥于前，吾假他词乱之，至今犹歉然也。"呜呼！吾先君子以授徒供菽水，先叔父皆营业于外以谋其生，钱米不得以时入。中鹄馆会垣日，束修稍丰，太安人诏之曰："此汝稽古之力，可稍购果饵以自啖，毋徒若吾自苦。吾曩时，固尝饔飧不继者。"

欧阳中鹄（1849—1911）

字节吾，号瓣姜，浏阳人。同治十二年（1873）拔贡、举人，任内阁中书。光绪二十一年（1895），与弟子谭嗣同、唐才常共同创办浏阳算学社，是为湖南新学之发端。是年浏阳大旱，巡抚陈宝箴命其总办浏阳赈务。光绪二十九年（1903），补授广西思恩府知府，后历署梧州、桂林、平乐等府知府。宣统元年（1909），调补桂林府知府，调署广西巡警道。宣统二年（1910），升任广西右江道。次年补授广西提法使，不久即病逝。著有《瓣姜文稿》《瓣姜杂文》《瓣姜精舍诗草》等。

由今思之，何其言之仁且痛也。

中鹄方三岁时，先王父府君即教以识字，夜则令寝于足下，太安人亦拊循而调护之，如是者十余年不倦。府君常欲见中鹄入于学，而不及待者三年；太安人常欲见中鹄举于乡，而不及待者又止五月。中鹄通籍后，虽贫不加少于昔，然假贷于戚友，以佐先君子旨甘之奉，则视为贫诸生时有与之者。天顾靳之，不使有一日之享，而以艰苦窘迫终其身也。悲夫！

府君讳志果，字佳和，号笔山，以董建先师庙议叙从九品，以团练功奏加六品衔。中鹄官中书，恭遇覃恩，累赠府君为儒林郎，太安人为安人。

长孙中鹄谨撰。

报邹岳生书

谭嗣襄

谭嗣襄（1857—1889）

初名嗣彭，字泗生，浏阳人，谭继洵次子。候补直隶州知州。他在乡扶危济困，有“奇士”之称。读书注意经世，不屑为章句之学。光绪十四年（1888）赴台湾，巡抚刘铭传委榷凤山县盐税。在任数月，严约章，杜侵蚀，得当道赞赏。改委台南府盐务，未受任而病卒。

邹岳生：即邹明沅，字岳生，为谭嗣襄、嗣同兄弟之友。浏阳人。

来书谨悉。每念足下忧贫甚切，窃以为过矣。人生世间，天必有以困之：以天下事困圣贤困英雄，以道德文章困士人，以功名困仕宦，以货利困商贾，以衣食困庸夫。天必欲困之，我必不为所困，是在局中人自悟耳。夫不为所困，岂必舍天下事与夫道德、文章、功名、货利、衣食而不顾哉？亦惟尽所当为，其得失利害，未足撄我之心，强为其善，成功则天，此孟子所以告滕文也。可见事至于极，虽圣贤亦惟任之而已，况足下之事，尚未至于极哉。天壤间自多乐趣，安用此长戚戚为耶？

又如某事，嗣襄不过随意行之，初无成见，亦不预期其将来如何，纯任自然，未必不合圣人绝四之道。故遇事素无把握，惟发端则以此心有愧无愧为衡。若某事，请代思之，其有愧乎？其无愧乎？至足下所虑，是诚不可解矣。昌黎《伯夷颂》曰：“举世非之，力行而不惑者，天下一人而已。”盖古人以理为断，不闻以人言为断。心为我之心，安能听转移于毁誉哉？倘足下必欲止此事，则请深思至理之极以相晓，便当伏首听命也。

故诰赠光禄大夫同知衔选用知县谭公海峤府君墓志铭并序

谭继洵

吾兄既卒之六年，洵抚鄂北，嗣棨卜葬兄有日矣，走书来乞铭。於虖！洵之窃高位、忝厚禄，盖非吾兄之勤勤恳恳以教以养，无以有今日，则以一言表章吾兄之生平，其敢忘所自耶！抑兄之志事卓卓，又非洵不能深知而仆数也。

兄讳继升，字子惺，一字海峤。先世本福建清流，明新宁伯纶官湖广，有子留长沙，数传迁浏阳。曾祖讳文明，妣氏金；祖讳经义，妣氏黎、氏李；父讳学琴，妣氏毛。均赠光禄大夫，妣均夫人。洵兄弟四，兄其长也。年十三，先大夫卒，同怀七人均幼，吾母悲吾父之亡，而又念膝下茕茕无依，恒一恸昏绝，举室环哭，闻者堕泪。兄上慰慈亲，下抚群季，委曲周详，家以不堕。性颖异，读书能强记，以家中落，遂弃举业，理家政，惫心疲精，尝书"谨家节用"四字于座隅以自警。由是铢积寸累，日渐丰盈。

洵体素羸弱，兄保抱携持，体恤备至。稍长，得咯血症，兄求医调药，日夜惊扰，甚于己疾。延师教读，严立程式，师偶外出，则代为督课，手挟一册为谈忠孝节义事，娓娓不倦。所读唐诗皆兄手录。遇试，检点场具，亲自迎送。及官京师，犹必时寄资斧，俾无缺乏；月赐一书，俾无远念。病剧犹时诵"岂不尔思，室是远而"之句，以为恨不得一见洵面。於虖！兄之视洵如此其笃，而洵之视兄将何以为报也！

兄友爱弟妹，经营婚嫁，奁具加丰。八姊在室日，薄有私积，兄代为营运，积卅余年，置产归之，岁入租百数十石。九姊病瘵，兄频看视，徒步数十里不为倦，大伯祖绝嗣，二伯祖仅遗一曾孙，兄抚养成人，兼为娶妇，不幸又亡。兄每谈及两房无后，悼叹不已。同宗戚属，虽疏必联，虽远不弃。贫者周之，老者敬之，弱者扶持之，孤寡不能自存者，尤恤之终身。族谱失修久矣，兄倡议修辑，体例规式，手自勘定，数年竣事。祖祠自吾父倡修后，经费绌，四叔捐祭费，兄经理有年，积赀置产。吾祖迁浏，初居城，继徙东乡，又徙南乡，后又居城。祖墓散于东南，且有遗失者，兄访寻修固，立碣志之。又创清明祀，

谭继洵（1823—1900）

原名继淳，字子实，号敬甫，浏阳人。道光二十九年（1849）举人，咸丰十年（1860）进士。历任户部主事、员外郎、郎中。光绪三年（1877），任甘肃巩秦阶道。后升甘肃按察使、布政使。光绪十五年（1889），升任湖北巡抚，在职九年。光绪二十四年（1898），清廷裁撤湖北巡抚，卸任候命。同年八月，戊戌政变发生，其子谭嗣同殉难，回浏阳。

谭公海峤府君：谭继洵伯兄谭继升。

立规条，酌予路费，分房轮扫。

尤以廉正为邑人士所推，先后莞诸义举，如军兴团练，兄以邑城居中，肆应尤扼要，因合近城十二小团为中立大团。廿余年练勇措饷，心力交瘁。其间叛勇犯界及土匪数次窃发，均赖以安。事平，以其余赀购产备用。文庙旧分礼乐二局，兄并为一，节糜费，以其余购藏书，兴经学。宾兴费绌，兄劝富室得数千金以济，又以其余购试馆京师，董修邑乘，节用有赢，用形家言甃南门外屏墙，而又以其余供京馆岁修。戊辰、己巳，连大水环城，民居多淹，兄漏夜倡众，呼舟拯溺，侵晨且运粥赈之，事定而又即募金设救生船。燕豫晋饥，兄解囊倡捐，集数万金，赍往赈。奉豫抚涂额以“勇于为义”、湘抚李额以“饥溺情殷”。谈如积谷、整圆法、清保甲、禁烟馆，利弊攸关，不辞劳，比避怨，邑侯冒额其堂曰“仁者寿”。管带威镇军，却薪金，权子母，甫年余积钱七百余缗，置田二十余亩，立案备防，邑侯汤批以“洁己奉公，实堪钦敬”。其设施类此。

洵远在外，凡自家乡来者，莫不啧啧颂兄之盛德不置也。兄由捐金助赈议叙九品顶戴，以团防功积保至同知衔，尽先选用知县。以子棨官封奉直大夫，以洵官累封至资政大夫，赠光禄大夫，配唐封至一品夫人。子三：曰嗣棨，邑附生，六品顶戴，江西试用府经历；次、三均先兄卒，曰嗣檠，廪生，五品顶戴，詹事府主簿衔，邵阳训导；曰嗣菉，增生，翰林院待诏衔。女三，适欧阳、彭、陶。孙九，传箕、传笈、传简、传箴、传筠、传笙、传笏、传篚、传篪；孙女七，曾孙今五，曾孙女今四。兄生于嘉庆二十一年七月二十六日子时，年七十有一，以光绪十二年六月十四日寅时卒，未卜葬地，暂存邑城外小水段茅坪庄屋，以今光绪十八年正月十八日未时，安葬邑西皂溪湾内之枧坡金盆形，顶寅、趾申兼甲庚。洵既志之，又因而铭之。

铭曰：温温伯兄，怀宝不试。施于一家，一家听治。推之一邑，一邑受赐。衣寒食饥，日予汝济。双瞳禀精，不眩于视。兄灵安归，陟岗欲涕。其子则葬，其弟则志。志以抒情，铭以劝义。亦越子孙，绍德弗替。

同怀弟继洵谨撰于湖北抚署，姻世愚侄邹明沅书丹并篆盖。

先妣徐夫人逸事状

谭嗣同

光绪纪元二年春，京师疠疫熛起，暴死喉风者衡宇相望。城门出丧，或哽噎不时通。遭家凶害，笃賈颠虐，所尤残割腐心，呜邑不忍言者，则先妣徐夫人卷德遘蹇，遂以斯疾委弃不肖等弗子，伯兄仲姊亦先后数日殁。“悠悠昊天，曰父母且。何辜于天，我罪伊何？”然则古言疟不病君子，虚也。嗣同伊蒿伊蔚之质，生既十二年，染疫独厚，曾不能一起侍先夫人之困危创楚，亲承末命。且使向少自力，颇调剂汤液，或不遽罹摧裂。若此擢发之辜，故应万有余死。然短死三日，仍更苏，戕其根而弗槁，此棘荆之所以从恶，大人以是字嗣同复生矣。

先夫人贤行之大，即又坠于嗣同之昏顽不识，虽其较略已具欧阳瓣姜先生所为墓志铭。其略曰：“同治甲戌中鹄计偕至京师，时父执同县谭君继洵，字敬甫，以进士官户部员外郎，居浏阳会馆。中鹄往见，主其家。是年七月，中鹄官中书，谭君延教其子嗣襄、嗣同，因得请见其夫人。夫人恭俭诚朴，居常梱内肃然，家人皆秩秩有法，以是心常敬之，窃谓其有古贤女之风。未几，谭君转本部郎中，旋监督坐粮厅，夫人偕至署。岁丙子，夫人唐氏女得喉疾，入京师往视，染焉，遂卒于故所居浏阳会馆内寝。是疾也，夫人之女先之，元子继之，前后六日间皆不起，谭君悲不自胜，几成疾。其年九月，归夫人丧于浏阳。明年八月，谭君奉旨补授甘肃巩秦阶道，加二品衔，乃请假回籍修墓。既将之任，豫卜期葬夫人，属志于中鹄，为志其要者。夫人氏徐，讳五缘，浏阳人。父韶春，国子监生，从九品职衔，貤赠中宪大夫；母熊，貤封恭人。夫人年十九，适谭君，以夫官累封恭人，赠夫人。子三：长嗣贻，附贡生，中书科中书衔，后夫人一日殁；次嗣襄，国子监生，候选通判，为叔祖学新后；三嗣同。女二：长嗣怀，字候选府经历同县宋德康，在室殇；次嗣淑，适翰林院庶吉士灌阳唐景崶，先夫人四日殁。孙一，传赞，嗣贻出。夫人生于道光九年十一月二十五日寅时，卒于光绪二年二月初一日卯时，春秋四十有八。以光绪四年五月二十九日，安厝本县南乡十五都石山下之原，艮山坤向，礼也。呜呼！夫人之归谭君也，食贫者十余年，随于京师者十余年，

谭嗣同（1865—1898）

字复生，号壮飞，又号华相众生、东海褰冥氏、寥天一阁主等，浏阳人。近代维新派政治家、思想家。少年时博览群书，鄙视科举。中日甲午战争后，发愤提倡新学，主张维新变法。积极参与湖南维新运动，创办算学社，创设时务学堂，创建南学会，主办《湘报》。光绪二十四年（1898），被光绪帝征召入京，授四品衔军机章京，参与新政。戊戌政变发生时，拒不出走，慷慨就义，与林旭、杨深秀、刘光第、杨锐、康广仁并称为“戊戌六君子”。著有《仁学》《寥天一阁文》《莽苍苍斋诗》等。

先妣徐夫人：谭嗣同母亲徐五缘，浏阳北乡炉烟洞（今属淳口镇）人。

佐夫治家，条理毕具，一旦遘厉虐疾以死，且死其克家子，自时厥后，谭君巨细必亲，隐然有内顾忧，虽欲勿悲也，得乎？既志且铭，铭曰：夫人之行，殆女中贤耶！何女先子后相弃捐耶？岂修德获报而亦有不然耶？”嗣同谨案：先夫人旋晋赠一品夫人。嗣襄后十三年亦殁。庶出子嗣准，殇；嗣冏，国子监生，候选主事；嗣揆，殇。女嗣苐，殇；嗣嘉，适候选州判湘乡刘国祉。孙传觉，嗣贻长子，因殇不书；传炜，光禄寺署正衔，嗣襄出；传择，殇，嗣同出。女孙传瑜、传瑾，嗣襄出。抑闻见所及，犹尚不止于此。

先夫人性惠而肃，训不肖等谆谆然，自一步一趋至植身接物，无不委曲详尽。又喜道往时贫苦事，使知衣食之不易。居平正襟危坐，略不倾倚，或终日不一言笑。不肖等过失，折蔆操笞不少假贷。故嗣同诵书，窃疑师说，以为父慈而母严也。御下整齐有法度，虽当时偶烦苦，积严惮之致，实阴纳之于无过之地，以全其所事。一旦失庇荫，未尝不或流涕思之。光禄公起家寒畯，先夫人佐以勤慎作苦，鸡鸣兴爨，泛扫浣涤，纫绩至夜分不得息。恒面拥一儿，背负一襁，提罂自行汲，筋力强固，十余年不以厌倦。迨随光禄公官京朝，禄入日非，本无俟先夫人之操劳，而先夫人不欲忘弃旧所能力之可及，则勉没如故。食仅具蔬笋，亦不得逾三四肴。每食以布自卫，云恐涴衽。衣裙俭陋，补绽重复。有一丝蕴衣，缕缕直裂，依稀出蕴，自嗣同知事即见之，卒未一易。家塾去内室一垣，塾师云南杨先生，闻纺车轧轧，夜彻于外。嗣同晨入塾，因问汝家婢媪乃尔劬耶，谨以母对，则大惊叹，且曰：“汝父官郎曹十余年，位四品，汝母犹不自暇逸，汝曹嬉游惰学，独无不安于心乎？”是以嗣同兄弟所遇即益华腆，终不敢弛于慆淫非辟，赖先夫人之身教夙焉。方嗣同七岁时，先夫人挈伯兄南归就婚，置嗣同京师，戒令毋思念。嗣同坚守是言，拜送车前，目泪盈眶，强抑不令出。人问终不言，然实内念致疾，日羸瘠。逾年，先夫人返，垂察情状，又坚不自承。先夫人顾左右笑曰：“此子倔强能自立，吾死无虑矣！”嗣同初不辨语之重轻，乌知其后之果然耶？哀哉！名德不昌，所生以忝，及今遂俨然三十矣。每思恭述懿范，辄愧怆不自持。两兄两姊皆不幸早世，先夫人逸事将无有见知者，遂茹痛状之。三子嗣同谨状。

石菊影庐笔识（选录二则）

谭嗣同

浏阳山谷幽邃，士习简朴。宗姚江者为陶氏浔霍，有批点《王阳明集》行世。宗紫阳者，则朱氏文炑最著，著有《慎甫遗集》，大人为重刊于甘肃。及巡抚湖北，访知其墓，为埤土树石。惟时浏阳之学者，盖济济然矣。先进如刘蔚庐师之纯粹精，涂大围师之直方大，欧阳瓣姜师之刚健文明，王信余之笃实辉光。侪辈如涂质初，如贝元征，如唐绂丞，如刘松芙，儒林硕彦，映照一时，嘻其盛矣！《慎甫遗集·易图正旨序》"由象以得象"，玩上下文，当是"由言以得象"，说盖本王辅嗣，其论《易》主"洁静精微"，而其诣亦似之。明体达用，独无一语落经济迹象，非疏也，未有不能治其心而能治天下者。此《文中子》之驳，在言治多于言学；而《大学衍义》之纯，在言修齐而不及治平与？

县产菊花石，尝铭以为观，因名庐曰石菊影。又以陶诗"远我遗世情"之言，名堂曰远遗。集《禊帖》字联于壁曰："人在有情天，得此群山，暂合事事；生岂无怀世，每当九日，亦自欣欣。"跋曰："浏阳菊石，温而缜，野而文，复生谓己其影，名石菊影于庐，欲言其意不能。而'远我遗世情'，柴桑固为我言。复名远遗于堂，欲书其言不能。而修禊事之序，山阴固为我书，甄而录之，用属吴君小珊。"又集《禊帖》字赠吴小珊曰："此日盛游，同气仰为贤知列；异时文集，相期长在地天间。"系曰："家大人开府湖北，宾从文宴，盛极一时，瓣姜师外，若王君信余、吴君小珊、张君憩云、涂君质初、贝君元征，方诸芝兰，吾臭味也。诗文旨趣，尤与吴君合，因集王氏字二十有二名，属憩云书以赠，志嘉会，兼示劼巩云。"

黎少谷《浏阳土产表》叙

谭嗣同

谭嗣同友人黎宗鋆，字少谷，浏阳人。

浏阳山川匝合，坟壤沃腴，峻坂叙至四十度，犹胜稷麦，杂产饶裕，枲布之精，至乃名于天下。往年湘中号为大县，必首浏阳。夫家岁登民食视前渐不给，不三十年，积至今乃复大贫。然吏治亦愈弛惰，都不以册籍为意，凡户口、农田、百产之数，无得而详也。

光绪二十一年，日本和议既成，嗣同归，以算学、格致讲说于县之人，四乡颇有集者。时涉秋不雨，农民或以旱灾告，咸不之信，惟深识之士稍稍忧之，而黎君少谷言之独危切。嗣同殊不寤其旨，以谓浏阳田皆再熟，夏既丰获，仅半岁不刈，何至是？且县官报旱，曾不及五分以上，例不得蠲缓，号不成灾。无何，赤贫下户，渐有饿死者，丁壮渐有逃亡者，官犹弗省。至冬十月，饥民蜂起求赈，喧哭于县官之堂。西南乡时闻聚众强夺，多者至数千人。事岌岌将乱，官乃始大惶，不知所为。会新抚部义宁陈公莅湘，专注意赈恤，奏委欧阳瓣姜师总办县赈，人心始定。嗣同念有事服劳之义，佐师为理，为办赈条陈十二条：（略）

顾苦无册籍，据以画策。少谷乃夙夜尽智句稽，科以岁销淮盐三十票，粤私五票，硝盐船私等又数票，人岁食盐七斤余，当得百五十万人，又科以岁纳漕粮万四千余石，石应得田若干亩，则丰岁人仅得谷二石五斗有奇。依类以求，所谓户口、农田、百产之数，终朝即周知其大较。其后官中详查，竟不出所料，可谓能矣。

西人号称中国四万万人，以天下州县均分之，一县应得三十余万人而已。今浏阳赤贫丁数已逾四十万，其全数且百五十万，然则中国人数殆不止四万万，而东南各省尤阗溢不可容矣。浏阳前二十余年，丁口止七八十万，近乃倍之。而土田先即辟尽，无可复增，一县如此，天下可知。不亟图农桑新法，虽无水旱凶疠，人亦将槁饿以死。浏阳之民，岁仅得谷二石五斗者，惟恃杂粮薯蓣之属延命，聊以不死。可知即大有年，亦不过不死而已。不但无有余也，残喘苟存，藐兹一线，少际偏灾，焉有不沟壑者哉？

浏阳利源，当以矿产为大宗，特官持例禁，民惑风水，未得遍孚。

嗣同于振事，故力主以工代振，为议曰：世所谓以工代振，若修筑、建造等类，皆非以工代振，直是以振代工耳。以工代振者，宜令所作之工可持以易钱，还以供振，流转灌输，无有竭涸，而振之力乃不忧不继，则惟有开矿足以当之。因共唐君绂丞办西乡之金矿，为拟保护金厂告示曰：（略）

进而与少谷谋南乡之煤矿。南乡煤矿前即开采，年饥煤不售罢工，待食者以万计。瓣姜师遂请款屯煤，招民采运，一使少谷主之。矿大开，全活无算，而所屯之煤，亦并得善价。浏阳食货，以薯蓣为大宗，至是苗殆绝，少谷则先事市薯于他县，遍种之，迨苗出而以散诸宜薯而不得苗者。其明年，岁果大熟。义宁公故谓屯煤、种薯为办振奇策，足垂法于将来，而少谷亦由是以农学称焉。

少谷于农学研核有年，精析微杪，虽老农自谓弗及也。又通医学，故于草木华实，下逮一茎一叶，罔弗辨识。商货工艺，考察尤悉。爰属为《浏阳土产表》，备振务之用，亦俾为治者知所从事，厚生利用，殆庶几乎！

少谷又为《浏阳利弊论》五篇：（略）

少谷又言，进口之货，惟煤油于浏阳甚有利。缘县产茶油，售值良厚，往以燃灯，不暇外售。煤油值裁半之，以彼易此，而省出茶油，运售出口，出进口相抵，利倍前矣。然出口货又不足敌鸦片之输入，以二十人中吸者一人计之，已不下七万人，人至少岁输出钱十八千，则共输百二十六万千云。谭嗣同序。

浏阳兴算记

唐才常

唐才常（1867—1900）

字伯平，号绂丞，后改佛尘，浏阳西乡人。光绪二十三年（1897）拔贡。清末维新派志士，与谭嗣同并称为“浏阳二杰”。积极投身于湖南维新事业，与谭嗣同等人在浏阳建算学馆和群萌学会，在长沙创设南学会，任《湘学新报》《湘报》总撰述、时务学堂中文教习。光绪二十六年（1900）在上海组织自立会。7月，在上海张园发起国会。又组设自立军，设总机关于汉口。自立军起义失败，8月23日凌晨被张之洞杀害于武昌紫阳湖畔。著有《觉颠冥斋内言》。

浏阳邑万山中，奇峰插天，秀林踠地，由大围直走长沙，绵亘三百余里，溪水回环西流，有濂溪之曲折，而窎远过之。生其间者，率椎鲁无文，痛去一切繁缛虚华之习，恪守乡先正欧阳文公、朱慎甫诸老遗风，矩步绳趋，硁硁勿失，有足多者。然世运日新，径涂益辟，天元地黄，五角六张，机牙四出，百心莫照，而欲责其恢张能力，考求古今中外之宜，相为应付，则且色然惊讶，以为吾僻处穷陬之士，奚事此为也？故凡议稍稍更改之事，必经年累月，彼可此否，彼否此可，力持“利不十不变法”之说以相抵拒。

谭嗣同忧之曰：“浏阳虽蕞尔邑，而户口之繁，百万有奇；物产殷阜，矿质充牣，乃东方之小瑞士也。然而不能开通耳目，扩充智力，虚掷我人物骈罗之区于若有若亡、若存若灭之间，则乌可以为邑矣？又以是觇之他郡他邑，亦无蹶然兴起少异吾浏者，则乌可以为国矣？”于是日与才常谋所以变通之，激厉之。恒两人对坐，彻夜不寐，热血盈腔，苦无借手，泣数行下。不得已欲就一邑，为新中国之萌芽。曾日月之几何，遂忽忽五六年，终无成议。日暮途远，人间何世，每一顾景，群伦在疚，万箭攒胸，我瞻四方，蹙蹙靡骋。

会东事起，水陆诸军，溃败不可收拾，警报日夕数至。朝野上下，震悼失图。于是乡曲之儒，谈虎色变，亦稍稍生热力，萌动机矣。

元和学使江公按临是邦，才常乃纠同人刘善涵、涂儒翯、罗棠等，首以改革南台书院章程请。江公瞿然曰：“久矣夫，余之辍食弃餐，抚剑东向，欲求振刷于是邦也。不图义声首唱，与余耿耿之心相符契者，有浏人士也！”急檄下县官行无怠，县官未即应也。适浏旱灾甚，民汹汹，有逃亡者、饿莩者。官绅议括公私款项，尽供赈事，南台膏火，亦取其赢余输之。维时吾师欧阳节吾先生，方以假还县。先生早即力昌西学，至谓华盛顿为尧、舜、汤、武合为一人，翛然西方之圣者。我中国不欲保种则已，如欲保种，必尊崇西人之实学，而后能终卫吾素王之真教，黄种乃以孳孳于无尽。往者才常偶于应试小文，引用素王改制，即蒙激赏，至贻书奖励之，亦可知为学宗旨之所在矣。及闻改书院事，猝不得就，乃慨然集同志十余人，捐资结社，社于邑之奎文阁，聘新化晏君孝儒为之师。又刻谭嗣同所为《兴算学议》，俾传观远近，用代遒人。其明年，先生遂别筹巨款，为常年经费，易社曰馆。于是浏阳始有所谓算学馆者，而南台书院亦议改师课为史学、掌故、舆地诸门。

夫以吾浏之小，挈诸地球，不啻黑子之著面。然且焦精灼神，倾肝沥胆，经年累月，彼可此否，彼否此可，始少有振奋，少有变更。于此见变法自下之难，而始事之人，未有不劳怨交加，千磨百折者也。然自是而校经学会，而德山书院，而方言馆，而岳麓书院，而时务学堂，而南学会，日新月盛，震爚支那。海内豪杰之士，至归本浏阳一隅变法之功。又以见始事之人虽劳怨交加，千磨百折，而心力所结，未有不转移天下者也。

元和江公曰："余尝至日本，见其人民聪秀，而性强悍，乡曲豪举游侠之雄，遍于八洲三岛。其明治以前，杀朝臣，攻使馆，劫师船，纵横辇毂，飙忽万状。有处士十六人者，戕法兰西人，及临刑时，戮至十四人，慷慨就死，无少瑟缩，法使乃反袂掩面，泣不忍视，曰：'停刑停刑'。夫其桀悍若此，以云更变，难乎难矣。然自叠遭挫辱以来，瞿然于闭关锁港之非，而一意开通，大修学制，为亚东雄国。吾之以日本望湘人士也久矣，今其气象，庶几近之！"又语才常曰："余初出都时，或怵之曰：'湘人以守旧闻天下，子莅湘毋言时务，不然且立蹶。'比至湘，则殊不然。与士大夫言，皆怆念世局，恤恤然忧，皇皇然惧。又以史学、掌故、舆地、算学策士，则崇闳之论，明达之儒，往往而有。于是乃叹魏默深、郭筠仙、曾劼刚诸先生之流风未沫也。又益喜兹邦之热力迸奋，忠爱缠绵，为中国聪强之嚆矢也。然非浏人一举而破其扃，而通其阂，则吾乌知是邦趋向之颛一，血性之充周，至于如此矣。吾子勉乎哉！"

唐才常曰：今吾四万万人，欲刷国耻，坚国权，伸国力，则其所应讲明而扩充者，政学万绪，条理万端，万其心，万其目，万其耳，弗能究也。湘省直中国之萌芽，浏阳直湘省之萌芽，算学又萌芽之萌芽耳。吾愿诸君之精是学者，益推究制造之理，天人之大，公理公法之原，以蕲诸实用，则举希腊、罗马数千年来之天人格致，道器精微，铢积寸累者，而沟而通之，以供吾今日文明之取用。凡生兹世界者，诚幸中之幸，便利中之便利也，乐何如矣！如欲以布算为权限，嚣嚣然号于众曰：是亦足矣。以言措用乎！则吾未之前闻。

围山书院记

涂启先

涂启先（1834—1900）

字宗谟，一字舜臣，晚年自号大围山人，浏阳东门里人。同治十二年（1873）优贡，授候选训导。乡试屡不第，遂绝意科举。后回乡任上东团总，终身致力于团练、防寇和兴学，创立了围山书院。戊戌维新时期，支持弟子谭嗣同兴办浏阳算学馆。曾参与纂修同治《浏阳县志》。著有《大围山房文集》等。

围山书院：在浏阳东乡东门（今属大围山镇）。光绪二十五年（1899）十月建成。现保存完好，为东门完小。

环大围山之北，为上东，自古无传人，亦无闻人。咸丰中，邑侯袁创设为东乡八义学，东门得其一。先君子与二三父老谓："养正有藉色也。"经纪之弗敢怠。

先是，上东、达浒两境合募资祀朱子，约他日有赢，必兼培文教。光绪十年甲申，董事因议提其余资，并义学为一书院。卜地于兹吉，有梗者，卒罢议。于是上东定计，募捐书院费。岁戊戌，里人踊跃输助，而书院乃成。名之曰围山，著其地也。父老责余曰："宜有记，不可辞。"

余惟古之学者，为己求全，其性分之所固有，职分之所当为而已。盖天下万事万物，莫不各有当然之理，言当信，行当敬，子当孝，臣当忠，与水之当流泾，火之当就燥，一也。一失其理，则相牵相掣，而不能相安。所谓一人贪戾，一国作乱也。各得其理，则相系相维，而不相悖害，所谓致中和，天地位，万物育也。

人无古今，咸受天地之中以生，见善斯爱，见恶斯憎，可知其各得同然之理矣。气拘物蔽，不能随事合其当然之则，于是圣人有作，设为小学之教，使人自幼即粗窥伦理之大。他日，虽从事于农工商贾，而不敢大背乎其理。其秀者，年十有五而升诸大学，进之以博文约礼，期之以修己治人，必使藏则全其理于一身，有一私之为累，而不敢安也；行则还其理于天下，有一夫之失所，而不能忍也。是为大人明德新民之学，是为大人居仁由义之事。学如是乎其郑重周详也。

三代上，人材端由此出。皋陶言"载采九德"，《周官》言"兴贤能"，厥有由已。后世学术日歧，至于假孔孟程朱之道，而以诗文楷法取士。士俨然读书穷理，究不过讲小技、饰虚车，顽钝无耻，视不学之齐民为尤甚。学校之名，固已有名无实。犹且县添一书院，乡增一义塾，夫何为者？故上东之无闻人、传人，诚上东之陋。然循近世之教，以教吾书院之士，恐更数百年而僻陋如故。学不师古，材不逮古，即幸有掇巍科、膺朊仕者，其遂足矜为传人、闻人已乎？犹国山之耻也。

然则入是院者，必反而求诸己，知耻以坚其志，主敬以慎其独，自讼以克其己，强恕以求其仁，多闻见以择其善，亲师友以辅其德；毋怠荒，毋委靡，毋以琐碎之考据为博，毋以浮薄之词章为能，毋慕全材之名务广而无成，毋存功利之见务外而欲速；心孔孟程朱之心，学孔孟程朱之学，群居讲贯切磋，渐知吾心固有之理，一出一处，皆有其所当为，随其时地，勉强而力行之，于以全其理于一身，还其理于天下。斯养正之效也，非徒上东之幸也。余老矣，亟拭目以俟来者。

书院创于光绪二十四年二月，明年十月讫功。释奠之堂，讲学之舍，略如规制。通费缗钱五千有奇，悉输自上东一境云。

李氏三修家谱序

李兴锐

敬宗收族之风古矣。《周礼·太宰》："以九两系邦国之民"，"五曰宗，以族得民"，使民各返其所自生，徐以动其尊君亲上之意。故三代以上之民常聚，而天下之势常固。自宗法陵夷，族无所统，同气之伦不相维系，浸假而成为今日之天下，四夷逼处，挟势力以行其教，小民无以自全，轻去其属，沦为异类。于是忧时之君子，始皇皇焉求保种。夫保种之说，我未之前闻，请与之言明伦可也，与之言敬宗收族可也。

天下之大，固原于一乡一邑之积，人孰不愿安其居？人孰不乐从其类？世系明，则溯其所从出，而爱亲敬长之心诚；支派明，则推其所旁通，而睦姻任恤之谊重。井里出入，友助扶持，内泯其争，而外御其侮。一姓如是，推之一乡，以至一邑一国，亦莫不如是，而天下之势固矣。古先圣王之汲汲于明伦，求其所以敬宗收族者，岂不以此哉！

自道存公以明季迁浏，食毛践土，为圣清之臣民，迄今十有九世

李兴锐（1827—1904）

字晋初，号勉林，浏阳东乡筱水垅（今属古港镇）人。附生。早年随曾国藩镇压太平军，在祁门掌管山内粮台。同治九年（1870）补授直隶大名府知府。后办理两江营务处，规划长江水师事宜。光绪元年（1875）任上海机器制造局总办，增建铁船厂、炮厂，扩充规模。光绪九年丁忧去职。光绪十一年（1885）参加中越勘界。十三年（1887）派充出使日本国钦差大臣，因病未去。后历任署津海关道、天津道、登莱青道、长芦盐运使、福建按察使、福建布政使、广西布政使等职。光绪二十六年（1900）升江西巡抚，二十八年（1902）调署广东巡抚，二十九年（1903）署闽浙总督，推行新政，政绩卓著。光绪三十年（1904）八月调署两江总督，九月卒于任。谥勤恪。著有《李兴锐日记》《李勤恪奏议》。

浏阳六碓李氏，始迁祖李文通，明代自平江迁浏东宝盖洞，其后裔于六碓段建祠以祀。

矣。曩者，家乘无考，道光甲午，始叙次宗谱，勒为成书。爰议嗣后每阅三十年，重一修定，今又其时也。兴锐方驰驱王命，未获躬与其役。族人士敬谨将事，凡所以信今而传后者，例必严以正，而词必简而尽。尤愿集我族之子弟，指谱牒而告之曰："我先世或士或农，诗书耒耜之留贻，此则世守者也。近者，湖湘之间，伏莽则有会匪，徇夷则有教民，汝曹慎之，毋败类。"又告之曰："其以仁孝作忠义，一旦九州急难，敌忾同仇，阖族丁壮，可按谱而稽。曾、罗之风烈，去人不远也。"

兴锐赖先人荫庇，少壮从军，颇以微劳渥承恩遇，今老矣，世变方殷，肩荷愈重，我家才俊，其有继起效力王国者乎？昨庚子冬，兴锐奉巡抚江西之命，取道里门，展修祀事，族中父兄子弟相与存问，仁让之风犹为近古，长者垂型而幼者率教，壮者不失业而老者不服劳，比户机杼之声相和也，则此三十年中，父慈子孝、兄友弟悌、女烈男贞之争光于家乘而备采于国史者，洵足以信今传后哉！使谱牒不明，一本之爱离弃乖违，我无自全之理，又何惑乎夷狄禽兽之反相搏噬也？古之人有言："非种必锄。"谓异乎我之种，必锄而去之也。自保种之说行于今，而天下之祸亟矣。窃愿以明伦为保种，以敬宗收族者全吾种，以锄异种，庶有当于九两系民之遗意乎！他日乞退归田，犹欲与吾宗讲明斯义也。

光绪二十七年岁在重光赤奋若仲夏月穀旦，兴锐敬撰。

苍葭方地名记

胡祖昆

胡祖昆

字玉岗，浏阳南乡人，清末儒生。

苍葭方：即今浏阳市中和镇苍坊社区。文中"海文"，为胡耀邦之祖父胡成瀚（1858—1896），字海文。

孔嘉坪之东，傍小溪进里许，豁然中开，土地平旷，庐舍依山而构，列气佳哉，葱葱郁郁者，此原名张家坊地也，或曰是张姓之旧壤，名之以其氏，或曰是张姓曾建坊焉，名之以其物。予高祖帝卿公，（受）[爱]其山水之胜，迁居于斯，迄今数十年矣。

癸未暮春，先季父海文，肄业城南归，赴县试，抵家月余，时予家塾种桃书屋延陈君雨湘为西席，季父与陈君向为莫逆交，日常至馆，谈次偶及于前人迁地为良，陈君曰："尊处无张姓，并无张姓之坊，名张家坊，胡为者？"季父曰："仆素不解其然，即讯之故老，亦无能言其事者。"陈君曰："沧桑异世，柳子厚改冉溪为愚溪，通人韪之，子曷不易其名乎！"季父曰："名故当易，但未得其佳耳。"陈君曰："是地也，佳木葱茏，芳草馥郁，禽鸟飞鸣于其上，泉石答响于其下，与乎牧唱樵歌，皆有怡然自得雅致，伊人宛在，每动人以溯洄秋水之思，其易为苍葭方宜。"季父曰："苍葭一方，诗人所以美君子也，名则嘉矣，其如有负其实何？"陈君曰："以子之先世笃行仁义，而子之昆玉又能黜华崇实，人地相值，其又奚疑？"

兹当家乘告成，予故追述其事，俾后之览者知地名之所由改，与改名之有取尔也。

时光绪辛丑年中秋前十日，玉岗氏祖昆记于孔嘉坪族祠之西轩。

守郧书庄记

李盛白

吾儒读书，无书可虑也，书多尤可虑也，无书则披蒲削竹，虑难购，书多则汗牛充栋，虑难守。士大夫有力之家积书以遗子孙，及夫身后，有以《论语》作薪者，有以三十六万卷沉水者，而历代金匮石渠之藏，易世而成灰烬，又无论焉。

族先从兄汝勤，平生无俗好，诗酒而外，尚余书癖，凡有关于为治为学之大者，不惜金购之。中年宦游，足迹半天下，所得多浙江、江南、两广善本。没后，其子搜缉遗书，除散佚残断外，经史子集尚得若干卷，以为分守之不如合守之之固也，私守之不如公守之之久也，招族人士集股购之，愿薄其值而存其股，是族人无书而有书，其子售书不失书也，甚善举。昌黎诗云："郧侯家多书，插架三万轴。"汝勤固吾家郧侯也，因颜其庄曰"守郧"。

虽然，守圣人之书易，守圣人之道难。秦皇燔诗书而六经尚存，

李盛白

字小庚，浏阳南乡柘溪里人。清末廪生。

文中"汝勤"，为李德新（1835—1896）谱名盛晌，字有恒，号汝勤，一号雨亭，晚号大隐生。任广东普宁县云落迳司巡检。好吟诗，喜藏书。广东名士陈澧赠其诗有"才华湘上无双士，慷慨天涯更几人"之句。与刘人熙、欧阳中鹄、涂启先等相友。著有《小悟轩诗钞》《东游草》《寄粤吟》。

梁元焚典籍而文武之道不尽。守圣人之书，藏之兰台，珍之石室，使不饱蠹鱼黠鼠之腹可也。若夫圣人之道，垂诸宇宙而散着于万事万物之细，其守之也，必以仁义为藩篱、道德为干城、六经为郛郭、诸子百家为羽翼，而后水火历劫不能伤，干城世变不能散，稗史伪儒不能拔其帜，卮言左道不能扬其波。夫尧、舜、禹、汤、文、武、周公、孔子之所以为治为学之书，至孔子删订而大备。至战国之时，杨、墨首乱，孟子称仁道义，守之以待后学。后世申、韩、老、佛百族异端之祸起，赖诸儒相继守之，而吾道不坠。孔、郑守之以考据，班、马守之以著述，韩、柳、欧、苏守之以文章，周、程、朱、张、陆、王辈相率守之以性理，其所守之术不同，要其有功于圣人之书之道则一。今天下圣人之书未忘也，而圣人之道或几乎熄，淫辞邪说，众喙争鸣，其无父无君，非复杨朱、墨翟之所可比，其害政害事又非复申、韩、老、佛百族异端之所可喻，入主出奴，薄圣经为土苴。噫！后之人虽欲闻尧、舜、禹、汤、文、武、周公、孔子之说，其孰从而求之？是庄也，族人士谓是为圣人之书之所寄也，则所守者固矣、久矣；谓是即圣人之道之所寄也，必思有以藩篱之、干城之、郛郭之、羽翼之，以继汉、唐、宋、明诸儒，而上为孟氏之徒者乎！诚如是，则书多且无虑也，而何虑于无书？

清光绪三十一年乙巳冬至前日，盛白小庚氏详记。

股分：（略）

规条：

一、领看书籍，必须至经管处亲笔登记书名、数目，看毕送还，当面销簿。

一、领看书籍，看毕务宜从速送还，如不能，限以三节：春间领者，以五月初四；夏间领者，以八月十四；秋间领者，以十二月二十四，逾期者罚。或就塾在外，及携带考试者，途程遥远，宽限一节，逾者照罚费。外人不得借阅，有私行转借者，罚。

一、领书大部不得过十本，看书不得油污墨迹、霉湿损坏及动笔圈点，违者酌罚。有遗失者，着抄正楷赔偿。

一、书籍必择老成勤慎之人经管锁钥簿籍，兼理钱文。

一、收藏书籍之处，必择爽垲楼阁，而经管人亦宜勤劳收捡，庶免鼠咬、虫伤、霉湿。

一、每年正月初七日，齐集陪饮经管，兼查书籍。

一、是费原十四股，每股备钱四串，日后只准续入，不准分析及将股分顶替。他人续入者，每股备钱六串。

一、费内人及后裔入学者捐钱四串，中乡试者捐钱八串，贡士、词林累倍加捐，出仕者公同酌议，以资添购书籍之需。

《浏阳乡土志》例言

黄祖勋

《浏阳乡土志》一书，为卷十五。其编撰之例，自京师编书局颁定，盖以备编辑初等小学教科书之取材也。令出自上，程式画一，薄海皆同，似无取赘为发凡。惟释例之篇，其来已久；本境事物，亦或与他境特殊，非以例明之，则其指不曙。用本不愆不忘之义，准原例目所定，揭其大旨，以弁斯篇。

京师编书局颁例目，其开宗明义曰：奏定学堂章程所列初等小学堂学科，于历史则讲乡土之大端故事，及本地古先名人之事实；于地理则讲乡土之道里建置，及本地先贤之祠庙遗迹等类；于格致则讲乡土之动物植物矿物，凡关于日用所必需者，使知其作用及名称。故是篇之作，虽名曰志，绎其定例，实已隐画为历史地理格致三科。今一体斯意，篇第卷秩，悉以是三者为纲，而各以其类为目。庶合之则为乡志一书，分之则为学科三类，于采编课本之用，或有当焉。

志之属于历史者凡九：首建置沿革，明县之所自来也；次政绩、次兵事，所谓乡土之大端故事也；次耆旧，所谓古先名人之事实也；次人类，浏阳无他族，斯志从阙；次户口、次氏族、次宗教、次实业，皆本境之历史所当详者也。历史之部九，以人类无专志，故其卷止于八。而志之属于地理者：曰区域、曰山、曰水、曰道里；其区内古迹祠庙坊表桥梁津渡市镇学堂，各附见于本域，为表以明之，为卷四。其属于格物者：曰物产、曰制造、曰商务，为卷三。通为卷十五。综诸所有，其已见于从前县志者，悉本旧闻以昭其信。订讹补阙，亦间有之。续

黄祖勋（1873—1932）

后改名黄征，字颖初，号聿园，浏阳城关人。光绪十八年（1892）考中秀才，曾被谭嗣同聘请襄助文牍。宣统元年（1909）考取优贡，朝考二等，以盐运司经历用。次年到广州候补，任职官报局。辛亥革命爆发后返湘，后历任株萍铁路局文牍、湘鄂铁路局车务处文牍长、财政部统计处审计主任、湖北电政总务科长等职。著有《聿园诗稿》《词林韵准》《传音快字简法》等。

光绪三十二年（1906），黄征参与纂修《浏阳乡土志》，后由他主要负责编辑，次年成书。

有登载，皆取其确实可据者，无敢滥也。其为旧志所无，则悉凭此次调查所得，缀录成篇。事为其创，虽有不尽，究无不实。用略胪其梗概，质之博雅君子，幸是正之。

浏阳之为县，始自汉建安中，孙权与汉昭烈争荆州，乃析临湘置县，又析长沙郡置汉昌郡以领之。浏阳盖初隶汉昌，及荆州入吴，汉昌郡废，浏始还隶长沙。旧志但曰三国吴蜀分荆州，长沙郡属吴，于是周瑜奉邑有刘阳，无隶汉昌之文。岂以其郡旋置旋废而略之耶？兹志沿革，于建置之初，特为申晰。其未置本境以前，及既置本境以后历代之系属，亦视旧志加详。所为沿革表，更移及封建官守。非敢溢于例外，为其于建置亦大有关也。

宋方志录职官，或曰秩官，或曰官治，必皆治行可纪者。盖官不必皆贤，惟有善政者乃克尸祝弗谖耳。旧志于职官厘而为二：一列次历任官纤悉无遗；一最其尤为政略。亦以年代先后为次，而于兴利去害听讼三者则未尝别白。今循新例，一以三事为类归。其无可归类，阙而不登。非敢径为淹没，惟其慎也。又旧志政略，附客使流寓藩封，而大吏则一不之及，盖以所辖者广，非一县所得专也。然其实惠所流，有特被于斯邑者，亦乌容翳而不彰乎？兹志政绩，于邑令丞尉而外，首附大吏，而次及宾僚。征文考献，补邑志所未备。其祀在名宦者，各著于其人之下。而流寓则附之耆旧，封建则附之沿革，亦各从其类焉尔。

县境居万山中，北枕平江，南跨萍醴，东控江右，西蔽郡城，为吴楚出入门户。邑有兵警，则省会岌岌不安，故言兵防于浏为特重。然其地多天然要隘，能守险以自固，兵患直可立消；不幸为寇盗窟穴，则岩谷深阻，其祸亦猝难平息。元时里豪栅寨卫乡土，往往有功；而明季兵祸，至蹂躏七八十年而后靖，亦以其据险者异也。旧志兵事叙录綦详，今悉据以诠次。其间或全在本境，或涉及本境，均随事注明，以期于例密合。有卫乡土之责者，亦可藉以自镜。其最近洪江之乱，则谨俟后编。

宋以前地志与人物皆各自为书，故耆旧别为传记。其后方志备书人物，地且因人增重矣。旧志列叙人物，分为十类：一忠烈、一孝友、一儒林、一宦绩、一文苑、一武略、一义行、一乐善好施、一方技、一仙释；而乡志举例则约以事业学问二者，盖言简而意赅矣。今变通旧文，参准新例，列为耆旧表四。第一表曰孝友、曰义行、（名从旧志，而并入乐善好施。例列之睦姻任恤，亦以此赅之。）曰忠节；（名从例目，以旧志忠烈入之。）第二表曰名臣、（名从例目）曰功臣、（名从例目）曰令宦；（其人故有宦绩，而入之名臣功臣，究有未安者，乃别立此名。此三类以旧志宦绩分别入之。）第三表曰循吏、（名从例目，以旧志宦绩中似此者入之。）曰名将、（名从例目，以旧志武略之最者入之。）曰武功，（立此以别于名将。以旧志武略入之。）此皆以事业为区别者也。第四表曰名儒、（名从例目。以旧志儒林之最者入之。）曰德器、（立此以别于名儒。以旧志儒林入之。）曰文学、（以旧志文苑入之。）曰艺能，（以旧志方技之卓者入之。）此皆以学问为区别者也。方志甄录人物，向较史例为宽，矧借乡贤资感劝?善善从长，道固宜尔。兹志分别部居，非敢意为轩轾，蕲于名实相副耳。若夫行谊卓越，为旧志所未登，如宋贤之李作乂，元儒之汤弥昌，尤应亟彰潜德。今并采辑旧闻，依类登载。其续有缀录，则意存谨严。艺文流寓，各为表以附之。仙释则从汰。旧志别详列女，今亦以例所不及，暂附阙如。

周官小司徒均徒弟，稽人民，周知其数；乡大夫岁时登其夫家之众寡，辨其可征者任之。盖钩稽户口以制赋役，三代已然。其后汉有口赋之钱，魏晋立户调之法，隋有输籍之制，唐因之为租庸调。洎两税法行，丁口至赋始均入田亩。然宋以来复别有丁税，元科门摊，明编赋役黄册，户役各区为三等。征徭众矣，有摊丁入地，而民不复知有丁银；自编审法停，而户口之蕃衍，亦听其滋生于盛世，而永无加赋之日，于此见圣朝宽大之恩，超越百代也。兹志户口，于休养生息之由，特推明其所自。庶乡里士民，咸晓然于仁化，而益坚其爱国之忱焉。

土姓锡于有夏，世系奠于有周，氏族之珍，由来远矣。魏书有官氏志，唐书有宰相世系表，国史尚重视之。历代方志，若常璩华阳国志，表及大姓；费著蜀中世族谱，兼详宗派。盖有德有人，有人有土，世家大族，所以与其地同休戚者，诚不可略也。旧志顾独阙此门。企仰前修，欲诠次其家世源流，苦于茫无依据。此次编辑，虽由局制为表册，驰函四征，然私家谱牒，蕴闷者多，所获终不过十之一二。爰依郑氏通志氏族略例，谱其大凡。其所不知，悉从盖阙。补苴完善，谨俟将来。

中国之政教常合，外国之政教常分。然其教盛行，恒有左右国家之势。世界诸外教，流衍中国，后先迭盛者有三：曰佛教、曰回教、曰景教。佛最先，回次之，景教又次之。而教案之牵涉，则以景教为最甚。浏阳向无传衍，故前志但详寺观。近虽有之，而势未炽。民教谧安，是在处之者慎防于未雨耳。兹志其权舆也。

东西各国，注重民事。其核查户口，既为之统计，又表其职业。故实业之数，得以周知。用是游惰绝踪，利源日扩。其富强良非幸致。中国旧行保甲，所为户口册，亦例载民生业，然家主以外，大率从略，其漏已多。又或旷数岁乃一举行，里甲虚应故事，则不实不尽，往往而有。窃谓宜踵此加详。凡民自及学龄以上，皆详其职业，而岁校之。幼稚无业，则责其父兄；强壮无业，则罚以夫里。庶民皆劝业兴事，匪慝不作。裨益乡里，正自无涯。兹志实业，但就邑中所有，都其大概。以见在调查未密，势不得不然也。异时地方自治，规模日廓。四民之数，皆岁有统计。确知其实，以列为表，其详将有什伯于此者。实深望之。

地志之作，所以审疆理，知险隘，明方域广轮之数，考内容翕受之详也。县境旧分四乡，以都甲为区别。咸丰中治团练，始以团命区。凡为大团二十一，通辖小团二百九十二。近议改良团练，小团各有省并，而大团如故。兹志区域，凡为县境四界表一，各团四界表一，四乡边隘表四，县境总图一，中立及四乡分图五。区内祠庙遗迹各项，各为表附于图。其事物亦多本旧志，而体式则大别矣。

古者建国，以山水标地望。浏阳名县缘于水，而实环境皆山。山循干以达枝，本同而末异；水承源而达委，本异而末同。山水之在地中，皆所藉为徽识者也。故禹贡道山与道水同功，皆务明其起讫。旧志分乡志山，而脉络则在所不究。山势之分合行止，无自推求，殆无当于形法。兹所为山志，枝干首尾略具。虽未敢云详尽无讹，其大势要可一览而悉也。其志水亦视旧志稍详。所叙述或与旧小有异同，皆经此次调查，参酌厘订。对勘自晰，不复条举。

郡县所经，道里为要。汉志西域诸国，如婼羌楼兰未且小宛精绝戎卢捍弥渠勒诸邦，今已沦为戈壁。独赖志为详其道里，犹可考求故地。况近在南服，王道荡平耶！驿铺之设，义均同轨。旧志道里，但详铺递。今稍推叙四境通衢所届，以代候人。

天不爱道，地不爱宝。山泽虞衡之利，皆土地所出，以畀人为本富之资者也。旧志于物产殊略，百不一二。制造商务，尤略不一及。方今中外互市，东西各国，于森林畜牧五金之利，工艺制造商战之术，靡不锐意研求，日新月盛。四邻集矢，以我为的。我乃坐听朘削，不谋相抵；或徒艳其富强，而不师其格致，非特莫能与竞，恐亦无救危亡。兹所为物产制造商务三志，不过稍引其端。以云格物，实有未副。改良精进，与事推移，弥有望于后来之居上矣。

志事发起，始于丙午初春。知浏阳县事朱蔚亭大令，以京师编书局例目，檄会县总学务直隶补用道李鸿枎，拣选知县湖北补用州同刘善涵，集议组织成书。于时寻绎例目，比勘旧志，以氏族宗教实业道里物产制造商务诸门，前志皆阙略不备，无可据为诠次；其已登志乘者亦应踵事加详，乃推举邑人士分乡调查。任其事者：县东为廪贡涂儒翯、附生卢彤；县南为附贡刘善渥、优贡湖北试用县丞前廪生陈长镞；县北为广西补用州判副贡刘信庚、廪生邓振元；县西为附加生徐苏，而祖勋亦与焉。会水旱不时，凶荒叠告。饥民不戢，颇有攘夺。乡里无赖之尤，又乘机煽诱。爝火未熄，洊至燎原，延及冬初，遂有洪江之乱，而志事亦中辍久矣。先是春夏之际，志蕲速蒇。调查之件，络绎函催。祖勋适寓县垣，于志局为近。同人属比次其颠末。自忖才智凡下，深谢不敏。既因辞不获命，乃勉承其乏。综稽数月，端绪粗具，竟以乱事中止。费筱湘大令，既以纵匪酿寇控发去位，而今任刘豫侯明府适来。受事之日，寇已撄城。退贼平患，汲汲不遑。岁聿既更，乃得稍暇。念志事不可以不竟，命祖勋仍理前绪，而祖勋又以襄助讲授，于役省垣，课余撰辑，莫常厥事，故及今甫脱稿。深维三长之才，天人交囿。力小任重，愧汗时并。惟冀哲人君子，绳愆纠谬，匡其阙失，是为厚幸。其综理志事有劳者：职贡邹明沅、附生黎先枢、今劝学所总理廪贡刘昌隽；缮写成帙兼任校勘者：附生聂隆俊、职员邹肇麟、监生李衍麟。同与斯志，例得备书。廪生黄祖勋谨识。

重修一枝安记

刘善涵

刘善涵（1867—1920）

字淞芙，浏阳杨花人。才气横溢，尤工诗文，光绪十七年（1891）考入武昌两湖书院。在湖南维新运动中，为创办算学馆、办矿、创办《湘报》等实心任事。光绪二十八年（1902）中举。后随熊希龄参与东三省清理财政。民国元年（1912）出资在浏阳迎佛寺创办女子学校。民国二年，任财政部盐务署办事官，荐任佥事。后回长沙，任盐务署名下的秤放员，兼顾浏阳女校。著有《蛰云雷斋诗文集》。

一枝安：刘家庄园，在浏阳城南双枫浦。

一枝安者，先曾王父玉林公读书室也。道光间，蛟异屡见，室圮于水，人遂无知者。光绪改元，先君子奉先王父迁居双枫浦，就橘园故址构亭数椽，挈余兄弟辈读书其中，仍以其名名之，于是浏阳一枝安之名复著。众橘环绕，有菜畦鱼池杂木诸胜。猿啼山、楚文塔东西相望，迤北则西湖之烟雨、道吾之瀑布在焉。启窗凭眺，云气空蒙，冉冉如出几席上。距南市不数十武，深窈幽寂，旷若隔世，故经年无俗客踪迹，有之，则一二市鱼虾之侣，及樵子荷薪得钱易米而已。

春二三月，橘花如雪，香气袭人，栗留画眉，泠然在耳。夜阑篝灯，窗外蛙声阁阁，助人清兴，此一境也。霜清日曙，蝉咽未干，朱实离离，味美可啖，咏东坡山中奴婢之句，不觉翛然意远，此又一境也。

余弱小好弄，又禀资顽劣，不复珍惜光阴，故于固有之佳胜也而辄忘之。尔时同学，为余与李子翼廷、伯兄香渠、从弟茀阶四人。今翼廷、茀阶先后下世，余与伯兄又役役四方，车轮无角，故乡云树，望之渺若天际，求其须臾席暖，如儿时占哔一堂，执经问难，欢嬉错合于此亭也，岂可得哉！

抑蒙庄有言，鹪鹩巢林，不过一枝，其无鹍鹏垂天之云之翼也必矣！自维频年奔走，浮长江而下，东抵海，航海而渡辽，进莅吉林，又东北至黑龙江，阻俄疆而止。西向入关，道京师，遵芦汉铁路而归，如是者数四。计历水程六千、陆程九千七百。譬若飞鸟，绝大漠，负青天，亦垂垂倦矣。行将戢影林莽，求祖贻一枝安故居，发箧读书，毕余生平未竟之志。盖不如是，不足证数十年见闻，以蕲几希之上合乎道也。

家有薄田数亩，租税粗给，橘柚枇杷而外，绕屋而种瓜。老母在堂，尚饶康乐，妻孥知书，督之吟咏。更得同里方闻之彦，推襟送袍，文宴间举，此乐宁有既极？故于其归也，葺而新之，坚其墙垣，属以复道，旁缀山石花草之属，其室壁轩窗如故，不敢丧其朴也。因备述本末，为异日归隐之券，且以诏后之人。

辛亥三月善涵谨记。

民国

菊花石记

李素筠

浏水之源，有大、小二溪，皆发于首禅。小溪出山南，是产蒜石。大溪出山北，商擢涓浍，汇为巨流，汹涌濆薄，百许里至永和之溪，潴而成渊，全石以为底，广且十亩，中流复迤逦以起，凸凹水面，褒延及百尺，邑志所谓菊花石者也。石质深青，花白而晶莹，如锲如嵌，巧工所弗逮。为柎、为萼、为蕊、为茎、为根荄，其巨者为叶，叶不恒有，有则丽于花之柎。花各异态，仰者，垂者，突心者，覆而露趺者，并葩而叠者，丛而纷相纠者，折瓣者，绽笋者，落英而残缀者，玲珑若日精披离掩映，奇幻不可状。

余校适当溪上，课余暇晷，辄携侣游眺其间。金风西来，溪流少涸，（汛）[泛]泭中流，缘坻踞坐，水光明若镜，薄日下彻，花浮欲起，凉飔徐度，波纹荡漾，若随之摇曳然，举目四盼，逸趣横生，把酒歌陶靖节诗，怅想东篱，忽忽不知身之在何所也。噫！造物者之所为诚巧矣。太虚之表，灏气回旋，终古摩荡于遥空而无所薄，其适凝者乃蕴为伟人怪物，以泄其精灵，其端倪不可测，其形可得而按焉。吾特怪乎大围、洞阳之雄伟，淮川之渊浤，而所钟者乃仅在此石，则何也？壮飞谭子节概懔然，坚忍不拔，庶几与菊石况，风微人往，于今不可复见矣。柳子厚曰："楚之南少人而多石。"余每徘徊石上，怊怅前辉，不禁泪之沾襟也。援笔记之，用语来者。

李素筠

女，浏阳东乡人，嫁贝氏。民国时任永和私立含章女子初等、高等小学校长。

菊花石：浏阳特产，产于县东永和大溪河中，石有纹作菊花状。

中卷·诗词

唐

杜 甫（712—770）

字子美。其先世由原籍襄阳迁居巩县（今属河南）。曾任左拾遗检校工部员外郎，世称“杜工部”。其诗作多反映现实，艺术表现手法多样，被称为“诗史”、“诗圣”，是中国最伟大的诗人之一。有《杜工部集》。

双枫浦：位于浏阳县南市街浦梓港，即浏阳河支流城南清渭水之畔双枫浦。纱帽：双枫浦附近的纱帽山。

刘长卿（？—789）

唐代诗人。字文房。宣城（今属安徽）人，郡望河间（今属河北）。天宝进士，曾任监察御史、长洲县尉，贬岭南南巴尉，后返，旅居江浙。代宗时历任转运使判官，知淮西、鄂岳转运留后。被诬，再贬睦州司马，官至随州刺史。诗长于五言，有“五言长城”之称。有《刘随州集》。

洞阳山：为中国道教三十六洞天之一，位于湖南长沙浏阳市西北方向约30公里。。道教祖庭隐真观（正一道先天正教），始建于隋。杜光庭《洞天福地记》云：“潭州洞阳山，系第二十四洞天、七十二福地，名洞阳隐观之天。”传说唐朝名医孙思邈曾隐居于此山九溪洞，洗药炼丹，且医治九溪崖之病龙，龙腾而去。

双枫浦

杜 甫

辍棹青枫浦，双枫旧已摧。自惊衰谢力，不道栋梁材。
浪足浮纱帽，皮须截锦苔。江边地有主，暂借上天回。

游洞阳山即九溪洞赋五律以纪

刘长卿

旧日仙成处，荒林客到稀。白云将犬去，芳草任人归。
空谷无行径，深山少落晖。桃源几家住，谁为扫荆扉。

观山寺僧穿井 重礼石霜长者

曹 松

云僧凿山井，寒碧在中庭。
况是分岩眼，同来下石瓶。
旁痕终变藓，圆影即澄星。
异夜天龙蛰，应闻说叶经。

送德光 一作辉 禅师 重礼石霜长者

曹松

天涯缘事了，又造石霜微。
不以千峰险，唯将独影归。
有为嫌假佛，无境是真机。
到后流沙锡，何时更有飞。

送僧入石霜

贯休

举世只堪吁，空知与道俱。论心齐至圣，对镜破凡夫。
业王如云合，头低似箭驱。三清徒妄想，千载亦须臾。
唯我流阳叟，深云领毳徒。尽骑香白象，皆握月明珠。
寂寞排松榻，斓斑半雪须。苔侵长者论，岚蚀祖师图。
翠巘金钟晓，香林宝月孤。髿髿齐白趾，赫赫共洪炉。
山色锄难尽，松根踏欲无。难评传的的，须到不区区。
撩舍新罗瘦，炉烟榾柮粗。烧畬平虎窟，分瀑入香厨。
师去情何切，人间事莫拘。穿林宿古冢，踏叶揭空盂。
无事终无事，令枯便合枯。他年相觅在，亦不是生苏。

曹松（828—903）

字梦徵。唐代晚期诗人。舒州桐城（今安徽桐城）人。早年曾避乱栖居洪都西山，后依建州刺史李频。李死后，流落江湖，无所遇合。光化四年（901）中进士，年已七旬，特授校书郎（秘书省正字）而卒。

石霜：古地名，境内有石霜寺。石霜寺位于湖南省浏阳市金刚镇石霜村，距市区35公里。寺前有浏翠峰，晴岚雨雾，春华秋月，气象万千；后有凤翔峰，状若凤凰展翅。狮子峰居其左，象王峰居其右，有如狮象拱卫门庭。寺宇坐北朝南，依山坡分台阶而建，为我国著名禅宗丛林，具有一千多年的历史。是一座影响深远的千年古刹、祖师道场。而据其中碑文和《石霜寺略》记载，石霜寺始建于唐朝乾符年间（874—879），由唐皇僖宗李儇下诏，派当时的宰相裴休奉旨监建，赐石霜寺为“唐代国寺，仰食皇恩”，敕封“崇胜禅林”。曾经规模宏大，盛极一时。当时石霜寺下面管辖小寺院48处，殿宇5048间，僧众千余人。唐僖宗赐香火田300石，有“殿高九十尺，佛高七十尺”之名，骑马关山门之说。

贯休（832—912）

唐末五代前蜀画僧、诗僧。俗姓姜，字德隐，婺州兰溪（今浙江兰溪市游埠镇仰天田）人。七岁出家和安寺，日读经书千字，过目不忘。唐天复间入蜀，被前蜀主王建封为“禅月大师”，赐以紫衣。诗名高节，宇内咸知，有《禅月集》存世。

齐 己（约 860—约 937）

唐诗僧。俗名胡得生，潭州益阳（今属宁乡）人。先居宁乡大沩山峒庆寺，后栖衡山东林寺，自号衡岳沙门。性颖悟，善琴棋书法。

寄云盖山先禅师

齐 己

曾寻湘水东，古翠积秋浓。长老禅栖处，半天云盖峰。闲床饶得石，杂树少于松。近有谁堪语，浏阳妙指踪。

听李尊师弹琴

齐 己

仙子弄瑶琴，仙山松月深。
此声含太古，谁听到无心。
洒石霜千片，喷崖泉万寻。
何人传指法，携向海中岑。

宋

释义青（1032—1083）

俗姓李，齐地人，青原下十世。七岁去妙相寺出家，十五试《法华经》，得度为大僧。入洛听《华严》五年，弃去。游至浮山，从圆鉴远禅师悟旨，得续太阳正脉。初住白云山海会寺，后移住投子山。神宗元丰六年（1083）卒，年五十二，有《空谷集》，事见《禅林僧宝传》卷一七。释义青诗，据日本弘教书院刊《大藏经》所收《林泉老人评唱投子青和尚颂古空谷集》为底，原书为六卷。另辑得《五位颂》一首，附于卷末。

杨时，见本书上卷文章《归鸿阁记》注。

渭水：浏阳河的古称，过县西曰渭水。湘缧：亦作“湘累”，指屈原。《汉书·扬雄传上》：“因江潭而往记兮，钦吊楚之湘累。”

飞鹯亭，杨时知浏阳县事时，于县治所建，用以自比知足小鸟。

漫郎：借指放浪形骸不守世俗检束的文人。《杨时集》也称“曼郎”。

第八僧问石霜颂

释义青

三更月落两山明，古道程遥苔满生。
金镇摇时无手犯，碧波心月兔常行。

杨时诗选

渭水

洄渊浩荡白鸥飞，老懒时来坐钓矶。
岸帻行人聊自适，不应憔悴似湘缧。

归鸿阁

帘卷晴空独倚栏，冥鸿点点有无间。
秋风注目无人会，时与白云相对闲。

飞鹯亭

芙蓉凋尽蕙兰芳，杖履翛然一漫郎。
凫鹤短长宁复问，但知鹏鹯两相忘。

相公台

柔条疏蔓绿交加，烟锁云涵去路赊。
绣绂貂缨无处问，空余鸡犬两三家。

相公台：又名“隐相台”，位于浏阳天马山麓，唐宰相裴休在此所筑台，用以隐居读书。

洞阳山

圣童去后水云闲，陈迹难寻草木间。
独有微言传逸史，洞天寂寂在人寰。

过金山

环望荆吴坼，清江日夜流。飞腾潮汐浪，漂泊利名舟。
山涌鳌番出，楼嘘蜃气浮。僧窗千古意，出没看轻沤。

寄长沙簿孙昭远，时以不催积欠被劾

阳城衰晚拙催科，阖寝空惭罪亦多。
祭灶请怜君自适，载醪袪惑我谁过？
猗猗庭有兰堪佩，寂寂门无雀可罗。
归去好寻溪上侣，为投缨绂换鱼蓑。

诗作于杨时罢官之后。怜、渔，杨时《龟山集》中作邻、鱼。

张世贤，祖籍浏阳人，与杨时是好友，时任湘阴县县令。嗟乎：杨时《龟山集》中作“嗟予”。曾山叟：杨时《龟山集》中为“鲁山翁”，鲁山当为张世贤字号或籍贯。

县斋书事寄张世贤

朝衙群吏集，戢戢同队鱼。
莫衙群吏散，翩翩若惊凫。
归来坐虚室，开编对璠玙。
启户阒无人，清风入吾庐。
持杯邀明月，大嚼时与俱。
跰跹步松阴，对影聊相娱。
嗟乎懒惰久，阔略与世疏。
故人隔清湘，怀抱何由舒？
为问曾山叟，此意今何如。

杨万里（1127—1206）

见本书上卷文章《李氏重修遗经阁记》注。云居山：旧志记载为县南之山，书院为宋代柳仲明所建，在原浏阳中和云居山村。太乙：《诚斋集》中为“太一”。柳子世南，为荆南教授。

题浏阳柳仲明致政云居山书院

杨万里

云居山高三万尺，下插浏江上撞日。
柳下和风百世师，有孙避地来筑室。
奕叶隐居三百年，栽桃种杏今满川。
当家相传一破砚，此外文字九千卷。
旄头毕方书散亡，惟仲明父再耿光。
木叶衣裳野蕨肠，牙签玉轴还堆床。
更于山下起高阁，竹户松窗照松壑。
阁上诸郎夜诵声，太乙真人降云鹤。
向来有子中文科，泮官弹琴咏《菁莪》。
柳氏门闾人刮目，仲明依旧一渔蓑。

憩霜华山寺

刘 锜

净扫妖氛六合清，匣中宝剑血犹腥。
夜观星象神鬼泣，昼会风云龙虎惊。
重整山河归大宋，两扶社稷复南京。
山僧不识英雄汉，只管叨叨问姓名。

刘 锜（1098—1162）

字信叔，德顺（今甘肃静宁）人，南宋中兴抗金四名将之一，与张浚、韩世忠、岳飞齐名。曾大败金兀术于顺昌，后秦桧主和，罢免刘锜宣抚判武官职，后授荆南节度使。

送彦集之官浏阳

朱 熹

急景雕暮节，高风振空林。病夫掩关卧，长谣拥孤衾。
闻君千里行，四牡方骎骎。重此别离感，青天欲愁阴。
君行岂不劳？民瘼亦已深。催科处处急，椎凿年年侵。
君行宽彼氓，足以慰我心。荐书会满箧，社酒还同斟。
所念家同产，与君如瑟琴。兹焉不并驾，宰木寒萧椮。
尚喜吾诸甥，男恭女知钦。明朝复相忆，怅望楚山岑。

朱 熹（1130—1200）

字元晦，号晦庵，别称紫阳。徽州婺源人，侨寓建阳（今属福建）。南宋哲学家、教育家。与张栻、吕祖谦并称“东南三贤”。

彦集即刘子翔，字彦集，南宋建安人。孝宗淳熙间任浏阳县丞。系朱熹的妹夫。

寄题浏阳李氏遗经阁

朱 熹

老翁无物与孙儿，楼上牙签满架垂。
更得南湖亲嘱付，归来端的有余师。
读书不见行间墨，始识当年教外心。
个是眼前真宝藏，不须夸羡满籝金。

南湖：作者自注为张敬夫书院。

眼前：据朱熹《晦庵集》(《四部丛刊》本）卷四，当作“侬家”。

石霜寺

毕　田

石上泉华喷猛霜，境奇因此辟禅房。
使君环笏留何用，枯木千余满一堂。

岩畔春将老四首

释守卓

其一
岩畔春将老，香风匝地生。囊藏无底钵，高卧笑毗城。
其二
岩畔春将老，残花自点苔。牛头峰下客，曾见祖师来。
其三
岩畔春将老，阶前碧草深。浏阳好风骨，一句有知音。
其四
岩畔春将老，憨痴兴转多。时时逢野老，共唱哩棱啰。

寻石霜寺吴诚上人

惠　洪

我寻流水行，忽入霜华谷。山阴见幽人，自带湖山绿。
语温如春风，韵秀自拔俗。暗惊枯木堂，栖此一枝玉。
遥知夜窗深，雪响乱修竹。宝书掩残缸，佳眠正清熟。
逸思在西兴，清梦不容逐。觉来念行处，小诗欲收录。
诗成写乌丝，银钩夺人目。棐几着牙签，兴来还自读。

毕　田

宋潭州长沙人，宋真宗时以吏部郎兼王府侍讲。博学工诗，著有《湘中故事》等，生卒年不详。环笏：为唐代宰相裴休遗笏，相传为镇山门之用。枯木：石霜寺内枯木堂。

释守卓（1065—1124）

俗姓庄，泉南（今福建泉州）人。弱冠游京师，肄业天清寺，试大经得度。游学至三衢，见南禅清雅禅师。舍去，抵姑苏定慧寺，从遵式禅师，通《华严》。时灵源清禅师住龙舒太平寺，道鸣四方，遂前往依从。清禅师迁住黄龙寺，守卓随侍十载。既而又至太平寺，佛鉴勤禅师请居第一座。后主舒州甘露寺，又迁庐州能仁资福寺，终住东京天宁万寿寺。称长灵守卓禅师，为南岳下十四世，黄龙清禅师法嗣。徽宗宣和五年（1123）十二月二十七日卒，年五十九。有《长灵守卓禅师语录》。

惠　洪（1071—1128）

宋代僧人，释名觉范，祖籍江西吉安。工诗，著有《居碧湘宫》《宿岳麓寺》等。吴诚上人：为寺内仙人。棐几：用榧木做成的几案，棐通榧，为常年绿叶乔木。

偈颂一百六十首 其一一六

释宗杲

洞山万里一条铁，浏阳一击百杂碎。
云门关字常现前，翠岩眉毛在不在。

释宗杲（1089—1163）

字昙晦，江南东路宣州宁国（今安徽宁国）人，俗姓奚，临济宗僧人，是宋代禅宗史上“看话禅”派的创始人，法名妙喜，赐号“大慧普觉禅师”。宗杲生活于北、南宋之际，在南渡后倡明儒佛渗透、回应儒家辟佛方面立下大功。他不仅是连结南北两宋僧人与儒学的重要环节，而且也是南宋佛教史上最具代表性的人物。

元夕值雨

李揆

山县逢元夕，东风雨溅灯。渔篝临远浦，鬼火附寒藤。
酒市可罗雀，官僚皆曲肱。狂歌吾老矣，犹记旧时能。

李揆

字起宗，浏阳人。宋孝宗乾道二年（1166）乡试举人，授宁远尉，曾任江西上高知县，累官到中书舍人。

行　乡

李揆

园林二月春才半，朝日曈昽天气暖。
东风放尽柳梢青，已有黄鹂娇睍睆。
波翻嫩麦绿连坡，露入夭桃红满眼。
笋舆乘兴入招提，苾蒭留我炊香饭。
山泉煮茗味更长，又得禅林半朝款。
突兀丰碑三百年，古人事迹今苔藓。
临风抖擞簿书尘，倚杖须臾归已晚。
耕夫夹道看长官，百钱赠汝聊旌劝。

行乡：明嘉靖《浏阳县志》又称《劝农古风》。

礼道吾雷塔在石霜

释智愚

祖师灵骨见应难，霹雳声中过别山。
父子只缘机不密，翻成千古是非关。

释智愚（1185—1269年）

号虚堂，俗姓陈，四明象山（今属浙江）人。有《虚堂智愚禅师语录》十卷，附有法云撰《行状》，收入《续藏经》。《全宋诗》辑有其诗5卷，约590首，代表作有《离雪山像赞》《僧字止中》《蓬莱莫不是长老请赞》等。

道吾：即道吾山，古称白鹤山，又名赵王山，座落在湖南省浏阳市区约5公里，占地面积13平方千米，是国家AAA级旅游景区。山内有中外驰名的佛教圣地护国兴华禅寺。

采桑子·老人生日

郭应祥

中秋过了还逢社，寿我亲闱。百里熙熙。尽道平反赖母慈。
浏川水阔吾山峻，福禄如斯。禄鬓青眉。子又生孙孙又儿。

郭应祥：字承禧，号遁斋，临江军（今江西省清江）人。生于绍兴二十八年（1158）。约宋宁宗嘉定末前后在世。淳熙八年（1181）进士。尝官楚、越间，任过三年浏水司征榷。有《笑笑词》一卷。

虞美人·二年浏水司征榷

郭应祥

二年浏水司征榷。小却平戎略。征衫指日去朝京。恰恰一江新渌、可扬舲。

诗工画妙俱臻极。到处留真迹。一尊莫惜暂停桡。不待离歌唱彻、已魂销。

虞美人·送周监税

郭应祥

周郎素蕴平戎略。聊此司征榷。他人两载已辞难。君独三年、只作一朝看。

紫萸黄菊重阳后。木落秋容瘦。休斟别酒惨离裾。戚畹如今、个个有新除。

送刘悦心教授任浏阳

连文凤

一穗藜烟待校书，携书且此作师儒。
扶持学法防时弊，教养人材应世需。
兰汀汀洲身外楚，菰莼乡国梦中吴。
片帆好趁秋风便，吟过洞庭青草湖。

连文凤（1240—？）

字百正（一作伯正），号应山，三山（今福建福州）人。宋末太学生，亦尝为官。宋亡入元，变姓名为罗公福，与诸遗老吟诗唱和，入月泉吟社，以《春日田园杂兴》为题，其诗被推为第一，评语曰："众杰作中，求其粹然无疵，极整齐而不窘边幅者，此为冠。"著有《百正集》。

浏河远派

佚　名

东来西出复流东，昼夜滔滔未始终。
洲过学前弘道远，波萦江畔阜民丰。
锦鲤春水冲丹汉，白雁秋风触彩虹。
一派阴阳消息定，令人对此倍诗工。

元

欧阳玄，见本书上卷文章《< 沁园春 > 跋》注。

欧阳玄诗选

浏　江

浏江：即现在的浏阳河，古又称浏江。

浏江江水色幽幽，两岸青山云木稠。
一自桑钦载源委，曾留孙盛作春秋。
猿岫风来起波浪，龙湫月出见汀洲。
下流两度翠华过，光气至今浮斗牛。

蕉溪泉

蕉溪泉：古代蕉溪岭半山腰有泉井，称“蕉溪泉”。

观此山河泽气通，源源滴滴浑无穷。
出山便有朝宗意，从此还归大海中。

大围山

大围山：大围山位于湖南省浏阳市东北部，距省会长沙148公里。它以森林茂密，资源丰富，风景秀丽，气候宜人，被称为“湘东绿色明珠”。1992年经林业部批准为国家森林公园。

大围山高高几许，绝顶嵯峨戴林坞。
石间花开自夏春，地炉僧拥无寒暑。
清流白鹇涤毛距，绿树黄熊引筋膂。
山腰日午婴儿啼，知有雷公出行雨。

道吾山

道吾山头有龙卧，叠嶂重岗深紫逻。
灵湫瀑布千丈长，古寺神杉十围大。
崇祠坎坎风雨来，樵径丁丁鸿雁过。
郡人夜望北斗魁，下有突兀青莲座。

隐相台

旧是东南裴相台，缘溪一径踏苍苔。
此日城阛少人到，当时公府弃官来。
禅床象笏留花雨，书沼蛙声噤鞠灰。
泉石至今有神气，山灵应解识三台。

隐相台：位于浏阳城南天马山西麓，唐宰相裴休曾在此筑台，隐居读书，台由此得名。

试院偶成及寄诸弟

天历庚午会试，院中马伯庸尚书、杨廷镇司业及玄皆乙卯榜进士，偶成四绝纪其事。出院明日，有敕督修《经世大典》，又成小诗寄诸弟。

省垣东畔至公堂，十五年前战艺场。
饱食大官无补报，两科来此校文章。

御史承差锁院门，侍臣传诏出天阍。
试官被命联镳至，同榜三人出谢恩。

圣主宫中游幸疏，日临秘阁玩芸储。
昨朝兰省才开试，清晓玉音催著书。

别驾祠前雪水浑，弟兄沙上举离樽。
三年不洗来时褐，要看淋漓别酒痕。

香山山头新月弯，一似家里看西山。
去家五十度弦望，圆璧何时照我还？

仁庙初科射策郎，如今斑白玷朝行。
东风昨夜闻归雁，梦绕江南烟水长。

耕学问答

世间惟有耕与学，思量二艺皆无错。耕者荣华得富豪，学者羽翼生麟角。耕问学：“得恁贤？累年累月在窗前。田地抛荒园圃废，日间忘食夜忘眠。”学者答：“非容易，笔头虽小惊天地。但看王侯将相家，尽是当年勤苦至。”学问耕：“得恁苦？浑身秽污生泥土。冬月之间被雪霜，春天晓暮遭风雨。”耕者答：“不辞辛，锄头翻地出黄金。但看世间储积者，尽是当年勤苦人。”耕可怜，学可爱，思量二艺皆怀大。多少辛苦老来闲，粉壁朱门多自在。

虞　集（1272—1348）

元代著名学者、诗人。字伯生，号道园，人称邵庵先生。少受家学，尝从吴澄游。成宗大德初，以荐授大都路儒学教授，任国子助教、博士。仁宗时，为集贤修撰，除翰林待制。文宗时，官至奎章阁侍书学士。领修《经世大典》，著有《道园学古录》《道园遗稿》。虞集素负文名，与揭傒斯、柳贯、黄溍并称“元儒四家”；诗与揭傒斯、范梈、杨载齐名，人称“元诗四家”。

欧阳元功，即欧阳玄，字原元功，号圭斋。

送欧阳元功谒告还浏阳

虞　集

晓奉新书进御床，解缨随见濯沧浪。
归鸿不计江云阔，倦骥空怀野水长。
竹簟暑风魂梦远，茶烟清昼鬓毛苍。
蓝舆千里宜春道，投老相求访石霜。

送余善之归浏阳

陈 樵

浏水沈沈上有山，骆驼洲渚斗漩澴。
浦枫不向霜中赤，湘竹犹余泪下斑。
书屋昔年惊远别，锦衣晴昼喜初还。
哦松未尽平生志，莫恋亭皋放白鹇。

欧阳原功由艺文少监谒告归浏阳

宋 褧

七年不见荼蘼花，湘南学士思还家。
卖马径出艺文监，买船便赴潞河沙。
始随征书官璧水，北门风月清谈尔。
兵尘荏苒居庸关，襆被萧条教忠里。
奎章阁上进成书，九重知是尹芜湖。
腰带黄金佩苍玉，玉卮赐酒榻前趋。
君恩如海谁能报，回首乡关动怀抱。
尚平昏嫁几时毕，陶令田园何日到。
槐舒菟目柳如绵，浩然归兴南风前。
闺人含笑仆夫喜，那顾悲欢各异缘。
西山过雨离筵晓，川途万里云缭绕。
里闬逢迎樽俎欢，都城会合簪缨少。

陈 樵（1278—1365）

字君采，东阳亭塘人。元末隐居小东白山银谷洞中，身披鹿衣，自号鹿皮子。幼承家学，师事程直方受《易》《诗》《书》《春秋》之学。摒弃仕途，以读书著述自娱。长于说经，诗对仗工整精巧，作文精于状物写情，清新超逸，人喻为“挺立孤松”。生平足迹未尝出乡里，而声名远播。丞相伯颜读其文，欲起用，坚辞不就。当时著名学者虞集、黄溍、欧阳玄等皆敬慕樵，郑善世说其经学有创见，宋濂、杨铁崖等对其学术造诣亦极推重。著有《易象数新说》《四书本旨》《孝经新说》《太极图解》《通书解》等数百卷。

宋 褧（1294—1346）

字显夫，大都宛平（今属北京市）人。泰定元年（1324）进士，授秘书监校书郎，改翰林编修。后至元三年（1337）累官监察御史，出佥山南宪，改西台都事，入为翰林待制，迁国子司业，擢翰林直学士，兼经筵讲官。卒赠范阳郡侯，谥文清。著有《燕石集》。

丁复

字仲容。元台州天台人，仁宗延祐初游京师。被荐，不仕，放情诗酒。晚年侨居金陵。其诗自然俊逸，不事雕琢。著有《桧亭集》。

寄题道吾山闻禅师竹院

丁复

道吾竹院芙蓉下，老子藤床翡翠深。
过雨雷霆龙拥闼，满天风露鹤当林。
此君静对了不厌，诸老清谈亦许寻。
他山祭酒闻还出，何人载歌金玉音。

明

薛瑄（1389—1464）

字德温，号敬轩，山西运城人，明代思想家、理学家、文学家。官至礼部右侍郎。宣德三年（1428），任广东道监察御史，并监湖广银场，曾驻沅州、辰溪，巡视浏阳银场。寺，指浏东灵岩寺，距县城约百余里。

王瑄

字廷璧，浙江长兴人。明永乐十三年（1415）进士，初任兵部主事，有惠政，后迁湖广副使，进按察使。

游寺诗

薛瑄

灵岩有路入烟霞，台殿高低释子家。
风满回廊飘坠叶，水流双涧泛空花。
青松阅世风霜古，翠石题名岁月赊。
谁谓无生真可学，山中亦自有年华。

洞阳山怀古

王瑄

悟得黄粱梦后身，洞天深处此栖真。
山中岁月临棋静，物外烟霞炼药新。
白鹤曾闻巢碧树，丹炉不见获青筠。
牧童指点南山麓，流水桃花别有春。

赠石霜南翁和尚

王瑄

廿载逃名独闭关，今来重识道人颜。
禅心月印涵秋水，讲席花开覆碧山。
白社风流千古事，翠微迢递一灯闲。
依然夜静经行处，露白天空龙虎还。

道吾山

夏 瑄

肩舆远上招提境，山岭巍峨势接天。
百折羊肠萦石磴，双分燕尾注溪泉。
松风入户香回篆，花雨满阶僧定禅。
景好浑忘登陟倦，竹床蒲椅更谈玄。

夏 瑄（1418—1481）

字蕴辉，明代湘阴人，名臣夏原吉之子，以父荫为尚宝司丞，终南京太常寺少卿。

浏阳八景诗

夏 瑄

《浏阳八景》诗原有序，今据同治《浏阳县志》卷二《形胜》补。旧序云："县治前状元洲，长约里许，平沙铺锦，绿草芊绵，江风袭人。" 中洲位于浏阳城中旧学馆前的浏水之中，风月清明。

中洲风月

屹立江心势欲浮，凉飙蟾魄共清幽。
萧骚响度蘼芜晚，皎洁光寒杜若秋。
两岸箭风从北至，一滩银浪向西流。
洲边知有鲸鳌不，乘兴朝来把钓钩。

巨湖烟雨

旧序云："县治西大湖山，葱青入郭，云烟绕峦，如披画图。"巨湖，一名大湖，指城西巨湖山，即现在的西湖山。

危巅高峙隔龙津，斜锁岚光昼亦昏。
凝翠湿飞千万缕，酿寒轻洒两三番。
崖前隐约高低树，竹外溟蒙远近村。
欲倩王维挥彩笔，画图描出半吟轩。

旧序云："县南猿啼山裴休读书处。一带平原，菜畦茅舍，绣错其下，生意盎然。"相台位于城区唐家洲后山上，即裴休隐相台。

相台春色

调元人去旧游空，惟有阳和竞化工。
轻簇暖烟芳草绿，乱飘残雨落花红。
妖娇栏槛丹青里，艳冶湖山锦绣中。
偏惹竹林诗酒客，年年来此咏东风。

旧序云："县北道吾山，屏张笏列，岩壑依稀，晴雪欲消，寒光远射。"吾山即浏阳城区北面的道吾山。

吾山雪霁

画屏千仞接楼空，六出谁将罨碧峰。
林谷气严藏虎豹，石潭寒重锁蛟龙。
日华深处青先露，云影临时翠尚封。
几度凭栏闲纵目，错教人讶玉芙蓉。

旧序云："县东洗药桥，涧水潺湲，岩石错落，负郭村原，助此幽旷。"药桥，指浏阳城区孙隐山洗药桥，现思邈公园附近。

药桥泉石

羽客凌宵岁月多，尚遗仙迹锁烟萝。
溪流漫泛桃花去，地骨轻穿薜荔过。
洗药已无前日穴，炼丹空有昔时窝。
何时拉得奚囊侣，来涤尘襟细琢磨。

旧序云："县南双枫浦，临山依水藤萝交翠，夕阳下渔歌互答，如入桃源。"枫浦即双枫浦，位于浏阳县南市街浦梓港，浏阳河支流城南清渭水之畔。

枫浦渔樵

南下清浏第一湾，短篷蓑笠有人闲。
荡开萍叶垂纶去，拾得荆薪弄笛还。

帆影近依红蓼外，斧声遥在白云间。
优游自得营生计，浮利浮名总不关。

鹢亭芳草

水流花谢露飘零，玩物亭荒草自青。
翠雨晚凉侵败牖，绿云春暖映闲庭。
铜驼已没当年迹，石马偏留此日形。
万古程门人去远，有谁游乐更传经。

旧序云：“在县廨西。”鹢亭，指北宋杨时任知县时所建之“飞鹢亭”，在县治西。

鸿阁斜阳

龟山遗像系人思，高阁凌秋夕照迟。
山藻影摇金错落，帘栊光绚锦离披。
余辉尚想瞻星日，残霭应非立雪时。
对景有怀魂欲断，忍磨苔藓认丰碑。

旧序云：“在仪门外。”鸿阁，指杨时任知县时所建之“归鸿阁”。

《浏阳八景诗》底本原无此总题，且在《中洲风月》题下署“佚名”。同治《浏阳县志》点校者汤锐根据嘉靖《湖广图经志书》卷十五《长沙府长沙府诗类浏阳县本朝》收录此诗第一、二、三、四、五、七首，总题作《浏阳六景》，署名“夏瑄”。同卷收有夏瑄《道吾山》诗，名下小注：“湘阴人，尚宝寺卿。”嘉靖《浏阳县志》卷下《名胜志·清浏八景》依次对八景加以简要介绍，各景皆录“无名氏诗”，与此八首诗同，并注云“出《郡志》”。据此汤锐认为，此诗第六、八首应该也是夏瑄所作，只是嘉靖《湖广图经志书》未录而已。嘉靖《浏阳县志》编纂在嘉靖《湖广图经志书》之后四十余年，盖当时已佚作者之名。故汤锐校点时增总题《浏阳八景》，并补作者名。

顾璘诗选

浏阳山中

老来重作宦游身，车马空岩起路尘。
日出寒云犹恋岫，地偏幽鸟不疑人。
行藏已被青山笑，税敛空悲白屋贫。
安得简书无一事，壤歌相伴葛天民。

顾 璘（1476—1545）

字华玉，号东桥居士，长洲（今江苏省吴县）人，寓居上元（今江苏省南京市），有知人鉴。弘治间进士，授广平知县，累官至南京刑部尚书。少有才名，以诗著称于时，与其同里陈沂、王韦号称“金陵三俊”，后宝应朱应登起，时称“四大家”，为明中期前七子复古派作家的重要成员。著有《浮湘集》《山中集》《息园诗文稿》等。曾评注杨士弘《唐音》。

蕉溪岭

蕉岭何嵯峨，峻极侵汉耸。岩峦势崚嶒，草树影蒙茸。
羊肠仄径回，螺髻尖峰拥。危讶天与摧，突疑地俄肿。
曦轮仅平过，星纬翻下供。罡风劲而冲，游气翕以壅。
循崖必蹲躬，蹑级难举踵。联升贯行蚁，疲卧缩僵蛹。
高隼翩每抢，健马息亦悤。韩愈岂虚哀，王尊乃真勇。
轻舆苦陟降，牵掣资众捧。虽谢胼胝劳，屡动毛发竦。
昏黄履坦道，虩虩抱余恐。

再过蕉溪岭往长沙

云梯石磴细盘旋，人蚁成行上九天。
霜叶点林时五色，岩泉飞涧只孤悬。
风烟百粤虚无里，舟楫三湘指顾前。
追忆旧游惊鬓雪，独余狂兴似当年。

潇湘逢故人慢·过浏阳石洞岭

山城晓发，正初阳微暖，宿雾方消。林涧路迢遥。爱云峰翠滴，霜叶红烧。旌旗宛转，又何知、步入丹霄。回望处、江湖满地，不禁烟浪滔滔。

村墟远，几家烟火道迩来，闾阎生计萧条。试说向当朝。正海晏河清，雨顺风调。知他甚事，掇薪火、漫燎鬓毛焦。且休谈、观风设教，烦公少损征徭。

张天赋诗选

张天赋（1488—1555）

字汝德，号叶冈，别号爱梅道人。广东兴宁人。明嘉靖十一年（1532）贡生，为县令祝枝山所赏识。尝讲学于崇正书院，凡三修县志，并与修《广东县志》《武宗实录》。明嘉靖二十三年(1544)以拔贡任浏阳县丞，署县事。著有《叶冈诗集》。

建浏阳浮桥成

华表临流夹峙雄，横江铁索系青龙。
蹇裳仅免行人病，尚赖循良继后功。

入浏阳三都写似卜守约守愚子贤三秀才

踏入三都景色新，旷然一个洞天春。
溪头流水源头活，眼底青山画底神。
边境无风嘶战马，龙门有客问通津。
天王欲树中兴业，梦卜须求姓吕人。

樟树取道浏阳遇聂凤冈惠酒赋此谢之

笑浪长驱入楚城，芙蓉江上放秋英。
抱琴到处知音少，倾盖河人眼着青。
梅咏我惭廷秀业，天涯谁泯项斯名。
宦情耿耿浏阳境，刍牧求全副圣明。

张家坊以道浏阳寓宝林寺遗浏上人

湘水衡云道路漫，暂投琴剑憩禅关。
一檐花影一檐竹，四面湖光四面山。
青野谩酣黄鹤梦，白云常伴老僧闲。
孤城未入浏阳境，民瘼原来想一般。

游浏阳石霜寺

双手排云上石霜，三年无补卧浏阳。
青山云锁乾坤别，红树风摇日月长。
俗吏率真忘潦倒，老天知我恕疏狂。
马蹄明日长安路，万里罗浮客子忙。

到柳庄王家

望水寻山到柳庄，山青水绿近陈仓。
安民空抱平生志，今日浏阳学发棠。

重九过蕉溪岭

山路层峦地欲浮，凉天高旷碧悠悠。
四山红叶飞残霭，三径黄花送晚秋。
山岭已通冠盖路，雁鸿还为稻粱谋。
往来莫道无拘束，公论儿童似石头。

道吾山

萧 敷

萧敷，见上卷文章《<浏阳县志>序》注。

道吾高不极，雄镇古潭州。绝顶终朝到，群峰一望收。
寺残谁失火，僧老自悲秋。未尽登临兴，重来此地游。

蕉溪岭

钱一清

钱一清

浙江山阴举人。明嘉靖十三年(1534)知浏阳,在任三年,有廉声。按：查乾隆《长沙府志》卷十九《职官志》载浏阳知县："钱一清，山阴举人。"同治《浏阳县志》卷十五"职官一"不误，而卷二十三"艺文三"误作"钱一溥"。

上岭如上天，下岭如下井。往者长吁叹，来者发深省。
名利等浮云，身心可安静。纷纷车马客，莫怨蕉溪岭。

宿潦浒市

徐 爌

徐 爌

江苏太仓人，明嘉靖三十二年（1553）癸丑科进士。生卒年不详。潦浒市：浏阳捞刀（潦浒）河南岸集镇谓之潦浒市。清康熙三十三年（1694），浏阳县令王廷认为"潦浒"与"老虎"谐音，改称"永安市"，现由永安、丰裕两乡镇合并而成。

我来停节处，潦浒正秋分。山色翠中静，水声碧外闻。
寒砧敲夜月，村幌醉江云。不解儿童戏，依依竹马群。

过道吾山见衡阳守孔君削发为僧作务甚勤诗以别之

周　埙

行遍伤心路，优昙一遇花。报恩诚草率，媚佛亦波查。
古月凉随客，残山翠到家。临歧犹吊屈，相对哭长沙。

周　埙

嘉靖《浏阳县志》为周损，湖北麻城县人，崇祯年间副榜，官饶州司李。

姚公观

苏志皋

薜萝深处接烟霞，曾是赤诚道士家。
自跨白鹤归去后，年年碧桃春放花。

苏志皋

字德明，明顺天府固安县(今河北省固安县）通关厢人。嘉靖十一年（1532）进士，授湖广浏阳知县，有惠政。调江西进贤县时，浏民为之歌曰："苏公一点坐琴堂，四乡百姓尽安康。"祀名宦。后升都察院右佥都御史。姚公观：据传为浏阳大瑶镇古道观，已无迹可考。

蕉溪岭

苏志皋

山势崔峨暝色遮，隔溪时伴野梅花。
雨洞龙归云犹湿，竹坞鸡鸣日已斜。
有梦还乡游上国，何人怜客入长沙。
吟魂欲断湘江梦，虚负浮生两鬓华。

望夫山

苏志皋

望夫山，望夫山，山上望夫夫不还。
暮云深护山前竹，竹密云深碍遥目。
县去玉门西更西，关月夜逐塞云低。
夫枕金戈罢酣战，梦中或忆如花面。
妾愿夫心铁石坚，北平冒顿西于阗。
高堂有母能相爱，只今妾在如夫在。
望夫望夫夫不知，夫知妾意轻别离。

望夫山：位于浏阳城东关口办事处两公里处。

蕉溪岭

王 钦

路通浒市三叉迴，岭接蕉溪万仞高。
晴光倒映照汉节，旋云影断落湘皋。
漫言筋力还多健，颇信辛勤亦须劳。
少憩高岗发长啸，泥途谁为问年韶。

王 钦

明代湖广参议。

兜率寺

郑 序

儒墨由来道不同，偶停骖从谒禅宫。
菩提一点归心上，兜率诸天在眼中。
宝篆香飘烟缕碧，银缸花灿蕊珠红。
衣冠作礼金仙罢，聊述新诗答远公。

郑 序

字志礼，福建长乐县人。明正统壬戌进士，历任刑部主事，兵部郎中，湖广参议。任参议地曾来浏阳。

兜率寺：兜率，佛教用语，是妙足、知足的意思。浏阳县城内曾有兜率寺，殿宇恢宏，环境幽静，是游憩的好处所。后改为财神庙，今已毁。

孙隐山：相传为唐代大医家孙思邈栖隐之处。山麓有升冲观、洗药桥、洗药井、炼丹台等胜迹，皆因纪念孙思邈而得名。

郑序:《升冲观》诗，嘉靖《浏阳县志》署名“参议郑序”。

升冲观 时祷雨观中

郑 序

孙隐兹山已有年，至今台观尚依然。
云间不见烧丹灶，桥下犹流洗药泉。
造谒为民祈雨泽，徘徊寓目爱山川。
穹碑备载飞升事，胜迹由来岂浪传？

春日游兜率寺

路云衢

寻幽乐静游春寺，曲径疏云掩绿苔。
依槛野花迎客笑，隔江渔唱逐风来。
迢遥故国心千里，潦倒僧家酒数杯。
兴尽辞云复归去，依然尘迹满东阶。

夏日避暑兜率寺

路云衢

避暑云林斜日晖，禅窗寂寂燕飞飞。
江风吹榻客频至，山月上楼人未归。
慷慨百年心紫阙，艰危万里忆丹扉。
清浏绿野惭无惠，贝叶昙花空自辉。

路云衢

贵州乌撒卫举人，嘉靖二十五年（1546）任浏阳知县。

宿蕉溪岭

蒋 识

山馆呼灯坐五更，宦情乡思苦相萦。
闾阎独抱斯民怨，田野谁堪此日征。
时事几番惊岁晚，天心一画见阳生。
涓埃未报君恩重，愿效呼嵩祝圣明。

蒋 识

广西全州举人，嘉靖二十年（1541）任浏阳知县。

踏旱灾宿枫浆馆

蒋 识

一封谁奏九重来，满眼流亡甚可哀。
户口尚怜悬版籍，门庭空自锁莓苔。
孤洲日午犹烟雾，千亩风寒足草莱。
为报黄堂贤太守，好将民瘼达巡台。

枫浆馆，原名枫浆铺，在浏阳洞阳镇境内。

过蕉溪岭

王 伟

万峰环绕叠周城，绝顶中间一径行。
片片白云迎马足，离离黄叶助诗情。
江南五岭当为最，海上三山让汝清。
两手托天惟咫尺，似闻仙乐耳边鸣。

王 伟

明代攸县人，官侍郎。万峰，康熙《浏阳县志》为“万山”。

马岳

明代南直隶安徽无为州贡生，嘉靖年间任浏阳训导。诗作于嘉靖四十年（辛酉）八月。

易别驾：东晋名将易雄的封号，在明洪武年晋封为宜阳别驾之神，春秋有司祭之。

辛酉仲秋祀易别驾

马岳

山亦摧，川亦竭，惟公忠节名垂久不磨灭。曾为掾吏气豪雄，挂帻县门去何烈。时有张昌为万阶，寻见王敦偏猖獗。首倡义兵值睽孤，力屈城陷将何如。骂声不受贼奴辱，一死何惜捐其躯。公既陨身酬西晋，妻亦能作忠臣妇。巨湖山下水西流，风激长鲸似号怒。夕晖旷野哀猿吟，西风高柳寒蝉鸣。丹衷炯炯凌白日，虹光直上干苍冥。易忠懋候诚磊落，生平慷慨重然诺。宜阳别驾锡褒封，居民祠宇还新作。御灾捍患为乡人，血食蒸尝宜永若。我来瞻拜诞生辰，赋得哀衷记高阁。

道吾山

马岳

为爱名山高壁立，峥嵘气圻控中州。
行穿鸟道孤峰见，伫望龙池叠嶂收。
几派寒泉鸣石窟，千崖落木下林秋。
陟巅更上招提境，晚眺何妨此地游。

黎渊崖

明代浏阳人，生卒年不详。

冬日登道吾山

黎渊崖

晨起登高远，遥山见几重。人居红日上，犬吠白云中。
坐石扫松子，临流啸晚风。上方禅诵罢，清磬出遥空。

送周藩宪幹致仕归浏

曾棨

尊酒都门外，秋风雁影稀。家乡诸事好，宦海几人归？
井洗神仙药，荷裁处士衣。愧予犹系恋，未得返柴扉。

曾棨

明江西永丰人，当为永乐至宣德间人。周幹，字济才，浏阳人。明洪武中贡入太学，授山西布政司照磨，廉慎有为。历左中允。后奉敕抚安南、直隶、应天等八府军民。以养病卒于家。入祀乡贤祠。

送周藩宪幹致仕归浏

熊彦初

松菊犹存径未荒，一船图史富行装。
楼台无地容疏放，草木知名倍感伤。
议著治河元克什，集留从谏宋欧阳。
功成宦遂归田赋，只恨关山道路长。

熊彦初

明代广西桂林临桂人，当为永乐至宣德间人。

浏阳县斋除夕

郑汝清

山城萧馆今何夕，岁晏曾经五度春。
此日椒盘非旧俗，中宵灯火未归人。
喜瞻北阙红云合，遥祝南山白发新。
四十年前尘底事，愿将忠孝答芳辰。

郑汝清

明福建闽县举人，嘉靖三十一年（1552）任浏阳知县。

献岁屠苏酒漫斟，庄生今有越人吟。
他方节物怜衰鬓，故国年华寄远心。
豺虎中原机未息，疮痍赤县泪方深。
五年薄劣真何补？惭愧甘棠满地阴。

张明府醇令浏阳，大有年，赋此赠之

刘恺

刘恺

明代徐州进士，弘治元年由御史降任浏阳县丞，后官至礼部尚书。张明府醇，即张淳，字宗原，合肥进士。弘治元年知浏阳，勤恤民隐，嘉惠士林，循声四溢。终云贵总督。祀名宦。

平秩西成屡见丰，贤侯治化有神功。
能将寸地常虚白，迭见千仓尽腐红。
篱犬饱眠桑影月，涂歌轻送稻香风。
若教天下皆龚鲁，应使升平处处同。

过道吾山

黄济川

黄济川

字双溪，明代浏阳人，生卒年不详，岁贡生。经史精通，学问渊博，而性情恬退，粹然儒者。所著有《四书参纂》六卷、《典制新颖》二卷。

绝顶开仙境，探幽意若何？径悬危石引，天豁密篁过。
髻老峰凝雪，绡垂瀑挂萝。神湫龙喷沫，旱岁作霖多。

哀流民

黄济川

商羊舞对荆门烟，黑蛛连蜷遮湖天。雨暴且淫山涨发，荆襄弥渺浸无边。就中监利尤凄苦，蔬粒绝种没园田。草根木皮不得食，株守坐看沟壑填。思丐余生鸟兽散，纷纷南渡累万千。残皿破衫收败簏，长途男妇共担肩。扶老携幼旦昏走，脚跟流血复谁怜？望门哀吁舌几敝，所得莫疗饥肠煎。夜来寄宿檐宇下，冷风吹骨不成眠。兼之秋冬多雨雪，鹑衣龟手相攀牵。少憩腹枵旋促起，妇泣儿啼蹩躄前。疠气又乘羸弱入，时复染疫递相传。途次死亡叠相告，几人棺椁得周全？瘗之荒郊殊草草，终恐暴露饱乌鸢。来吾浏者踵相接，各境敛钱计人捐。少以十计多以百，务令彼此两无偏。我所见者亦有几，憔悴万状心惨然。鸟饥犹拨以筐食，蚁溺尚援以竹编。何况斯人本同类，触目忍不拯颠连？无如区区意徒切，救荒无权施无钱！黾勉从公力已竭，未惬所愿心悁悁。惟对流民默相祷，自今以始屡丰年。

大溪夜泊有怀石渚

宋远醇

停舟斜照里，隔岸寺钟敲。冷蟀鸣苔砌，流萤聚柳梢。
惊波鱼食钓，趁月鸟归巢。独傍牙樯立，游歌想故交。

宋远醇

明代浏阳县人，生卒年不详。

宝山桥

李 英

千古万年间，虚空架碧湾。如虹横饮水，似月半连山。
空藏人行广，崔嵬客往还。不愁波浪急，长断宝门关。

李 英

字文华，生卒年不详，明代金州（今辽宁大连市金州区，明代为金州卫）名士。宝山桥为石拱桥，系“十七都信女李氏癸贞”捐建于明成化十七年（1481）。“都”为古代划分地方的单位，此为东乡十七都；信女，指信奉佛教而未出家为尼的妇女。

南溪八景诗

施 淳

施 淳（1524—1596）

字宜朴，号浑斋，谱名绍鸾。浏阳官渡人。明代贡生，万历年间任甘肃河西知县，敕封文林郎。

龙山异彩

异彩有余闲，龙灵应在山。烟浮缥渺象，云换整齐颜。
零露千峰翠，飞花叠岫斑。春明添绮绣，雨暗湿风鬟。
皓月中悬处，余晖反照间。何当归户牖，端拱若朝班。

曲水文波

览胜临江渚，滔流似掷梭。后先归巨海，层折鼓清波。
有水皆文叠，无涛不曲过。余晖频蹙锦，挂月尽成罗。
鱼跃窥鳞细，鸢飞落影多。含情深顾盼，想见个中和。

神马效灵

自昔归岩下，争传此效灵。前王当偃武，神马想来庭。
瑞兆祥麟趾，福悬子骏星。权奇光夕月，倜傥引风霆。
不屑调金埒，何须试玉铃。天闲如诏选，窃恐笑驮经。

船逢甘雨

汤霖何事祷，此地有船篷。望去油云作，飘来好雨通。
宁盈归稼穑，滴沥出艨艟。击鼓歌田祖，焚尫笑鲁公。
土龙方卜筑，盾日已潜融。试取坡翁笔，为标第一功。

石笋参天

竹林生石笋，一柱若擎天。千古金茎直，锋青犊角妍。
入云应捧日，带月不随烟。凤尾何曾见，龙孙却已缠。
劲逾君子节，心异大夫坚。刚德符乾首，千秋峙上玄。

虹堤烟柳

途分双曲岸，望势若长虹。柳暗千寻里，烟迷五色中。
幽光时掩映，密叶复朦胧。练薄迎条合，丝柔惹翠同。
依稀香露积，仿佛镜花空。郁郁金提上，高悬靖节风。

石湍清泉

水石交横处，幽泉向里生。无尘潆玉宇，有本异星泓。
倒影三光入，虚将万象呈。移云风漾碧，耀彩色流莹。
性澈情非扰，波恬浪不惊。宅心如可鉴，应共矢澄清。

在田风雅

别馆储才日，群英积学年。风追渠阁丽，雅共遏云妍。
论难惊嗣向，宫墙异及肩。明珠来合浦，美玉捋蓝田。
树绕楼台下，芸香几席边。吉占符利见，向此一鸣鞭。

清

韩 㷲

江南江都（今江苏扬州市）人，进士。清顺治十八年（1661）任浏阳知县。

悯浏民六章

韩 㷲

瞻彼山限，聿生禾谷。维彼涧流，可灌可澳。
东家之子，仓箱亦盈。西家之子，有秋徒祝。

茂草茸茸，绿竹猗猗。岂不遐思？鸟兽以肥。
肥仅鸟兽，云胡不饥？

有鸟于飞，言哺其子。有鸟反哺，千里如咫。
人为物灵，何不如彼？非不如彼，忧思靡已。

田园茂茂，云胡不耔？庐舍堂堂，云胡不居？
悠悠之子，言念言思。岂不言思，言思何为？

春日其华，秋日其皎。寒暑易迁，逋积时悄。
晨复及晨，日深月绕。上思怀葛，中心渺渺。

吁嗟我民，望泽孔深。如忧夏旱，如祷甘霖。
嗟兹甘霖，不早自春。往则已矣，日冀纶音。

道吾山

韩 㷲

曲磴盘旋数十层，纡回鸟道诱人行。
龙藏渊静超三峡，雷劈分明胜五丁。
怪石穿空天作险，潺流沸涧地为鸣。
老僧久住忘清韵，笋涧茶香洗俗情。

史大成诗选

史大成

清宁波人，清初状元，任浏阳县令。详本书上卷史大成文《< 浏阳县志序 >》笺注。

浏阳道上

一山吴楚隔，百里树云连。绕径通阴谷，穿林出野田。
秋深村酒熟，露重晓花鲜。为问仳离者，惊魂定几年？

九日寓浏阳作

鸟雀欢晴晓，峰峦出远空。他乡含露菊，九日冷江枫。
客思浮云外，人情浊酒中。南窗高静坐，翘首望飞鸿。

此诗中“高静坐”，原作“堪静坐”，据乾隆《长沙府志》卷四十七《艺文志》改。

自浏阳过万载

清露三日晓，微雨万山东。涧断危桥度，峰回细径通。
仆夫移木末，烟火出云中。行路难何有？归思逐雁鸿。

诗中“峰回”，原作“风回”，据乾隆《长沙府志》卷四十七《艺文志》改。

莲花峰

崒嵂吾山几十盘，莲花峰入碧云端。
九天阊阖回头近，三楚河山指掌看。
溪旁老崖红叶下，钟鸣古寺翠微寒。
灵湫清浅神龙蛰，顷刻烟云雨不难。

莲花峰：在县北郊道吾山，倚峰建兴华寺。

登道吾山

赵晟

岩窅峰峦一境幽，翠屏环合护清浏。
泉声半自云中出，树色翻疑涧下浮。
万壑烟岚横怪石，千家郛廓豁双眸。
太平图画从天设，长此钟灵纪胜游。

赵晟

顺天府武清（在天津市西北）人，康熙五十二年（1713）进士，雍正二年（1724）任浏阳知县。

咏怀五十韵

侯朴

十年才一命，探竹得浏阳。衡岳峰尖紫，洞庭水气黄。
戊申二月吉，下马理残疆。芜畴与破屋，满目皆凄凉。
欷歔问父老，呜咽泪千行。愁苦三百载，根本伤堕粮。
地瘠而赋重，冤气吹三湘。清初除荒赋，稍得出沸汤。
未几报开垦，残黎复罹殃。加之西山役，繁重不可当。
夫草数千万，长驱解荆襄。卖牛卖儿女，赔绝赔逃荒。
无计能生活，移徙走他邦。所以五十都，都都鲜全庄。
于中逃最多，东乡与坊厢。伶俜几孑遗，鹄面而羸尪。
我闻父老语，泪下沾衣裳。愿言勤抚字，拯救此一方。
无那军需急，檄下严如霜。三月开征比，催科昼夜忙。
烧烛耐叠鼓，颖秃而舌僵。旧逋几盈万，新赋挂弹章。
尝闻堂下哭，非死即逃亡。那得丝与谷，剜医眼前疮。
恻隐生平性，安忍施桁杨？更苦南漕米，储收久无仓。
起运艰飞挽，改折鲜橐装。俯仰筹长策，咄咄自彷徨。
日如芒刺背，忧国心欲狂。岂无小儿女？久不到身旁。
岂无古图史？尘土裹缥缃。岂无亲与友？短刺修未遑。
病躯昏妄集，涔涔入膏肓。几欲自引决，而为父老伤。

侯朴

河南开封进士，康熙七年（1668）任浏阳知县。时浏阳税赋多积欠，又屡受旱灾，侯朴到县即条列民疲困状，上奏吁请宽征，又赋言地瘠赋重之苦，词极惨恻。康熙十年（1671）九月卒于浏阳官署。

教子登通籍，岂期累穷乡？深感周中丞，单骑临荒冈。
频问民疾苦，泪堕而心怆。绘图清浏困，飞疏达未央。
大部循旧牍，议复引先皇。减粮与蠲逋，恩诏下凤凰。
益感中丞德，谁不涕甘棠？好事今已矣，苍生觖所望。
官苦何日歇，民命何日康？我愿拂衣去，披诚叩阊阖。
泣陈浏积苦，或可动君王。不则骑箕尾，埋骨山根旁。
化作黄金窟，为民供输将。花种河阳县，琴响宓子堂。
古人何蕴藉，我遇独不臧。停毫击短剑，搔首问苍苍。

续春陵行

周鸿韬

《春陵行》者，元次山哀民困而作也。贼退，复有《示官吏》一章，其意亦相表里。故其照耀于三唐诸名篇中，而垂为不朽者，亦以君国子民之心为不可泯灭耳。余来令清浏，其世变民疲，殊无差等，乃作《续春陵行》一篇，非云窃比古人，实愧远逊乎古人也。爰泐于左，以志意云。

熊湘固荒僻，习俗半淳漓。赤子胡弄兵，驭之失其宜。
但闻峻刑法，不见惜困疲。据铤而走险，诛击复何辞？
烽燧绕山陬，旌旄卷水湄。潭深惊蛟蜃，穴古窜狐狸。
愚民非羽鬣，安能脱其罹？幸遇大中丞，腹心向人推。
息戈布恺泽，解甲竞来归。未云登衽席，亦既出阽危。
绸缪咏之子，采菖免仳离。胡为天降厉，岁时复荐饥。
草根不饱腹，形体苦尫羸。神枯受祲疫，僵仆不移时。
白骨填门满，何人敛其尸？见之摧肺肝，中夜为吁欷。

绘图而献上，状惨反生疑。飞符下如雨，军储催不迟。
督吏事敲扑，呼役任鞭笞。刳髓聊供赋，鬻卖无从支。
王章岂不懔？民命亦堪悲。在昔元次山，刺史道州时。
时逢丧乱后，民生无活期。《春陵》志困苦，《官吏》作诫诗。
诗成悉感悟，民悦吏亦怡。清浏与春陵，遘难差等夷。
恤我非次山，赋成莫解颐。

哀浏民

周鸿韬

周鸿韬

清代举人，江南丹徒人，康熙十五年（1675年）任浏阳知县。任浏四年，有惠政，《浏阳县志·职官二》《政略》列其救民、济民事迹。

鸺鹠夜啸欃枪殊，王师大猎张严诛。封豵雄狐肆踯跳，触网雉兔群空殂。磔脑屠肠恣快适，伏尸十万无贤愚。腥风吹雨百草死，髑髅是处撑荒渠。刳胎破卵及萌㲉，惨惨恻恻无生机。常时空想繁华簇，飞甍大栋连云屋。百里湘流绕户明，菱歌渔唱声相续。谁识兵戈动地来，千乘万骑搜深谷。玉粒黄云散不收，可怜一炬成焦秃。惆怅惟余灵麓峰，秋来未改当时绿。红粉飘如委砌花，罗敷今属使君家。鸳鸯夜帐人如月，杜宇荒村泪似麻。合境谁为今越国，赐药虚传古押衙。昨日县官亲入境，里老一人来问讯。怪说长吏来何迟，吁嗟浏民真不幸。家园破败骨肉分，一门数口多杀尽。屋内惟余两岁儿，呱呱声泣难为听。其母远在官军中，值有人回曾寄信。“我今虽存何足云，饥寒困苦兼百病。隔河群盗正纵横，早晚生死应难定。”我闻此语痛彻心，泣下沾襟自不禁。赤子何缘遭杀掳，先机坐昧难重论。前日营中宣敕命，我皇万里自圣神。御史之诏不待矫，监门有图宁足陈？官军闻取潭南路，衡湘一定百粤宁。升平会须有时日，努力归休莫嗟泣。

题迎佛寺古钟

罗士龙

钟传炎宋千年物，响搁阴房几度尘。
安得知音频拂拭，一鸣清晓定惊人。

宿道吾山，月下窥龙井

罗士龙

道吾清旷夜，不寐喜游仙。选胜推灵湫，探幽仗老禅。
高林收紫雾，白月透寒泉。对此真空境，吾将傲洞天。

中洲风月

罗士龙

清浏郭外沙渚幽，烟景夜来争十洲。
我欲临风弄铁笛，谁从醉月擎金瓯。
环江菰浦白泛雪，两岸瓦屋凉于秋。
休怪沧浪老渔父，掀篷笑傲忘沉浮。

罗士龙

清代嘉庆年间人，祖籍浏阳市跃龙（现镇头）马鞍岭，岳麓书院山长罗典之弟子，善书法。迎佛寺在浏阳市原城关磨石街柴家巷。

舟过浏阳观音潭

鲁武茂

澄凝千尽水，潭上有人家。屋藉苍藤架，山随怪石斜。
游鱼争赴饵，秋草乱开花。便欲停舟楫，寻僧一煮茶。

鲁武茂

字苍崖，号劲松，清长沙县人。诸生。著有《所园诗存》二卷。

康滩早发

张 真

枕上惊闻浪拍舟，起看舟已放安流。
此来不必悲行役，要借东风解客愁。

康滩，浏阳河双江口沿大溪河上去不远。

吴 翌 凤 诗 词 选

吴翌凤（1742—1819）

初名凤鸣，字伊仲，号伊庵，一作眉庵、枚庵，别号枚庵漫士。祖籍安徽休宁，侨居吴县（今属苏州）。诸生。乾隆五十二年（1787）应湖北巡抚姜晟之聘，举家赴楚，后又掌教湖南浏阳南台书院。乾嘉年间曾多次客居浏阳，受知县赵嘉程礼遇并互酬诗词。嘉庆十七年（1812）归里，逾七年卒。著有《与稽斋丛稿》《灯窗丛录》《吴梅村诗集笺注》等。是清代著名词人和藏书家。

道吾山瀑布

谁掣匡庐瀑，移来挂此山。高飞翠微上，散在乱松间。
天霁烟长湿，苔侵石作斑。老僧不爱听，乞食暝方还。

初秋南台院斋闲坐

春庚秋蟀换年华，室有图书便是家。
满地黄云闲不扫，桐花落尽又槐花。

遣兴寄纯斋大令

一片闲云懒不收，三年羁客此淹留。
诗情枫浦余流水，游兴吾山入县楼。
书册堆床人寂寂，槐花落地雨飕飕。
相逢闾里都称说，官长贤明岁有秋。

浏阳城楼晚眺

一带苍山映碧流，波光帆影共悠悠。
城头月上还吹角，水面风来始见秋。
西蜀健儿犹转战，中原名士几登楼。时教匪未靖。
淮川日夜滔滔去，不与劳人寄暮愁。

磊石桥欧阳氏山庄

长空旅雁飒惊秋，踪迹依然逐浪鸥。
步屧不辞村路远，过桥却喜野烟收。
山光水色围三面，竹雨松风拥一楼。
即此清幽良已足，移家何必是沧洲。

磊石桥欧阳氏山庄：位于浏城集里办事处工业品大市场后面，古时去长沙、北区必经之处，常有人在此停歇。

纯斋，即赵嘉程，字纯斋，汉军正蓝旗举人。乾隆四十六年（1781）知浏阳，严重有威，人比“铁面包公”。嘉庆二年（1797）复任浏阳知县，共十一年，始终如一，合儒林、循吏而兼之。著有《纯斋诗集》。

谢纯斋大令馈米

陶公践南亩，旧谷犹能储。
胡然叩门去，解道饥来驱。
贱子事笔耕，经训为菑畲。
淮南米价贵，珠粒无或殊。
起视瓶罍耻，徒作庚癸呼。
谁为子桑扈，裹饭临蓬枢。
顾蒙贤侯义，担负劳四夫。
舂声应邻机，炊烟起中厨。
负暄南荣下，一饱意已娱。
颓檐下鸟雀，亦复啄其余。
从此颜平原，无事乞米书。
古人一饭恩，中感久不渝。
矧兹联翩惠，衔戢当何如！

纯斋大令需次北上，作四百字送之

风高古树喧，日落暮山紫。故人别我行，一去四千里。
贱子客兹邑，虚怀访畸士。跅弛意弗尚，觓骸心窃鄙。
磊落多豪英，要非夙所拟。乃于地主中，邂逅得吾子。
汪洋十顷波，挠之无泥滓。不嫌时过君，小坐每移晷。
侈谈穷夤缘，尚论到经史。有时还赋诗，阄韵门清绮。
不尔兀相对，静默亦可喜。我既赏子真，子亦不我疵。
悠悠六星霜，忽忽一弹指。子实经纬才，鸾凤栖棘枳。
服官三十年，清白慎自矢。强项事上官，不肯顺风旨。
终得读书力，立身有根柢。两度莅淮川，下车靖奸宄。
地偏俗尚囿，民悍狱讼累。告诫极丁宁，剖决析条理。
只期反淳庞，岂必事鞭棰？彼氓实蚩蚩，被泽不知美。
事后乃见思，恨恨意无已。廉吏不可为，要非今日始。

嗟彼夸毗流，脂韦不自耻。君独守耿介，流俗弃如屣。
侪辈或开府，子犹百僚底。今复需次行，征车结方轨。
凉秋九月杪，送者倾城市。仰视浮云徂，据鞍一拊髀。
自觉筋力衰，冉冉行老矣。家近尺五天，敝庐可徙倚。
虽无田与园，有书复有子。抱膝日长吟，此乐讵有比？
何必溷人群，致诮车生耳。子如颔我言，揽衣矍然起。
携手上河梁，一尊饯清酏。羲和无停轮，天涯几知己？
申章叙离情，泪下不可止。春潮一尺添，为我寄双鲤。

夜集兜率寺禅房听施霁峰弹琴

弦月隐墙角，微辉照禅房。夜凉钟梵寂，隔户闻清香。
山人抱琴来，一曲谐宫商。忽为水仙操，流水声汤汤。
听者情为怡，我亦久彷徨。老僧独无言，跏趺坐绳床。

夏日闲步入问津庵小憩

微风吹林气，凉意已在裾。偶然寻步屧，于焉叩精庐。
距城不数武，已觉喧寂殊。门前面疏圃，旁舍罗高榆。
禅堂阒无人，佛香满空虚。纡徐晚风善，恬淡心神舒。
偶境岂非适，盈怀反无余。奚烦黄面老，高座谈真如。

问津庵，旧名问心庵，在西城外社坛侧，又名西坛庵。

半亩天：在浏阳市道吾山风景区内。

重阳日，纯斋大令招同诸子集半亩天即事有作，兼呈东川

昔年作重九，落叶江南村。白发又今日，黄花非故园。
江湖饶胜引，潦倒负芳尊。茂宰能延客，新诗对榻论。

客似公荣饮，天容我辈狂。悬河谈口决，岸帻放歌长。
李峤真才子，吴生敢擅场？相携成一笑，解发濯沧浪。

石鞠石：在原东乡永和市，现为永和镇。

石鞠歌

群山东来熊虎蹲，危滩激石雷霆奔。赤岩秃岫少高木，是谁插此千花繁？满布巨崖足，宛宛成花村朝暾。倒景入波底，空明荡漾疑若手可扪。得非鲛人织？不尔便是蜀锦包玙璠。葳蕤开遍秋不落，风来仿佛闻温馨。天工运巧斫山骨，物理那得穷其源？昨朝寓斋作重九，霜花未放园中藩。有客款门至，割示一片孤云根。玲珑细瓣类刻画，敲铿固蒂含胚浑。传观不得足，清泉挹注玻璃盆。治蔷朵朵俨欲活，纷披五色犹逐波涛掀我闻。罗含、陶潜足迹不到此，何人对尔倾芳尊？贞香孤寂众所弃，衮衮流俗何堪论？徒然事铲凿，取玩穷崖垠。石虽不言我则闵，不凋霜露凋鲸髡。狂生发奇想，急欲排天阍。愿天移置南阳甘谷水，坐使百龄上寿盈乾坤。

南台书院古槐歌

南台书院：旧为义学，元邑人梁子真建，在县治横街。清乾隆二十四年（1759），知县张宏燧迁至南台岭，改名“清浏”，四十一年（1776）始称“南台”。在今浏阳市城区人民路周家巷与劳动路之间。

吾闻李唐省中槐号声音木，南台之槐征瑞或其族。

繁枝屈曲龙爪拿，孤根臃肿蹲狮伏。韵传天籁谐宫商，阴覆广庭散炎燠。秋高八月凉雨飞，满地黄花飘馥郁。若教清吹此华省，应有郎宫秉钧轴。何人憩荫坐匡床，欲遣南柯梦新续。我来讲舍七阅岁，坐爱纷披罩檐绿。昨成《寓斋柏树》篇，今为此槐歌一曲。人言此槐盖有神，拱手翘瞻那敢触？里翁示疾里姥愁，道士陈词奏丝竹。豚蹄斗酒谢神来，或者真为神所福。只怜托根不得地，斜倚墙阴伤局促。问年既久苔斑斑，裂尽苍皮洞其腹。月明夜尽风飒然，飞出一只白蝙蝠。

寓斋柏树歌

游人登山望我室，鬖髿柏树森森出。先生息足昼掩关，举头见柏不见山。此柏不知何岁植，长梢拂云根入地。天风东来飘翠缨，须臾卷出秋涛声。凉宇澄澄月初吐，壁上龙蛇影可数。赤龙当空暑若焚，广庭叆叇铺寒云。亭亭一柱卓然起，绝俗离群俨端士。寻常乌鹊不敢栖，高处或有鸾凰飞。吟余无事日摩抚，短鬣修髯为余舞。便当呼此为“柏仙”，伴余小住三千年。

三犯渡江云·浏阳舟中

山云晴乍敛，东风晚起，春溜滑于油。倦篙争石隙，屈曲回峦，危翠压孤舟。旅怀谁省，滩响急、飞尽眠鸥。两三家、欹斜茅屋，寥落水云洲。

悠悠。天如梦，津鼓频催，早黄昏时候。最愁人、斜阳满目，野鸟钩辀。故园又过莺花节，想吟月、萧照如秋。天影阔，归鸿自度南楼。

浪淘沙

杨柳小湾头，风细波柔。银河潋滟月如钩。记得鸾笙吹一曲，柳外层楼。

又是可怜秋，云影都收。白蘋香里舣兰舟。只恨清溪三尺水，不向东流。

台城路

雾痕绿遍池塘草，香泥尽抽纤笋。水槛春温，冰弦调滑，弹出思归新引。清明期近。看挑菜湔裙，何心闲趁？老矣樊川，乱红莫更点吟鬓。

咏怀底事尚切？有泉石吾山，莫负游兴。童子携壶，名僧扶杖，屐齿不妨徐进。东风又紧。甚吹月都昏，更添重晕。漫检春衫，明朝晴未稳。

丁巳为嘉庆二年（1797），时吴翌凤五十五岁。

虞美人·丁巳春尽

前年黄鹤楼边路，香絮飞无数。去年无赖又长沙，争似辞巢燕子啄残花。

今年落拓清浏道，鬓发垂垂老。送春三度立斜阳，依旧绿波芳草是他乡。

节愍祠落成恭纪

李春辉

阐幽无昌黎，许远徒后死。晦翁不南来，谁修民彦祀？
茫茫今古间，湮没几人矣。周公丁明季，忠义夙所矢。
赞治来长沙，攸水兼摄理。时事值艰屯，公独善张弛。
疮痍劳抚字，恩意孚远迩。频擢岳州守，扳辕不得徙。
乃以新秩留，抗志希前轨。一死何堂堂，城南蔡司李。
回头留一笑，地下待知己。浏江檄羽飞，狼烟惊四起。
公闻眦怒裂，挥鞭竟前指。亲提铁骑来，夜驰三百里。
渡河急杀贼，贼败纷如蚁。背水三战捷，血气腥壁垒。
军悬寡且疲，贼计矜谲诡。常山首尾合，万难孤力抵。
忠魂逐滇云，大星落楚水。董狐高其节，传疑载青史。
国朝励孤忠，册谥恩光被。如何一瓣香，遗我都人士。
卓哉赵贤侯，下车深仰止。凭吊乡先生，敬岂为桑梓？
崇祠丹其楹，分俸镂其簋。纪事泐以石，招魂荐以芷。
英风来木末，一带暮山紫。

李春辉

清代浏阳人，生卒年不详，喜欢音乐。节愍祠，一曰忠愍祠，是浏阳为纪念晋代易雄将军所建。

出自北城郭

王泽澧

出自北城郭，青山夹衢路。亦不见青山，累累尽丘墓。
黄土封坟新，宿草罥坟故。新故何必论，千古并长暮。
人生血肉躯，谅难金石固。况复寒暑侵，嗜欲又驰骛。
劳攘曷及已，溘若花间露。胡不扣穷泉，大梦何时寤？
瑕丘笑已迂，牛山哭尤误。独羡冥觉人，纷然竞来去。

寻乐

字希颜，号心斋，又号咏花山人，清浏阳人，诸生，道光元年（1821）恩贡。有《咏花山人性影》二卷、《性影诗草》抄本。

寻乐诗选

竹枝词

跃马双江口上过，平原一带入深阿。
粤姬土著颜如赭，绩出麻丝细似罗。

五日为期万货堆，中秋普迹竞喧豗。
卖牛对马兼孤注，赚得空囊赶会来。

恰恰山禽两三声，青枫浦里棹歌清。
渔樵胜境淮川酒，绿树阴阴辍棹倾。

昭忠祠拜从兄四表

不择长安吏，微臣励匪躬。服官何论小？循分即为忠。
三载军防苦，千秋庙食同。无为忝簪绂，须念国恩隆。

李烈士

县诸生李廷埙，康熙丙辰避寇平江，为逆贼所执。逼授行军参赞，不从。拘其父母妻女胁之，埙绐贼勿羁亲乃降，贼许之。自度父母已安，因叹曰：“生不得作忠臣，死当不失为义士。”乃大叱，谓：“书生纵不能为朝廷杀贼，岂反为贼用耶？”骂不绝口，遂遇害。

忠孝千秋事，人禽一息争。由来殉义者，不枉读书名。
奋舌伸孤愤，捐躯恋所生。即今瞻石柱，浩气想峥嵘。

湘中吟并序 十首录二

予读《长庆集》，既作《葬地篇》补之。暇日，于目击敝俗之余，不能无言，因漫成十章，曰《湘中吟》，意仿白傅《秦中吟》也。仆山泽之臞，唧唧璅语，仰希前哲，殊愧诗痴。

宴 客

行苇敬耆老，伐木求友生。嘉肴与旨酒，燕乐本人情。
时俗尚奢靡，专务乡里荣。既非乡饮礼，亦非月旦评。
车马填门巷，几席塞檐楹。看花坐私室，呼卢到深更。
衔杯吐不止，盘榼仍充盈。亦有高堂老，不闻时割烹。
亦有期功亲，槁饿啜藜羹。贤哉汉茅容，不为客杀牲。

庸 医

治病如治国，必知害所由。
阴阳虚实间，寻源乃及流。
村中少年辈，见苦不知愁。
涉猎古方书，漫以药石投。
不悟勿药喜，辄夸因我瘳。
居之既不疑，杀人胜戈矛。
伤心罹病者，喘息一线留。
容尔尝试方，深我膏肓仇。
不见九折臂，已幸三倍收。
岂无他生计？此食不可谋。
躁进误国者，与尔同此忧。

大水行

禾头生耳：作者自注，秋雨之图《画跋》："嘉祐二年仲秋苦雨，圣念忧勤。滨州守臣李慎徽为《秋雨图》以进，上语近臣曰：'此禾头生耳矣'" 可见作者有感于宋仁宗嘉祐二年（1056）之水灾而作《大水行》诗。

岁维旃蒙孟秋月，大雨盆注东南发。须臾如涌海门潮，江树半矮禾稻汩。猪羊荡作天吴舞，鹅鸭散乱凫鹥没。民居漂泊卷奔流，健男登山女上楼。几榻箱椟横桥过，薪挂木末如帘钩。水势渐杀雨既息，室中卧得鱼一尺。双屐循行田野间，谷粒泥泞交狼籍。山溪窄隘水最猛，田地多半无阡陌。薯蓣巴菇纷摧披，不独平地成泽国。往年救旱愁无禾，今年无禾伤更多。秋甲子雨验农哦，讵料滂沛乖天和。村人坐叹忧无那，正睹有年忽如此，一篑功亏将奈何！君不见，禾头生耳嗟滂沱，秋雨之图重摩挲。呜乎！安能独坐不废我啸歌！

谒周节愍公祠

释乾修

浏阳县人，生卒年不详。

周节愍祠：在浏阳西城内，祀明代赠太仆寺卿、长沙府知府周二南。周二南，云南蒙化县人，明代贡生，于崇祯乙酉年（即清顺治二年，1645）秋李自成残部入浏阳官渡时，中流矢而死。清政府谥为"节愍"。旧无祠，道光六年（1826），知县赵瑜因故龟山祠为建祠祀之。诗中"张贼"为明末农民起义军首领张献忠，"江门"为明末长沙推官蔡道宪，字元白，号江门，因拒降而被张献忠所杀，卒谥忠烈。

释乾修

天不祚明末运否，妖星横汉贼锋起。张贼蚕食陷长沙，三藩鼠窜江门死。新迁太守我周公，疆土恢复流亡喜。为念江门肝胆交，誓将忠义一终始。醴陵坡上泣孤臣，后之死者畴能尔？崇祯乙酉秋七月，闯贼焚劫入浏水。烽火烟逼天为昏，鼙鼓声轰山欲徙。我公闻变亲帅师，马首东飞官渡里。亚夫将军天上来，一战贼兵溃如蚁。活虎潜匿渡上流，奸谋云谲兼波诡。首尾受敌已难支，况复裹创中流矢。中流矢，公死矣，捐躯抗节酬知己。何公请赠太仆卿，配享江门成两美。国朝定鼎恤遗忠，谥公"节愍"光青史。底事百有八十年，独我浏人缺禋祀。古滇万里赵贤侯，一琴一鹤来守是。退食怀古阐幽光，更详里居敬桑梓。特捐清俸建丛祠，招公魂兮安公止。我来凭吊钦英风，愿采菖蒲陈簠簋。方今夷寇虔刘我浙之边陲，公发曾否一西指？

读《纯斋集》书后

邱之芬

自返京华棹，思君老楚民。官声三代续，宰橐廿年贫。
傲骨非谐俗，精心可问神。春陵遗咏在，一读一沾巾。

邱之芬

字惺庵，清浏阳西乡枨冲人。嘉庆庚午年(1810)举人，刻意宋五子之学，有《惺庵杂著》一卷。诗中《纯斋集》为浏阳知县赵嘉程遗著。

读书龙虎庵

贺寿嵩

初地传孙隐，犹留炼药台。真人杳然去，龙虎不重来。
草色侵书幌，泉声咽石苔。剩怜丹九转，无法换凡胎。

贺寿嵩

清代浏阳人，生卒年不详。

竹枝词

邱 壑

一家一个沤麻池，沤得黄麻白似丝。
郎自打麻侬自绩，大家辛苦作家私。

买得江边一叶舟，送郎西下状元洲。
妾心摇落双枫浦，樟树潭前水碧流。

邱 壑

字万山，清浏阳县人。工画，兴至云山万里，一挥而就。诗亦有豪气，著有《读画轩稿》及《读画轩诗草》二卷。

九溪洞，在浏阳市北约30公里，上合下开，路通往来，有九水绕流其前。

游洞阳山九溪洞

邱壑

绕缭洞天危峰脚，洞天混沌何年凿。啧啧相传洞穴龙，有龙则灵此其确。万窍森列状难摹，如棱岖路防足错。我来欲探颔下珠，石不开言水流壑。彳亍沿流空复空，别开生面耸楼阁。壁青云气嘘朦胧，穴透重岩光闪烁。不辞陡峭直攀跻，同人齐口呼莫莫。神龙留比疑传疑，奇观何必一眼索？潺湲勿惊碎玉声，飞泉倒泻如珠跃。争称巧制夺铜壶，漏滴千秋旱不涸。渡水齐来古寺门，僧房雅肖鸠巢鹊。无云花雨撒悬崖，不风石燕时飞掠。短揖惊歇咿唔声，冬烘先生此振铎。乍逢本是萍水踪，箕踞不嫌礼数略。粉壁姓字留题谁，紫藓青苔几年剥。医龙人去龙亦飞，千载石台呼炼药。石乳溜结心肺悬，双管齐下有经络。兴来昂首忽狂呼，贯耳一声颓山岳。大块假我以文章，把酒浇诗化糟粕。诗胆俄然起槎枒，酒肠突兀生芒角。漫凭酒气喷长虹，临流盥漱卧磅礴。摩挲仙岭一袖探，奔放词源江河落。生花妙管走游龙，波涛万顷云漠漠。金陵破壁已腾霄，南阳高卧谁惊觉。笑我河鲤登龙门，鳞甲欲生风雨作。

徐旭旦（1659—1720）

字浴咸，号西泠，别署圣湖渔父。浙江钱塘人。先以副贡充康亲王尚善幕，清康熙十八年（1679）举鸿博，三十三年（1694）任兴化县丞，兼理河务，四十二年（1703年）任浏阳县丞。工诗词典赋，著有《世经堂词钞》《经世堂诗钞》《灵秋会杂剧》等。诗载《经世堂诗钞》。

徐旭旦诗词选

登石霜凌云阁

灵山高出地，坐看云雨齐。俯瞰万壑远，势压群峰低。
泉林互回薄，蹑足凌丹梯。逶迤度岩曲，遗构悦禅栖。
凭空结崇宇，一望何崔巍。宁跨峻雕异，自尔极攀跻。
苍鼠穿松梢，苔阴卧鹿麑。窗中罗万象，濯濯清流辉。
钟鸣仙梵合，澹然拓心机。豁远东轩下，桃李自成蹊。
天花无着处，时共白云飞。

石霜寺

春深玉殿紫苔封，簇绕屏山翠几重。
鸟识磬声仍下食，云移潭影恰闻钟。
龙华地变黄金界，鹫岭南归白社宗。
我爱远公栖遁好，再来挥尘抚长松。

白社：佛教最初的结社，称白莲社，又称莲社。

挥麈：麈为古时像鹿一类的动物，用麈尾做成拂子，魏晋人清谈时喜挥麈拂尘。

题道吾寺

天半芙蓉霭未浓，山明晓日照孤筇。
入云路转花千树，踏石峰回岫几重。
古殿风声随碧涧，广庭雨气结青松。
漫来坐对诸天静，杳杳空堂五夜钟。

宿蕉溪山馆

珊珊剑佩带云烟，虚馆华灯坐洞天。
清胜只凭双腊履，买山何用半文钱。
风传疏磬门初掩，窗透流泉梦亦仙。
乞得湖南清绝地，续骚应著远游篇。

惜春容·巨湖山偶憩

万顷澄波耸寒碧，雨过柳荫翠欲滴。
湖光潋滟野鸥闲，来往渔舟三两只。
瓷杯满酌倾玉液，梦到华胥月华白。
醒来沦茗更清凉，诗成自觉天地窄。

高阳台·隐相台看月

象笏空存，霜华再建，湖山我又重来。明月今宵，多情飞上层台。碧云万里无些翳，把乱峰、青送衙斋。看千家、积水空明，人在蓬莱。

登高共客徘徊，爱竹阴树色，影落莓苔。荇藻交横，鱼龙奋甲毰毸。水晶宫殿三更后，问当时、逸兴同推。笑尘寰，谁是人间？且醉金罍。

毰毸：为飞舞貌。

渔家傲·题枫浦渔者

烟水揉蓝千顷绿，丹枫翠竹敲寒玉。一叶扁舟如结屋，无大欲，槎头网得心俱足。

对岸葡萄香瓮熟，大家痛饮无拘束。醉向月轮歌一曲，身不辱，只愁惊起蛟龙宿。

劝孝歌

世有不孝子，浮生空碌碌。不念父母恩，何殊生枯木？
百骸未成人，十月居母腹。渴饮母之血，饥食母之肉。
儿身将欲生，母身如刀戮。父为母悲辛，妻对夫啼哭。
唯恐生产时，身为鬼眷属。一旦见儿面，母身喜再续。
自是慈母心，日夜勤抚鞠。母卧湿簟席，儿眠干裀褥。
儿眠正安稳，母不敢伸缩。全身在臭秽，不暇思沐浴。
横簪与倒冠，形容不顾渥。动步忧坑井，举足畏颠覆。
乳哺经三年，汗血计几斛。心苦千万般，年至十五六。
性气渐刚强，行止难拘束。朋友外遨游，酒色恣所欲。
日暮不归家，倚门至昏旭。儿行千里程，母心千里逐。
一娶得好妻，鱼水情和睦。父母面如土，妻子颜如玉。
母若责一言，含怒嗔双目。妻或骂百般，陪笑不为辱。
母披旧裙衫，妻着新罗縠。不避人憎嫌，不畏人羞忸。
父母或鳏寡，长夜守孤独。健则与一饭，病则与一粥。
襦裤常单寒，衾枕不温燠。弃置在空房，犹如客寄宿。
将为泉下鬼，命若风中烛。怏怏至无常，孤坟殡山谷。
魂灵赴幽壤，一任舟藏壑。不念二亲恩，惟言我之福。
嗟哉若此辈，不异禽与畜。慈乌尚反哺，羔羊犹跪足。
劝尔为人子，经书常诵读。王祥卧寒冰，孟宗泣枯竹。
伯俞常泣杖，丁兰曾刻木。如何今世人，不效古风俗。
为尔作长歌，分明与世告。勿以不孝口，枉食人间谷。
勿以不孝身，枉着人间服。天地虽广大，弗容忤逆族。
蚤蚤悔前非，莫待天诛戮。

戒溺女歌

虎狼性至恶，犹不食儿子。人为万物灵，奈何不如彼？
生男与生女，同出汝毛里。生男乃收养，生女顾不举。
我闻溺女时，其苦状难比。胞血尚淋漓，有口不能语。
咿嘤水盆中，良久乃得死。吁嗟父母心，残忍一至此。
我因劝我民，无轻杀其女。荆钗与裙布，未必能贫汝。
婚嫁称家资，男女两得所。天地好生心，汝民当领取。

登祖师岩

张　帜

翠迷岭半疑无路，红起云端认有枫。
行到庵前人不见，山风送到一声钟。

张　帜

清代浏阳人，秀才。祖师岩位于浏阳沿溪镇大光洞，距县城约60公里。

登大围山

张　帜

千里山河一望收，最高巅上正三秋。
山根东走盘吴尾，水势西流灌楚头。
斑豹昼同顽石卧，苍鹰晓共淡云浮。
南衡七二峰峦外，别样岧荛足胜游。

水势西流：浏阳河源于大围山南麓为小溪，北麓为大溪，向西流汇于杨潭双江口，继续西流流入湘江。

仲夏喜雨

王钦命

万顷横飞绮陌烟，欣逢灵澍造丰年。
鸣蜩声里禾抽穗，洗药桥头水护田。
好是神庥酬圣主，敢云吏治格苍天？
沾濡顿洽群黎望，愿续苏亭志喜篇。

王钦命

山西临汾廪生，保举孝廉，清雍正六年（1728）任浏阳县令。

赵嘉程诗选

赵嘉程

字纯斋，汉军正蓝旗，清代举人，乾隆、嘉庆先后两任浏阳知县达20年，政绩突出，同治《浏阳县志》卷十六《职官二政略》有传。

题半亩天

吾心非无事，日且就安闲。携得一身累，居来半亩天。
于人岂不屑，在已有所全。富贵求可得，请先为执鞭。

壬寅除夕

壬寅除夕：题目为编者所加，原诗题改为诗序。

连年客中度岁。壬寅除夕，在浏署，家太夫人燕乐于内，同人畅叙于外，官邸不易得之境也。守岁之余，喜而赋此。

一叶开蓂荚，明晨凤历新。饮酣柏子酒，踏遍竹枝春。
往岁频为客，今宵较可人。拨炉寒欲尽，颂就献慈亲。

自注：寺外有虎跑泉。

游道吾山

闻道吾山胜，寻幽一揽奇。境随九坂折，势压万山卑。
灵迹昭龙洞，禅关证虎池。凭高为四望，岳麓暮云垂。

自县发轫行五十里，忽阻北风宿洞阳市

隆冬迈行役，微雨间山烟。忽觉寒风动，飘从北陆旋。
飞声如疾羽，拂面似奔泉。暂此栖迟意，应知亦有天。

吴枚庵山长

即吴翌凤，号枚庵。时任浏阳南台书院山长。

和吴枚庵山长《九日同集半亩天》韵

木叶萧萧下，山城水带村。客皆非故土，会可拟西园。
点染黄花节，倾翻绿蚁樽。清谈成雅集，觞政亦堪论。

半亩天题句

爱此幽栖好，当阶绿树鲜。池光动窗翠，花气扑苔钱。
时有一帘月，常开半亩天。小山排古趣，细草漾清涟。
架插珠玑字，身居书画船。忙中题墨误，静里世情捐。
求友来歌鸟，遣心对篆烟。学思君子道，坐拟老僧禅。
亦或劳杯酌，还宜问简篇。自兹永晨夕，无日不周旋。

宿蕉溪岭

载驰赴浏邑，冒雨至蕉溪。
计程三十里，泥深失径蹊。
仆夫既云瘁，我亦觅所栖。
入彼旧行馆，重寻前日题。
高岭遮去路，曲磴间东西。
往回数经过，此日胡我稽。
天时与人事，夕昕难以齐。
人生在所遇，世掌谁攀跻。
咫尺问行路，将焉如取携。

留别浏阳士民

自注：先后令浏二十年。

惭愧十年政未成，只今欲去亦多情。
昔时父老半存旧，廿载官称尚许清。
我自无能劳素食，人将何补负虚名。
唯留一语谆言别，义利微分讼狱平。

龙子行

道吾之山有龙神，当年显化为老人。自唐洎今千余载，传闻或恐失其真。我来浏邑岁五易，访求其事不惮频。故老所见词或异，拟向龙潭一问津。时方乙巳夏六月，郡县不雨田生尘。我浏郊圻连密迩，亦既请祷不逡巡。孰知灵爽果不辍，纷纷感应酬斯民。东西南朔俱被泽，伫看

乙巳：为清乾隆五十年（1785），诗人首次知浏阳县事已四年。

收获盈仓囷。我因征异至道吾，崎岖峻坂凌晨趋。登高已踞万峰顶，上有平地开膏腴。神龙之居不可测，龙池一水如仰盂。清澄凛冽沁心目，忽见龙子知有殊。崭然头角欲飞动，分明鳞爪施形躯。虽然未挟风雷势，的是苍生霖雨徒。向日所闻诚鄙塞，我今灼见非模糊。携取两头供几案，可使闻见无拘迂。信知天地有真灵，吾山灵迹宁不经？但能常此庇浏邑，其功直可垂青冥。吁嗟乎！知尔固非池中物，慎勿为叶公之好徒龙形。

半亩天所植花卉多四时不凋之品，坐对青葱，欣为长句

物之生也不择地，物之荣也各以时。万物自生还自息，偶因荟萃成其奇。半亩之天何所有，地不盈丈将奚期？主人无好亦无营，时或兀坐观于斯。积之已久忽生趣，天为布置博其施。盈盈花木各有节，秋冬春夏无枯枝。四季有香并有色，风霜雪雨情不移。主人爱此坚忍性，朝夕相对心怡怡。不必名园广厦开绿野，只于半亩能蕃滋。物将无负半亩天，我亦舍此其谁宜？

三千山：位于小河与万载交界处，原山腰有孔道可至。

上三千山

三千山望山无边，三千山上云拥肩。三千世界曷可尽？此山何以称其全。今来直上山之颠，相看朝日挂山前。泠泠御风失暑气，苍苍拂树生晴烟。俯视万壑森可畏，仰观尺五堪扪天。举头云表一环顾，但觉天地堆几筵。弹丸已划吴楚界，凭空不见星斗悬。手挥六合发长啸，自是登峰无上仙。

寿刘春圃明府

陈士雅

儒者读书好尚气，哆口坐谈今古事。一入名场多委蛇，负却霖雨苍生志。刘侯泰岱之人豪，荡胸云海秋天高。佩来长剑渡江水，清莹不假鹏鹈膏。我游京华公出宰，归看政成恰三载。野氓曾不到官衙，但听人歌德寿恺。盘根错节随所任，双枫浦上又携琴。踏花迎公来何暮，拥舆留公思何深！公曰是皆我赤子，立马踟蹰搔首吟。此邦名贤旧怀保，春光犹绿鹨亭草。蒙山风雨龟山连，凤鸾飞下德音好。白头父老安平畴，青衿子弟发嘉藻。皋比虚拥未逾时，诸生祝嘏裁新诗。余亦不能妄谀者，阳鲚吸饵公嗤之。父母蒹禄自常语，独喜开怀无愧辞。度索桃，玉井藕，安得从公并寿斯人于不朽？后来多士谁俊髦，还丹问有同心否？

陈士雅

字莓田，清长沙人。乾隆五十二年（1787）进士，授编修，历任朗江、石鼓、城南书院山长。有《春草堂诗钞》《文集》等。诗中“刘春圃”即“刘侯”刘尔芊，号筠亭，山东昌乐人。清乾隆四十三年（1778）进士，五十六年（1791）署浏阳知县，以廉能名，五十七年（1792）任郴州知州。

过芦洞岭

谭继雍

崎岖山路迥迢迢，极目层峦逼九霄。
云脚生时晴亦雨，峰头转处近还遥。
草铺石磴人行缓，风度烟林鸟韵娇。
呼吸恍疑通帝座，诗情到此更清超。

谭继雍

清代浏阳人，有《蓑竹山房诗草》一卷。芦洞岭：位于古港宝盖洞芦前到社港周洛之间。帝座：星官名，属天市垣。

登磊石山龙王庙

严　翼

闲游探胜迹，祈雨旧坛场。风扫云根乱，泉流石髓香。
巉岩疑虎踞，古洞合龙藏。凭吊钟灵地，春来草自芳。

严　翼

清浏阳人。有《家训杂说》一卷。

九日登天崖山

罗成邑

老年不减登临癖，直到天崖最上头。
三径黄花留晚节，四山红树忆前游。
微飙澹入葛巾爽，细雨凉生蓬鬓秋。
醉罢茱萸赋归去，飞鸦点点夕阳楼。

罗成邑

清浏阳人，诸生。
天崖山：即天崖寨，位于古港、高坪、永和三镇交界处。诗首句中“登临癖”，《沅湘耆旧集》卷一百五十三作“登临兴”。

孙 琪 诗 选

孙　琪

字玉崖，号少白，清华容县人，同县吴敏树于道光二十八年（1848）为浏阳训导时，曾为其幕宾，对浏阳名胜多有题咏。工诗善书法，有《少白集》。

别罗九溪口占

携手长桥外，离歌绿树阴。
清浏千尺水，不及别愁深。

过磊石桥宿欧阳惺轩庄叠韵二首

磊石桥边过，天寒花气清。乱云当路卧，微雨逐人行。
绿柳村山色，黄茅屋水声。停车经坐久，搔首发吟情。

结屋崇山下，开窗流水清。竹禽依座语，松鼠下阶行。
卷幔惊花影，挑琴带雨声。相知在歧路，鸡黍见高情。

江村暮归

薄暮平原冷，春风送我还。断桥通小市，古道入苍烟。
一水流村外，双枫落马前。浏阳山下望，绿树远连天。

宿陶春田馆

陶春田馆：据说在龙伏镇原山田境内。

野市平桥外，清浏暮霭中。天岩飞夜雨，石鼓响春风。
柳色凝袍绿，花光入座红。谁知栖隐者，挥剑遇双龙。

过蕉溪岭

策蹇蕉溪岭上过，苍松怪石绿荫多。
雨催消息传鸠妇，花长精神待酒魔。
满眼云山皆变态，放怀天地发高歌。
达人肯向樽前死，淹忽残春奈老何？

天崖雨外楼醉歌

天无波兮星汉浮，倚穹旻兮心悠悠。
眇群峭兮若聚米，振予衣兮空翠流。
尻为车兮气为马，朝天崖兮暮沧洲。
蓬莱烂兮树五色，流清阏兮元鹤啾。
安期啜以紫霞液，王乔期之昆仑丘。
行归来兮琼华楼，春芳菲兮清如秋。
主人饮客山中醉，引首一吸千百瓯。
余醉歌兮歌激楚，云惊雨簇风飕飕。

纪浏阳李义士廷埙烈行诗

据同治《浏阳县志》卷十八《人物·忠烈》载："李廷埙，东乡人。邑庠生，性伉烈。康熙十五年，携家避寇平江，为贼夏国相所掳，逼授伪职，不从。贼絷其全家以胁之，卒不顾，叹曰：'生不得为忠臣，死犹不失为义士。'骂不绝口，遂遇害。祀忠义。"

浏阳原上狼烟绿，逢逢鼙鼓振林谷。里中士女纷恐惶，挈家夜行当昼伏。
贼人夏国心忍残，拔剑杀人如斩木。暴骸相藉血流腥，黄日阴岩鬼夜哭。
客走儒生悲风尘，恨不元凶尽殄戮。数奇乃为贼所劫，解缚授以参谋职。
头颅可断身不降，厉声大骂群怒触。毛发上竖眼迸裂，青锋出手交霜镞。
浩浩氛土委冠裳，炎炎妖烽竟焚玉。平江小吏感奇节，为报上官得褒录。
精英常存天地间，上为日星下岳渎。睢阳城上乌夜啼，凝碧池头管弦促。
古来忠烈皆不死，史青人远继芳躅。皇帝嘉庆之元年，九重恩宠下南陆。
我亦拜手泉下人，此日春深草华蓐。白杨风高墓门寒，灵旗缥缈阵云簇。

石鞠歌 石在永和市

石鞠，即菊花石。

何年女娲补天石，秦皇驱之截江横。大者为礐小者礅，鞭阴为雨鞭阳晴。
寒雨拥江石欲立，石罅水怒声铿鍧。何年太华巨灵斧，劈石为花皆日精。
天风吹落银花团，鲛宫闪灼云母屏。冰夷亦有惜芳意，神力保护花光荧。
我欲采花花满掬，山中招手陶渊明。与君拍浮不辞醉，渑淮倒泻琼华觥。
横江清水何淙淙，水源疑与天潢通。天孙遗此支机石，随波流下天岩东。
白石磷磷亘江底，砰訇石上咽流水。水落累累如贯珠，以物搏之石跃起。
磨砻石复铿有声，千朵治蔷花蕊生。奇离杂沓各五色，斑斓射眼光晶莹。
文条理质亦绿缛，披纷隐与浪花簇。江风袅袅江月华，如有暗芬袭纨服。
与君把酒坐花坞，穆穆金波澄玉宇。仰天搔首发啸歌，石应言兮花解舞。

宿白面石护国祠 在大围山

罗本昭

罗本昭

清浏阳人，生卒年不详。

首裨巀嶭雄一方，势接衡岳凌湖湘。地僻山深游者少，偶然着屐秋天凉。
此山有石著灵异，曾闻殄寇全桑邦。今年祷雨雨即降，乃知祠祀非荒唐。
迂道寻祠日欲暝，缘径松竹生苍苍。巨石荦确不知数，一石中峙如侯王。
远山仪卫列千叠，近山辅弼环两旁。入祠揖神心志肃，气象雄伟超八荒。
此石倘矗名都会，车马冠盖纷相望。只今何人日攀陟？牧童樵竖山村氓。
坐令草莽侵行路，神祠湫隘灯无光。山川灵淑久黯昧，为之太息心茫茫。
我闻嵩岳泄精秘，古之胜地多贤良。赫濯如此山亦少，岂不钟毓人非常？
人杰地灵两不朽，一任万古嗟沧桑。持以问石石不答，东山月上倾壶觞。

徐恒月

清钱塘人。

过仙台岭

徐恒月

半岭岧峣隔雁群，笋舆西下对斜曛。
一方风物碑阴记，两地山川树杪分。
少女丹砂传洞壑，使君讴祝载耕耘。
凭高不尽登临意，木落千峰起暮云。

度蕉溪岭

徐恒月

万树松涛万壑风，篮舆款款蹑宠岆。
高盘鸟雀云霄上，曲破榛芜磴道中。
指向虚无星可摘，身凌飘渺座能通。
山泉一掬清如许，明月流辉泻碧空。

舒峻极

字渐鸿，清湖北广济（今武穴）人。有《韦园集》。

寄怀伯兄康伯之浏阳学博

舒峻极

迢递苍头返故园，为言山郭类孤村。
地缘兵火耕耘废，邑有流亡赋税烦。
断树鸦啼偏白昼，隔城虎啸未黄昏。
幽栖雅称摊书乐，风雨何须早闭门？

临江摧树青枫浦，杜老回思借泛槎。
莲叶舟维经雾雨，锦苔诗就恨风沙。
渔翁网罟全乌鬼，浣女钗鬟半野花。
闻道至今犹市井，往来人望酒帘斜。

城中近看道吾山，前代高僧此掩关。
笠戴莲华都有意，手操木简岂云顽？
袈裟影忆苍松里，绀殿钟沉落照间。
佛氏奇踪花竹外，端应访古石霜还。

梓潼卑隘一祠居，鸟雀天寒集石渠。
在市奚童还种菜，临溪每食反无鱼。
休嫌禄薄难酬客，却羡官闲好著书。
函丈有孙能问业，何殊修竹旧吾庐？

读书岳麓院中

刘大抚

高山流水发清音，好傍南窗拂素琴。
壁嶂开时清昼永，图书拥处白云深。
下帷遮莫窥三策，走笔犹惭赋上林。
抱膝空斋何所有？松风谡谡伴豪吟。

刘大抚

字中敬，浏阳南乡人。康熙丙寅（1686）拔贡，庚午（1690）举人，为岳麓书院山长，从游者皆知名。

登道吾山和史大成原韵

王　相

晓入吾山翠色盘，秋光遥映五云端。
足登空谷传清响，身住层峦任远看。
鸟道千寻环寺古，龙泉百曲绕松寒。
从游旷览三湘胜，此地风云会不难。

王　相

生卒年不详。由诗题中“史大成”，知当为清初人。同治《浏阳县志》卷十六《职官二流寓附》载：“史大成，浙江鄞县人，顺治十二年殿试第一。尝寓浏，知县韩爆优礼之，传有诗文。”

九日同王仲仙孝廉游木平寺

邱民寿

迢迢古寺白云中，滑磴危桥一径通。
几处村庄停过客，谁家山犬吠寒空。
酒逢佳节酣无量，花为高人放不穷。
归路莫嫌风瑟瑟，萧然侧帽似仙翁。

邱民寿

清浏阳人，乾隆五十四年己酉（1789）科拔贡。诗中王仲仙孝廉，长沙人。本书宋远醇《重游九溪洞记》文中壬戌年（同治元年，1862）载王仲仙同游九溪洞。

木平寺，在浏阳西乡朱宝冲凤形山，一名金凤山。唐时建，早毁。

九日寓浏阳署时刘筠亭宰是邑

冷纮玉

芙蓉江上又秋风，节物催人处处同。
枫叶霜寒渔浦外，菊花香冷雁声中。
三秋归兴输陶令，十载重阳类放翁。
幸有故人相慰藉，频倾浊酒话穷通。

冷纮玉

名芝严，号纮玉，清胶州人。乾隆四十三年进士，有《研经堂诗》等传世。诗中“刘筠亭”，即刘尔芊，字筠亭，山东昌乐进士，乾隆五十六年（1791）任浏阳知县。

留别浏阳诸生

黄显伟

吁嗟迟暮异当年，五载清浏契宿缘。
离绪乍牵香草外，别情多寄驿梅边。
荒闲课业胡公席，荏苒流光郑子毡。
翘首蓝山桑梓近，优游林下乐归田。

秋云惨淡楚江东，几载知交臭味同。
祖饯情余黄菊雨，征途梦绕碧梧风。
解人颐颔推匡鼎，老我须眉愧马融。
去后诸君应念旧，遥从天半看飞鸿。

黄显伟

湖南蓝山县人，清代贡生，乾隆五十八年（1793）任浏阳教谕。

吾山雪霁

罗源潜

吾山玉屑合奇观，胜地高天一色看。
最妙日华来照澈，莲花峰在水晶盘。

罗潜源

清浏阳人，有《九乐堂诗草》二卷。

周忠信诗词选

周忠信

字儒怀，清浏阳城西人。幼称神童，以岁贡中乾隆戊午（1738）乡榜举人。有《历程纪游草》《鸣秋草诗余》等存世。

衡岳望日亭

高踞祝融顶，远窥旸谷渊。一轮金柱涌，万里火珠悬。
夸父空扶杖，秦皇漫着鞭。何期临绝巘，云海荡胸前。

浪淘沙·中洲风月

空阔拥江流，雅似瀛洲。清风明月此长留。佳景和人三个共，目荡神游。

北岸晚烟浮，南浦云收。沙明水碧接天悠。良夜有怀何计遣？酌酒相酬。

浪淘沙·巨湖烟雨

烟雨暗层峦，西望漫漫。村墟城郭雾中看。气涌湖心肤寸引，酿就轻寒。

几缕向空翻，数点飘残。潇湘彭蠡合奇观。疑是南宫传笔意，水墨溪山。

南宫：米芾，宋代书法家，世称“米南宫”。

浪淘沙·相台春色

烟树霭朦胧，缀绿飞红。真儒元老旧游踪。弃笏投簪从此遁，千古高风。

一片晓云封，人去台空。莺花三月艳芳丛。载酒徜徉闲拾翠，逸兴偏浓。

浪淘沙·吾山雪霁

一夜朔风高，六出花飘。吾山万叠砌琼瑶。石径莲峰无觅处，白缀林梢。

五老倚寒霄，皓首相招。水帘千尺卷冰绡。漫道峨嵋多胜概，此亦堪描。

五老：指道吾山上五老峰。

浪淘沙·药桥泉石

涧曲水云连，仿佛桃源。杏林橘井迹犹传。洗濯临流香泽泛，龙虎堪痊。

羽化已千年，销尽炉烟。丹台何处问神仙？惟有溪桥泉石在，灵气悠然。

龙虎堪痊：《续山传》称“唐孙真人思邈得龙宫药方三千，能医龙鳞”。

浪淘沙·鹞亭芳草

立雪几何时？积棘权栖。空亭犹记鹞孤飞。三径春残花老去，芳草萋萋。

冷署发华滋，嫩绿参差。东风吹影上帘帷，惆怅王孙今不见，零落香泥。

浪淘沙·鸿阁斜阳

高阁对琴堂，淡抹烟光。年来风物换沧桑。翘首飞鸿何处落？一片斜阳。
遗像绘图装，千载传芳。程门人去景苍凉。遥见暮云笼碧树，犹忆甘棠。

浪淘沙·枫浦渔樵

村落隔江城，沙草寒汀。石桥烟冷两枫青。临水登山堪托业，宠辱无惊。
钓艇手支撑，樵斧腰横。垂纶伐木和歌声。千古兴亡成佚事，尽付闲评。

龚琴

字书舫，清邵阳人。同治六年（1867）任浏阳训导，十一年（1872）卒于官。

约游道吾山不果寄题五十六字

龚琴

忆昔鸿踪此度关，濡毫曾纪道吾山。
一碑合有云争护，万佛难教石点顽。
井底虬龙应唤起，穴中雏凤待飞还。
年来屡负登临兴，为寄新诗缥缈间。

大水行 己巳作

龚琴

淮川之水窄且疾，淮川居民多土室。我来三度逢狂澜，欲障中流手无力。前年五月雨连旬，惊心恐是天瓢倾。河鲤突从泮沼出，井蛙翻向灶突鸣。平明一望炊烟熄，才倒西墙又东壁。闻道山中水更奇，直从屋后过屋脊。几家茅屋推为田，几处良田化作石。父老奔忙泣且号，纵复有种播无益。去年雨涨四月中，妖虬夜半掀长风。偏灾独当白沙市，全家一泻如飞蓬， 葬身鱼腹犹懵懵。今年今月如前日，淫雨朝朝复夕夕。老夫独抱杞人忧，无石可补天五色。须臾浊浪排空来，门窗几榻如船堆。救得江心几儿女，又报尸横曲水隈。可怜节烈谁家妇，救者欲前转摇首。此身甘与曹娥俱，此臂何堪污人手？一死争教众口喧，又闻前路失孤村。江边有树撑残骨，屋上行舟续断魂。嗟嗟此邦何太苦，年复年来惨予睹。睹兹沉痛迫中肠，欲向天门击天鼓。天阊高高不可即，但见群仙空蹈舞。小臣昧死顿首言，天心仁爱胡为然。绿章飞入通明殿，不闻丹诏来传宣。濡毫为纪《大水篇》。

和李云帆一鉴亭原韵

周　轼

一鉴亭，清且幽，别开生面楼东楼。登临一览小众壑，欲上青天时回头。俯瞰方塘水清浅，云影霞光同沉浮。手把芙蓉照大澈，临流一醉轻公侯。孤山处士羞膏粱，自言闲中日月长。嗟彼奔流去不返，玉龙出峡飞腾忙。帘前匹练白如雪，槛外落花流水香。吴山楚水恣游乐，清风一榻梦羲皇。

周轼

清浏阳人，有《有志卫道斋诗集》四卷。

九日重登道吾山寄寺僧了凡
金山寺即景

李　益

雅爱金山寺，幽居绝往来。
忽惊春意满，倚槛看花开。

李益

清代浏阳南乡人。道光五年（乙酉，1825）岁贡生，著有《经书论文》《春秋旨要》《菉竹园诗草》等。金山寺，在县南沙螺湾。

读书金山寺

李　益

山静何人到，心空妙谛生。帘前香自篆，涧外水能鸣。
泼墨亲风雅，争春任燕莺。昼长忘坐久，冉冉看云行。

听泉石 并序

李 益

金山寺后有巨石，在止水中。读书余暇，箕坐其上，泉声潺然，意甚适也。因锡之名，而系以诗。

莫坚匪石，莫洁匪泉。我来兹山，杖履翛然。
石骨嶙嶙，泉声涓涓。抗怀彭泽，可以酣眠。
洗耳维洁，砺齿维坚。饮泉拜石，结区中缘。

石霜寺虎跑泉

何名润

何名润

清代浏阳县人，生卒年不详。

风雨一夜至，空山闻虎声。
虎去不复返，泉流千载清。

九日重登道吾山，寄寺僧了凡

欧阳德序

欧阳德序

清浏阳人，庠生，曾参与编辑嘉庆《浏阳县志》所附之《志余备考》。

好风吹上碧峰头，桐帽棕鞋满目秋。
万里晴光和地拓，四围山色逼天浮。
林峦静阅人千辈，块垒难消酒半瓯。
一度登临一回梦，卅年身世泛波鸥。

莫讶狂生老更狂，肯教佳节负重阳。
眼前萸菊寻诗境，身外功名选佛场。
双屐云闲花欲妒，万家秋好月难凉。
青精饭客归来晚，醉写吟笺证法王。

过蕉溪岭登最上庵

欧阳德正

幽篁深处喜谈玄，特叩禅扉蹑岭巅。
一水清悬岩径侧，万山绿绕寺门前。
老僧奉茗初知姓，古刹藏松不计年。
拟伴香龛修白社，斑鸠声急路绵绵。

游道吾山

欧阳德正

十盘鸟道绕层霄，桐帽棕鞋过石桥。
云海荡胸穷楚塞，禅关题额认唐朝。
霜筠作爨山魈避，瀑布烹茶块垒浇。
夜定经坛犹补课，木鱼敲罢碧天寥。

欧阳德正

字养泉，清浏阳人，道光二十三年（1843）岁贡生。善属文，能诗，尤工骈体。负笈岳麓书院，极为山长袁名曜所激赏。著有《磊石山庄全集》。

最上庵：在蕉溪岭上。山高风驶，倾颓者屡，知县王珽于清康熙间重建。

偶假名山一夕眠，文光高射斗牛边。
红灯围席三更雨，白社题诗九月天。
佛似有情成眷属，人能久住即神仙。
老僧自说宵寒甚，笑取袈裟付客穿。

云鹤山居秋兴

欧阳大中

欧阳大中

清浏阳人。据下诗中言及“嘉庆元年”荫李廷埙后人之事，知欧阳大中当为清乾嘉间人。

宅小依林麓，松高覆客楼。午晴方见日，九月不知秋。
云影窗间堕，溪声枕上流。柴门清昼掩，一鸟听啾啁。

再寓彬雅山读书

欧阳大中

山水缘深得再来，小轩又是傍松开。
窗临南浦杨花入，帘卷东风燕子回。
书带草生新绿缛，金波月上旧徘徊。
孤檠碧案摊书坐，一样鸡声午夜催。

康熙丙辰，县诸生李公廷埙殉夏贼之乱，祀忠义。嘉庆元年，荫其后恩骑尉。恭纪长句

欧阳大中

丈夫慷慨尚气节，忠义侃侃谈清平。仓卒遇变竟无措，委蛇求济全其生。李公少年列黉序，三尺佩剑秋水横。康熙丙辰夏贼扰，翳空白日飞妖氛。鼙鼓冬冬势压境，天讨未临畴敢婴？请缨意气薄霄汉，儒生直欲屠长鲸。上顾高堂有白发，孑身护走平江滨。夜行昼伏足且茧，长途欻忽横刀兵。挺身独出喻大义，矫翮肯为鹰犬驯？授以参谋益奋怒，噀血骂贼三军惊。睢阳齿缺颜舌断，正气勃勃瞋双睛。苍黄落日天地黑，阴风惨烈号鬼神。将军为洒英雄泪，上章天子重褒旌。古翰斑驳照青史，灵祠懔栗生寒云。今皇御极霈闿泽，嘉与海内无遗珉。陇西千载耀前烈，赏延弈祀绵簪缨。直令义士长不死，恩流淮水深复深。圣朝雨露无枯槁，墓门松柏回春荣。

李廷埙祀忠义，嘉庆元年（1796）荫其后恩骑尉，事见同治《浏阳县志》卷十八《人物·忠烈》。

赠彭松斋总戎致仕归里

惠龄

矍铄精神态自然，襄阳坐镇靖风烟。
山公载酒停车处，羊傅轻裘缓带年。
久历边疆身益壮，老谙方略胆弥坚。
五溪余孽经销甲，端好归来赋乐全。

惠龄（？—1808）

字椿亭，蒙古正白旗人，清军将领，乾隆四十年（1775）充西宁办事大臣，调伊犁领队大臣，五十六年（1791）升四川总督。嘉庆十三年（1808）卒。

彭松斋

即彭之年，字松斋，浏阳南乡山田段人。中乾隆庚戌（1790）武举，兵部效力，授固原八营守备。有功，历兰州参将、神木协副将，迁襄阳镇总兵。后参与嘉庆元年（1796）镇压白莲教起义，事平归里，年八十一卒。

待棹沧浪水一篙，诏仍驻阃扼江涛。
君恩稠叠难言报，臣力经营敢惮劳？
自昔翠翎尊珥饰，即今白发励戎韬。
为公感激书长句，泚笔临风首重搔。

赠彭松斋总戎致仕归里

王奉曾

王奉曾

清宛平人。乾隆四十九年（1784）甲辰科进士，五十八年（1793）任分守安襄郧荆兵备道。

从来叔子镇襄阳，见说仁威已十霜。
谷伯城中开细柳，岘山头上试穿杨。
太平无事将军老，稚子能文家学长。
赠我挥毫比屈铁，珠玑珍重挂高堂。
忆昨温纶下九天，许教释甲乐林泉。
伏波待整临江辔，少伯犹迟泛月船。
进退从容儒者度，须眉皓白地行仙。
我方未了尘缨事，为赋骊歌意怅然。

节愍祠落成恭纪

胡世勋

胡世勋

清浙江会稽人。节愍祠，即清道光六年浏阳知县赵瑜所建周节愍祠，祀死于浏阳官渡的明末长沙知府周二南。详见同治县志卷十《祀典二》。

剩水残山走白囊，孤臣无力射天狼。
血流怒卷湘涛碧，革裹魂归洱海苍。
匝地妖氛摧大树，崇祠遗老憩甘棠。
日斜官渡英风在，展谒蘋蘩荐沚香。

舟次泰髦港

李文耀

空潭一碧水云隈，宿雨初收晓雾开。
十二年前曾小住，青山无恙故人来。

李文耀

字星楼，清浏阳人。道光元年（1821）辛巳恩科举人第一名（解元），任沅陵县教谕、永明县训导。

游魁山潭寺

李文耀

丹枣花开四月天，两三人泛木兰船。
澄潭波影摇残照，古寺钟声送晚烟。
胜地自成香世界，前身浑是谪神仙。
居闲来此参禅悦，一洗尘心二十年。

飞鸿阁

周 倬

龙津桥上闻鹃日，莽莽山城夕照微。
只有幽怀谁寄得，凭阑目送断鸿飞。

周 倬

字梅生，清浏阳人，监生。任四川夔州、嘉定、绥定等府经历，署梓潼、大竹、新宁、东乡、遂宁等县知县，署峨边厅通判、眉州、合州知州，越巂、石柱厅同知。有《袖月楼诗钞》，嘉庆十五年（1810）刻本。

双枫浦

周倬

秋深荒浦落征鸿，犹见盈盈一水通。
不是诗人经宿地，更谁来问旧双枫。

登道吾山

周倬

晓入晴岚路未分，泠泠钟声隔林闻。
龙归古洞千山雨，人卧空山一榻云。
异草灵苗交晚翠，野兰芳芷杂秋芬。
何时得似山中鹤，脱却鸡群友鹿群。

登天马山谒昭烈庙

汤绶之

蜀国年年杜宇愁，蛟龙无复雨云留。
神祠自枕荒洲晚，帝业全销落日秋。
大势共争炎汉鼎，遗谋还付武乡侯。
只今伏腊村翁走，草服黄冠拜冕旒。

汤绶之

庠生，曾列名嘉庆二十五年(1820)《浏阳县志》理局。

蕉溪道中

唐 瑞

峰合气萧森，孤云一片阴。乳泉鸣涧远，寒鸟入林深。
野火从人烧，村醪聊自斟。梅花何处发，香满薜萝襟。

唐瑞

清浏阳人，秀才，有《余闲草》一卷。

登炼药台怀古

唐 瑞

炼药台空仙已去，台空仙去我还来。
涧边幽草年年绿，枝上名花岁岁开。
不老金丹何处觅？难留青鬓莫相催。
乾坤日月双丸转，感慨登临酒数杯。

鸿阁斜阳

杨安澜

薄领余闲日，瑶琴手自挥。
高楼残照里，目送断鸿飞。

杨安澜

字禹麓，清浏阳人。府学增生。家贫，力学敦品，工诗。同治《浏阳县志》卷十八《人物·儒林》有传。

枫浦渔樵

杨安澜

山霭水云中，如入维摩画。
枫叶下寒空，静听渔樵话。

节愍祠：指周节愍祠，道光六年（1826）建，祀死于浏阳官渡的明末长沙知府周二南。江门：明末长沙推官蔡道宪，号江门。

节愍祠落成恭纪

杨安澜

楚天杀气指欃枪，为守残疆夜请兵。
猿鹤一军同浩劫，貔貅多士溃前征。
矢穷苦握空拳战，栋折难凭只手撑。
呜咽当年官渡水，至今犹作怒涛声。

拚将躯命答君恩，册谥还从圣代尊。
后死定无惭许远，先生端可配江门。
几从读史悲臣节，何处排云叫帝阍？
百八十年新庙貌，好搴兰芷吊忠魂。

黎定弼

清浏阳人，生卒年不详。

登飞鸿阁

黎定弼

终古此高阁，登临足远望。云山百里近，烟火一城凉。
鸿雁亦已到，挥弦人渺茫。倚阑时极目，一笑暮天苍。

登西湖山

史锡节

览胜西湖寺，行行过小溪。高盘千嶂合，俯瞩万山低。
路转松阴静，烟霏竹径迷。盘桓心有得，吟咏洗尘泥。

史锡节

字晋公，会稽（今浙江绍兴）人。清代医家，有《痘科大全》传世。能诗，善画墨竹。

谒易别驾祠

周 臣

挂帻投京洛，挥戈起永阳。勤王心独壮，骂贼齿何刚。
血化千年碧，名留万古香。至今瞻庙貌，精爽耀虹光。

周 臣

庠生，清浏阳人。曾列名康熙四十三年（1704）《浏阳县志》协修。

游涌翠寺

王 珽

寻山来古寺，纵览越丹梯。一径千松绕，孤亭万竹围。
溪光当槛澈，钟响隔林微。独有青莲涌，衔花雀自飞。

王 珽

清广西临桂举人，康熙三十六年（1697）任浏阳知县，曾主修康熙《浏阳县志》。
涌翠寺，在浏阳县北石榴山，距县八十里。

访枫浦山家

王 珽

清泉煮蕨爱山家，夜饮西窗望月斜。
涧底白云留不住，半随江雨落天崖。

包孝肃祠

孔克学

孔克学

生平不详。包孝肃祠，清代浏阳东、南、西、北四乡及县城皆有，不明所指。

庙古山深画掩门，龙图遗像俨如存。
平生关节无纤芥，不在祈求酹酒樽。

憩石霜寺遗笏堂

裴正时

裴正时

字羲若，清长沙府善化县人。康熙三十九年（1700）进士，任广东信宜知县。夫人墓，相国郑夫人葬石霜寺山后。

遗笏当年意若何，相公远胜黑衣多。
君王不惜名山赐，太子还随卓锡过。
解带可能参四大，拈花应许证三摩。
荒林指点夫人墓，一带秋烟冷薜萝。

龙王岭

喻廷中

山名心醉久，今日始探奇。目极天低处，风清木落时。
孤村难唤酒，古壁偶留诗。足底烟云起，甘霖及早施。

喻廷中

清浏阳人。乾隆三十年（乙酉，1765）举人，任广东遂溪知县。

龙王岭：地跨葛家、太平桥、洞阳，距县四十里，为浏阳西区最高峰。

节愍祠落成恭纪

储恩溥

筮仕逢多难，艰虞历半生。孤城悲落日，擐甲策疲兵。
戎马三湘警，幺麿一邑争。草荒官渡冷，鼓角咽残声。
飒爽英灵在，心犹昔日丹。崇祠陈俎豆，父老拜衣冠。
残照淮川冷，秋风故垒寒。徘徊两楹下，松柏郁丸丸。

储恩溥

清江苏宜兴人。节愍祠，即周节愍祠，道光六年（1826）建，祀明末长沙知府周二南。事详前。

赠襄阳总戎彭松斋归田

王光辅

竞唱襄阳乐，公归待若何。斯文羊太傅，名士窦连波。
铁骑营中肃，铜鞮汉上歌。太平无一事，只合老渔蓑。

王光辅

字协和，清长沙人。乾隆四十四年（1779）举人。彭松斋，即彭之年，详见前惠龄诗注。

过蕉溪岭

吴定遴

清浏阳人。生平不详。

吴定遴

峨峨蕉溪岭，连云数十里。古木撑天空，怪石掀地起。
飞泉喷幽涧，争喧乱人耳。不知古谁功，绝似五丁士。
将此巇崄巅，凿作交衢比。嵯峨控行辀，朝昏人如蚁。
我行迈经过，一步前一止。策马踏云根，整冠抱霞绮。
登峰憩古亭，目眩心摇只。当闻泰山高，寻丈不可纪。
登临小中区，视此犹孙子。今兹胡惴惴，宁非丈夫耻。
年来筋力颓，心为巉岩葸。行行同伴人，雇我笑不语。
时有放歌行，翻觉掉臂喜。陟顶健如猱，穿石疾如驶。
岂复怵危峰，直轻如周砥。怅然忆乡井，坦夷随杖履。
险途何促惊，所惊在吾齿。

偕友游后岩寺

后岩寺：即县东灵岩寺，山阴曰“后岩”。

袁恢隆

清浏阳人。

袁恢隆

偶同高士叩柴扉，满径苍苔入翠微。
半抹夕阳沉鸟背，四围山色上人衣。
寒生绝涧泉声续，秋老平林木叶稀。
几杵疏钟摇不定，晚风携得白云归。

瞿 家 鍪 诗 选

瞿家鍪

见上卷文《微雨春草书屋诗草自序》注。

忆赵明府纯斋先生

赵明府纯斋先生，汉军举人，官浏阳七载，有惠政，以事去任，贫不能行。后改福建清流令，未赴，卒。感而赋此。

青松春岑寂，朔风夏飕飕。本性不可移，一官终白头。
严肃饬恺悌，心春貌常秋。官阶黄杨厄，吏议文网周。
仕途塞荆棘，宦迹仍清流。惜昔话离别，剪烛春窗幽。
一语挂心窾，作官非身谋。廉吏诚可为，吾其愧楚优。

游九溪洞

壁立悬崖径可通，小溪穿过最高峰。
只今洞口云归去，尚说当年有蛰龙。

山交水互是穷途，绝径天开地一隅。
试向清泉问流水，可能还似在山无？

两岸中分绝顶头，南村水过北村流。
飞来落叶枫林晚，一半斜阳一半秋。

红叶人家落照西，边山傍水不成蹊。
闲行镇日无人识，一路泉声出九溪。

彭松斋：即彭之年，详前惠龄诗注。

挽彭松斋总戎 二首

要害襄阳镇，威名自古闻。轻裘羊叔子，武库杜将军。
泪堕残碑口，兵精《左氏》文。至今耆旧在，离恨满江渍。

定远生还日，廉颇老病年。公忧戎伏莽，时教匪未平。帝曰汝归田。
报国心仍壮，抽身节亦全。应留名不朽，浏水岘山巅。

南台书院感怀

去岁篮舆辞郡郭，前年菊部醉京华。
至今邸馆儿初度，且喜慈亲客近家。
古树日高鸦噪急，暮天风劲雁行斜。
校书窗下双眸炯，晴影才无落叶遮。时目疾初瘳。

去果来因日渐移，搅人头白是游思。
科名拾鹿梦中梦，仕宦亡羊歧路歧。
老大无成嗟马齿，闲愁难理胜蚕丝。
寤生不醒人间事，早定初生堕地时。闻贱子初梦生也。

挽赵兰坡明府

顺风船送影依依，几日离情去住非。
春梦正佳鸡唤促，壮怀无那鹏惊飞。
八旬母倚门闾望，五尺孤扶旅榇归。
地北天南云漠漠，百年心事两相违。

关心重赋绝交游，况复棠阴风雨愁。
廉吏似君应不愧，好官如客竟难留。
岂无舆诵称侨母，空有衣冠愧楚优。
百岁桐乡祠庙在，可怜华屋一山邱。

前明礼部尚书胡公牙笏歌

前明礼部尚书胡公：即胡应台，字征吉，浏阳人。明万历二十六年（1598）进士，历官兵部、刑部尚书。闻国变，以忧愤卒，年七十一。

顷有友邀游蒋山，避雨入人家，叩其家世，乃前明胡尚书后裔也。公讳应台，南京礼部尚书，迁北京刑部尚书。因索其所藏先人手泽，出牙笏相示，真古物也。爰集同人，歌以志之。

司空宝剑钱王枕，千载摩挲胜宫锦。朱芾鱼袋搢垂绅，先辈典型尤懔懔。胡公立朝神、熹间，国维解纽时事艰。耄主淫荒少淫戏，锄除善类崇权奸。龙衮莫补天衣裂，鳌极难支地轴安。纵然有书思对命，咄哉遭际如公难！惟公性不縻好爵，富贵黏身能摆却。忤珰削籍去国悲，养疴解组归田乐。挂颊贪看山色晴，流矢忽射虞渊落。渭北铜人辞汉月，江东石马卧秋风，一代功名考令终。惜公豹皮雉羽手泽尽湮没，惟有象笏留遗踪。君不见，优孟陈言负薪郎，儿童耕稼魏公庄。裴相台荒石霜冷，几人留得遗笏堂？

节愍祠落成恭纪

烽火被郊天昏黑，义士裹创鼓不绝。周节愍，蔡忠烈，肝胆如剑心如铁。贼不杀公，公能杀贼。惜哉后死未得歼贼徒，画碧留青同报国。九州鼎沸异传闻，叨沐天朝两字恩。浏水照公心，滇水招公魂。男儿得死所，含笑逢江门。土花空碧苌弘血，杯酒莫酹要离坟，百八十年太平春。明府来何暮，邑人幸有因，葺公祠庙妥公神。君不见，桐乡里，百年遗爱竟如子，况是我公英魂毅魄之所履。风雨疑闻唤渡河，呜咽长流官渡水。

钟菁

清浏阳溪江人。岁贡生，乾隆五十六年辛亥（1791）钦赐举人。嘉庆六年辛酉（1801）科，壬戌（1802）会试，赐国子监学正。

溪江八景

钟菁

溪桥夜雨

桥南昨夜雨铺平，十里春江一望清。
点点滴阶惊梦蝶，飘飘拥浪吐长鲸。
堤边柳洗成金色，窗外竹敲带玉声。
永夕巴山谁共话，挑灯细读待天明。

仙台晚钟

仙山自古拟蓬瀛，薄暮洪钟隔岸听。
五夜惊回幽士梦，三更唤起远人行。
常从雨后响偏寂，每到秋来听倍明。
遥想金门待漏客，斯时早已拜升平。

三峰回雁

三峰倒竖映三台，雁过峰头去复回。
边信暗传千里远，秋风叫破一声来。
云中字写张颠笔，木落歌称汉武才。
从此衔芦归塞早，不随罗网献金台。

东园晓莺

春到东园景色娇，金衣公子爱飘摇。
羽毛不减陶篱菊，雅韵如吹楚客箫。
柳外穿梭贪织锦，花间弄笛喜迁乔。
戴君去后谁来听，愿带双柑酒一瓢。

泉山归牧

临春嫩绿遍山河，远近乡村牧竖多。
敞背横骑驰战马，扬鞭画地草群鹅。
闲寻野竹剜新笛，坐剪青茅补旧蓑。
冷笑道旁名利客，请君同听饭牛歌。

化炉寒烟

炉气纷飘万井烟，孤村一望远相连。
山腰淡抹笼堤柳，渡口斜封满钓船。
遍地铺来新雨后，腾空直傍野云旋。
传神倩有王维笔，画出清明二月天。

金盆秋月

水土融成古大瓯，和盘吐出楚天秋。
一轮皓魄腾空上，万里浮云薄海收。
影倒三千重碧汉，笛吹十二听南楼。
静观多少清幽味，何用明皇月殿游。

石涧春潮

挑出龙涎拥白沙，春来雪片怒喧哗。
满川风过鱼鳞细，到岸支分燕尾斜。
烟支一溪纷柳叶，浪高三月滚桃花。
盈科常羡源头水，润泽桥南几百家。

双枫浦

孙怀燕

诗人怀老杜，胜地入双枫。秋浦波犹绿，霜花叶正红。
沙鸥飞带雨，芦雁宿摇风。久矣成墟里，楼台夕照中。

孙怀燕

字敬亭，清浏阳人。工书法。有《长啸居诗文集》。

过蕉溪岭

孙怀燕

石磴层连峰复峰，九州烟点莽横纵。
日穿深壑盘空壁，风卷惊涛响乱松。
云气之中疑插足，星辰到此尽罗胸。
山泉况复清堪掬，飞泻芙蓉翠万重。

游道吾山

黎宗炼

群动亦云息，游人殊未闲。直从飞鸟外，深入乱松间。
涧水悬清汉，斜阳见远山。溪花及幽草，剧欲破禅颜。

黎宗炼

字天石，清浏阳人。有《天石诗稿》《澄观集》抄本，今藏中国科学院图书馆。

大围山

彭开勋

渺渺清浏出，群山大合围。地形包脉络，天堑蕴心机。
四至舆图古，三边界画微。江西诸郡在，处处溉田肥。

彭开勋

字勤彝，湖南宁乡人，诸生，工诗词，有《南楚诗纪》四卷。

念奴娇·蕉溪岭纪胜

周家树（1879—1927）

字仲玉，宁乡人，周振汉之子。游学日本，习陆军，归国授中将，与蔡锷、蒋百里、张孝淮并称"留东四杰"。著有《黄叶集》《古兵家学说辑要》等。

周家树

是谁开凿？渐招邀飞鸟，从空控马。拾级忽登，千仞上，回首桑麻遍野。石腹藏云，峰腰碍日，百丈飞泉泻。万分艰险，风光偏更闲雅。

恍惚身入庐山，横看侧望，面目真还假。叠嶂层峦，行不尽，过去即成卑下。向月编茅，倚天种树，中有长年者。蓬莱何处，神仙无此潇洒。

过蕉溪岭

李寿蓉（1825—1895）

字榵叔，一字均裳，号篁仙。长沙人。清咸丰元年（1851）举人，六年丙辰（1856）科进士，授户部主事。有《天影庵全集》，含《诗存》四卷、《诗拾遗》一卷等九种。今人合为《李寿蓉集》。

李寿蓉

万山拥夹道，一岭截道起。危磴累千级，飞雨泻石髓。
高冈屯宿云，俯视不见底。即目窅已迷，从何望乡里。

度蕉溪岭

王闿运（1833—1916）

字壬秋，晚号湘绮老人，湘潭人。清咸丰七年（1857）举人。宣统间授翰林院检讨，加侍读衔。有《湘绮楼全集》。

王闿运

积雨横空烟雾遮，童山当路石梯斜。
风门翕忽寻仙洞，官道东西隔暮霞。
忆昔琴书随短剑，危城烽火望长沙。
儿童不见兵戈久，谁识当年邓仲华。
弱冠行登最上头，振衣千仞看清秋。
云林二纪多新树，春雨三更滴旧愁。
词客豪情官后减，骑兵交谊死前休。
惟应独享承平福，闲对桑麻绿影稠。

咏仙人洞

释智灯

搅水云僧水底眠，双蹬示迹几千年。
天生宝座重重现，石涌青莲叶叶鲜。
乐静斋鱼尘不染，望岩砥柱铁尤坚。
嵌空楼阁庄严在，甘井芙蓉一味禅。

活佛成群气作笼，脱前身后化仙翁。
降龙归钵神机妙，伏虑爬泉智慧同。
抱膝高僧成佛体，游行大士显神通。
玲珑钟鼓无时应，法座高悬镇石风。
栏兰轩雅万花丛，华盖神坛水四通。
怪石龙祠天地设，开山祖墓自风宗。
仙人棋局名遗石，衣钵塔园暗相容。
造化兴隆千古镇，兰亭望福墓晨逢。

天岩雪霁鸟煊花，万丈仙峰露彩霞。
北斗晴空真慧日，西山夜月映昙花。
龙泉瀑布滋培远，鱼岭樵歌咏彩葭。
供饭斋僧僧供佛，盐锅清淡乐无涯。

仙人洞：即浏阳高坪镇境内古风洞。

释智灯（？—1799）

清嘉庆年间古风寺主持。

吴敏树（1805—1873）

字本深，号南屏，晚号柈湖渔叟。清巴陵岳阳县人，晚清文学家、史学家。道光十二年（1832）举人，道光二十八年（1848）任浏阳县训导。著有《柈湖文录》《柈湖诗录》等，今人合为《吴敏树集》。

狮山书院：为浏阳清代四大书院之一，在县东古港磊石山狮子脑，今为浏阳第三中学。

吴敏树官浏阳诗十首

闻补官浏阳训导作

白发儒冠重，功名那更论。微官清自贵，末学道难尊。
地近休怀土，山深亦避喧。匡衡且随牒，吾已愧平原。

过狮山书院，山长曹西垣孝廉，余旧识也

爱子精庐好，凭高胜赏俱。云间开讲席，花外俯耕墟。
道豫弦歌化，人知弟子殊。唯余亦斋舍，未有竹松居。

曹以教习需次县尹，故五句及之。

初到浏阳官舍除夕

岁除人事每相催，天与投闲此地来。
乡县稍迁仍薄宦，妻儿共语足衔杯。
烧柴炉侧千愁断，炮竹声中万感回。
默数平生那可说，昔年身世几悠哉。

浏阳东乡道中

新霁闲斋鸟语温，野情难忍不窥园。
菜花茅屋春成市，云树烟岚路有门。
道是官身殊欲笑，即从人事未为烦。
平生风浴怀曾点，童冠吾徒试共论。

兼讲浏东狮山书院作

前年访友爱精庐，何意同人待我娱。
千树拥门诸子列，四山环座一川趋。
儒官少事谁禁汝，院长添名自故居。
只是盘飧无可称，平生传业最疏迂。

学舍早秋

离骚宋玉漫悲伤，今见秋来意转强。
小雨自惊鸣叶下，西风先透晚蝉凉。
耐寒官舍初辞热，望岁饥人乍救荒。
闻说岛夷新革面，海烟消尽冷南疆。

投病去官留别诸生

三宿浮屠恋未休，冒官几载悔迟留。
得归喜就重湖阔，未老还思五岳游。
风月小堂空过客，云烟高岭隔邻州。
他时问讯能相寄，莫为临分欲涕流。

赴浏阳学官舟中作

泛宅浮家浏水头，儒官风味一渔舟。
娇痴小女不解事，笑拉阿爷当去休。

回浏阳斋署作

一年种菊烦妻女，旋共归家不看花。
犹有残花吾独到，却愁花下更思家。

告病将归留别诸生

古贤戒自薄，思义当顾名。我官何为者，师儒道所明。
三年坐空屋，喑无求友声。岂不众我爱，量已实颇轻。
学荒而欲教，指涂身未经。无功受馈粟，虽饱则非荣。
我家有薄田，力可督儿耕。扁舟傍湖岸，烟水莽纵横。
屡欲舍此去，迟回未遄程。酣眠客梦懒，旅舍鸡三鸣。
束装敢辞遽，路远畏宵征。兹别倘匪恝，知者谅其情。

狮山春斋漫兴

李传敏

家园小别几春阳，镇日论文证此心。
说士味从莺啭得，忆孙情逐蕨拳深。

李传敏

字慧超，一字逊吾，清平江人。道光二十年（1832）举人，官新田县训导。有《课云楼诗钞》《文钞》各四卷。

山河有意笼人住，花鸟能诗替我吟。
绘出个中真妙趣，别肠允许一愁侵。

狮山别赋

李传敏

狮潭浏水百重清，前度桃花是汝情。
转使汪沦烦我送，何堪杜宇伴君鸣。
十年风雨论文酒，一路莺花获客程。
归后吴刚仙斧利，桂香深处听秋声。

偕友人游仙人崖

李传敏

眼前何可证前身，今日重游即旧因。
怪石吹云扶脚力，危楼招水洗心尘。
漫言浮事皆如客，修到神仙竟有人。
难得名山分一席，吾曹悟后更精神。

续建欧阳楚国文公祠

王应选

大册高文继楚祠，濂溪派接仰丰仪。
庐陵谱合双才伟，淮水灵钟一代奇。
墓碣楸梧人熟辨，钓游桑梓地谁知。
差欣故里祠重建，岁奠椒浆慰所思。

王应选

清浏阳人，道光十九年（1839）任狮山书院董事，将原县东狮山文昌阁旁之义学，集资拓建为狮山书院。

磊石山

马观成

怪绝山容百态陈，天开石貌耸嶙峋。
奇花莨蔺长生药，古树崖悬不老春。
螺磴藓盘青未断，龙湫藻叠翠无垠。
奎垣矗矗遥相接，掩映灵坛若比邻。
何人瓶钵此羁游，寂寞荒苔历几秋。
霖雨苍生千载系，云山绿影四围收。
天池氵亢漭关灵孕，地脉培扶仗策筹。
莫讶老僧向空去，庐山面目至今留。

马观成

字春园，浏阳东乡人，道光十五年（1835）岁贡。

培扶，自注谓禁止采石也。

桃花坞感旧

李 芸

十年人事等飘蓬，恨事玄都观里同。
前度刘郎今尚在，桃花无复笑春风。

李 芸

清浏阳人。道光十九年（1839）任狮山书院董事，将县东原狮山文昌阁之义学，集资拓建为狮山书院。

濂溪祠感怀

李 芸

浏江数百里流西，茂叔祠前首重低。
一代钟灵山水福，何年名世媲濂溪。

濂溪祠：在浏阳县东古港镇仙洲村境内，为纪念宋代儒家理学思想开山鼻祖周敦颐而建，已毁。

杨柳洲两首

柳先赓

杨柳洲边人望遥，柳枝曾否种千条。
至今唯有青青草，一带浓阴过短桥。
旧名闻说柳家洲，湘水淮川一派流。
惭愧我才非子厚，柳洲人地至今留。

柳先赓

字云庐，道光二十年（1840）解元，咸丰年间任浏阳东乡狮山书院山长，曾任会同县教谕。

杨柳洲：在县东古港磊石山脚下，原沙洲村境内。

李元善

字笛人，清浏阳东乡绅士，曾任县东张家坊洞溪书院董事，道光年间在世。

游仙人崖两首

李元善

顽石听经也点头，况偕名士纵诗眸。
分明眼界极高处，无怪神仙亦小留。

面壁还丹典训钦，龛坛我辈要登临。
清修也比灵修样，芒履归来一纵吟。

马昌煜

字焕丁，清代浏阳东乡人。

咏归亭

马昌煜

一坞桃花三面松，江干一面柳阴浓。
一亭水接仍山抱，都在渔歌牧笛中。

袁楙森

一作懋森，字子诚，号省斋，清长沙人。道光二十年（1840）举人。先后主讲南台及县东狮山、县南文华三书院。有《省斋文集》四卷、《诗集》二卷。

古 港 八 景

袁楙森

仙洲风月

年来坐对状元洲，又见仙洲踞上游。
两岸垂杨飘似线，一湾新水曲如钩。
薰风有信偏宜夏，明月多情不必秋。
我是蓬莱旧游客，送君回去待诗酬。

灵坛烟雨

出云为雨便神明，何必恒嵩与岱衡。
崖岫待看烟漠漠，瓯娄喜见水盈盈。
舞雩归咏冠童乐，巫峡游魂朝暮行。
寄语山中玄豹客，莫夸文采误平生。

江村渔火

西崖曾说竹销烟，又见淮川水在田。
鼓枻老翁长濯足，敲针椎子倏齐肩。
鲜鳞剩得和蔬煮，苦茗拈来候火煎。
饮罢柁蓬贪一睡，静闻钟磬暮江前。

山寺钟声

见说拈花一破颜，偶离尘境到深山。
钟闻上界不知远，云与高仙相伴间。
往日禅心牢把捉，自家诗句费评删。
道人只打莫轻打，贪睡先生老渐顽。

天崖霁雪

我来刚近麦秋天，遥望天崖雪意传。
风起垂杨那作絮，寒生单袷悔祛绵。

尖叉漫斗诗情险，惨淡难摹睡味全。
待到灞桥真景逼，好凭驴背企山前。

花坞斜阳

晓风杨柳最相宜，远近霞蒸落照移。
凹凸暗藏春脉脉，陂陀留驻月迟迟。
每当啼鸟催归候，正是看花得意时。
拟坐琼筵拚一醉，待看明月挂高枝。

古港归帆

风生西北夕阳天，东岸人家望正悬。
帆脚转开三尺水，竿头撞破一溪烟。
遥知船里烹茶客，检点囊中贯酒钱。
系罢绿杨何处去，但看樯影落吟边。

响石流泉

峭石临空数仞悬，应声如响证前缘。
江风未解喧闻籁，尘世从何静悟禅。
影入有人曾面壁，心通无处不听泉。
漫言聚此头能点，吾道腾天更跃渊。

西湖八景

郝先泮

乳桥泉石

两乳突撑异冶容，清泉石涌著芳踪。
过桥若有凌霄客，际会风云正适逢。

花园风月

月照芳园不计年，韶光正满艳阳天。
东皇有意垂青眼，故放名花色色鲜。

高寨斜阳

蹂躏场艸气惨然，寨高洵不畏龙渊。
夕阳斜照山头外，得胜将军奏凯旋。

古寺晚钟

浓烟深锁古苍松，隐隐禅天撞晚钟。
夜半舟中惊楚客，余音犹绕数云峰。

郝先泮

字尔游，号藻汀，生于嘉庆十七年（1812）。浏阳人。善诗词。西湖，指浏阳溪江乡西湖村，现为金湖村。

西湖夜雨

日落西湖水浪平，寒生一夜动秋声。
潇潇雨洒窗前暗，坐听芭蕉响五更。

港口归帆

箫鼓频鼓趁早归，片帆高挂日斜飞。
倚栏几度舒双目，港口相宜认依稀。

钓台渔火

何人把钓曲江中，疑是羊裘一老翁。
水国生涯真得意，双双兰桨唱秋风。

菜洲牧笛

菜花时放满洲黄，驱犊儿童分外忙。
最爱归来牛背卧，无腔短笛闹斜阳。

溪江桥

金 沅

日暮闲云暗石桥，溪声籁静独潇潇。
几间野店忽惊梦，一阵狂风作涌潮。
全赖雨师能破寂，顿教诗意发能霄。
倚栏多少归乡思，水阔天空咫尺遥。

金 沅

清江西洪都（南昌）人，生卒年不详。

黄 琬 璚 诗 选

读 书

细签缥帙皂罗厨，绿护垂杨室北隅。
尽日幽闺帘不卷，七篇女诫读班姑。

临 帖

洗砚云蒸墨一池，涛笺滑净界乌丝。
银钩细仿簪花格，笔阵重模卫茂漪。

黄琬璚

字葆仪，宁乡举人黄本骐之女，年十九，适县北贡生欧阳道济为继室。工琴，善诗词，著有《茶香阁遗草》。

欧阳道济：浏阳洞阳人，道光五年（1825）乙酉科拔贡。

晚步回文

薰风拂扇一天凉，曲径花随步履香。
云接树青浮远岫，日沉波碧漾回塘。
欣欣自适多幽赏，脉脉何思寄远望。
醺饮小窗开闷意，熏笼倚处蘩兰芳。

燕将雏

燕将雏，才出壳。燕飞飞，雏喔喔。
殷勤衔食何处来，哺向巢中供饱啄。
往返千百无停时，嘴爪已敝心未疲。
儿渐回时母渐瘦，呢喃犹恐儿腹饥。
吁嗟乎！羽毛已长难留住，双双径向花阴去。
花影迷离故垒空，从此天涯无觅处。

白莲花诗

李郭姣

信是前身解语花，温泉浴净脸边霞。
调匀粉黛新临镜，卸却红妆暮浣纱。
素质岂同明月坠？冰心不畏白云遮。
水晶世界春如许，不羡瑶池玉女家。

李郭姣

邑举人李华林之女。幼聪慧，从父学诗，兼晓天文，有“昨夜推窗看天象，客星还未到长沙”之句。

李华林：浏阳人，于乾隆六十年（1795）乙卯科大挑二等，选为永兴县训正，迁道州学正。

悼故园柳树

李郭姣

拣得芙蓉伴汝栽，双双常对水云开。
旋波不受吴宫笼，西子何心恋故台。

记得南窗衬夕阳，亭亭绿鬓试红妆。
可怜艳质今何去？云锦抛残枉断肠。

即景诗

邹兆兰

山映斜阳水漾池，松间小坐鹤相随。
消闲细把丛书检，遣闷遥闻短笛吹。
竹径晚风怜袖薄，花阶月影上窗迟。
青灯有味茶香永，玉露声稀正写诗。

送　行

邹兆兰

最怜征客路悠悠，细检行装记笔头。
别后平安常寄到，登楼谁悔觅封侯。

邹兆兰

字绣霖，华容户部主事熊绍庚女。幼耽吟咏。年二十一，归御史邹焌杰之子得贤，以贞静孝谨闻名。著有《绣阁随钞诗卷》，秘不示人。

贺袖云

邑举人祥麟女。年二十一归宋世骐，以孝谨闻。其父贺祥麟，原名贺以南，清道光二年（1822）壬午优贡。任正蓝旗教习，期满以知县用，选直隶高阳知县，后以卓异升云南云龙州知州。

咏雪诗

贺袖云

晓钟催散两三鸦，白地明光拥玉车。
幻影摹来成柳絮，见身修得到梅花。
板桥风紧吟边路，茅屋烟深画里家。
记取星堂诗令在，冻毫染就手频叉。

送外赴乡试

贺袖云

挂席寥天赋壮游，龙潭一水碧于油。
尚书红杏期前事，举子黄槐趁好秋。
得路应看烧鲤尾，标名还待占龙头。
咏花亭上凭栏望，遥指文光射斗牛。

熊其光

浏阳北乡人，清末廪生，由军务保举道衔。

石山书院八景诗

熊其光

石柱云蒸

群英簇簇仰云衢，石气烘成贯柱珠。
蒸自骨分天与立，合诸肤寸岳潜符。
迷离旧雨三生面，舒卷神飚万变图。
讲院遥凭君作镇，移山奚用古之愚。

金台雪霁

冈横金气作台临，快写晴时对雪心。
泥爪偶留冲健翮，华虫一雏破寒林。
当门渐露青青色，负曝应酣白白吟。
乐毅不来黄得否，好融积素当甘霖。

灵岩帆影

几讶帆从鸟道行，岩狮灵认榜人程。
乘风雅慰攒篙苦，话雨先知习坎盈。
溪障层峦流隐约，楼开夕照影分明。
马当回首过无恙，壁立惊涛吼巨鲸。

古寺钟声

三面宵钟动梵宫，幽斋声透北南东。
鹧鸪叫断繁霜外，乌鹊栖惊落月中。
长乐晓春思寄远，姑苏客舫感从空。
此心牢把何时住，莫受禅宗棒喝聋。

田火春渔

网将针代效宵功，槛外春低冉冉红。
松炬星流平水活，山溪鱼足绣塍通。

老渔宿浦招难上，秋磷穿林拟未工。
日昨远方传尺素，江天寒对并霜枫。

野田秋烧

山腾远烧野秋明，鏖战南离画不成。
飞电晴空忘起灭，落霞天半让纵横。
笔花紫烂行文势，旌影朱翻纵猎情。
檐角月昏灯欲烛，将母藜杖降星精。

北溪文塔

临溪涌出武岩巅，空际崚嶒妙斡旋。
波定泉光澄倒影，阴浓磴道护祥烟。
望联杰阁辉奎壁，题胜浮图杂佛山。
桂蕊香时斋举首，烛龙衔耀月圆先。

东麓芳洲

春园深柳拱书堂，襟带芊绵近水芳。
我爱楚骚猜杜若，童为牧唱叶沧浪。
鹳鹅赴浴军容丽，蜂蝶探踪使节忙。
倘化菁茅包匦贡，依稀岳麓橘洲黄。

澄 潭 八 景

张毓鸿

潭心渔灯

好月缘空一镜升，浮家几个又张灯。
看来渔火光如此，想是潭烟宿未曾。
绿映波心人影淡，红摇水面橹声腾。
不知钓得鲈鱼否，肯向长风破浪乘。

水面石印

何处飞来双印石，岿然屹峙水中央。
三生缘订精魂旧，五色斑联日月长。
砥柱成因留胜迹，风波起不碍光芒。
倘逢游宦春江渡，取佩累累赴帝乡。

中洲夜月

洲前洲后水空涵，中有平沙浩浩参。
二派金波流古渡，一轮玉镜挂澄潭。
蟾宫稳许今宵步，瀛路须从个里探。
河影桂华舒夜色，游人归去兴初酣。

澄潭八景：位于浏东大溪河永和金鸡潭段。

张毓鸿（1851—1920）

字儒臣，号聘生，浏阳永和人，清同治例贡生。

桥头春涨

几日浓阴日未晞，澄潭川上雨霏霏。
春来渡口桃花泛，浪拥桥头竹箭飞。
半月魂消蝴蝶梦，三篙水满鳜鱼肥。
留题司马今何在，我亦低头对晚晖。

渡口风帆

立马匆匆欲问津，桃花柳絮不胜春。
遥天帆转随湘否，远浦风催过渡频。
同是宦游曾返棹，几多征戍未归人。
烟云水阔斜阳后，又见江边起白蘋。

古寺晨钟

浮山古寺有前因，听到钟声觉警人。
自昔客船闻半夜，如今禅刹叩清晨。
青霜挟励幽音远，红日初升曙响匀。
爱惜春华须努力，好从王播步芳尘。

酒肆垂帘

同人游屐杏花黏，笑指前村市挂帘。
旗上风招杨柳动，樽开香傍海棠添。
歌姬少假筵中劝，诗字多从醉后拈。
何必别寻春瓮去，莫将个里酒杯嫌。

桃园摘艳

碧桃春到满园开，中有高人摘艳回。
素颊芳心迎日醉，红颜绛脸笑风催。
采篱端赖探花手，采撷还须折桂才。
几处成林应护惜，刘郎前度费新栽。

锦 春 八 景

许烟阁

无题

千寻绝壁挂飞泉，溪水流声胜管弦。
虎峡樵归歌不断，麦坡春到色无边。
奇看帽石凌云处，景写湖山积雪天。
最是永源钟叩后，巉岩衔出月初圆。

锦春：地名，位于社港镇境内。

许烟阁（1851—1917）

敕授登仕郎，浏阳社港大洛井冲人。

飞泉挂壁

清泉水活正源头，天外飞来挂壁流。
碧玉千层分又合，明珠万颗散仍收。
烟含灵岫残虹坠，云破重岩匹练浮。
幔卷小窗欹镜匣，更涵峰影上镰钩。

溪水鸣弦

一溪浅水最澄清，倚杖闲听静有声。
活泼天机观悟笔，潺湲风韵杂弹筝。
适符杜老夔门句，雅洽陶公栗里情。
艳说锦春多胜迹，山边响石又雷鸣。

虎峡樵歌

虎峡樵归唱晚风，清歌隐隐绿丛中。
一肩竹杖深林出，两足芒鞋曲径通。
岩树早经春雨碧，山花暮映夕阳红。
曲终荷担飘然去，又见天边月半弓。

麦坡春色

农夫相庆麦盈坡，春色迷离景若何。
小陇烟含青作浪，平畴云拥绿成波。
风前翠已连天积，雨后蓝尤匝地拖。
闲步山椒清趣永，十分生意满岩阿。

帽石凌云

石形如帽峙岩巅，一顶乌纱望俨然。
猎文可曾遗岭上，参军讵复落山前。
羞随王俭斜簪式，好结渊明洒酒缘。
想是当年真隐士，解冠高挂碧云边。

湖山积雪

满天风雪正严寒，粉饰湖山壮大观。
怪石嵯峨盐虎踞，枯藤偃蹇玉龙蟠。
浑疑缟鹤抟青嶂，宛若银虹卧碧峦。
载酒约梅酣醉后，居然竟作画图看。

永源晚钟

永源古寺夜鸣钟，百八蒲牢透几重。
余韵随风摇暮雨，大声撞月到前峰。
禅心好向空中定，诗思都从象外逢。
夜半忽惊清梦觉，音留枕上倍惺松。

岩石衔月

巉岩张口近蓬莱，清夜衔将好月来。
万里银盘初托上，一奁玉镜半移开。
恰如梦日吞犹未，合拟流云吐也才。
闲倚小楼翘首望，都疑碧玦挂崔嵬。

感怀四首

李昌丽

是岁鲍军门于省垣开募，刻期束装往投，此意未尝告人。抵馆，业有自省回者云，两日间遂满四十营，已于某日启行矣。是以中止。将在家所赋姑为录出云。

其一

清时无路请长缨，卅载年华总舌耕。
云鬓不堪灯畔改，尘心谩侈枕边清。
每怀世态情难遣，况值时艰意岂平。
莫道封侯须武士，古来投笔本书生。

李昌丽

号随达，张坊富溪人，约生于清道光三十（1850）年，殁于清末，曾任教于张坊、小河以及江西义宁（今修水）等地。著有诗集《随意草》。

鲍军门：指湘军将领鲍超（1828—1886），初字春亭，后改春霆。四川奉节人。清咸丰六年（1856）在长沙募勇三千人，号霆军，训练成一支湘军主力，屡建战功，历官副将、总兵，至加提督衔。序谓诗人往投鲍军门而未果。

其二

当年射策愿重违，袭敝囊空久立扉。
念尔寒灾劳织纺，甘余淡泊事卑微。
眉齐韵事谁云浅，气短英雄总觉非。
只此正需经济日，难为拙守钓鱼矶。

其三

此去勤王不自持，深闺话别两难为。
良缘信是前生缔，好爵翻疑自我縻。
国难那能无气节，家贫权且累妻儿。
红帏合下灯花拜，恰向银釭结一枝。

其四

烽烟无任起迷离，目击时艰自可悲。
莫把功名推命薄，从来事业总人为。
鲍真狭隘车同挽，阮枉猖狂路泣歧。
誓扫妖氛同爵赏，凭卿相待慰心期。

孝子庙

张 璿

浏阳北门外里许有麻衣庙，相传为唐时杨孝子哭亲而死之所。每岁孟秋，邑人白衣祀之，四明史公易庙名曰孝子。

皋鱼风木恨，天性为终天。一恸如君烈，千秋较孰贤。
念伤乌鸟节，忍读蓼莪篇。凄绝庭前树，风寒听暮蝉。

举国人怜孝，双亲骨不枯。麻衣今易素，血泪旧应朱。
魂绕秦关路，神传楚泽巫。庙名铭太史，遗俗正还无。

刘人熙，见本书上卷刘文熙文《浏阳会馆记》注。

刘人熙诗选

秋雨端居

养病绝衙参，静与古人对。阅世知物情，妙理心有会。
秋雨响庭柯，萧萧山林味。门无车马客，童仆掩关睡。
怀古一高吟，澹然无梦寐。

寄题小桃园原山居

亭长起丰沛，英风震八荒。灞浐讵不美，游子思故乡。
矧余宦游人，冗散食太仓。蓼莪篇已废，棠棣诗可伤。
俯仰辄畴昔，坚冰换履霜。孟母三迁地，怀哉那可忘。

始见红叶

一叶已惊秋，催人到白头。
寄言英妙者，尺璧寸阴酬。

悼谭生嗣同 并序

辦翁寄我谭生《狱中题壁》诗云："望门投止思张俭，忍死须臾待杜根。我自横刀向天笑，去留肝胆两昆仑。"盖指二仆相随也。又云英教士李提摩太，故与生善，屡迎其至英使馆匿避。固不往，坐待引颈，临刑谈笑自若，可谓壮矣。惜乎，未见其止也。余闻而悲之，因悼以诗，亦为子弟前车之鉴云。

谭生才气横天下，不忍逋逃累老亲。
他日老韩漫同传，董狐良史要分明。

三弟桂东使来寄家书并诗 二首选一

八国联兵舰，天津扼咽喉。全凭巫觋术，莫澹庙堂忧。
乱世思安石，危时忆仲谋。谁为师尚父，喋血陷神州。

示沖儿 并序

当困于通州时，意不自免。乃于夏布衫边书“中原男子刘蔚庐，有志无时”。沖儿见余书，亦自书其衫云：“湖南浏阳县男子刘瑞沖，躬豪杰之志，逢九六之运”。痛定思痛，诗示沖儿。

衫角题名日，父子谈笑时。仓黄临患难，坚白竖须眉。
辛苦文丞相，从容韩退之。千秋同一泪，写入示儿诗。

晨起偶成

又得葡萄一架阴，清疏不碍小窗明。
秋风乍上梧桐叶，已觉炎威敛赤城。

辛亥阴历除夕咏怀

六十八龄又除夕，人间第一可怜宵。
满蒙回藏成民国，唐宋元明失霸朝。
清帝新逊位，承认共和。
再见唐尧成揖让，
中山大总统允让，袁世凯被选。
不妨巢父狎渔樵。
时危粗定吾将老，载酒钱塘看怒潮。

头颅几许换共和，往事凄凉付逝波。
义士频收柴市骨，鲁阳初反邓林戈。
黄花冈畔英魂聚，
张鸣岐杀义士七十余人，葬黄花冈，惟黄元帅独免。
紫禁城头碧血多。
毕竟黄炎好孙子，一呼光复旧山河。

谭嗣同（1865—1898）

字复生，号壮飞，湖南浏阳人。详见本书上卷文《先妣徐夫人逸事状》注。

谭嗣同诗选

潼　关

终古高云簇此城，秋风吹散马蹄声。
河流大野犹嫌束，山入潼关不解平。

秋日郊外

寒山草犹绿，长薄树全昏。鸿雁迟乡信，牛羊识远村。
边风挟沙起，河水拆冰喧。野老去何许，日斜归里门。

冬　夜

班马肃清霜，严城暮色凉。灯青一电瞬，剑碧两龙长。
调角急如语，寒星动有芒。遥怜诸将士，雪夜戍氐羌。

古　意

鳞鳞日照鸳鸯瓦，姑射仙人住其下。
素手闲调雁柱筝，花雨空向湘弦洒。

六幅秋江曳画缯，珠帘垂地暗香凝。
春风不动秋千索，独上红楼第一层。

道吾山

夕阳恋高树，薄暮入青峰。古寺云依鹤，空潭月照龙。
尘消百尺瀑，心断一声钟。禅意渺何著，啾啾阶下蛩。

马上作

少有驰驱志，愁看髀肉生。一鞭冲暮霭，积雪乱微晴。
冻雀迎风堕，馋狼尾客行。休论羁泊苦，马亦困长征。

秋　夜

何来风万壑，城北涌惊涛。众籁当秋爽，孤吟入夜豪。
寒中鸡口噤，雨背雁声高。无梦欲忘晓，诗肠转桔槔。

登山观雨

老树秋阴村路黯，残霞岭表夕阳红。
人盘绝磴出云背，鸟堕寒烟没雨中。
入塞万山青露顶，穿林一磬响摩空。
不应更恋浮生乐，好御泠然列子风。

夜　成

苦月霜林微有阴，灯寒欲雪夜钟深。
此时危坐管宁榻，抱膝乃为《梁父吟》。
斗酒纵横天下事，名山风雨百年心。
摊书兀兀了无睡，起听五更孤角沉。

寄仲兄台湾

孤悬沧海外，洲岛一螺轻。狂飓宵移屋，妖氛昼满城。
依人王粲恨，采药仲雍行。所愿持忠信，风波险亦平。

此诗作于光绪十五年（1889），诗人的二兄嗣襄32岁，三就乡试落第，愤而出游至台湾。

论艺绝句 六篇选二

千年暗室任喧豗，汪魏龚王始是才。
万物昭苏天地曙，要凭南岳一声雷。

汪魏龚王：汪指江都汪中，字容甫；魏指邵阳魏源，字默深；龚指仁和龚自珍，号定庵；王指湘潭王闿运，字壬秋。南岳，指衡阳王夫之，号姜斋，世称船山先生。

自注："文至唐已少替，宋后几绝。国朝衡阳王子，膺五百之运，发斯道之光，出其绪余，犹当空绝千古。下此若魏默深、龚定庵、王壬秋，皆能独往独来，不因人热。其余则章摹句效，终身役于古人而已。"

姜斋微意瓣姜探，王邓翩翩靳共骖。
更有长沙病齐己，一时诗思落湖南。

瓣姜：指浏阳欧阳中鹄，号瓣姜。

邓：武冈邓辅纶，字弥之。

齐己：湘潭诗僧。

和仙槎除夕感怀 四篇并序

旧作除夕诗甚夥，往往风雪羁旅中，拉杂命笔，数十首不能休。已而碎其稿，与马矢车尘同朽矣。今见饶君作，不觉蓬蓬在腹。忆《除夕商州寄仲兄》："风樯抗手别家园，家有贤兄感随原。兄曰嗟予弟行役，不知今夜宿何村？"风景不殊，幽明顿隔，欤邑陈言，所感深焉，亦不自知粗放尔许。

仙槎：即饶仙槎，诗人之友，时在湖北两湖书院读书。

断送古今惟岁月，昏昏腊酒又迎年。
谁知羲仲寅宾日，已是共工缺陷天。
桐待凤鸣心不死，泽因龙起腹难坚。

寒灰自分终销歇，赖有诗兵斗火田。

我辈虫吟真碌碌，高歌商颂彼何人。
十年醉梦天难醒，一寸芳心镜不尘。
挥洒琴樽辞旧岁，安排险阻著孤身。
乾坤剑气双龙啸，唤起幽潜共好春。

内顾何曾足肝胆，论交晚乃得髯翁。
不观器识才终隐，即较文词势已雄。
逃酒人随霜阵北，谈兵心逐海潮东。
飞光自抚将三十，山简生来忧患中。

年华世事两迷离，敢道中原鹿死谁。
自向冰天炼奇骨，暂教佳句属通眉。
无端歌哭因长夜，婪尾阴阳剩此时。
有约闻鸡同起舞，灯前转恨漏声迟。

到　家

孤岭破烟石径微，湾头细雨鸬鹚飞。
有人日暮倚门望，应念归人归未归？

别来三见流火星，秋风猿鹤哀前汀。
谁知骨肉半人鬼，惟有乱山终古青。

到家：诗人自光绪八年（1882）春赴甘肃，至十一年（1885）夏归至浏阳老家，诗即作于“到家”之1885年夏。

山　居

云生秋谷雨，树拂晓河星。自欲辟佳境，因之上草亭。
虚怜一室白，坐拥万山青。为觅松根史，携锄种茯苓。

道旁柳

破晓寒烟罨画楼，残蝉低咽不胜秋。
当年去伴陶彭泽，无复斜风细雨愁。

枫浆桥晓发

桥上一回首，晓风侵骨寒。送人意无尽，惟有故乡山。
野水晴云薄，荒村缺月弯。役车休未得，岁暮意阑珊。

秋　热

长沙号卑湿，淫雨况连宵。千嶂晓忽霁，朝阳秋益骄。
残蝉带暑咽，梦鸟随枝摇。一洗郁蒸气，乘风借海潮。

桂　花

湘上野烟轻，芙蓉落晚晴。桂花秋一苑，凉露夜三更。
香满随云散，人归趁月明。谁知小山意，惆怅遍江城！

望海潮 自题小照

曾经沧海，又来沙漠，四千里外关河。骨相空谈，肠轮自转，回头十八年过。春梦醒来波。对春帆细雨，独自吟哦。惟有瓶花数枝，相伴不须多。

寒江才脱渔蓑，剩风尘面貌，自看如何。鉴不因人，形还问影，岂缘酒后颜酡。拔剑欲高歌。有几根侠骨，禁得揉搓？忽说此人是我，睁眼细瞧科。

送别仲兄泗生赴秦陇省父 年时十有五

一曲阳关意外声，青枫浦口送兄行。
频将双泪溪边洒，流到长江载远征。

碧山深处小桥东，兄自西驰我未同。
羡煞洞庭连汉水，布帆斜挂落花风。

潇潇连夜雨声多，一曲骊驹唤奈何。
我愿将身化明月，照君车马度关河。

鹧鸪声里路迢迢，匹马春风过灞桥。
灞上垂杨牵客思，也名回首故乡遥。

春烟澹澹黯离愁，雨后山光冷似秋。
楚树边云四千里，梦魂飞不到秦州。

寄唐绂丞诗

子真天下好，但觉为人多。别墨当如此，愚儒独奈何。
虞衡桂海志，风露洞庭波。梅满江南驿，钦迟一见过。

唐绂丞

即唐才常，字绂丞，为诗人在浏阳时少年同窗，结为刎颈之交。

戊戌六月武昌别程子大

家国两愁绝，人天一粲然。只余心独在，看汝更千年。
世事几痕梦，微尘万座莲。后来凭吊意，分付此山川。

此诗金陵刊本题为《戊戌六月武昌别程子大》，程子大即程颂万，字子大，湖南宁乡人，官湖北候补知府。中华书局本《谭嗣同全集》改题为《题程子大横览图诗》。梁启超《饮冰室诗话》九八："有自南昌以谭壮飞遗诗一章见寄者，盖戊戌入都留别友人之作云。"于是亦有曰《戊戌入都别友人》，今从金陵本原题。

寄弟秦生诗

超出伦常见兄弟，寒山拾得两禅师。
惟君道行尤高妙，尚恐丰干未尽知。

深从万念丛中出，赢得翛然片念无。
烂睡狂吟消一饱，世间谁似汝兄粗。

秦生

即谭嗣冏，诗人继母所生，从其名知出生于秦州。诗作于光绪二十三年（1897），时秦生年二十。

似曾诗

同住莲华证四禅，空然一笑是横阗。
惟红法雨偶生色，被黑罡风吹堕天。
大患有身无想定，小言破道遣愁篇。
年来嚼蜡成滋味，阑入楞严十种仙。

此诗亦作《感怀四篇》，作于1896年。梁启超《饮冰室诗话》二："其言沉郁哀艳，盖浏阳集中所罕见者，不知其何所指也。然遣情之中，字字皆学道有得语，亦浏阳之所以为浏阳，新学之所以为新学欤。"

无端过去生中事，兜上朦胧业眼来。
灯下髑髅谁一剑，尊前尸冢梦三槐。
金裘喷血和天斗，云竹闻歌匝地哀。
徐甲傥容心忏悔，愿身成骨骨成灰。

死生流转不相值，天地翻时忽一逢。
干笑东风真解脱，春词残月已冥濛。
桐花院落乌头白，芳草汀洲雁泪红。
隔世金环弹指过，结空为色又俄空。

柳花夙有何冤业？萍末相遭乃尔奇。
直到化泥方是聚，只今堕水尚成离。
焉能忍此而终古，亦与之为无町畦。
我佛天亲魔眷属，一时撒手劫僧祇。

有　感

世间无物抵春愁，合向苍冥一哭休。
四万万人齐下泪，天涯何处是神州！

题蕉雨琴

蕉雨琴：系谭嗣同珍藏的文天祥遗物。

阴沉沉，夜寂寂，芭蕉雨，声何急。打入孤臣心，抱琴不敢泣。

狱中题壁

望门投止思张俭，忍死须臾待杜根。
我自横刀向天笑，去留肝胆两昆仑。

悼　亡

李闰

旰衡禹贡尽荆榛，国难家仇鬼哭新。
饮恨长号哀贱妾，高歌短叹谱忠臣。
已无壮志酬明主，剩有臾生泣后尘。
惨淡深闺悲夜永，灯前愁煞未亡人。

李闰（1865—1925）

今湖南望城县人，清末名进士李寿蓉之次女、谭嗣同夫人。

唐才常诗选

忆　弟

底事蓉城旅绪深，寥天断雁苦愁吟。
香山吊影情难遣，杜老看云感不禁。
月入离肠清客梦，春将别恨觉人心。
何时共展姜家被，细向天涯乐事寻。

唐才常

见本书上卷唐才常文《浏阳兴算记》注。其弟为唐才中、唐才质。

香渠：指刘善泷，字湘渠，浏阳人，系唐才常妹夫。

忆香渠

黄叶辞风逐九秋，秋来无处不离忧。
蓉城虽乐非吾土，枫浦犹存恋旧游。
鸦乱夕阳晴树舞，蝉鸣秋雨古槐讴。
伤心最是黄昏后，憔悴思君不自由。

草堂书感 六首选一

久别家乡失梦痕，游人无处不销魂。
寒烟一带芙蓉国，浊雾三家薜荔村。
零落心交吊房琯，苍茫剑气哭刘琨。
只今幕府重来客，呜烟西风古寺门。

感　怀 五首选一

烟台形胜壮三举，商舶徐飞彩映堤。
自古边防河以北，于今要隘海之西。
波臣犹为传宵柝，阃帅奚容玩鼓鼙。
闻说中朝务筹划，此方端不后伊犁。

感　事 二首

其一

沧海横流万顷波，中原无地泣铜驼。
秦庭虚下孤臣泪，燕市难闻壮士歌。
剩好头颅惭死友，无真面目见群魔。
纥干冻雀生飞苦，况是瀛台秋水多。

其二

飞轮直到夕阳昏，碧雾沉沉蜃市吞。
已分乾坤同橘奕，翻将海国作桃源。
人文龙虎双行泪，楚粤江关万里魂。
寂寞汉家思麦饭，分明文母拜新恩。

戊戌八月感事

萧墙祸起蔓难图，朝右纷纷各被拘。
尽陷网罗堪叹息，更谁薏苡讼冤诬？
谣生市虎人疑信，影出杯蛇事有无。
挂壁龙泉光睒睒，不知谁是好头颅。

殷忧耿耿在神州，时事如斯孰与谋？
南海行踪空想象，中原大局半沉浮。
满朝旧党仇新党，几辈清流付浊流。
千古非常奇变起，拔刀誓斩佞臣头。

几回搔首问穹苍，徒洒忧时泪数行。
岂有耽人羊叔子，恨无草檄骆宾王。
闻谣早已虞飞燕，占象由来凛履霜。
大物觊觎非一日，祸心知是久包藏。

诗作于中日甲午海战之后，《马关条约》签订时。

违山十里蟪蛄声，依样葫芦画已成。
昨夜月圆今夜缺，出山泉浊在山清。
豺狼当道危机伏，虺蝎为心诡计生。
匹马短衣江海畔，自惭无策救神京。

和逋仙哭六君子诗原韵 二首

欲策飞霆入九阍，狂呼帝子诉沉冤。
苍天岂为童谣死，白昼何堪妖气昏。
冻雀山头空屑涕，烂羊关内竟承恩。
燕云十六无男子，遂使狐狸踞地尊。

一朝尸六士，苍帝失其仁。
市上相惊魅，芦中犹有人。
铜刀辞世运，铁血洗儒巾。
霄汉迢迢路，梦魂拥玉宸。

临难诗

七尺微躯酬故友，一腔热血溅荒丘。

刘善涵诗词选

刘善涵，见本书上卷刘善涵文《重修一枝安记》注。

谭壮飞太守惠手刻云雷石章，副以汉碑二种，既据以名斋，复诗谢之 四首

医无闾产珣玗琪，罽宾犹重碧流离。
贲然一物来天上，吻合冥冥谁与期。

不信图雷椎鼓文，冰斯篆刻藻缤纷。
苍麟已渺赤虹远，报道山中又出云。

吐气山川舒以长，崇朝普遍几沧桑。
到门乞得恒河水，胜似琼英万斛浆。

去人滋久想滋深，枯坐惟闻足外音。
毕竟虚空难捏碎，终葵三尺费摩寻。

暮春即景

杜宇声中烟树昏，乱鸦无数点荒村。
山桃落尽春如酒，十里黄花香到门。

秋日双枫浦晚眺

双枫何处是，唯见白云深。野马空天地，秋虫吊古今。
断烟迷极浦，残日下平林。杜老维舟地，徘徊不敢吟。

杜老维舟地：指杜甫在浏阳城南双枫浦的系舟赋诗之地。

山　行

信步不知远，朗吟声渐骄。乱麻翻白雪，幽径郁青条。
野碓水春急，柴门犬吠遥。偶逢樵者话，差可慰岑寥。

山居漫兴 四首

徒步不知远，行吟东复西。野藤缘石长，山鸟近人啼。
碑认前朝字，花从远成赍。忽逢樵者至，相对语依依。

行役亦云倦，崎岖颇畏难。莺花三月暮，风雨十年寒。
屠狗空侪辈，骑驴避长官。先人敝庐在，稳卧一枝安。

零落干戈后，田园已半芜。纵然山径僻，却免市声粗。
背客焚诗稿，娱亲进酒觚。邻翁新煮笋，折简又相呼。

阒矣无人迹，荒郊雨露繁。柴桑忘岁月，莱菔长儿孙。
白发遗民老，青山古屋存。武陵如可接，一为辟桃源。

感怀呈谭复生太守 四首

谭复生太守：据《中国第一历史档案馆藏清代官员履历档案全编》，谭嗣同于光绪二十年（1894）已"报捐免补同知本班离任，以知府仍留浙江"，即已有知府衔。明清士人称知府为太守，故称谭复生太守。

苦费沙抟爱力绵，智珠慧鉴普人天。
同洲近辟三千界，合朔难均廿九年。
寒暑降升成涨缩，夏殷文质等坤乾。
南来双楫呼群渡，我佛犹然况辈贤。

尹姞衣冠雅绝伦，叔孙绵蕝陋遗秦。
补天琐琐输珉彩，绕日荒荒动地轮。

游牧万生栖帝国，文书三尺遁官身。
爬梳经义纷无主，痛哭宣尼讫获麟。

帝谛皇煌解未能，款戎无术赂金缯。
颠毛惨切思黄种，文物累然困白登。
稷下著书犹绕缭，关西仗剑耻崚嶒。
平生期许空依傍，到此沉冥一碗灯。

传闻鞑靼古膏肥，何事横生半教讥。
岂有残形图鸟足，断无歧韵证豨妃。
军功浪信天山捷，聘使阴怜突厥微。
同我太平谭太守，六街如幂俨征骓。

游兴华寺 二首

拨开云气叩禅关，松塔遥悬霄汉间。
前代犹遗朝笏古，此生应让老僧闲。
孤鸦听梵驯庭树，薄雾沾衣散远峦。
残碣尚留唐篆在，摩挲半是藓苔斑。

枯木堂前避世喧，别开天地证仙源。
经翻贝叶灵潭影，水裂山根瀑布痕。
对客弹棋僧不俗，拈花微笑佛无言。
此间忘却尘嚣界，消受铜瓶汲百樽。

兴华寺：即兴华禅寺，位于浏阳市道吾山莲花峰麓，建于唐文宗大和、开成年间（827—840），地处莲花峰下的平坦幽谷中。寺宇成“回”字形，分四栋，前栋为山门，上书“兴华禅寺”，并有“湖山胜迹”横匾悬其上。

汲：一作酒。

春　柳 二首

阳关低唱欲魂销，门巷愔愔影寂寥。
一笑欣逢知己眼，几回支得小蛮腰。
春风有恨愁双燕，流水无情送六朝。
羡煞长安游侠子，酒酣睡稳玉骢骄。

一段柔情唤奈何，迷离曙色绕关河。
晓风残月眉如画，芳草行云眼欲波。
万缕低垂惊质瘦，半生羁绊苦愁多。
回思旧事都成梦，怕付红儿按板歌。

海　棠 二首

丰神淡宕总无言，寂寞青苔昼掩门。
小饮竟抛名士约，多情合是美人魂。
风团粉气香仍碎，月点灵心梦有痕。
自古红颜少清福，最怜君处是黄昏。

秋千戏罢夜沉沉，香骨珊珊护绿阴。
金粉六朝留旧恨，灵犀一点诉芳心。
残云零乱妆初卸，妙舞轻盈力不禁。
二十四帘风静候，香魂缥缈费追寻。

感事柬易硕甫观察 四首

苦忆乾坤迹相陈，妄凭箕舌论维新。
堪怜鹦足无丰翮，忽报鱼头戴逆鳞。
涂附井田张伪学，潜移宫柄累齐民。
忧时漫人非非想，闭户覃思已十春。

酷爱江山好画图，只因误点被蝇污。
金牌枉断三言狱，铁案同归七日诛。
黄鸟闻歌人百赎，赪鳞削简泪双枯。
分明隔箧窥堂奥，疲煞东京议礼儒。

西蜀扬雄问字师，鸟官郯子更恢奇。
席间杯酒惊蛇影，死后衣裳质豹皮。
剩有扶桑通禹穴，空余蓂荚长尧墀。
人歌人哭都无著，独步荒郊咏《黍离》。

我所思兮鲁两生，征车不赴脱秦坑。
山中莫奉更时诏，海上难逃裂地盟。
空见素丝悲墨翟，更无净土葬田横。
师资汉寿魂南北，香草而今有令名。

易硕甫

即易顺鼎（1858—1920），字实甫，亦作实父、石甫、硕甫、仲硕。少时曾号眉伽。自署忏绮斋、种石山农、琴志楼。中年后自号哭盦。湖南龙阳（今汉寿）人，清末民初著名诗人。光绪元年（1875）中举，六年（1880）纳资为刑部山西司郎中，十三年（1887）改捐试用道，分发河南，后加按察使衔，二品顶戴。因按察使相当于古代观察使，故称观察。曾应张之洞聘，于两湖书院任经学、史学分校。刘善涵与易顺鼎同事两湖书院多年，此诗作于戊戌政变后十年之光绪三十四年（1908）。

促拍满路花·感事再呈笏山方伯丈

万言堪痛哭，只字渺平安，除葬身鱼腹没宽闲。金瓯撞破，无计觅珠盘。吊海东徐福，八百童男，可能再渡求仙。

休管他宫柳寒蝉，醉眼看青天，报长旄夜落角茫残。祖龙罗马，今古替人难。被发从之子，从啼绿惨，回头一段江山。

笏山：即易佩绅，字笏山。清龙阳（今湖南汉寿县）人，咸丰八年（1858）举人，曾官贵州按察使、山西布政使，光绪九年(1883)移四川，光绪十一年(1885)调江苏。方伯为一方之长，明清用作对布政使的称呼，笏山又为易顺鼎之父，故称“方伯丈”。

楚宫春慢·闻金陵战事有感，四叠前韵

匡庐万叠，看枫叶芦花，无边秋色。到处黄尘蔽骨，凄凄咽咽。下马手擒叛将，又报道江南伪猎。城郭人民今异昔，燕子归来，任汝呢喃絮说。

女墙无恙，还透出淮水东偏明月。歌舞年年，应有侯生惜别。指点丁家楼毁，斜日里数声渔笛。建业疏钟曾听法，飘笠翛然，遑问橘奴消息。

刘善泽（1885—1949）

字腴深，晚号天隐。浏阳南乡杨花湾人。辛亥革命后，获选湖南省议会议员。曾主编《湖南公报》。先后任湖南国学馆、湖南大学中国文学教授。创立湖南佛教居士林，任林长二十年。工诗，为“同光十子”之一，有《天隐庐诗集》二十卷。

刘善泽诗选

农　谣 二首

其一

螣只食苗叶，蝎只食苗心。
不比催租吏，鞭人入骨深。

其二

日日男耕田，夜夜女织布。
常愁积岁功，难了今年赋。

百　卉

百卉乐无知，岁华俄已改。
春风草自生，原有冬心在。

楚文塔 并序

塔在县郭外，县人元欧阳圭斋先生登延祐进士，累官翰林学士承旨，赠大司徒楚国公，谥曰文，因以名之。

累代崇先生，高山仰止同。
塔铃风自语，如说楚文公。

见新月有作

欲寻飞羽箭，弯上太阳弓。
立使妖氛尽，天边射白虹。

田 燎

田燎西郊野炬红，晚山相对悄然中。
儿童那解沧桑苦，说与前年戏火同。

浏水棹歌

源头路远夹清溪，河底沙明净浊泥。
江海狂澜尽东倒，却输浏水尚能西。

洞庭归兴

溯逆风回楚客舲，湖烟笼水撇波清。
君山木叶萧萧下，满载秋声过洞庭。

落花有感

三春休怨落花风，来岁开仍满旧丛。
独叹韶年人有几，只销开落数番中。

心畬王孙属题画册 二首

心畬：溥儒，号心畬，为清恭亲王溥伟的胞弟，末代皇帝溥仪的堂兄弟。是诗人神交几十年的大居士，书信往来的酬唱诗人几十年不断。

朔气秋高境转深，夕阳红树带疏林。
幽人闲扫云根坐，何限青山独往心。

地老天荒石骨寒，此中真著一尘难。
凭君放眼乾坤外，不作残山剩水看。

初营麓山

诗作于1936年，诗人在长沙岳麓山东牌楼口侧营建新居“刘庄”，楼房两层，共20余间。由庄前马路行走里许，直达岳麓书院。

滑笏湘流碧玉环，最多薇蕨是西山。
朱张渡口斜阳冷，烟驾云装独往还。

麓山新居偶题 十首选三

背郭新成一亩宫，情知难与辋川同。
寒梅大有嶙峋骨，多谢朝南暮北风。

倏因胜地便移家，涧水潺潺抱径斜。
添植木奴三百树，宅边随意补篱笆。

稚木当阳易作春，晴光旖旎柳条新。
岑岚深罨苍筤谷，可有墙东避世人？

藤 树

古藤粘树得春荣，帔拥青萝似旅生。
不审是藤还是树，万花红紫欠分明。

劫后过郡墟

无端火种尚遗秦，劫后痕留楚炬新。
三十万巢尽火毁，春归多怨燕嗔人。

石霜寺

无限梢槮气，琳宫日欲冥。农贫过卖笠，衲老坐谈经。
殿罨春云白，山环古佛青。歇如枯木去，何虑不惺惺？

八月既望，重游道吾山 三首

其一

不到兴华寺，于今十五年。偶谐莲社约，同契竹庵禅。
乱蟹积残照，疏钟沉夕烟。招提幽径迥，平楚望苍然。

其二

更觅前游迹，秋清气郁盘。岩云高不落，石磴险犹安。
花雨诸天肃，藤阴特地寒。冷泓澄见底，时有赤虬蟠。

其三

僧厨饭香积，斋鼓净尘心。落叶一灯雨，流云三径阴。
砌凉虫窍咽，树古鸟巢深。斗室维摩榻，空王笑苦吟。

自长沙返里女儿寿彤随侍

蓼辫菱塘落涨痕，平田遗穗散鸡豚。
云峦缭绕高低屋，烟树微茫远近村。
偶为消寒沽白醴，急谋投宿避黄昏。
征途弱女依依在，兵后相随返里门。

决 河

万族黄河一决歼，水头初比剑锋铦。
原知剧盗心先死，肯信冤魂口尚箝？
堤溃不缘群蚁漏，陆沉徒便众鱼呛。
秋风瓠子横流急，闻道诸山只露头。

自定历年所作诗都为一集漫题 时年五十岁

作诗不解追正始，譬如江沱自为水。
斯道何必能悦人，但抒襟怀亦可喜。
摇襞纸札毋乃冤，小技难免壮夫鄙。
丹欠九转功尚亏，猥云三参已得髓。
操觚回首四十年，读万卷书行万里。
百川终有到海时，丘陵学山恶乎止。
温柔敦厚雅颂风，非丝非竹兼非桐。
三百五篇刻意诵，音响疏越流高空。
宣圣手删得其旨，兴观群怨从折衷。
汉魏六朝盛作者，唐宋而还那相下。
我诗只供覆瓿用，讵足附庸说风雅。
敢言一饭无俗客，屠沽入座或应寡。
有谁三复同休文，自古清才岂容假。
后来遑计传不传，文苑他时任取舍。
即今土室吟寒支，骚鬼填胸待陶写。

九月于役盐山即事有作

贺祥麟

翠萝红蓼点秋光，小队肩舆晓做装。
村落萧条伤歉岁，简书敦迫负重阳。
沾衣雨湿添绵重，吹帽风来透鬓凉。
输与渊明归去好，东篱饱领菊花香。

贺祥麟

字麓侪，清代浏阳人。举人，官完县（现为河北顺平县）知县、云龙知州。有《有真意斋诗集》六卷。

重过泾阳驿题壁

贺祥麟

车走河间倏报功，捷书一夜达宸宫。
中乡获丑周方叔，异姓封王郭令公。
鼎鼎元勋铭铁券，纷纷群虏化沙虫。
高唐还见收遗孽，翘首天山早挂弓。

缦胡缨忽换南冠，云热风寒倏改观。
金鼓东行征役久，玉关西去圣恩宽。
兵原似火炎冈易，令果如山撼岳难。
四十余倏封事在，可能都作谤书看。

黄 征 诗 词 选

黄 征

即黄祖勋，详见本书上卷黄祖勋文《浏阳乡土志·例言》注。

虎爬泉

虎爬泉：在县南石霜寺。

几幅袈裟地，禅林托钵初。传闻泉竭绝，曾费虎爬梳。
鸿雪犹留印，龙云宛辟畲。名山总神异，不必道凭虚。

清浏竞渡竹枝词 八首选二

佳节年年候不讹，相逢莫问水嬉何。
三闾遗恨凭谁省，只管龙舟激大波。

虹丝桥下点赢筹，不占人先不肯休。
雨样汗珠风样快，片时齐过状元洲。

迎新春

去水莽江汉，客里韶光如许。春信看徐度，又新岁融华炷。碾香尘飞车错互，灿广陌珠树银花无数。迤逦风过处，知多少怡情箫鼓。念天方蹶，四国多故。环裨海、已惊血战龙苦。

何人争逐中原鹿，阋墙纷、外侮奚御？剧堪怜、原野膏流磷火阜，犹萁豆相煮。四顾长叹，郁伊谁语？

南柯子·遣兴

故里乌悬幕，新庐燕觅巢。漫怜杯水泛堂坳，不见大江东去日滔滔。

孟德骄横槊，周郎壮拥旄。雀台终竟委蓬蒿，何似鹤楼遗韵笛声高。

黎心矩诗选

黎心矩

（1879—1944），号静斋。清末浏阳人，秀才。著有《毛诗外传》《说文偏旁指南》《静斋诗集》等。

示　儿

谁为羽翼助冲天，经术同兹世泽绵。
晚睡莫轻抛好夜，鸡鸣还竞祖生鞭。

咏　怀

孰云儒术为身谋，安坐山中亦自羞。
报国未能空万卷，立名无补愧千秋。
半生方觉毛锥误，十载虚怀漆室忧。
世事于今成堕甑，何堪一步一回头。

夜　坐

潇潇夜雨一窗幽，蜡炬摇风泪自流。
诗不求工聊写愤，茶能遣睡更生愁。
何人尚拨红炉火，顾我深藏白叠裘。
跛眇未能忘履视，作书明日索吴钩。

静　坐

嗒然静坐一孤灯，莫认禅房入定僧。
对客剧谈妨损气，遭时多故觉无能。
平生空抱移山志，方寸差如止水澄。
未免关怀唯一事，高原为谷谷为陵。

征兵谣

东邻有儿二十三，鹑衣百结复身单。父跛母盲妹又小，儿去家累谁承担。西邻有儿二十五，兄弟齐出称五虎。鲜衣锦簇耀里闾，左顾右盼谁敢侮。无何下令大征兵，五丁抽二三一人。兵役法，只具文。西邻不征征东邻，始知钱力可通神。

红军来

吾山摧，红军来，蛰龙惊出响春雷。农民成立梭标队，游行示威嫌路碍。口号高呼遍地传，豪绅闻之心胆碎。打倒列强伸国威，推去大山鳌首戴。有女宣传马克思，少妇惊传老妇嗤。家住北乡人姓邵，短衣短发舞红旗。工商学徒大欢喜，三年奴隶供驱使。废除封建平等呼，人身自由逃鞭笞。从今贫贱足骄人，破砚耕来二十春。呼儿买酒供烂醉，恰有杖头三百缗。

人地两平权

焦达峰

人地两平权，乾坤一转旋。九州旧禹贡，五族戴尧天。
男女齐参政，耕耘各有田。智愚千虑得，文武百科全。

治国仁为本，和民礼进先。去污夷发辫，解厄放金莲。
忠难兴华夏，江湖起俊贤。大同期共进，团结作中坚。

焦达峰（1886—1911）

原名大鹏，字鞠荪，浏阳龙伏镇焦家桥人，"达峰"为其在日本时署名，是近代著名的民主革命烈士。

缅怀先父辛亥革命烈士

焦传统

达上九霄云路近，峰高五岳众山低。
运筹帷幄湖湘定，兴汉功名泰斗齐。
神武三军爰扫北，将星一现遽归西。
撰联成忏升天去，遗爱长留堕泪碑。

大鹏展翅九万里，长松拔地五千年。
孤标傲世难为用，壮志凌云敢负天。
热血沸腾江汉浪，狂飙扫净洞庭烟。
惊人事业多艰险，发难英雄自不全。

焦传统

焦达峰嗣子，结业于武汉大学，中华人民共和国成立前任浏阳教育科长。

千年事业方寸内，万里乾坤掌握中。
灭帝反封才见志，翻天复地始为雄。
汉皋电掣龟蛇伏，湖广雷轰雾瘴空。
回首可怜埋骨处，峰高千古仰英风。

当年垂手取长沙，三楚英豪灭帝家。
高举义旗驱鞑虏，不虞遗孽作奸邪。
元勋被害黎民哭，大憝贪功志士嗟。
唯物史观谈鼎革，导师评价放光华。

书　愤

陈作为

寂寂城关月满楼，麓山湘水锁深愁！
学书学剑缘何事？为挽狂澜赴国仇！

陈作为（1900—1925）

浏阳柏嘉山人。与同学毛泽东、陈昌等人相契。与陈清和等成立浏阳驻省学友会，主办进步刊物，宣传新思想、新文化。1924年考入黄埔军校，1925年讨伐军阀熊克武时被俘，伤重而亡。

悼同学某君

陈作为

黄卷孤灯诵北楼，思君如雨泪难收。
长沙不寿英才命，湘水无情空自流。

满江红·西望长沙

潘心源

西望长沙，湘江逆流五月急。魔鬼舞，深仇似海，怒目欲裂。洪流今又卷高潮，红旗千里蔽日月。正扬鞭驰马指危城，扫妖孽。

捣魔窟，且慢着；夺五省，谈何易？挽狂澜既倒，有赖贤哲。巨龙掉头东入海，碧波万顷任游弋。待洪涛掀浪撼孤舟，斯可矣！

潘心源（1902—1932）

浏阳丰裕乡新园村人，曾任红四军政委、红十三军政委，系革命烈士。

悼念心源诗二首

周坤元

巡视江西路险遥，回乡久别话辛劳。
新官南下乌云滚，噩耗东来大地号。
成事有期休道晚，妇孺短识笑讴谣。
寡孤回忆愁肠断，示告儿孙继祖曹。

十载夫妻少别离，匆匆来去泪沾衣！
布缠小足身多苦，铁铸头颅志不移。
儿女多须承父志，家财切莫赖相依。
喜看国运蒸腾上，告慰英灵酒一卮！

周坤元

潘心源的妻子。

陈 昌（1897—1931）

号章甫，浏阳镇头土桥村人。1911年考入湖南一师，与毛泽东、何叔衡、蔡和森等结友。1921年加入中国共产党。1927年参加南昌起义。1931年二月被杀害于长沙浏阳门外。

陈昌诗选

授地理课有感 二首

同舟共济尚仓惶，大海茫茫渡未还。
兄弟阋墙先御侮，凯歌高奏太平洋。

唯有强权足自豪，兴邦雪耻属吾曹。
枕戈直渡朝鲜峡，爱国头颅等弁髦。

除夕有感

呜呼一去几时归，烈士空劳举世悲！
沧海桑田成幻影，万民齐咒帝王徽。

怀 友

久别难为语，阳春付水流。思亲徒洒泪，顾国怕登楼。
家国双危绝，我生逢此忧。何时一樽酒，重与话离愁。

村姑：1918年亲笔将这首诗抄给女儿陈云。

村 姑

借问村姑姐，曾否学吟诗？敛眉娇带怒，长叹一唏嘘。
我为贫家女，无钱怎读书？何日均贫富，不富均为愚。

除夕抒怀

壮志未酬身尚健，豺狼当道志弥坚。
鸡鸣起舞迎新岁，秉剑披衣待晓天。

如梦令·寄汉文、昌甫诸人

田波扬

而今细雨纷纷，正是旧游时节。旧游何处也？岳麓依然奇特。奇特！奇特！隔岸离人愁绝。

田波扬（1904—1927）

浏阳乌龙乡良陂村人。1921年秋入楚怡工校学习。1922年入党，1925年被选全国学联常委，1927年任共青团湖南省委书记，马日事变后被杀害，时年23岁。

对江娥

黄接舆

君为我作楚乡舞，按节我为汝楚歌。
四面云山齐控纵，廿年岁月冷云过。
道高一尺魔高丈，牺牲争求代价多。
此去心安理自得，更无泪泗对江娥。

黄接舆（1899—1927）

浏阳大围山人，早年与罗章龙、李梅羹同时参加马克思主义研究会。中国共产党党员，从事工运活动。大革命失败后被杀害，牺牲时，年方28岁。

此为黄接舆烈士就义前，与妻子江娥诀别时所作的绝命诗。

对黄仁烈士赞语

刘建中

十八年华任主席，千般险阻志不移。
妖魔荡尽人心快，虎胆英雄世所稀。

刘建中（1905—1932）

浏阳永和镇人，1926年加入中国共产党，曾担任农协会长、湘鄂赣省苏维埃政府副主席等职，1932年牺牲，时年28岁。

题　扇

聂永晖

大翼展云天作浪，余威激水月生波。
岂甘自好为人舞？怕听人间叫热何！

聂永晖（1900—1934）

浏阳乌龙乡人。1926年加入中国共产党，同年出席湖南省工农代表大会。

题扇：作者自注题赠慕容楚强。

从军留别汉皋诸友 二首

张鉴秋

其一

天涯有客赴长扬，身未称雄语自狂。
但使中原成净土，何辞七尺卧沙场。

其二

莫道痴生太不情，安排一死慰苍生。
烦君归去语知己，投笔原为学请缨。

张鉴秋（1892—1936）

浏阳金刚乡人，善诗、书、画。1926年加入中国共产党，1930年任中共浏阳第十一区区委书记。1932年任中共江西修水县执委兼宣传部长。

寄内人

张鉴秋

天涯宁不念家村？双袖斑斓尽泪痕。
别后有书都是血，梦回无处不消魂。
岂凭沧海淘心迹，已染星霜点鬓根。
寄与闺中小儿女，容颜今昔莫差论。

张侃诗选

张侃（1902—1944）

又名非贤，浏阳大圣乡荆坪村人，长沙尚志中学毕业，1925年加入中国共产党。

离　家

秋色去故乡，曙光隐微茫。麻叶风翻白，稻花露滴香。
行人悲远道，少妇结愁肠。贫苦多离别，年年生活忙。

征　途

欲赴峨嵋路不通，兵戈阻绝洞庭东。
寒灯冷卷秋风夜，寂坐孤吟野寺中。

峨嵋路不通：作者当时去四川与共产党的地下组织接头，中途受阻。

归　来

志士贫居有壮怀，十年飘泊走天涯。
归来茅屋三间在，黄色苍苔已满阶。

狱中吟

纵横万里少年时，一剑飘零只自知。
欲息轮蹄归去好，四山风雪却何之？

感　时

李玖铭（1872—1931）

浏阳人溪乡小洞村人。清末秀才，从事教育数十年。1925年加入中国共产党，1931年春在长沙惨遭杀害。

李玖铭

八载同胞变匪常，沙虫猿鹤怨苍苍。
已经帝国成民国，竟恋疆场作战场。
广厦自应罗俊杰，金台何日召贤良？
只求和议全球决，亿兆生灵总寿康。

题　壁

吴厚观（1885—1928）

又名兆观，浏阳大围山人。农民协会干部。秋收起义时任中国工农革命第一军第一师第三团干部。

吴厚观

牺牲换人群幸福，革命是吾侪生涯。
且将点滴血和泪，浇灌天下自由花。

就义诗

彭澜征

革命何须泪湿襟，抛头洒血为烝民。
英雄今日饮刀去，创业长留后继人。

彭澜征（1889—1928）

又名彭光，浏阳永安彭家冲龙井新屋人。1925年参加地下农民协会，1926年加入中国共产党，1927年任浏阳工农义勇军大队长，参加秋收起义，任中国工农革命军第一军第一师第三团副团长。1928年惨遭杀害。

注：烈士临刑时，堂弟彭耀廷悲痛饮泣。兄见状，作此诗相慰，并勉励其当革命后来人。

马日事变感言两则

贝德仲

其一

纷乱未为奇，变迁何大急。
头颅尽可抛，主义不容蔑。

其二

世界非无定，何容假乱真。
为党而争斗，我命愿牺牲。

贝德仲（1876—1929）

浏阳船仓乡人，1926年加入中国共产党，1929年在浏西从事地下工作被捕牺牲。

孔 昭 绶 诗 选

游道吾山口占

道吾山

杖策身疑入画图，扶摇上不倩人扶。
吾山依旧青如许，是否今吾胜故吾。

孔昭绶（1876—1929）

字明权，号竞存，笔名攘夷。浏阳东乡达浒人。孔子第七十一世孙。我国近代教育家、政论家、新闻出版人、诗人。曾二任湖南第一师范校长。

引路松

百尺青松夹乱峰，洞夫十里白云封。
问津怕有渔郎入，不种桃花只种松。

兴华寺有鸡犬

疏钟几杵响空山，花锁禅门昼亦关。
怪底淮南仙去后，还留鸡犬在人间。

白龙泉

久蛰灵湫不计年，题名犹计白龙泉。
知君非是池中物，好趁春雷飞上天。

中秋无月感怀

月锁云端不放来，拟凭剑气一冲开。
男儿手具回天力，洗净秋痕照九垓。

客倭除夕感怀 四首

其一

太平洋里太平舟，汽笛声声此壮游。
一稗海环衣带水，三神山拥暮云秋。
鹃因望帝流丹血，乌悯亡燕也白头。
故国萧萧无限意，不堪回首眺神州。

其二

神仙喜住碧云天，璀璨蓬莱一色鲜。
黄土汉家存旧腊，白门倭俗又新年。
欧阳酣酒曾歌剑，徐福回风不引船。
五百童男三岛遍，殖民原在美欧先。

其三

扶桑濯罢晓光红，足底云生映日空。
九万里遥鲲化北，五千年后鹤还东。
触蛮可笑争蜗小，楚汉何曾逐鹿工。
醉把全球翻一踢，不教时势有英雄。

其四

大地风云起大争，东西洋卷战涡生。
腕挥毕相禁持铁，颈斩楼兰不系缨。
秋影远书惊雁断，血痕两剑化龙轻。
何时梦也狮王醒，怒向群雄吼一声。

城南留别四绝

留别职教员

灯火南楼话茂年，一囊归去倍翛然。
多情最是新秋雨，依旧飞来声满天。

留别学生

买丝何必绣平原，人影夕阳秋有痕。
占断城南好风景，半庭桃李愿无言。

留别方君东游

《城南旧雨集》其序云："民国五年，绶滥竽南郭，旋以时局多艰，校款奇绌，七年暑假迭引疾乞休。九月三日谬承职教员学生饯别留影，拳拳之意溢于言表，口占四绝藉答雅意。"这是孔昭绶于1916年1月至1918年8月二度担任湖南一师校长辞职时所作。诗中"方君"为方维夏（1879—1936），又名绪光，号竹雅。湖南平江人，教育家、革命烈士。1916年至1918年任湖南一师学监主任。

好风吹我到瀛洲，一舸如君又壮游。
寄语神山旧仙侣，故人无恙水天秋。

卷云亭峙妙高峰，独立苍茫听晚钟。
何时一樽明月共，与君重破白云封。

赠剧宜九队

欧阳予倩

欧阳予倩（1889—1962）

原名立袁，号南杰，浏阳人，著名戏剧、戏曲、电影艺术家，中国现代话剧创始人之一。

逆浪旋风袭万愁，几濒危覆截中流。
艰难莫怨撑持苦，喜共同舟共上游。

为韵伏女士题画

欧阳予倩

轻舟一路绕烟霞，更爱山前满地花。
不为观景也留住，过了花丛到了家。

过浏阳

田 汉

长河如带绕军旗，万嶂千峦足指挥。
云急风高一舒眼，茶花插得满头归。

作者自注：“西行第五日晨五时离开南昌，十日入湖南境，闻乡音倍感亲切。在大瑶站接电话，闻卡车在上高、万载间覆水塘中，因在浏阳过夜。遇旧友陈秉文先生，畅谈极欢。明日：邀登天马山最高峰，大家帽上插得很多茶花，亦旅途之乐事。在山头读真如先生一诗，便成一绝。”

赠徐庆誉兄

田 汉

西行六日过浏阳，举酒高歌国士乡。
同学少年多不贱，愿留铜柱作甘棠。

田 汉（1898—1968）

原名寿昌，长沙人。我国杰出的剧作家、戏曲作家、词作家、诗人、文艺批评家、文艺活动家，中国现代戏剧三大奠基人之一。

徐庆誉：为田汉好友，民国时期任浏阳县长。

国士：指谭嗣同，田汉来浏阳时曾瞻仰其专祠。

家国恨

欧阳立徵

悲愤艰危梦绪侵，抚孤奉母度晨昏。
仰天长叹星眸裂，誓扫腥膻慰国魂。

欧阳立徵

1900 年出生于浏阳淮川营盘路，清代名儒欧阳中鹄孙女，著名戏剧家欧阳予倩的胞妹。

涂启先，详见本书上卷涂启先文《围山书院记》注。

中秋感赋

涂启先

十万人家灯上时，一轮明月露华滋。
中天净尽无云翳，那得澄心一似之。

题蝉栖牡丹

涂启先

懒唱槐阴断续声，沉香亭畔颂新晴。
也知富贵春光好，飞向枝头得意鸣。

挽李隆秀才

涂启先

祢衡多傲睨，方朔善诙谐。下笔驰风雨，观书扫雾霾。
遗言悲可诵，藏稿浩无涯。底事修文召，长教玉树埋。

民国

九龙寺：在浏阳南乡杨花乡九龙山阴，唐代古刹，历经千载，至今香火犹盛。此诗作于1931年。

刘文卿（1914—2002）

本名作攀，号文卿，浏阳南乡杨花人。早年师从堂叔湖南大学教授刘善泽，为杨花、金刚等地资深教师。有《杨花清韵》，2019年印本。此诗作于1948年。

游九龙寺

刘文卿

萧寺曾留止，寻幽复叩关。僧如当日健，人比昔年闲。
约略温前事，迟回看旧山。浮生能几度，莫恋白云间。

过杨花湾关口

刘文卿

落木寒山峡，孤筇踏雪痕。斜阳千树色，流水数家村。
遗墨斯人远，长桥旧迹存。此行游客少，亦觉屐声喧。

罗绍裘（1925—1993）

古港镇人，解放前书馆务工，后务农。

春　怨

罗绍裘

青山隐隐水漪漪，凄楚空余两地思。
曾似寂寥花落后，断无消息雁飞时。
云容冱雪情何荡？雨意添寒梦尚痴。
惟有灞原堤上柳，春风依旧舞腰肢。

山馆秋吟

罗绍裘

老去扬雄卧一区，何须驰去问伊吾？
性难入俗交游少，才不称时笔砚枯。
搔首风尘双短鬓，侧身天地一丁夫。
行歌乐土应无愧，日授生徒夜课书。

下卷·楹联

挽儿谭嗣同联

谭继洵

谣风遍万国九州，无非是骂；
昭雪在千秋百世，不得而知。

谭继洵（1823—1900）

字敬甫，浏阳人，清咸丰十年（1860）进士。外任甘肃道员、布政使，曾官湖北巡抚。系谭嗣同之父。

题甘肃贡院联

谭继洵

边塞起风云，喜紫气东来，会有辅轩随雁度；
苍生盼淋雨，问黄河远上，此中多少化龙才。

谭 嗣 同 楹 联 选

题书斋联

家无儋石；
气雄万夫。

戊戌北上留别内子

为人竖起脊梁铁；
把卷撑开眼海银。

题南京莫愁湖联

身是六朝人，依然乐府江山，谁数匆匆后来事？
家临九江水，为忆洞庭烟雨，可怜惘惘昔年游。

秦淮画舫联

画里移舟，鸥边就梦；
镜中人影，衣上天香。

春　联

大陆龙方蛰；
中原鹿正肥。

戏台联

何况到而今，即早生盛世唐虞，不过及身观梦幻；
明知终一散，剩片刻当场傀儡，自将苦口入笙歌。

题长沙时务学堂联

揽湖海英雄，力维时局；
勖沅湘子弟，共赞中兴。

赠黎桂荪联

一鹗忽翔万云怒；
群虬相奋孤剑啼。

题仲兄墓联

恨血千年，秋后愁闻唱诗鬼；
空山片石，苍然如待表阡人。

赠唐绂丞联

思纬淹通，比羊叔子；
定礼决疑，问陶覆之。

挽仲兄谭嗣襄联

空回首三十三年，盖世才华，都被艰难磨折尽。为君略计大端：以妙理启深思，君善于学；以滑稽演文理，君善于词；属怵目惊心，处家庭非常之变，君又善于行权。卒至窜身孤岛，委命穷乡。倘泉壤有灵，应悔壮游万里。吞声怕念家山，寂寞琴书，藐藐遗孤尚文褓；

莽伤心五月五日，蓬瀛月色，竟教噩耗远飞来。顾我犹深隐痛：当平居失弟道，我负其生；当含殓未躬亲，我负其死；值盘根错节，非缓急可恃之才，我尤负其期望。徒然翘首天涯，羁留沪上。忆汉阳语谶，真成一别千秋。衔石谁填恨海，苍茫烟水，飘飘何处著冤魂。

黎桂荪（1868—1918）

即黎尚雯，字瑞章，号桂荪，浏阳人。清贡生，光绪十八年（1892）入泮，例授儒林郎，光禄寺署正。曾与谭嗣同等创办南学会、时务学堂、《湘报》《时务报》。1912年任南京临时政府参议院议员。

自题联

惟将侠气流天地；
别有狂名自古今。

题石菊影庐

人在有情天，得此群山，暂舍事事；
生岂无怀世，每当九日，亦自欣欣。

题涧山毛氏宗祠联

毛树勋

尊宗敬祖；
爱国兴家。

淮水漾清波，祖德流芳，四面八方绵世泽；
涧山腾紫气，地灵毓秀，千秋万代振家声。

毛树勋

浏阳东乡涧山溪源人，清朝秀才。

清末浏阳县衙联

王闿运

青山横北郭；
绿水绕东城。

王闿运，见本书中卷王闿运《渡蕉岭》诗注。

王祝堂楹联选

王祝堂（1851—1917）

浏阳北乡楹联闻人。

题竞选国民代表联

大代表，小代表，大小代表争大小；
东请客，西请客，东西请客吃东西。

题金线吊葫芦祖墓联

四处青山为屏障；
一根金线吊葫芦。

戏台联

今古小文章，摹绘得容貌衣冠，帝尧舜、王汤商、相伊傅、师孔颜，是功名，是学问，上下数千年，全向剧中领略；

山林好图画，点缀些烟云沙水，东齐鲁、西巴蜀、南楚吴、北燕赵，有兴废，有存亡，纵横百万里，都从戏里经营。

青峰岭关帝庙题关帝联

义结桃园，异姓联成亲骨肉；躬辞曹府，单刀劈就汉江山。

西蜀昭烈帝，谊订君臣，南阳忠武侯，位分将相，张翼德生死结盟，赵子龙险夷共事，马孟起雄略争先，黄汉升职官齐列，勤劳王室数十年，绝类逸群，总难忘兄弟恩情、春秋经旨；

东吴拒孙权，威震华夏，北魏辞曹操，义重山丘，汜水关伏兵败走，新野县小丑惊惶，樊川城七军覆灭，长沙郡太守逃亡，角逐中原几百战，杀敌至果，谁不畏利刀偃月、良驷追风！

洞溪书院门联

陈柳生

琴书千古韵；
花木四时春。

陈柳生（1882—1931）

浏阳人。当地诗联闻人。

洞溪书院：位于浏阳张家坊，创建于清道光二十年（1840），清末改学堂。今为张坊完全小学。

洞溪小学门联

王首道

洞天留古迹；
溪水泛新潮。

王首道（1906—1997）

浏阳张坊人。中华人民共和国成立后曾任湖南省政府主席、全国政协副主席等职。

挽焦达峰都督联

孔佛竺

大将登坛，一军皆惊，萧相信知人，无独称淮阴志士；
太平兴国，长江未及，洪郎如不昧，应崇拜湘楚英雄。

孔佛竺

清秀才，浏阳北乡枫林人。

题仁寿山抗日胜利后建醮联

邓艺蕺

任他弹雨枪林，竟扫开四面妖氛，汗马不劳传檄定；
听我晨钟暮鼓，已敲醒万家春梦，木鱼又起诵经声。

邓艺蕺

沙市邓家湾人，清秀才。

贺远族某宦归暨其子完婚

邓艺蕺

百年庭训懔清官，推葛庇远垂棠阴，邦家之光，宗族之望；
一架书香传旧德，盼花封辉映莱服，凤凰其彩，龙马其图。

挽屈珊臣烈士联

邓忆岂

不过桥要修桥，人称傻，我称杰；
有家产谈共产，官曰昏，民曰贤。

邓忆岂

清末浏阳庠生。

屈珊臣：浏阳烈士，共产党员，家产颇厚，曾领头修缮邓家桥，为世人称颂。

道岩寺关公殿联

许烟阁

道备四时，日月流长征不息；
岩经千古，乾坤悠久颂无疆。

许烟阁：见中卷《锦春八景》诗注。道岩寺位于浏阳市社港镇石牛村。

仁寿山戏台联

朱南吾

几许月当头，照得陈新焕彩，朱紫交辉，此夜浑殊昏邓邓；
大罗天致咏，谱出屈宋高文，李唐遗响，登堂如听水汪汪。

朱南吾

生平事迹不详。仙寿山，在浏阳北乡沙市镇，有陈大仙人庙。联中隐藏山主汪、史、许、邓、屈、朱、李、陈八大姓氏。

达浒丁山村窑湾岭陈大仙庙戏台联

卢昌阜

千秋事业须臾际；
万里江山咫尺间。

卢昌阜（1867—1944）

字兆成，号肇丞，曾执教于湖南一师，与当时一师校长孔昭绶为密友。通经史，犹精《周易》。

石柱联

卢昌阜

响遏行云，天上霓裳新入韵；
竽吹夜色，人间歌管旧通神。

挽黄兴联

刘人熙

中国幸重光，正祝众星环北极；
申江才话别，忽惊一柱折南天。

良观在金陵征战之年，枕戈握手，任革谈心，知东南半壁毓秀钟奇，功崇自当卑管晏；

神交值东林党锢以后，发难中原，连筹海外，为四百兆人扬眉吐气，讴思岂独在雷陈。

挽蔡锷联

刘人熙

无松坡则无民国五年，方期采药三山，万口同声延福寿；
有克强乃有武昌一役，岂料重光五族，两贤相继殒东南。

刘人熙

见本书上卷文《浏阳会馆记》注。民国五年（1917），即洪宪元年，反对袁世凯称帝时。三山，三神山，即蓬莱、方丈、瀛山。五族，指当时的五个大民族，即汉、满、蒙、藏、回。

题刘姓某宗祠联

刘还浦

自受封得氏以来，唐社分支，夏廷疏爵，周家食采，汉室称藩，世禄相承，华胄遥遥光史乘；

有文德武功可溯，阁中藜焰，帐外笳声，堂上蒲鞭，军中旗帜，宗风递衍，同枝密密盛淮浏。

自题门联

刘善泽

刘善泽

见中卷诗词《刘善泽诗词选》注。

得山水之闲趣；

是羲皇以上人。

家悬楹

刘鹏墀

刘鹏墀（1861—1929）

浏阳古港镇人，清末民初，设馆授徒。

耕田好，读书更好，总之学好便好；

守成难，创业犹难，究竟知难无难。

题三元宫戏台联

刘鹏墀

出身当想前程远；
退步须留后路宽。

金刚镇桃树湾刘家大屋厅联

刘运庄

得山水缘，其来由自；
为子孙计，爰宅于兹。

刘运庄（1796—1865）

浏阳人，州同知出身。刘家大屋位于金刚镇丹桂村，始建于道光二十九年（1849），成于咸丰三年（1853），建筑面积2000多平方米。

文华书院门联

刘世道

以文会友；
为国储才。

刘世道

浏阳文家市人，原文华书院学生，留日学者。回国后将书院更名为“里仁学校”，兼首任校长。

挽焦达峰都督联

寻泗滨

寻泗滨

清末浏阳社港人，秀才。

金祸正烈，杀岳争权，秦贼促南宋之亡，谁与假韩椎一击；
焦土未干，刺君何忍？楚材为造物所忌，我欲续天问二篇。

社港镇天供祠堂楹联

寻贵堂

寻贵堂

浏阳社港人，清末秀才。

世事如棋，让一着不为亏我；
心田似海，纳百川方见容人。

春露秋霜，当滋德业由先泽；
云蒸霞蔚，留得诗书启后人。

要好儿孙，需从尊祖敬宗起；
需光门第，还是读书积善来。

社港镇北源关公庙殿内联

寻贵堂

志在春秋功在汉；
心同日月义同天。

生冀州，侍豫州，陆战徐州，镇守荆州，万年九州出一；
兄玄德，弟翼德，水擒庞德，不降孟德，千古智德无双。

社港镇寻氏日栋祠联

寻增福

基恢南楚；
派衍西江。（大门联）

吉水发源，流来七宝；团山起祖，脉贯双坡。（檐柱联）

寻增福（1889—？）

浏阳社港元祖洞人，清末秀才，湖南专科师范毕业，终生从教。

题浏城孔庙礼乐局联

汤 鲲

龙书纪瑞；
虎拜陈经。

为万古纲常名教而生，初度袭休祥，慎毋忘庚子良辰，已卯正朔；
与两间河岳日星并寿，诸儒崇释奠，犹共守昌平俎豆，阙里琴书。

凡有血气莫不尊亲，看尼山为纲常立极，志在春秋，曰祖术，曰宪章，六经雅教承先圣；

毋作聪明而偭规矩，汇瀛海科学成才，文以礼乐，自狄鞮，自象寄，万国衣冠拜素王。

汤 鲲

字瀑秋，原名伏初，浏阳南区大圣乡人，清末秀才，性拘谨，不计较名利。壮岁，居乡设馆授徒，曾任寄禅学舍主讲，浏阳国学专修学校文科教授。

礼教贵持循，尊所闻，行所知，痛下功夫为主敬；
乐学非神秘，守其数，思其义，养成德艺在读书。

题长沙天心阁联

汤涧芙

一阁幸犹存，得重见岳麓庄严，橘洲明媚，湘江浪静，云梦波平，都收归眼底；

千秋谁作主，有当代贾生词赋，屈子离骚，才士文章，名家图画，共阐述天心。

题岳阳楼联

汤涧芙

汤涧芙（1911—1985）

浏阳金刚乡云岩村人。

王勃赋，崔颢诗，任他文惊伯屿，句压青莲，终不如杜少陵扶病登楼，今上昔闻留绝唱；

帝子薨，黄鹤去，空吟画栋珠帘，晴川芳草，谁得似范仲淹抒情作记，先忧后乐作名言。

代哑巴母死作灵联

汤涧芙

有口不能言，伤心徒洒千行泪；
多方图奉养，负果何辞百里劳。

就义联

汤祥瑞

嫉恶如仇，几根傲骨横天下；
舍生取义，一颗头颅落状元。

汤祥瑞（1873—1928）

浏阳达浒乡金坑村人，知识分子。1926年加入中国共产党，曾任达浒区农民协会委员长。1928年8月，被反动派杀害于浏阳状元洲。

状元：指浏阳状元洲。

挽黄兴、蔡锷二公联

张炉钧

一万元赏格，两万元奠仪，生有价值，死有价值；
在北京签字，出北京独立，来也英雄，去也英雄！

张炉钧

浏阳人，清秀才。

挽抗日阵亡将士联

张政渥

号汀荃，浏阳大圣乡荆坪人，晚年设馆教学。

张政渥

大丈夫当马革裹尸，为国为民，死如不死；
好湖山为鬼雄埋骨，来歆来格，神乎其神。

张坊象弯张氏宗祠门联

张秀妍

浏阳张坊人，清代秀才。

张秀妍

象贤孙有愧；
弯景月无边。

应对修坝人联

李照莲

官渡南边人，善岐黄之术，诗文俱佳，被时人称之为浏阳才子。相传李照莲经修坝处，民工打桩，见其至，出上联索对，李照莲一时对不出，行数里，一家举行婚礼，风吹红烛，得之。

李照莲

水里打桩，进一寸浸一寸；
风中点烛，流半边留半边。

自挽联

李闰

今世已如斯，受人间百岁牢骚，一死怎能抛恨去？
他生须记着，任地下许多折磨，万劫切莫带愁来！

李闰（1865—1925）

自号“臾生”，谭嗣同的夫人，长沙市望城县李篁仙之女。

题上洪碓榨坊联

李敦白

流水催舂碓米熟；
河风吹送榨油香。

李敦白

浏阳市张坊人，民国乡儒。

沙市镇赤马殿联

李华林

顷刻间千年事业；
方寸地万里江山。

李华林

浏阳赤马人，清代举人。

李朴莪

浏阳北乡人，清末举人。

李朴莪楹联选

题牛皮岭小憩亭

星沙有迹留鸿爪；
浏水多情送马蹄。

题源头小商店 集句

便觉眼前生意满；
为有源头活水来。

题李祠公堂

礼重大伦，亲其亲，长其长；
事关公论，是则是，非则非。

贺喻邑侯父寿辰

心澈玉壶，明月一帘琴影静；
辉增莱服，春风百里锦衣新。

题鸣浒寺联

鸣浒寺：在浏阳沙市镇赤马湖北之马鞍山，始建于明末，祀观音。

林静青围屋；

山高碧到天。

沙市郭氏宗祠楹柱联

明发有怀，涧溪毛荐中洲月；

粢盛必洁，黍稷香流护郭田。

生前自挽联

李涤文

李涤文

永和镇人，前清举人。

枉费着卅载工夫，传世则无学，活世则无才，到此万念皆灰，纵有学有才亦成尘土；

这便是一生结果，爱我者必悲，忌我者必喜，究竟百年同尽，笑为悲为喜却似痴人。

洞阳镇砰山杨泗将军庙殿堂联

李紫轩

李紫轩

浏阳洞阳乡李家大屋人。中华人民共和国成立前曾设馆授徒，中华人民共和国成立后因病去世，其子为人民解放军李信将军。

云峰曲水自东来，回绕楼台，有韵有声成绝调；

九圣诸山皆北向，蔚萝锦绣，亦幽亦雅是奇观。

挽辛亥革命烈士张秋培之妻联

李紫轩

慧眼识人，不畏险阻艰难，相随戎马，恸夫君许国，赍恨黄泉，哀思托啼鹃，泪竹斑斑都是血；

素心守志，那顾流离颠沛，抚养孤儿，叹稚子无辜，遽亡慈荫，疾风摧弱草，彼苍默默太无情。

挽徐奇飞夫妇联

陈吕丰

出言不亚郑庄公，可惜调解无人，一语竟成千古恨；

结侣宛似梁山伯，料是三生有约，双飞仍续再生缘。

遗嘱联

陈常牧

到底何病？缠绵七载，医服之，神服之，这般作怪，此去不询玉帝，便问阎罗，总要明白；

最难放心，孤儿六岁，学也未，婚也未，怎样得了，还妄劳我双亲，靠着诸弟，大家维持。

陈吕丰

浏阳市社港镇里仁村人。民国时期，浏北周洛坳上徐奇飞与永安市同泰盐号老板合伙做生意，徐隐瞒了对方五十斤盐款，发誓说：“我若做了亏心事，夫妻俩不在世上吃团圆饭。”大年三十，夫妻俩果然在上、下午分别死去，消息传开，正在周洛读经馆的年轻学子陈吕丰，挥毫写下此联。

陈常牧

号书田，浏阳高坪乡桃山村人，民国初年毕业于师范学校，文名显著，历任大小两溪校长教师。

题上船山土地祠联

陈菊龄

山以船名，个里有洞天福地；
酒从社饮，杯中悉甘露醍醐。

陈菊龄

清秀才。

西山颜某子娶周氏女陪对

陈菊龄

有子愧蛟腾，公然思媚周姜，使她愿寄西家宿；
来宾劳燕贺，但愿勾留颜巷，对我频倾北海樽。

题“福临门”牌楼联

陈阅初

万山排闼；
百福临门。

陈阅初

浏阳张坊人，晚清秀才，曾任桃源县县长，浏阳县教育科科长，国民党党员，中国同盟会员。

朝阳山寺大门联

陈阅初

朝霞灿烂；
阳气氤氲。

张坊老字号“仁义生”招牌联

陈阅初

居仁由义；
本立道生。

石溪村陈氏支祠大门联

陈柳生

搁笔不妨山作架；
行文且近水成溪。

陈柳生（1882—1931）

张坊镇石溪村人。

浏阳县立师范学校 1942 年大门联

陈柳生

养天地正气；
法古今完人。

永安镇东山殿仙母娘娘殿联

邵声鋆

福地洞天千古月；
晨钟暮鼓四时春。

邵声鋆

浏阳北乡人，晚清举人。

串中药药名联

吴影秋

两白头翁手握玉竹双钩，把钓于西河柳荫，岂无凌霄远志？
一红娘子胸怀乳香二宝，乘凉在苏海石上，难免望月相思。

吴影秋

生平事迹不详。联中白头翁、玉竹、双钩、西河柳、凌霄、远志、红娘、乳香、二宝、苏海石、望月、相思，均为中药名。

谭嗣同墓华表联

宋渐元

亘古不磨，片石苍茫立天地；
一峦挺秀，群山奔赴若波涛。

宋渐元

浏阳人，清末文人，曾任广东防城（今属广西）知县。

谭嗣同墓：在浏阳城南牛石岭翟水村，占地约160平方米，前有石马、石虎各二，华表一对。

周乃今（1878—1956）

字少乔，龙伏镇人，清末秀才，曾在文光书院、浏阳师范等处任教共38年。

题石柱峰玉皇殿联

周乃今

金声掷地；
石柱擎天。

挽焦达峰都督夫人联

周乃今

太史传名，当代知名，殆皆虚名耳，名以悲峰，乃符素志；
哭夫几死，抚孤忍死，岂不愿死耶，死已尽职，足表母心。

周日旦

泮春人，民国时省议员。

挽湖南某生以忧国投东海死

周日旦

东海翻资江巨浪，心伤浊世，身蹈清流，楚国产英才，万里捐躯惊屈贾；

南天吊烈士孤魂，生仇异族，死励同胞，汉家多肖子，九原有泪哭谭唐。

挽焦达峰都督联

周岑梧

将相宁有种乎？把臂三千豪士，共争故国山河，陈胜首揭竿，久后论功凭汉帝；

男儿亦言死耳！伤心二百余年，失却中原旗鼓，叶公胡不胄，永留遗恨在长沙。

周岑梧

清泮春人，秀才。

达浒乡农协成立大会联

周成国

同志同心，黑手创成新世界；

合乡合德，红日照破旧山河。

周成国（1905—1932）

达浒乡石板村人，1926年参加革命，同年加入中国共产党，后任乡、区苏维埃主席、省苏维埃巡视员，1932年在达浒石洲上牺牲，时年二十七岁。

武氏宗祠柱联

武从文

正色立朝，千古谏臣垂盛绩；

奋身卫父，两全孝子著芳声。

武从文（1895—1968）

浏阳龙伏坪人，私塾先生。

题寻广益家门柱联

武 陵

武 陵

浏阳北乡人。

处世贵端庄，广积阴功绵福寿；
居心宜正直，多留余地分儿孙。

代作唐莘农烈士灵联

罗咏梧

罗咏梧

号燕山老人，浏阳跃龙萝葡湾人。清末习举子业，文章憎命，屡试不售，擅书法，好作擘窠大字。曾任职镇西学务处。晚年居家设馆授徒，卒于1945年。

大丈夫视死如归，毋以妻儿为念；
未亡人隐衷谁诉，但求衾影无惭。

赤马殿戏台联

罗运坤

国难当前，庸可戏乎哉？恨倭寇侵入邻国封疆，纵马横行，演那满洲傀儡；

人心如此，无能为也矣！愿同胞看到古人忠义，执戈奋起，还我民族河山。

题化字炉联

屈陶溪

为文章吐气；
与翰墨增辉。

枨冲真人庙戏台联

易翰鼎

月殿霓裳，锦城丝管；
梧桐庭院，杨柳楼台。

易翰鼎

字伯朓，号寿梓，长沙府湘阴县人，清光绪举人，曾任职浏阳厘金局。著有《言馨草堂草芽集》。联语中梧桐院、杨柳湾，均为浏阳枨冲镇地名。

南普寺抗日战争时期戏台联

沈宪武

唐季古楼台，胜得朱甍碧瓦，遮尽美雨欧风，喜今朝旧宇重新，胜境展开摩诘画；

梨园彰簿阀，扮出历代名流，演来千年事业，趁此时关心注视，举头如见汉官仪。

沈宪武（1922—2002）

浏阳人，沈氏族长，曾在多所中小学校任教。

南普寺：在浏阳龙伏镇南普山，始建于后唐同光元年（923），宋祥兴二年（1279）更名唐代禅林。清乾隆四十六年（1781）扩建。民国时设小学，1980年代修复。

钟氏宗祠：指浏阳城西门外状元洲钟氏家族祠堂。

钟瑞昌

清代浏阳人。

状元洲钟氏宗祠联

钟瑞昌

修其祖庙；
教以人伦。

想当年颍水开基，舞鹤飞鸿，百代书香昭彝训；
看今日长江发族，东吴南楚，一堂子侄翠冠裳。

郭宗文（1915—1991）

浏阳北乡人，自学成才，14岁即设馆授业，毕生从教，诗联成就甚高，著有《郭宗文诗词联选集》。

郭宗文楹联选

青莲庵抗日战争时期戏台联

全球炮火正纷飞，陆上有坦克车，海底有潜水艇，空中有轰炸机，想第一次世界大战，酿成遍地疮痍，洗甲恨无河，忍教悲剧重演；

古代英雄犹活现，平蛮若诸葛亮，计贼若郭汾阳，伐金若岳武穆，自东三省倭奴入侵，激起国人义愤，弯弓怒射日，誓把妖氛扫清。

赤马殿戏台联

刘伶酒客，李白诗仙，明月喻襟怀，更何须玉带围腰，金冠戴顶；
陆逊小生，黄忠老将，舞台周视听，漫陈说兵书满腹，战史罗胸。

自题晓曙堂

堂非背郭，轩本面场，有林竹，有桑麻，此处亦无边光景；
石柱峰遥，中洲滩近，亦高山，亦流水，其间有几个知音。

题中洲郭氏祠

郭氏祠：在郭家滩，又名中洲滩。

于滩之上，于洲之中，溯厥渊源，千古汾阳分派远；
维涧有毛，维蘋有菜，祇兹明信，四时寝庙荐馨长。

题财神龛联

虎猛背难骑，欲下不能，休贪图眼前富贵；
鞭长腹莫及，适可而止，谁赚尽世间钱财？

赤马包公庙

有威有仪，亦阎罗，亦丞相；
无私无曲，曰铁面，曰青天。

青莲庵：在浏阳沙市高陂塅，明代建，今属沙市镇中洲村。

青莲庵圣殿

三约表忠心，富贵不能淫，威武不能屈；
两间存正气，地维赖以立，天柱赖以尊。

六字崖：据同治《浏阳县志》卷三《舆地二》载："六字崖，在县北石灰尖，高百余丈，上有古殿，崖间大书'三千年，五百劫'六字，相传仙人指爪所划。"

石峰尖顺浒大仙庙

采药峰头，仙方求得三年艾；
迹留石上，邑乘流传六字崖。

格言联

唐才常

斗室安居，不必积金先积德；
布衣随分，虽无恒产有恒心。

挽谭嗣同联

唐才常

与我公别几许时，忽警电飞来，忍不携二十年刎颈交，同赴泉台，漫赢将去楚孤臣，箫声呜咽；

近至尊刚十余日，被群阴构死，甘永抛四百兆为奴种，长埋地狱，只留得扶桑三杰，剑气摩空。

就义联

唐才常

七尺微躯酬故友；
一腔热血洒荒丘。

与邱文阶、邱菊圃共挽谭嗣同联

唐寿田

天事也难凭，人事也更难凭，落落孤踪，今若此谁能遣此？
生才者造物，忌才者亦造物，茫茫事故，已焉哉谓之何哉！

唐寿田

唐才常之父。

上东团总堂联

涂启先

事到万难须放胆；
理当两可要平心。

正直为人，岂怕奸雄生百计；
公平处世，何愁律例有千条。

刘步蟾：清同治九年（1870）庚午科举人。

涂启先，见本书上卷文《围山书院记》注。

刘步蟾中举厅堂陪对

涂启先

做一篇时派文章，出宫墙，却返宫墙，仍向个中寻结局；
邀几席相知胜客，陈野蔌，休嫌野蔌，期从此处畅幽情。

围山书院石柱联

涂启先

心远自地偏，果能敬业乐群，此处亦名山广厦；
民兴在经正，愿共守先待后，尽人为吾道干城。

题大洛徐氏祠联

徐兰芷

徐兰芷

浏阳大洛人。

惠纪松江，勋留蜀郡，政声共显黄堂，俊秀溯先芬，达人辈出明德远；
去烘笔架，日丽镜台，美景交横绿野，鸿图开寝庙，大地垂光世业新。

题甘书斋联

黄积开

坐到夜深书有味；
等将日出花自香。

黄积开

清末乡儒，居张坊镇安福桥。

代达浒区工会挽张炳南烈士

黄建中

镰刀、斧头，直入长驱，锄奸须尽仇须报；
工人、农友，联盟合作，革命不成恨不消。

黄建中（1888—1921）

达浒镇书江村人，早期中共党员，1920年赴法国勤工俭学参加反对北洋政府专制斗争，被逮捕回国，1927年任农民军湘东总指挥，在对敌斗争中牺牲。

挽留法同学朱子文

黄建中

说不尽满腹牢骚，忆当年同客他邦，旅馆残灯思旧雨；
最难堪两行眼泪，痛此后招魂何处，夜阑明月冷乡心。

黄星恒（？—1928）

浏阳达浒乡书江村人，1926年加入中国共产党，1927年秋收起义后，党派他打入国民党达浒团防局内当文书，从事地下工作，1928年某夜，在茶铺一带张贴标语时被反革命武装人员发觉，当即被杀害。

自题堂联

黄星恒

无吃无穿，切莫趋炎附势；
有田有地，不要爱富嫌贫。

黄豪英

民国乡儒。此联作于1936年冬。

题张坊黄氏接谱庆典联

黄豪英

江夏溯年深，自广东迁来，支分浏阳佛祖安居栖树下；
武昌绵世泽，由赣西发派，流传楚地馨香永祀宝炉中。

曾兴谷

晚清浏阳文人，生平事迹不详。天宝诗人指李白，永和书法指王羲之。

石溪村安福堂曾家老屋联

曾兴谷

忠恕传家，仰承世德；诗书裕后，大启文明。

天宝诗人多蕴藉；永和书法自风流。

石溪村安福堂曾家老屋联

曾春华

和气一家乐；
同心万事成。

树宿能婴鸟；
花留酿蜜蜂。

曾春华

浏阳清末民初人，生平事迹不详。

谭烈士专祠联

康有为

逢比孤忠，岳于惨戮，古人尚尔，君复何忧，魂魄如有灵，应同孝孺先生，矢口问成王安在；

汉朝党锢，晋代清流，自昔已然，而今为烈，海疆正多事，愿效子胥相国，悬眸看越寇飞来。

复生不复生矣；
有为安有为哉。

康有为（1858—1927）

广东南海人，清末进士，近代改良派领袖。

逢比：指夏之龙逢（逄与逢同），商之比干。

岳于：指岳飞、于谦。

孝孺：指方孝孺，明惠帝时侍讲学士。燕王朱棣起兵入京师，他因拒书登极诏书而被杀，遭十族之诛。

题乱石山望江亭

彭兰蔚

片帆从天外飞来，劈开两岸青山，好趁长风乘巨浪；
乱石自云中错落，酿得一瓯白乳，待邀明月饮高楼。

彭兰蔚

浏阳永安镇彭家冲人。曾在旧军队中任职，1940年左右退伍回乡，任广益附小语文教员，嗣后在家设馆授徒。所撰诗联均佳，惜多散失。望江亭：为抗战时期国军某师师长于湘江边乱石山所建，作者其时为其幕僚。白乳：为亭侧泉名。

刘腴深：即刘善泽，字腴深，民国时湖南大学教授。

彭星墀

文家市人。

挽业师刘腴深联

彭星墀

极赞有何辞？曾闻吾党所称，于山比岳，于水比海；
感恩无可报！愿随诸孤之后，事死如生，事亡如存。

彭霞仁（1872—1950）

字蔚起，蕉溪乡人，清末秀才。

题蕉溪乡水源包公庙

彭霞仁

正人先正己；
黑面不黑心。

打开眼睛看世界；
洗净栾心进庙门。

家训联

彭霞仁

当今世界，造就国民，莫如读书识字；
凡我族人，宜明大义，切勿瘦公肥私。

春耕夏耘，秋收冬藏，要从读书中找寻新知识；
父慈子孝，兄爱弟敬，须知革命后仍用旧文章。

永安镇戏台联

彭耀荣

假事权当真事看；
上台宜想下台时。

彭耀荣

浏阳北乡人，生平事迹不详。

挽侄联

蒋佐钦

志在伸民权，流血光荣革命史；
死因除帝制，断头羞到状元洲。

蒋佐钦

生平事迹不详。作者之侄奋起倒袁，将被砍头，坚决不去状元洲（刑场），而就义于自家墙角。

咏古风洞联

智灯法师

天生宝座重重现；
石涌青莲叶叶鲜。

智灯法师（？—1799）

见本书中卷《咏仙人洞》注。

挽鲁立刚联

喻仲仙

喻仲仙

社港柏岩人，旅台定居。

是一代硕儒，尽瘁教育，桃李遍湖湘，功在国家垂不朽；
羡满门才俊，克绍箕裘，声名布中外，光增奕叶永留徽。

龙伏镇焦桥村焦氏宗祠前廊柱联

焦琴喈

焦琴喈

浏阳人，焦达峰夫人沈菁莪外祖，晚清秀才，曾参加修纂同治《浏阳县志》。

溪水绕宗祠，在今后嗣溯源流，当于水鉴；
石桥昭姓氏，念昔先人恢基绪，须把桥题。

自题书室联

焦达峰

焦达峰（1887—1917）

又名大鹏，字鞠荪，出生于浏阳北乡焦家桥南岭新屋，14岁进浏阳南台高等小学堂，18岁进长沙高等普通学堂预备科，后去日本入东景铁道学校，结识革命党人黄兴、孙中山，加入同盟会负责联络会党，1991年10月10日武昌起义后，焦于长沙举事，兵不血刃，起义成功，后谭延闿幕后指挥旧军官梅馨发动变乱，于31日刺杀焦达峰、陈作新。焦去世时年仅24岁，葬于岳麓山。

达向九霄云路近；
峰连五岳众山低。

大鹏展翅九万里；
长松拔地五千年。

千年事业方寸内；
万里乾坤掌握中。

焦祠追悼达峰都督

焦瑞轩

道路当前，过客纵多，应停车马；
祖宗在上，新鬼虽大，还是儿孙。

焦瑞轩

民国龙伏人。

题泮春周氏河边祠联

戴恕僧

河汉汪洋，由干及支，派别早已分浏水；
边陲肃穆，化家为国，歌舞依然乐泮宫。

戴恕僧

民国时省参议员。

大围山镇廖氏宗祠柱联

佚 名

派衍金华，由东浙而至南湖，蘋藻荐馨，永奉千秋俎豆；
堂荣世彩，统西安以合北郭，簪缨济美，还期百代衣冠。

张坊镇双溪村吴氏祠堂楹柱联

佚　名

本孝友以承先，克敦庸行，渤海宗功深似海；
持读书而启后，勉绍前修，延陵祖德厚如陵。

张坊镇七星村唐氏家祠祖牌位联

佚　名

庆洽先灵，玉帛馨香隆祀事；
全凭祖训，修齐明德教人伦。

官渡镇观音塘村谢氏宗祠堂柱联

佚　名

宅近青山，绳其祖武；池涵碧草，蔚起人文。
嵩岳钟灵，发祥有自；芝兰毓秀，聚族于斯。
为妥先灵，堂成燕贺；还期后起，美济凤毛。

胡耀邦故居联

佚 名

支分西岭；
业绍南塘。

祥钟淮海；
秀毓苏湖。

屋矮能容月；
楼高不染尘。

系南塘而绵世泽；
企西岭以振家声。

胡耀邦故居，在浏阳中和镇苍坊村，始建于清咸丰年间。

西岭，故居后山。南塘，胡氏先祖在江西的居地。

淮海，指三国时淮海胡质、胡威父子，皆有清廉名。苏湖，典用宋代湖州教授胡瑗，时有“礼部所得士，瑗弟子十居四五”之载。

文家市盘古庙联

佚 名

盘飧仰德；
古道照人。

浓荫满地，有虬枝偃盖，百尺昂藏舜日尧年，老树同沾新雨露；
大德开天，看画栋崔嵬，千秋祇奉周疆禹服，崇祠不改旧规模。

文家市岩前村余氏宗祠联

佚 名

前廊柱联

槐荫永护故园春，前人种，后人培，枝枝竞秀；
溪水长绵先世泽，近泳分，远泳合，滴滴归源。

后栋柱联

著姓溯周秦汉唐，奕叶蝉联，代有贤豪光下邳；
卜居历萍浏宜万，宏图骏启，今瞻庙貌壮槐溪。

仁蠲堕赋，义拔奇才，纪载煌煌，忧矣思宗功祖德；
翠列屏风，青环夹道，规模赫赫，穆然感春露秋霜。

周代溯遗音，流水高山，千载洋洋如在耳；
新安思故里，连吴跨楚，一堂济济共摅忱。

石霜寺钟楼联

佚 名

晨钟唤起千山醒；
暮鼓传来百姓安。

石霜寺祖师殿联

佚 名

创业维艰，祖辈备受勤苦；
守成不易，后代宜戒骄奢。

杨花乡山斗村张氏家庙联

佚 名

门 联
彝伦攸序；
祀事孔明。

廊柱联
山水互回环，明秀于兹钟地脉；
斗魁随运转，辉光遥映起人文。

杨花刘家老屋门联

佚 名

墨庄世第；
藜阁家声。

春暖观鱼跃；
秋高听鹿鸣。

金江书院：在浏阳普迹金江塅，始建于清同治十一年（1872），后改为金江学校。

金江书院训育处门联

佚 名

大事自学习时做起；
成功从奋斗中得来。

社港登龙寺联

佚 名

古寺长留胜迹；
江山再展鸿图。

社港镇周洛村陈氏家庙大门联

佚 名

大门联
陈乃舜后；
氏自周封。

堂柱联
宋帝谥义门，颍水聚德星，喜看祖泽展宏猷，丕振家声昌后嗣；
卓祥开周洛，奉先隆寝庙，景仰宗功垂燕翼，群凭灵爽荐馨香。

龙伏镇培文塔古联

佚 名

宝塔玲珑从地起；
石山苍翠过江来。

龙伏镇泮春社区周氏家庙联

佚 名

礼从东鲁；
业绍西岐。

浏北传家，塘背祠犹存祖脉；
汝南分派，江边水可悟源头。

庙貌常新，可长见南国冠裳，西雍钟鼓；
家声再振，岂惟是玉笋学士，布衣将军。

龙伏镇江边滩周家大屋厅柱联

佚 名

四壁云山舒锦绣；满庭花木献文章。
荆树有花兄弟乐；砚田无税子孙耕。

石山书院：又名文昌阁，清同治十三年（1874）建于浏阳北乡淳口石山。今不存。

石山书院门联

佚 名

风带钟声穿树出；
水摇塔影过江来。

石柱峰三清殿门古联

佚 名

篆丹留古殿；耸翠拔群峰。
石柱擎三楚；北宸镇九天。

参考文献

[清] 彭定求等编：《全唐诗》，岳麓书社，1998年版。

北京大学古文献研究所编：《全宋诗》，北京大学出版社，1998年版。

[宋] 杨时著：《杨时集》，中华书局，2018年版。

[元] 欧阳玄著，汤锐校点整理：《欧阳玄全集》，四川大学出版社，2010年版。

[明] 肖歉修，[明] 刘以身纂：嘉靖《浏阳县志》，明嘉靖四十年（1561）刻本。

[清] 王斑修，[清] 徐旭旦纂：康熙《浏阳县志》，康熙四十三年（1704）刻本。

[清] 吕肃高修，[清] 张雄图、王文清纂：乾隆《长沙府志》，岳麓书社，2008年版。

[清] 王汝惺等修，[清] 邹焌杰等纂，汤锐点校：同治《浏阳县志》，岳麓书社，2018年版。

[清] 萧振声纂修：《浏东狮山书院志》，清光绪四年（1878）刊本。

[清] 王闿运著：《湘绮楼诗文集》，岳麓书社，2008年版。

[清] 李寿蓉著：《李寿蓉集》，岳麓书社，2011年版。

[清] 唐才常撰，王佩良校点：《唐才常集》，湖南人民出版社，2011年版。

蔡尚思、方行编：《谭嗣同全集》，中华书局，1981年版。

刘人熙著：《刘人熙集》，湖南人民出版社，2009年版。

刘善泽著：《天隐庐诗集》，湖南大学出版社，1989年版。

刘善涵著，刘豫璇、刘良建编纂，夏剑钦笺注：《刘善涵集》，岳麓书社，2017年版。

陈先枢、沈绍尧辑注：《长沙名胜楹联选》，湖南人民出版社，2017年版。

陈先枢、杨里昂、彭国梁辑注：《长沙名胜诗词选》，湖南人民出版社，2018年版。

浏阳市楹联学会编：《浏阳古今对联集》，香港天马图书有限公司，2003年版。

王巨农主编：《浏水遗音》，2002年自印本。

后 记

《浏阳诗文》一书收录自唐代到建国前夕的诗文共500多篇（首），不少诗文是与读者首次见面。

诗文的收录整理，以与浏阳山水名胜、亭台楼阁、花草虫鸟、个人传记、书信往来、祠堂寺庙等有关的内容为重点，也收录了不少名人的格言名句。收录的宗氏族谱、祠堂庙宇、道院寺观等方面诗文，读者可取其精华、去其糟粕，抱着尊重历史、放眼未来的态度去阅读研究。

诗、联的作者及其写作背景，牵涉面广，且不易查实，但为了有利于读者理解，我们还是尽力做了一些考证和研究。在编排上，对作品较多的作者，我们采用了新加标题“××× 诗选”“××× 楹联选”的做法，进行了整合与归并，以使篇幅更集中、更醒目。

非常感谢岳麓书社原社长夏剑钦先生亲自审读订正本书，对诗词、楹联部分作了大量修改。本书编纂工作采取分工合作的办法进行，文章部分由汤锐同志负责，诗词部分由赖明汉同志负责，楹联部分由李光前同志负责。在编纂中得到了浏阳市档案馆、各乡镇街道政协联络处等单位的大力支持以及许多诗文爱好者的热心帮助，在此一并致以深深的谢意！

赖明汉　于2020年5月8日

图书在版编目(CIP)数据

浏阳诗文 / 赖明汉，汤锐，李光前编著 . — 长沙：岳麓书社，2021.6
ISBN 978-7-5538-1507-7

Ⅰ . ①浏… Ⅱ . ①赖… ②汤… ③李… Ⅲ . ①中国文学—古典文学—作品综合集 Ⅳ . ① I212.01

中国版本图书馆 CIP 数据核字（2021）第 109773 号

书　　名　浏阳诗文
　　　　　LIUYANG SHIWEN

编　　著　赖明汉　汤　锐　李光前
责任编辑　王文西
特邀编辑　陈　丹
责任校对　舒　舍
书籍设计　绿光视觉艺术工作室
出版发行　岳麓书社
地　　址　湖南省长沙市爱民路 47 号
直销电话　0731-88804152　0731-88885616
邮　　编　410006
版　　次　2021 年 6 月第 1 版
印　　次　2021 年 6 月第 1 次印刷
开　　本　787mm × 1092mm　1/16
印　　张　23.5
字　　数　326 千字
书　　号　ISBN 978-7-5538-1507-7
定　　价　90.00 元
承　　印　雅昌文化(集团)有限公司

如有印装质量问题，请与本社印务部联系　电话：0731-88884129